列朝詩集

〔清〕錢謙益 撰集
許逸民 林淑敏 點校

第一册

中華書局

圖書在版編目(CIP)數據

列朝詩集/(清)錢謙益編. —北京:中華書局,2007.9(2022.6重印)
ISBN 978-7-101-04436-2

Ⅰ.列… Ⅱ.錢… Ⅲ.古典詩歌-作品集-中國-明代 Ⅳ.I222.748

中國版本圖書館CIP數據核字(2004)第101895號

責任編輯:聶麗娟 舒 琴

列朝詩集

(全十二册)

〔清〕錢謙益 編

許逸民 林淑敏 點校

*

中華書局出版發行

(北京市豐臺區太平橋西里38號 100073)

http://www.zhbc.com.cn

E-mail:zhbc@zhbc.com.cn

三河市航遠印刷有限公司印刷

*

850×1168毫米 1/32 · 241印張 · 4768千字

2007年9月第1版 2022年6月第2次印刷

印數:2001-2600册 定價:1280.00元

ISBN 978-7-101-04436-2

列朝詩集點校説明

《列朝詩集》八十一卷，清錢謙益撰集。錢謙益（一五八二——一六六四），字受之，號牧齋，晚號蒙叟、東澗遺老，常熟（今屬江蘇）人。錢謙益歷仕明清兩朝，主持文壇數十年，有「一代龍門」、「風流教主」（張明弼《冒姬董小婉傳》）、「當今李、杜」（《牧齋遺事》）之譽。

錢謙益以一代文壇宗主的身份，決心選編一部明詩總集，自有其深意。概括説來，可以歸納爲兩點：（一）採詩以庀史。《錢牧齋尺牘·與周安期》説：「鼎革之後，恐明朝一代之詩遂至淹没，欲倣元遺山《中州集》之例，選定爲一集，使一代詩人精魄留得紙上，亦晚年一樂事也。」《列朝詩集》自序引程嘉燧説：「元詩之集詩也，以詩繫人，以人繫傳，《中州》之詩，亦金源之史也。吾將倣而爲之。吾以採詩，子以庀史，不亦可乎？」又，《列朝詩集》甲集第十徐賁卷跋語：「余撰此集，倣元好問《中州》故事，用爲正史發端，搜摭考訂，頗有次第。」此皆夫子自道。又李慈銘説：「蒙叟此集之選，成於順治四年自秘書院罷歸之後，既自慚墮節，又憤不得修史，故借此以自託。」（《越縵堂讀書記》卷八）此以錢氏明爲採詩，實爲修史，亦可謂一語中的。（二）抨擊時弊以正詩風。《列朝詩集》於詩人小傳中力斥前後七子，《四庫提要》斥之爲「逞其恩怨，顛倒是非」（《明詩綜》提要），其實錢氏此舉正出自他的文學主張。他坦然承認「余之評詩，與當世牴牾者，莫甚於二李及弇州」，其意在於「戒當世之耳論目食、刻舟膠柱者」（《牧齋有學集·題徐季白詩卷後》)。用葉德輝的話説：「前後七子摹擬剽賊，謬爲大言，以二李爲甚，牧翁指駁，蓋恐貽誤後人。」(《郋園讀書志》卷十六)清宣統二年(一九一〇)神州國光社重刊本卷首《緣起》也説：「夫有明之詩，至李、何倡復古之説，摹擬剽竊，呑剥尋撦，徒具膚廓，其弊已極。牧翁此集，揚扢風雅，一掃雲霧而見青天。今之學者之言詩，亦主於興象之新，而不主摹擬之陳陳相因矣。」錢氏之良苦用心，對於矯正明詩之流弊當屬有的放矢。

《列朝詩集》的體例編次，皆有寓意。錢氏在甲集卷十的跋語中説：「余撰此集，做元好問《中州》故事，用爲正史發端，搜摭考訂，頗有次第。」然，《中州集》十集止於癸，《列朝詩集》何以止於丁？《牧齋有學集·江田陳氏家集序》有如下解釋：「癸者，歸也」，「丁者，萬物皆丁壯成實，大盛於丁也。蓋余竊取删《詩》之義，頗異于遺山者如此」。錢氏此層寓意，李慈銘也曾有所會心，他説：「列明諸帝王后妃於乾集，列元季遺老于甲前集，自嘉靖至明末皆列丁集，分上、中、下，以見明運中否，方有興者。其文亦純爲本朝臣子之辭，一似身未降志者，其不遜如此。」(《越縵堂讀書記》卷八)顯而易見，錢謙益是站在明朝人的立場來編纂《列朝詩集》的。説破這一點十分重要，否則便不易理解此書在清朝何以會長期禁燬無聞。

據錢謙益的自序，纂集明人詩集事肇始於天啟初年，當時山居多暇，撰次幾三十家，不久即因爲宦情而中輟。清順治三年(一六四六)始重理此事，「論次昭代之文章，蒐討朝家之史乘，州次部居，發凡起例」，歷時四年，於順治六年殺青，交毛晉付梓，至九年九月版刻告竣。又據《錢牧齋尺牘》與毛晉書，知其集名原稱「國朝」或「歷朝」，迭經推敲，最後採納「一二當事有識者」意見，定名爲「列朝」。又可知各集之付刻，並非嚴格按照朝代先後次序，而是先編成某集便刻某集，如閏集在末，而編成在先，即早刻。刻版過程中，又隨時搜採增補和修改，如前編卷七爲楊維禎、張昱二人詩，後增七之下補楊維禎詩一百七十首。這種隨編隨刻、隨刻隨改的做法，有早見成效之功，亦有自亂體例之害。在原刻本中，目録與正文不同、正文中一人兩見等問題，悉由此而生。

清乾隆三十四年（一七六九），明令查禁錢謙益的《初學集》、《有學集》，認爲「其中詆謗本朝之處不一而足」。其實當初錢氏改定《列朝詩集》名稱，已知禁忌所在，惟於列明諸帝詩爲《乾集》，則心存僥幸（《錢牧齋尺牘·與毛晉書》：「本朝詩無此集不成模樣，彼中禁忌殊亦闊疏，不妨即付剞劂。」），孰料問世不過百年，卒遭禁毁。對於如此鴻篇巨製，清修《四庫全書》逕予屏棄，甚至不得列入「存目」，一似世間「澌滅無遺」。直至清末宣統二年（一九一〇），神州國光社始有翻刻鉛印《列朝詩集》之舉。因此，《列朝詩集》成書以來僅止兩種版本，一是清順治九年（一六五二）毛氏汲古閣刻本，一是清宣統二年神州國光社鉛印本。鉛印本較原刻本卷帙有遺缺，本書所附容庚先生文已詳舉之，兹不贅述。

纂集明詩而成爲一代之巨觀者，除錢書外，還有朱彝尊的《明詩綜》一百卷。以成書年代説，錢前朱後，相去五十三年；以刊佈遭際説，錢晦朱顯，二者幾不可同日而語。然其是非優劣，三百年間毁譽不一。大抵近代以來，文禁掃除，爲《列朝詩集》鳴不平者漸多。如葉德輝説：「特國朝詩家沿尚格調，與前後七子針芥相投，驟聞牧翁之言，不免失所依傍，故百口一舌，謂《明詩綜》優於此書，其實《明詩綜》乃鄉願之所爲，《列朝詩集》乃選家之詩史耳。」（《郘園讀書志》卷十六）現代學者錢基博亦説：「朱氏以《明詩綜》而詆《列朝詩集》，譬如蠹生於木，還食其木。何者？《列朝詩集》，《明詩綜》之底本也。何焯嘗惡而揭發之。」（《中國文學史》第六編《近代文學·自序》）至於容庚先生《論〈列朝詩集〉與〈明詩綜〉》一文，全面論列二書之異同優劣，言之鑿鑿，不啻爲錢、朱公案作一判詞。文末結語云：「要而言之，《明詩綜》固不敵《列朝詩集》，即以詩文論，湛深博大，《曝書亭集》亦何能敵《初學集》、《有學集》哉！後之論者，其亦知所反矣。」可謂蓋棺定論。

綜上所述，錢謙益學有根柢，所撰集《列朝詩集》，去取頗見斟酌，持論多有可採，具有很高的文學史料價值和文學批評價值。唯以其節概倍受譏彈，其書傳本亦復稀少，索讀不易。今爲端正視聽，不使《明詩綜》專美於前，並爲明詩研究者提供珍貴的歷史文獻，極有必要對《列朝詩集》加以整理，以廣流傳。此次整理原擬以清順治九年毛氏汲古閣刻本爲底本，但獲見諸本漫漶甚多，遂换用清宣統二年神州國光社鉛印本爲工作底本，而以毛刻爲校本。凡神州國光社本所缺，皆用毛氏原本補足。神州國光社本誤字，亦據毛晉刻本補正。諸家詩人小傳的文字，又據清康熙三十七年（一六九八）錢陸燦輯《列朝詩集小傳》本（上海古籍出版社一九八三年版）逐一對勘。毛刻本與神州國光社本均衹有分卷目録，今爲查檢便利，統編後置諸卷首。凡原卷目録作者稱謂與正文有異者，皆以正文爲準，在校記中注其異文。

許逸民　林淑敏

一九九六年二月

序

毛子子晉刻《歷朝詩集》成，余撫之愾然而嘆。毛子問曰：「夫子何嘆？」余曰：「有嘆乎？余之嘆，蓋嘆孟陽也。」曰：「夫子何嘆乎孟陽也？」曰：「録詩何始乎？自孟陽之讀《中州集》始也。孟陽之言曰：『元氏之集詩也，以詩繫人，以人繫傳，《中州》之詩，亦金源之史也。吾將倣而爲之。吾以採詩，子以庀史，不亦可乎？』山居多暇，撰次國朝詩集幾三十家，未幾罷去。此天啟初年事也。越二十餘年而丁開寶之難〔一〕，海宇板蕩，載籍放失，瀕死訟繫，復有事於斯集。託始於丙戌，徹簡於己丑。乃以其間論次昭代之文章，蒐討朝家之史乘，州次部居，發凡起例，頭白汗青，庶幾有日。庚寅陽月，融風爲災，插架盈箱，蕩爲煨燼。此集先付殺青，幸免于秦火漢灰之餘。於乎悕矣！追惟始事，宛如積劫。奇文共賞，疑義相析，哲人其萎，流風迢然。惜孟陽之草創斯集，而不獲丹鉛甲乙〔二〕，奮筆以潰於成也。翟泉鵝出，天津鵑啼，海録谷音，咎徵先告。恨余之不前死，從孟陽於九京，而猥以殘魂餘氣，應野史亭之遺懺也。哭泣之不可，嘆於何有！故曰余之嘆嘆孟陽也。」

曰：「元氏之集，自甲訖癸。今止於丁者，何居？」曰：「癸，歸也。于卦爲歸藏，時爲冬令。月在癸曰極。丁，丁壯成實也。歲曰强圉。萬物盛於丙，成於丁，茂於戊。於時爲朱明，四十强盛之年也〔三〕。金鏡未墜，珠囊重理，鴻朗莊嚴，富有日新天地之心聲，文之運也。」「然則，何以言集而不言選？」曰：「備典故，採風謡，汰冗長，訪幽仄，鋪陳皇明〔四〕，發揮才調，愚竊有志焉。討論風雅，别裁僞體，有孟陽之緒言在，非吾所敢任也，請以俟世之作者。」

孟陽名嘉燧，新安程氏，僑居嘉定。其詩録《丁集》中。余虞山蒙叟錢謙益也。集之告成，在玄黓執徐之歲，而序作於玄月十有三日。

〔一〕「開寶」，《牧齋有學集》（《四部叢刊》本，下同）作「陽九」。
〔二〕「不獲」，《有學集》作「不能」。
〔三〕「年」，《有學集》作「時」。
〔四〕「皇明」，《有學集》作「明朝」。

列朝詩集詮次

列朝詩集目録

聖製

乾集之上

太祖高皇帝二十八首

睿製

乾集之下

甲集前編第二

劉誠意基《覆瓿集》古詩一百十八首

甲集前編第三

劉誠意基《覆瓿集》今體詩一百五十二首

甲集前編第四

甲集前編第五

甲集前編第六

甲集前編第七之上

甲集前編第七之下

鐵厓先生楊維楨一百七十首

附見 張簡一十首

甲集前編第八之上

白羊山樵張簡 二十五首

甲集前編第八之下

玉山名勝集詩

列朝詩集乾集之上

太祖高皇帝二十八首

太祖高皇帝御製文集共五卷，翰林學士樂韶鳳、宋濂編録。濂之言曰：「臣侍帝前者十又五年，帝爲文或不喜書，詔臣濂坐榻下，操觚受辭，終日之間，入經出史，衮衮千餘言。嘗爲濂賦《醉學士歌》，二奉御捧黄綾以進，揮翰如飛，須臾成楚辭一章。上聖神天縱，形諸篇翰，不待凝思而成，自然度越今古，誠所謂天之文哉！」解縉曰：「臣縉少侍高皇帝，早暮載筆墨楮以俟。聖情尤喜爲詩歌，睿思英發，雷轟電燭，玉音沛然，數千百言〔一〕，一息無滯。臣輒草書連幅，筆不及成點畫，上進，才點定數韻而已，或不更一字。故常喜誦古人鏗鍧炳朗之作，尤惡寒酸咿嚶，齷齪鄙陋，以爲衰世之爲，不足觀。詩僧宗泐進所精思刻苦以爲得意之作百餘篇，高皇一覽，不竟日盡和其韻，雄深閎偉，下視泐詩，大明之於爝火也。」臣謙益所撰集，謹恭録内府所藏弆御製文集，冠諸篇首，以著昭代人文化成之始。其它稗官小説委巷流傳及掇拾亂真者，皆削而弗取載焉。

〔一〕「千」，小傳本作「十」。

神鳳操

鈞天奏兮列丹墀，俄翩翩兮鳳凰儀。斂翱翔兮棲梧枝，彼觀德兮直爲我辭。

思親歌

苑中高樹枝葉雲，上有慈烏乳雛勤。雛翎少乾呼教飛，騰翔啞啞朝與昏。有時力及隨飛去，有時不及枝内存。呼來呼去翎羽硬，萬里長風兩翼振。父母雙飛緊相隨，雛知返哺天性真。吾思昔日微庶民，苦哉憔悴堂上親。歔欷歔欷夢寐心不泯，人而不如烏乎將何伸。

鍾山

遊山智盤旋，俯谷仰奇巔。松聲細入耳，雲生水石邊。敲竹猿長嘯，臨厓視鹿眠。白鶴來天翅，玄羽衣裳鮮。采芝携桂子，任意恣蹁躚。野人溪外語，黄鶯囀更便。山静鳥歸疾，林深紫暮煙。樵還漁罷釣，暢飲樂吾年。

又

暑往鍾山阿，巖幽清興多。薫風自南發，森松鳴絃歌。玄猿嘯白日，丹鳳巢桐柯。靈芝秀深谷，祥雲盛嵯峨。樹隙觀天碧，天清似緑荷。迴聞樵採木，曲澗沿珠螺。鳥樂山深邃，予歡顔亦和。野人逢問處，樂道正婆娑。

鍾山賡吴沉韻

嵯峨倚空碧，環山皆拱伏。遥岑如劍戟，邃洞非茅屋。青松秀紫崖，白石生玄谷。巖畔毓靈芝，峰頂森神木。時時風雨生，日日山林沐。和鳴盡啼鶯，善舉皆飛鵠。山中道者禪，隴頭童子牧。試問幾經年，答云常辟穀。

賡僧韻

天台五百尊，方寸皆明月。月影彌千江，何曾有暫歇。爲斯妙用通，今古長不滅。昔當懸掛時，誠非凡可越。住世及應真，幾度阿僧劫。假錫作梯航，泛海濤如雪。一旦杳無踪，暫與沙門别。倏忽群禪中，孰能爲機泄。禪心曠無迹，如海亦何竭。僧本具他心，宗門常合轍。

寶光廢塔

寶塔摩青蒼，招提歲久荒。秋高棲俊隼，夜深月影長。寂寂星摇蕩，飛霞入棟梁。守僧都去盡，螢火作燈光。鬼哭思禪度，遺經風日張。獨有來巢燕，呢喃似宣揚。停驂傷古意，雲合草頭黄。聞説當年盛，鍾魚徹上方。

大祀

晨駕旌旄列隊行，龍旗遥映鳳城明。護霜雲外天顔碧，籠水煙邊山色青。新歲野郊春氣靄，今朝村市曉晴生。鞠躬稽首參天處，四海謳歌賀太平。

鍾山雲

踞蹯千古肇豪英，王氣葱葱五色精。巖虎鎮山風偃草，潭龍嘘氣水明星。天開萬載興王處，地闢千秋永朕京。咸以六朝亭替閲，前禎禎後後嘉禎。

諭臨蒸縣官

臨蒸邑治絶殊方，巖巢重山碧翠行。溪曲羊腸嵐雜霧，樹蟠龍體雨飛湯。墨雲隙處天澄水，蒼海空中日曜陽。好把寸心問民瘼，當遷離瘴任瀟湘。

聞人嶺南郊行

極目山雲雜曉煙，女蘿遥護嶺松邊。陸行盡服嵐霞氣，水宿頻吞虬蜃涎。晨仰際峰觀擁日，暮看臨海泊來船。信知百越風塵異，黑髮人居不待年。

詠南越

邊邑深隍嵌叠峰，土民食粟扣時春。雲山溪水常相合，煙樹藤蘿每自封。嶺外瘴温鳴蟋蟀，海濱鬱熱顯鰅鱅。常思不律皆由此，數月朱顔别舊容。

竹幹青樂釣

曠浦澄天濕曉煙，智人樂釣穩沙前。蓑輕雨霽雲收谷，釣擲綸樞水映船。舉掉欲歸江月上，掛帆已近暮霞邊。汀蘆處處飛螢火，照徹漁村飲不眠。

牧羊兒土鼓

群羊朝牧遍山坡，松下常吟樂道歌。土鼓抱時山鬼聽，石泉濯處澗鷗和。金華誰識仙機密，蘭渚何知道術多。歲久市中終得信，叱羊洞口白雲過。

横秋風吹笛

西風落木綻黄花，牛背村童笛正佳。曾識倚樓人聽處，每聞吹月鶴昇遐。蒼江一色渾秋意，紅葉初光襯晚華。冷露下天星斗潤，煙波聲到是誰家。

滄浪翁泛海

海天漠漠際無窮，巨艦檣高挾兩龍。帆飽已知風力勁，舵寬方覺水情雄。鰲魚背上翻飛浪，蛟蜃鬐頭觸見虹。何日定將歸泊處，也應繫纜水晶宫。

題神樂道士

仙翁調鶴欲扶穹，萬里風頭浩氣雄。翎背穩乘空廓外，丹光横駕宇寰中。飛符到處雷神集，役劍長驅癘鬼窮。見説黄芽心地轉，更於何趣覓仙宗。

雲衲野人

山人修道幾經年，聞説滄松足意便。時以斷雲完故衲，日將流水灌新田。常勤侶鶴巖崖下，寂静儔猿煙霧邊。欲訪未知何處住，料應霞舉已成仙。

鍾子煉丹

翠微高處渺青煙，知子機藏辟穀堅。丹鼎鉛砂勤火候，溪雲巖谷傲松年。潭龍掣雹深淵底，崖虎風生迴洞邊。徑已苔蒙人未履，昂霄足躡斗牛天。

東　風

我愛東風從東來，花心與我一般開。花成子結因花盛，春滿乾坤始鳳臺。

新　雨　水

片雲風駕雨飛來，頃刻憑看遍九垓。檻外近聆新水響，遥穹一碧見天開。

雨墜應落花賡徐瑛韻

人道春歸實不歸，但知結實蕊枝稀。昨朝一夜如膏雨，正是花成子就時。

又賡吴喆韻

時近清和氣愈濃，雨催花實喜晴風。籬邊點點如錢大，盡是青青間緑紅。

又賡宋璲韻

清和未至尚春風，花幕園林似錦紅。細雨只教成子速，蕊飛彩蝶最多功。

雪詩賡曹文壽韻

翩翻飛舞布田垓，似絮還疑玉蕊梅。一夜撲窗春蝶戲，好風吹去又推來。

又賡張翼韻

臘前三白曠無涯，應是天公降六花。九曲河深凝底凍，張騫無處再乘槎。

遊鍾山

鍾山陽谷梵王家，帝釋臺前優鉢花。遊戲但聞師子吼，比丘身衣錦袈裟。

思老試壯

因過雕鞍見馬肥，迎風振鬣試霜蹄。試將舊日弓彎看，箭入弦來月樣齊。

建文惠宗讓皇帝三首

帝遜位後入蜀，往來滇、黔間。嘗賦詩一章，士庶至今傳誦。或云正統中坐雲南布政司堂上，袖出此詩也。鄭曉《遜國記》又載二詩，云：「帝後至貴州金竺長官司羅永庵，題二詩于壁間。萬曆初，神宗御講筵，問建文君出亡故事，輔臣張居正恭録三詩進呈，神宗命宣付史館。」曉《記》又云：「帝幼穎敏，能詩，太祖命賦新月，應聲云：『誰將玉指甲，抓破碧天痕。影落江湖上，蛟龍不敢吞。』太祖悽然久之，曰：『必免於難。』」按葉子奇《草木子·餘録》載皇太子《新月》詩云云，所謂皇太子者，庚申君之子也。野史以爲懿文太子作，爲不及享國之讖，而曉則以爲建文作。考楊維楨《東維子詩集》，此詩爲維楨作，則諸書皆傅會也。曉又載帝《金陵》詩云：「禮樂再興龍虎地，衣冠重整鳳凰城。」亦見維楨集中，今並削之。

遜國後賦詩

牢落西南四十秋，蕭蕭華髮已盈頭。乾坤有恨家何在，江漢無情水自流。長樂宫中雲氣散，朝元閣上雨聲愁。新蒲細柳年年緑，野老吞聲哭未休。

金竺長官司羅永庵題壁

風塵一夕忽南侵，天命潛移四海心。鳳返丹山紅日遠，龍歸滄海碧雲深。紫微有象星還拱，玉漏無聲水自沉。遥想禁城今夜月，六宫猶望翠華臨。

閱罷《楞嚴》磬懶敲，笑看黄屋寄曇標。南來瘴嶺千層迥，北望天門萬里遥。款段久忘飛鳳輦，袈裟新換衮龍袍。百官此日知何處，惟有群烏早晚朝。

太宗文皇帝二首

上靖難犁庭，神武丕烈，戎馬之餘，鋪張文治，敕修《經書大全》及《永樂大典》，昭代文章，度越唐宋。御製集藏弆天府，不傳人間，恭録御賜榮公二詩，以見神龍之片甲云。

賜太子少師姚廣孝七十壽詩二首

壽介逃虚子，耆年尚未央。功名躋輔弼，聲譽籍文章。晝静槐陰合，秋清桂子香。國恩期必報，化日正舒長。

玉露滋芳席，奎魁照碧空。斯文逢盛世，學古振儒風。未可還山隱，當存報國忠。百齡有餘慶，寫此壽仙翁。

御書用紫粉金龍箋，後題云「八月十三日」，旁有「爲善最樂」圖書。少師携至常熟，入餘慶書院，謁文靖公祠。其守僧净心，少同衣鉢，謂之曰：「御詩有『餘慶』二字，留此永鎮山門。」今在院中。

仁宗昭皇帝九首

仁宗在東宫久，聖學最爲淵博。酷好宋歐陽修之文，乙夜翻閲，每至達旦。楊士奇，歐之鄉人，熟于歐文，帝以此深契之。嘗命贊善徐善述改竄其詩，致書稱謝，又云：「令旨説與好古，將《選》詩内取易入手解意的詩，分類賦、比、興，爾爲選擇。王燧真明日早進來看。」其虚懷好學如此。御製集上下二卷。尹直《瑣綴録》載上觀象戲與曾棨賡和詩〔一〕，御製集及棨集並不載，故削之。

〔一〕「曾棨」原誤作「曾綮」，據本書乙集小傳改。

上元觀鰲山詩

盛時調玉燭，佳節燦華燈。象緯當黄道，鰲峰擁帝京。金蓮春放早，寶月夜同明。聖壽天長久，謳歌樂太平。

池亭納凉

夏日多炎熱，臨池憩午凉。雨滋槐葉翠，風過藕花香。舞燕來青瑣，流鶯出建章。援琴彈雅操，民物樂時康。

早　朝

淡月低鳷鵲，祥雲繞建章。金門森羽衛，寶鼎靄名香。日上東方曙，風輕曉殿凉。千官朝退後，諮訪接賢良。

江樓秋望

遠碧接天涯，登臨景自佳。蘋洲晴亦雪，楓岸晝常霞。落雁過前浦，浮鷗傍淺沙。竹籬高曬網，茅屋是漁家。

秋　風

玉律轉清商，金飇送晚凉。輕飄梧葉墜，暗度桂花香。月下生林籟，天邊展雁行。吹嘘禾黍熟，萬頃似雲黄。

桃園春曉

曙光猶未分，芳園露華炫。碧桃千萬樹，鮮妍如錦絢。隔林鶯語滑，兩兩間關囀。掖垣將啓扉，漏箭傳聲遠。花底候宫車，更覺東風軟。

陽春曲

遲遲麗日照春空，陣陣芳塵花信風。依依弱柳含嬌翠，爛爛夭桃埋淺紅。黄鶯飛上花間語，似勸遊人邀酒侣。醉燒銀燭作夜遊，瞬息桃花落紅雨。

冬至日賜右春坊贊善梁潛

侍從有嘉士，朝端斯得人。夙昔自卿至，接見情益親。旦夕資論納，豈獨詞華新。仲冬風日暄，和氣如陽春。湛湛樽中酒，歡然對良晨。

蝶戀花 題九月海棠

煙抹霜林秋欲困，吹破臙脂，便覺西風潤。翠袖怯寒愁一寸，誰家庭院黄昏信。明月修容生遠恨，旋摘餘嬌，簪滿佳人鬢。醉倚小闌花影近，不應先有春風分。

宣宗章皇帝四十二首

帝天縱神敏，遜志經史，長篇短歌，援筆立就。每試進士，輒自撰程文，曰：「我不當會元及第耶?」萬機之暇,游戲翰墨,點染寫生,遂與宣和争勝。而運際雍熙,治隆文、景,君臣同遊,賡歌繼作,則尤千古帝王所希遘也。於乎盛哉!

祖德詩九章

上天信崇高,臨下明以赫。元季政昏亂,帝用厭夷狄。眷求令德宗,視乃善慶積。沛然啟其祥,疆宇俾開闢。

恭惟我仁祖,躬備大聖德。天性禀純粹,温恭而允塞。篤志在仁義,兼亦貴稼穡。寶玉之所藏,山川被光澤。

維時屬邅屯,畎畝之自適。進退與道俱,玉德懷貞白。皇天鑒昭晰,寶命所蹖錫。篤生太祖聖,配天立人極。

海内如鼎沸,土壤分割折。蒼生靡怙恃,俯伏甝毒螫。仗劍起濠梁,奉天拯焚溺。再駕定東南,一舉下西北。

曠哉六合内,腥穢悉蕩滌。三光復宣朗,五典重修飭。遠齊堯舜功,近過湯武績。遂令普天下,休養樂生息。

太宗削姦回,維統奠宗祐。聖文既炳焕,神武尤赫奕。賢才盡登用,秉德各修職。庶邦承覆載,貢獻來九譯。

昭考撫盈成，至仁弘隱惻。民安視如傷，恭己臨萬國。繼志與述事，夙夜懷兢惕。皇風益清穆，皇道彌正直。

正本所自隆，仁祖實啓迪。祥源深且廣，天派肆洋溢。聖神紹傳序，茂衍萬世曆。造商本玄王，興周美后稷。

茲予嗣鴻業，時幾謹申飭。四聖赫在天，悠久貽法式。保佑賴深眷，負荷愧餘力。稽首陳詠歌，庶用示無斁。

招隱歌

宣德六年敕曰：「朕惟賢者致治之具肆，即位以來，屢詔有司舉德行才智之士，將與共圖治道。然林泉巖谷必有遠引而不輕出者，朕夙夜念之，不能已也。夫枉己求售，非志士之本心；潔身獨善，豈聖賢之中道。故嘗作《招隱之歌》，使幽遠之賢，皆知朕志，庶幾幡然有奮起者。卿等爲國重臣，特示觀之。舉賢爲國，人臣之忠，其必有以勉副斯意，勿徒視爲空言可也。」

吾觀天地化育功，四序五行實任之。軒轅堯舜致熙皞，亦有六相兼臯夔。君臣共濟自往古，大厦豈是一木爲。況予涼薄資，九五承大寶。四海之廣兆姓繁，側席仁賢翼王道。長林大澤，高丘巨壑，豈無懷才抱德者，蕭散幽閒樂其樂。扣舷清歌弄綠水，結巢雲松招白鶴。雲松蒼蒼白鶴飛，翠蘿搖曳春風時。朝饑黃獨，夕茹紫芝，放歌《考槃》什，吟詠《梁甫》詞。如玉在璞韜其輝，天之生才將有爲。屢下求賢詔，明珠寧無遺？中夜有懷起待旦，勞心咨求忘日宴。嗟爾賢人，何樂空谷。有莘幡然起畎畝，傅巖何嘗終版築。磻溪白首還鷹揚，卧龍亦復興南陽。旱歲人間望霖雨，大川利涉需舟航。嗟爾賢人，無爲徘徊。石泉麋鹿非爾伍，風雨天路爲爾開。脱却芰荷衣，掛在青澗隈。翩翩命駕蒲輪來，黄金如山築高臺。待爾爲詠臺與萊，無爲令我悵望思難裁。

喜雪歌

宣德六年十二月辛巳敕曰：「臘後五日之夜，大雪，迨旦而霽，蓋豐年之祥也。因作《喜雪之歌》，與群臣同樂之。已命光禄賜宴，其悉醉而歸。」

一冬晴明人不厭，臘月雪飛尤所喜。從古農占重三白，來年有秋預可擬。昨夜長風廣莫來，號空捲地初停雷。斯須漫漫撒玉屑，千樹萬樹梅花開。大地平鋪皆一色，光輝未數瓊瑶白。四山蒼翠不可尋，但見凌空聳銀壁。憑高四顧真奇觀，日上扶桑朝不寒。昔人勞農享臘惟此時，更説來年豐有期。村村腰鼓聚宴飲，庶幾時平今見之。嗟予菲德臨九五，燮理功能寄丞輔。舉觴相樂拜天庥，永念皇天與皇祖。

御製山水圖歌賜長春真人劉淵然歸南京有序

長春真人劉淵然事太祖皇帝、太宗皇帝、仁宗皇帝以至于朕，凡歷四朝。闡玄元之妙，著感通之功，攄恭秉誠，老而逾篤。今已耄年，志存閒佚，辭歸南京。朕重其去也，因取孔子仁智壽樂之旨，援筆作山水圖賜之，而題詩其端，以寓所以眷厚於老成之意云。

東華之東湛明景，彩霞環繞蓬萊境。瓊芝瑶草春不窮，丹光夜動黄金鼎。淵然老仙崆峒客，萬里歸來此棲息。手持如意青芙蓉，兩臉潮紅頭雪白。頭上玉琢冠，身中雲綉衣。朝朝飛神馭炁超汗漫，直上太清朝紫微。腰間騰龍雙寶劍，秋水光晶寒瀲灧。嘯風呼霆作霖雨，屢注仙瓢蘇下土。功成斂用歸希夷，玄天至道本無爲。眼看民患忍坐視，恤人亦體天之慈。旦來謝别何匆匆，騎鶴徑度江之東。江東龍盤虎踞五雲表，鍾山翠接三茅峰。茅家兄弟青冥上，白日驂鸞定相訪。還來赤松子，亦有安期生。上朝南極壽昌星，好山好水清且明。西方出金桃，南斗斟雲液。長生有曲舞且歌，年過廣成千二百。

宣德七年二月二十六日

猗蘭操

昔孔子自衛反魯，隱居谷中，見蘭之茂，與衆草爲伍，自傷不逢時，而託爲此操。予慮在野之賢有未出者，故擬作焉。

蘭生幽谷兮曄曄其芳，賢人在野兮其道則光。嗟蘭之茂兮衆草爲伍，於乎賢人兮汝其予輔。

宣德七年正月二十日

草書歌

朕幾務之餘，游心載籍。及遍觀古人翰墨，有契于懷，嘗賦《草書歌》以寓意焉。以爾日侍之勞，書以賜之。

草書所自何所授，初變楷法爲章奏。當時作者最得名，崔瑗杜度張伯英。三人真迹已罕見，後來繼之有羲獻。筆端變化妙入神，逸態雄姿看勁健。風驚電掣浮雲飛，蛟龍奮躍猛虎馳。漢晉草法千載師，張顛藏真亦絶奇。一代精藝才數輩，遺墨千人萬人愛。固知頓挫出腕力，亦用飛動生神采。古來篆籀今已訛，何况隸草訛愈多。吾書豈必論工緻，誠懸有言當默識。

宣德七年二月十五日御武英殿書賜程南雲

緑竹引賜都督孫忠

薊門八月霜華濃，何時種竹能成叢。鳳城之陽禁苑東，琅玕萬樹凌青空。光摇太液波心月，高出三山頂上松。祥飇拂拂來天上，鳴金戛玉聲玲瓏。蓬萊宫中日如年，高柯密葉霏雲煙。春陽挺秀百花表，秋月增輝仙桂邊。九夏繁陰覆靈囿，祥麟瑞鶴相周旋。六花凝寒群卉老，清標轉覺生光妍。軒皇昔日初製律，截筒來自崑崙谷。江心磻石桃竹枝，斬根剥皮誇紫玉。何如蓬萊宫中竹，雨露偏多生意足。盤根固節千萬年，遠勝猗猗淇水澳。上林花木熙青春，靈芝瑞草争芳芬。愛此蒼蒼太古色，竹邊幾度停遊輪。世云鳳凰食竹實，又云鳳凰棲竹枝。鳳笙九奏太平曲，鳳兮鳳兮今來儀，予將拭目而觀之。

宣德四年二月二十二日御武英殿書

太液池送黄淮辭政

天香早折仙桂枝，筆花五彩開鳳池。蓬萊之仙直奎壁，近侍九重天咫尺。永樂聖人臨御初，鞠躬稽首陳嘉謨。仁宗監國文華殿，左右謀猷共群彦。朕承大寶君萬方，相與共理資賢良。傾心寫情任舊老，而卿引疾先還鄉。五歷星霜復相見，霜須蕭蕭秋滿面。是時朝旭光升紫殿明，相對清言良慰情。留之累月未盡意，歸心又欲東南征。太液清泠涵碧藻，楊柳芙蓉相映好。鳧鷺鸂鶒弄清波，紫霧紅雲拂瓊島。芳肴在俎酒在壺，工歌《鹿鳴》續《白駒》。君臣大義士所重，心雖庭闕身江湖。雁蕩峰高高不極，中有謝公舊遊迹。采芝斸苓可長年，應在天南憶天北。

喜雪歌賜兵部尚書張本

天氣肅肅當嚴冬，大地凜冽號朔風。扶桑曜雪韜曈曨，屏翳一色浮鴻蒙。斯須素景摇太空，霏花糝葉何茸豐。六出巧自造化工，覆續敷縞遠近同。綴瓊貼瑶緣墻墉，輕盈宛轉穿簾櫳。千門萬户光玲瓏，積平坎窞增丘封。凍合溝瀆流靡通，林沼幻出銀芙蓉。遂令松篁失青葱，翰飛蠕動寂斂踪。萬幾之暇坐九重，豈不自足鮮與醲。一念所重存瘝恫，荷戈披甲防虜戎。况復懷此爲冲冲，維時預兆年歲豐。滋潤辨麥消螟螽，騰歡溢喜畎畝農。

書愧詩示户部尚書夏原吉

關中歲屢歉，民食無所資。郡縣既上言，能不軫恤之。周禮十二政，散貨首所宜。給帛遣使者，發廩飭有司。臨軒戒將命，遄往毋遲遲。命下茍或後，施濟安所期。吾聞有道世，民免寒與饑。循己不遑寧，因情書愧辭。

賜許廓巡撫河南詩

河南百州縣，七郡所分治。前歲農事缺，旱潦始復繼。衣食既無資，民生曷繇遂。顧予位民上，日夕懷憂愧。爾有敦厚資，其性勤撫字。徙者必輯綏，饑者必賑濟。咨詢必周歷，毋憚躬勞勩。虚文徒瑣碎，所至皆實惠。勉旃罄乃誠，庶用副予意。

捕蝗詩示尚書郭敦

蝗螽雖微物，爲患良不細。其生實蕃滋，殄滅端匪易。方秋禾黍成，芃芃各生遂。所欣歲將登，奄忽蝗已至。害苗及根節，而况葉與穗。傷哉隴畝植，民命之所係。一旦盡于斯，何以卒年歲。上帝仁下民，詎非人所致。修省弗敢怠，民患可坐視。去螟古有詩，捕蝗亦有使。除患與養患，昔人論已備。拯民於水火，勖哉勿玩愒。

憫農詩示吏部尚書郭璡

農者國所重，八政之本源。辛苦事耕作，憂勞亘晨昏。豐年僅能給，歉歲安可論。既無糠覈肥，安得緼絮温。恭惟祖宗法，周悉今具存。遐邇同一視，覆育如乾坤。嘗聞古循吏，卓有父母恩。惟當慎所擇，庶用安黎元。

減租詩

官租頗繁重，在昔蓋有因。而此服田者，本皆貧下民。耕作既勞勤，輸納亦苦辛。遂令衣食微，曷以贍其身。殷念惻予懷，故迹安得循。下詔減十三，行之四方均。先王親萬姓，有若父子親。兹惟重邦本，豈曰矜斯人。

憫旱詩

亢陽久不雨，夏景將及終。禾稼紛欲槁，望霓切三農。祠神既無益，老壯憂忡忡。饘粥不得繼，何以至歲窮。予爲兆民主，所憂與民同。仰首瞻紫微，吁天抒精忠。天德在發育，豈忍民瘝痌。施霖貴及早，其必昭感通。翹跂望有淹，冀以蘇疲癃。

離合藏頭七言律詩一首

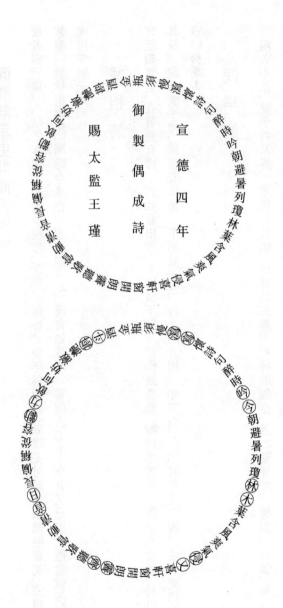

今朝避暑列瓊林葉合風爽氣侵喜軒窗開朗靄[illegible]

宣德四年

御製偶成詩

賜太監王瑾

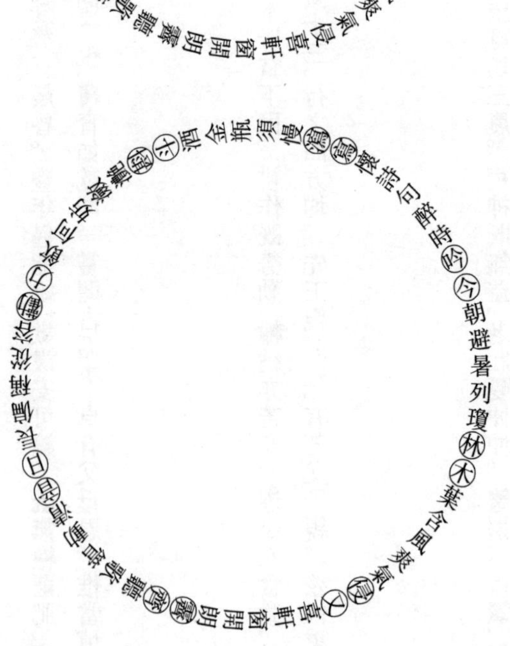

瀟湘八景畫

瀟湘夜雨

濃雲如墨黯江樹，九疑山迷天色暮。蒼松巖下客維舟，魚龍鼓舞飛煙霧。但見長空風雨來，勢與雲夢相周迴。三湘淋灕瀉銀竹，七澤洶湧翻春雷。長江横絶巴陵北，一水悠悠漾空碧。洪濤巨漲頃刻中，虹橋隱隱無人迹。前溪遥見野人家，槿籬茅屋半欹斜。高樓誰得江湖趣，坐聽瀟瀟對燭花。隔浦鍾聲來遠寺，曉色蒼凉喜開霽。青天萬里白雲收，滿目湘山翠欲流。

洞庭秋月

洞庭秋水清徹底，岳陽城頭月初起。巴山落影半湖陰，金波倒浸芙蓉翠。須臾素景當瑶空，寒光下燭馮夷宫。雲夢微茫冰鑒裏，沅湘浩蕩玉壺中。霜華初飛風浪息，萬籟無聲夜方寂。仿佛湘靈汗漫遊，虹橋直跨天南北。但見鷗汀與鷺洲，折葦寒莎帶淺流。縞衣綸巾湘中老，高歌取醉岳陽樓。回看月下西山去，湖水悠悠自東注。洞庭咫尺西南陬，赤岸銀河萬里秋。

山市晴嵐

茅屋幾家山下住，長橋遥接山前路。湖天雨過曉色開，滿市晴嵐帶煙樹。遠山近山杳靄間，前村後村相彌漫。浮藍積翠久不散，懸崖滴露松稍寒。湘市老人頭半白，琴僕從容隨杖舄。林外青帘賣酒家，山殽野蔌漁樵客。洞庭春來湖水生，君山到處花冥冥。波光澄涵横素練，樹色掩映開銀屏。撫景徘徊看未足，颯颯天風滿林麓。何人獨倚岳陽樓，長笛數聲山水緑。

平沙落雁

秋江水落波痕淺，平沙渺渺連天遠。白蘋紅蓼滿瀟湘，枯葦黄蘆迷漢沔。鴻雁恒憐澤國秋，數聲忽報楚天秋。萬里避寒違朔漠，幾行帶雪下汀洲。雲水微茫少矰繳，歲歲南來歡有託。霜田豈乏稻粱謀，江村自得棲遲樂。黄鶴樓前鐵笛鳴，時驚嘹唳兩三聲。湖通巴蜀寒煙浄，天接荆衡暮景澄。嗟爾迢迢自荒服，慕戀中華生計足。行當懋德覆群生，盡使洪纖皆發育。

五六兩聯連押二「秋」字，因出聖製，未敢輕議。

遠浦歸帆

斜陽欲掛晴川樹，丹霞遠映瀟湘浦。洞庭湖上接星沙，萬里歸舟自何處。雲帆縹緲天際來，勢壓滔天雲浪摧。須臾已達漢江曲，江聲汹涌如鳴雷。漢陽城頭夜吹角，暫從鸚鵡洲邊泊。長笛一聲山月低，殘燈數點江雲薄。西蜀滇南與海通，浮波來往自無窮。暮天已捲三湘霧，曉日還懸七澤風。突兀危樓瞰江水，臨眺何人頻徙倚。寒鴉飛盡淡煙收，浩蕩瑶空浄如洗。

漁村夕照

岳陽城頭望湘浦，芳草垂楊迷古渡。晴嵐霏白夕陽紅，渺渺江村天欲暮。漁家茅屋住汀洲，罷釣歸來穩繫舟。自念生涯在網罟，臨風高掛向船頭。出水鮮鱗雜紫蟹，罏頭有酒還堪買。東鄰西舍當此時，懽笑聲餘歌欸乃。豚魚吹浪白連天，隔江賈客促歸船。餘光遠映雙凫外，殘影半落孤鴻邊。湖上高樓雲外起，下瞰湖湘千百里。憑高一望楚天低，雲樹蒼蒼暮山紫。

煙寺晚鐘

煙光漠漠春山紫，古寺深藏萬松裏。夕陽西墜群壑陰，隔林藹藹疏鐘起。瀟湘無風波浪停，恍如水底鳴長鯨。山僧策杖歸來晚，遥聽穿雲百八聲。緩急因風如斷續，遠徹山阿并水曲。已隨暮角響江城，更送樵歌出林麓。乘橋二客心悠然，偶立遥看瀑布泉。高山流水有深意，咫尺不聞音韻傳。乾坤無塵萬籟静，朗然空谷聲相應。高秋正遇曉霜清，分明若向豐山聽。

江天暮雪

大江東去天連水，薄暮蕭蕭朔風起。須臾吹却凍雲同，六花亂撒滄波裏。橋南橋北樹槎牙，隔浦紛紛集晚鴉。馬嘶百折蟠雲路，犬吠孤村賣酒家。俯仰山川同一色，眼前不辨浪花白。茫茫七澤與三湘，分明皓彩遥相射。漁翁獨酌寒江濱，頃刻瓊瑶飛滿身。得魚醉唱湖南曲，欸乃一聲天地春。有時倚棹弄長笛，洞庭景物清無敵。中流迢遞望君山，但見遥空聳銀壁。

瑞香花詩 有引

瑞香花有數種，或紅，或白，或紫，春早盛開，芬馥可愛，蓋唐、宋人多有賦詠之者，予亦見諸短篇云。

瑞香花，葉如織。其葉非一狀，花開亦殊色。或如瑪瑙之殷紅，或如玉雪之姿容。或含淺絳或深紫，細蕤叠萼芬玲瓏。臘後春前花未放，先春獨占梅花上。繞枝芳意露毰毸，萬卉千葩總相護。曈曨旭日照階墀，淡蕩香風拂面時。初疑沉檀爇寶鼎，亦似蘭麝熏人衣。瑞香花，樹高三尺强。山杏野杏動逾丈，得以幽叢約馥香。

宣德六年十月二十四日

水亭偶成

臨流亭館凈無塵，落澗流泉處處聞。半濕半乾花上露，飛來飛去嶺頭雲。翠迷洞口松千箇，白占林梢鶴一群。此地清幽人不到，惟留風月與平分。

樂静詩

暮色動前軒，重城欲閉門。殘霞收赤氣，新月破黄昏。已覺乾坤静，都無市井喧。陰陽有恒理，斯與達人論。

四景

水影虚涵一鏡中，晴光揺蕩暖雲紅。小桃花重初經雨，弱柳絲柔屢舞風。
暑雨初過爽氣清，玉波蕩漾畫橋平。穿簾小燕雙雙好，泛水閑鷗個個輕。
新秋凉露濕荷叢，不斷清香逐曉風。滿目穠華春意在，晚霞澄錦照芙蓉。
池頭六出花飛遍，池水無波凍欲平。一望玻璃三百頃，好山西北玉爲屏。

幸史館

天命余躬撫萬方，丹心切切慕虞唐。退朝史館咨詢處，回視文星爛有光。

過史館

蕩蕩堯光四表，巍巍舜德重華。祖考萬年垂統，乾坤六合爲家。

上林春色

山際雲開曉色，林間鳥弄春音。物意皆含春意，天心允合吾心。

詠撒扇 見梅純《猖齋日記》

湘浦煙霞交翠，剡溪花雨生香。掃却人間炎暑，招回天上清凉。

孝宗敬皇帝一首

孝宗皇帝，本朝之周成王、漢孝文也。聖學緝熙，光明純粹。學士張元禎進講性理，索《太極圖》觀之，曰：「天生斯人以開朕也。」《静中吟》一絶，見於李東陽《麓堂集》。粹然二帝三皇典謨訓誥，不當以詩章求之也。

静中吟

習静調元養此身，此身無恙即天真。周家八百延光祚，社稷安危在得人。

先臣李東陽贊曰：「於赫先帝，有靈在天。明爲日月，散爲雲煙。發爲文章，星宿森布。二十八字，應宿之數。造化之動，以静爲體。萬物育焉，天地參矣。其機在我，致用則人。調元代工，有君有臣。大哉王言，衆理兼有。惟德與功，爲三不朽。在天地間，並久俱長。舊臣哀慕，何日而忘。」

武宗毅皇帝四首

正德十五年，上自稱威武大將軍。南巡至鎮江，幸大學士楊一清私第。御製詩十二首，以賜一清，命一清即席恭和，歡宴霑醉，夜闌而罷。相傳上將臨大學士靳貴喪，命詞臣撰祭文，皆不稱旨，乃御製一首云：「朕居東宫，先生爲傅。朕登大寶，先生爲輔。朕今南游，先生已矣。嗚呼哀哉！」代言之臣老於文學者，皆嘆息斂手。野史載上幸宣府，製小詞，有「野花偏有色，村酒醉人多」，蓋天縱聖神，言語文字之妙，信不關學問也。

賜大學士楊一清詩

致仕還鄉

時光疾箭催人老，先後恩榮世間少。雖然私第保餘年，每日心懸侍天表。

鑾輿幸第

車駕親臨茂社堂，璽書高掛耀龍章。升平宴罷明良會，盛事流傳萬載香。

攔門勸酒

歡飲醺醺出相門，勞卿再四勸金尊。南征已定旋師旅，去暴除殘第一人。

上馬留題

正德英名已播傳，南征北剿敢當先。平生威武安天下，永鎮江山萬萬年。

大明正德龍集庚辰後八月二十日，錦堂老人書于大學士楊一清私第。

車駕駐潤州幸少傅楊公私第歡燕累日恭述六首

鎮江府同知嚴時泰

先朝宰輔寓京師，翠輦臨門或有之。獨是遠臨家食地，無人得似荷恩私。

夜深蓮炬半燒過，模寫神功入詠歌。直繼詩人《常武》什，下看韓愈頌元和。

柳宿垂光應不虚，百花深處設仙厨。不愁調膳無滋味，舊日鹽梅尚有餘。

芳園一日駐龍旂，從此清芬勝舊時。想是御香零落在，花神收拾上花枝。
才宣索句便相催，頃刻吟成燭未灰。寫進御前蒙鑒賞，親聞天語嘆奇才。
夜深花露滴高枝，還許殷勤進壽巵。聽得侍臣私共語，天顔喜劇倍常時。

又六首

國子生臣孫育

神武威南服，龍舟駕巨濤。匽兵宣略遠，定亂禹功高。日彩浮黄鉞，雲光動赭袍。老臣三稽首，復恐聖躬勞。

海宇承平日，明良慶會時。虹光連井鉞，緑野繞參旗。荷寵星辰近，承恩雨露私。還聞天鑒邇，政積在西陲。

待隱留仙蹕，名園異雒陽。禮遵周制度，賦奏漢文章。樹映螭頭曉，花迎雉尾香。忽聞鳴鳳吹，又進萬年觴。

三顧承恩渥，回鑾此日過。綺樓輝寶宇，花浦接銀河。樂奏鳴球叶，歌傳在藻多。唐虞今復見，盛德迥難磨。

南陽延帝幄，莘野訪臣廬。雨驟千軍騎，雲屯七聖車。瓊筵張趙瑟，華燭轉燕裾。史館行宣付，勳庸合屢書。

萬舞臨周宴，清歡一夕同。聖情春浩蕩，天翰日昭融。裊裊金飈度，厭厭玉漏中。載歌賡《既醉》，花外已鳴鍾。

興獻王睿宗獻皇帝一首

成化二十三年，王甫髫齔，受封出閣，學於西館，鋭志經史，有《含春堂集》。分藩之國，有《恩紀詩集》。嘉靖五年，命司禮監重刊。

楊 柳

金絲縷縷是誰搓，時見流鶯爲擲梭。春暮絮飛清影薄，夏初蟬噪緑陰多。依依弱態愁青女，裊裊柔情戀碧波。惆悵路歧行客衆，長條折盡欲如何。

世宗肅皇帝二首

上生五齡，穎敏絶人，獻皇帝口授，輒成誦。萬機之暇，喜爲詩文。大學士楊一清進呈元宵詩，有「愛看冰輪清似鏡」之句〔一〕，上以爲類中秋詩，改云「愛看金蓮明似月」，一清疏謝，以爲曲盡情景，不問可知爲元宵作矣。嘗與閣臣費宏等賡唱，張、桂忌而阻之，以爲雕蟲小技，不足勞聖慮。然是時館閣大臣皆乏黼黻之才，不能有光聖學，誠可嘆也。

〔一〕「愛」字原闕，據小傳本補。

饗

太廟禮成，賜張元輔。

戊子新正吉，春享祖廟親。祀事欣已成，肅駕迴宫宸。登輦偶一顧，輿南一輔臣。貎奇真才傑，形端氣志伸。外焉秉貞一，内則抱忠純。誠正輔吾躬，清白飭乃身。予喜荷天眷，賚賢作邦仁祖廟諱。庶幾臯夔輩，望以康斯民。

秋日即事詩三章送元輔張羅山 恭録一章

拂暑金風動衮裳，滿天商吹動新涼。農家萬寶收成後，十里遥聞禾黍香。

神宗顯皇帝 一首

上天藻飛翔，留心翰墨，每攜大令《鴨頭》九帖、虞世南臨《樂毅論》、米芾《文賦》以自隨。《勸學詩》一章，御書賜太監孫隆，刻石吴中者也。帝奉兩宫純孝，内府藏顏魯公書《孝經》，得之如珙璧，命江陵相裝潢題識，珠囊綈几，未嘗一日去左右。喪亂之後，朝士以百錢買得之。魯公法書精楷，儼如《麻姑仙壇》。每章有吴道子畫，精彩映發，手若未觸。天球琬琰，零落人間，躬閲之餘，不自知清淚之沾漬也。

勸學詩

斗大黄金印，天高白玉堂。不因書萬卷，那得近君王。

列朝詩集乾集之下

蜀獻王 六首

王諱椿，高皇帝第十一子。孝友慈祥，博綜典籍，容止都麗，雅尚儒素。嘗奉命閱兵中都，即闢西堂，延攬名士李叔荆、蘇伯衡等，商榷文史〔一〕。高皇帝呼爲蜀秀才。之國初，即聘漢中教授方孝孺爲世子傅，待以賓師之禮，名其讀書之齋曰「正學」。方正學之稱自此始。永樂二十一年薨，謚曰憲。詩文名《獻園集》。

〔一〕「文史」，各本俱作「玄史」，據《明史》本傳改。

送希直先生還漢中詩

嵋山峨峨，江水泱泱。我疆我理，俾民以康。靡言匪衣，靡善匪得。閲士孔多，我敬希直。謙以自牧，卑以自持。雍容儒雅，鸞鳳之儀。有學有識，乃作乃述。追之琢之，金玉之質。侍我經筵，不倦以勤。非德不言，非道不陳。職思其歸，義不可奪。采采者芹，伺教如渴。爰秣其馬，爰振其衣。拜手稽首，載辭而歸。昔之來也，春日遲遲。今之歸也，涼風凄凄。悠悠我心，念子良苦。爰命辭臣，飲餞江滸。王道如砥，既歌且詠。八月初吉，抵于南鄭。沔彼江漢，亦合而流。瞻彼岷峨，鬱其相繆。心之知矣，臨别繾綣。子如我思，道豈云遠。歲行在子，文闈秋開。較藝至公，遲子西來。

賜方教授詩三首

伊昔開東閣，相看眼獨青。文章奏金石，衿佩睹儀刑。應世遊三輔，焉能困一經。前星垂炳耀，染翰侍彤庭。

聞説眼空天下士，只疑身是洛陽人。少年有學談仁義，高論無慚問鬼神。九載之官看教育，萬言詣闕聽敷陳。曳裾已在長沙日，知己相逢此志信。

四十雖聞不動心，平生富貴豈能淫。屢蒙論薦來天禄，自負文章入翰林。養望也須添白髮，觀光仍遣教青衿。河間好古嗟予慕，多士從遊愛子深。

送胡志高赴漢中兼柬方希直

胡子蜀中士，受公知更深。不憚三巴路，欲成仁者心。伊昔韓門士，籍湜蒙賞音。勖哉今胡子，願無愧鄭林。鄭公智、林良顯

讀基命録

武皇稱汲黯，近古社稷臣。卓乎天地間，百世有餘芬。宋公廊廟姿，志慮殊精純。由來慕前烈，願學在斯人。雖處江湖遠，擬欲踐臣鄰。苟非堯舜道，肯向黼扆陳。嘗笑賈太傅，前席對鬼神。著述累萬言，所言皆歸仁。爲君觀此書，四海屬經綸。爲臣觀此書，有術能致君。聖賢友多聞，我亦忝嘉賓。持此以贈我，讀之至夜分。撫卷再三嘆，良可媲《典》《墳》。

孝孺詩序云：「臣近述《基命録》，粗載三代帝王寬厚之政，以寓忠愛之私。幸徹睿覽過，蒙賜詩寵褒，詞高旨遠，復增慚荷，謹依韻略陳情，以謝萬一云。」

寧獻王 二首　《宫詞》七十首

王諱權，高皇帝十六子〔一〕。生而神姿朗秀，白皙美鬚髯。始能言，自稱大明奇士。好學博古，諸書無所不窺。旁通釋老，尤深於史。洪武二十四年册封，之國大寧〔二〕。文皇帝踐祚，改封南昌，恃靖難功，頗驕恣，多怨望不遜。晚年深自韜晦，所居宫庭無丹彩之飾，覆殿瓴甋不請琉璃。構精廬一區，蒔花藝竹，鼓琴著書其間。晚節益慕冲舉，自號臞仙。建生壙緱嶺之上，數往游焉。江右俗故質樸，儉于文藻，士人不樂聲譽。王弘奬風流，增益標勝。海寧胡奎以儒雅著名，請爲世子師傅者七年，告老而歸，爲輯其詩文，序而傳之。凡群書有秘本，莫不刊布國中。所著《通鑒博論》二卷、《漢唐秘史》二卷、《史斷》一卷、《文譜》八卷、《詩譜》一卷、《神隱》《肘後神樞》各二卷、《壽域神方》四卷、《活人心》二卷、《太古遺音》二卷、《異域志》一卷、《遐齡洞天志》二卷、《運化玄樞》《琴阮啓蒙》各一卷、《乾坤生意》《神奇秘譜》各三卷、《采芝吟》四卷，其他注纂數十種，經子、九流、星曆、醫卜、黄冶諸術皆具。古今著述之富，無逾王者。又作《家訓》六篇、《寧國儀範》七十四章。

〔一〕「十六」，《明史》本傳作「十七」。

〔二〕《明史》本傳及《諸王世表》並云之國大寧在洪武二十六年。

日蝕

光浴咸池正皎然，忽如投暮落虞淵。青天俄有星千點，白晝争看月一弦。蜀鳥亂啼疑入夜，杞人狂走怨無天。舉頭不見長安日，世事分明在眼前。

史稱王怨望不遜，以《日蝕》詩徵之，信矣。

囊雲詩

蒸入琴書潤，粘來几榻寒。小齋非嶺上，弘景坐相看。

臞仙每月令人往廬山之巔囊雲以歸，結小屋曰「雲齋」，障以簾幕，每日放雲一囊，四壁氤氲裊動，如在嵓洞。昔陶弘景行山中，聚雲囊内，遇客趣放之爲贈。 矅仙風致，不減弘景也。 余觀周憲王有《送雪》詩，矅仙囊雲，憲王送雪，此宗藩中佳話，可屬對也。

宫詞一百七首録七十首

胡人不能揚舲，海人不能騄驥，所處之地非也。 大概宫詞之作，出於帝王宫女之口吻，務在親睹其事，則叙事得其真矣。 予生長於深宫之中，豈無以述乎？ 雖不盡便娟之體，其傳染寫真之意間有所似，可謂把鏡自照，不亦嫿乎？ 乃以百篇叙其事，未知識者爲何如耶。 永樂戊子五月，矅仙題。

閶闔雲深鎖建章，曈曨旭日射神光。 紫宸肅肅開黄道，萬歲聲聲拜玉皇。

樓閣崔嵬起碧霄，微聞仙樂奏簫《韶》。 天風吹落宫人耳，知是彤庭正早朝。

才開雉扇見宸鑾，天樂催朝盡女官。 寶駕中天臨百辟，五雲深處仰龍顔。

太平有象樂時雍，刁斗聲閒罷夜烽。 從此宫中無事日，《南風》惟奏五絃桐。

宵旰常存爲國心，大庭决政每親臨。 退朝鎮日憑綈几，御筆常書丹扆箴。

天鷄初報五更籌，萬户簾旌控玉鈎。 合殿報傳妃子過，御香先到鳳墀頭。

銀潢斗轉掛疏櫺，翡翠窗紗夜未扃。 三弄琴聲彈大雅，一簾明月到中庭。

忽聞天外玉簫聲，花下聽來獨自行。 三十六宫秋一色，不知何處月偏明。 永樂間，上寵幸高麗賢妃權氏，穠粹，善吹簫，宫中争效之。 故矅仙《宫詞》有「天外玉簫」及「美人猶自學吹簫」之句，王司彩《宫詞》亦云「贏得君王留步輦，玉簫嘹嚦月明中」，皆紀實也。

鈞天迭奏昆明池，桃花春暖魚龍嬉。殘妝洗作胭脂水，流出宫墻污燕泥。
十二銀屏十二峰，一峰一個繡芙蓉。東風吹醒陽臺夢，人在珠簾第幾重。
宫花著雨漸應稀，柳絮因風不肯飛。恰似太真春睡重，玉容嬌惰不勝衣。
昨夜梅花漏蚤春，和香和月弄精神。休教玉笛三更奏，驚起含章夢裏人。
暖日烘晴淑氣嘉，春風先發上林花。鶯朋燕友時相得，似識東城帝子家。
霽天旭日敞金扉，和氣氤氲滿禁闈。寶殿晝長簾幕静，牡丹花下蝶交飛。
翡翠空間雲母屏，宫娥夜坐數流螢。月華淡淡清無暑，笑把瑶笙學鳳鳴。
太液池中翻翠荷，小娃學唱採蓮歌。畫船不繫垂楊下，盡日隨風漾碧波。
一點芳心足未休，兩般心事上眉頭。楊花不逐風前舞，偏趁游絲繫舊愁。
溶溶庭院梨花月，風静時聞笑語妍。今夜婕妤猶帶酒，鞦韆蹴破柳間煙。
寶妝蟬鬢鞞金翹，露下銅盤月影遥。春思逼人眠未穩，閒開棋局度清宵。
秋來處處搗衣聲，小院梧桐月正明。促織絮寒霜氣白，隔墻誰弄紫鸞笙。
學畫娥眉弄晚妝，嬌羞無語暗思量。新來未識龍顔面，偷揭珠簾看上皇。
鎮日無人獨掩門，梨花月上又黄昏。空餘孤枕不成寐，撥碎琵琶彈淚痕。
曲闌開遍紫薇花，曉日曈曨映彩霞。幾處笙歌鳴别院，不知聖御在誰家。

玉闌干外木犀開，應是西風昨夜來。宮女不知清露重，折花偷插鳳凰釵。
海棠亭上月華明，一夜東風酒半醒。隔簾鸚鵡學人語，恰似君王喚小名。
屈指颦眉嘆歲華，總將心事付琵琶。不堪彈到關心處，蝴蝶雙飛上鬢花。
庭梧秋薄夜生寒，誰把箜篌别調彈。睡覺滿身花影亂，池塘風定月團團。
小院飛花春晝長，竹陰移午上琴牀。等閒不鼓《求凰操》，怕使六宮人斷腸。
自蒙君寵到昭陽，衣袖猶聞寶串香。半倚朱門久凝睇，和愁和月待昏黄。
深院日長瑶草生，重門不見幸車行。落花爲怨東風急，一夜春歸到帝京。
柳色偏承雨露恩，也將青眼暗窺人。可憐不解東風意，仍把柔條綰舊春。
杏雨紛紛滿徑迷，穿簾燕補落花泥。銜將春色歸巢去，辜負鶯兒枝上啼。
自入長安帝子家，一年一見紫薇花。花開花落年年事，不管愁人鬢又華。
擁衾攲枕暗傷心，起坐窗前弄玉琴。曾使君王痛憐惜，曲中猶寫《白頭吟》。
重重簾幕掩流蘇，花下相攜到玉壺。報道停斟半含醉，踉蹌起舞倩人扶。
寒蟬泣露曳秋聲，楊柳枝頭淡月明。半掩籠門怕關上，今宵猶恐幸車行。
池塘驟雨打新荷，點點如珠似淚多。縱把金針穿不得，幾回搔首奈愁何。
夜半蘭房春守宫，龍膏香浥紫金筒。封綃一點春無已，幾度花開不減紅。
素梅有意爲誰香，故出宫墻作淡妝。昨夜夢魂清入骨，覺來斜月到椒房。

幽花竹下自芬芳，旋摘瓊葩帶露香。收拾風光妒春色，六宮從此學新妝。

庭樹團團作翠陰，夜涼清話坐更深。無端感起閒愁思，彈到梅花月滿琴。

魫魚窗冷夜迢迢，海嶠雲飛月色遥。宮漏已沉參倒影，美人猶自學吹簫。

懶把金針繡鳳凰，睡窗絨縷暗留香。支頤半晌心如醉，倚遍闌干待晚妝。

綵勝雙雙鬭鳳釵，薄羅金縷燕花牌。宮中先得陽和氣，知是春從天上來。

重簾不捲下瓊鉤，户户迎風雪打頭。時有笑聲來别院，故知宮女笑藏鬮。

一夜瑶花滿禁階，曉來旭日映西齋。宮人團雪作獅子，笑把冰簪當玉釵。

歌扇金書御製詩，桃花風軟鷓鴣枝。舞回體態嬌無力，絶勝當年唤雪兒。

金碧團屏面面開，琴書盈几列平臺。晚涼偷把瓊簫弄，忽報鑾輿聖駕來。

雕檐蟾魄度罘罳，蛛網呈祥墜喜絲。知是昭陽有恩澤，燈花昨夜結紅芝。

寒蛩唧唧草間鳴，唤出新秋無限情。霜露滿天紅葉老，有人愁聽搗衣聲。

旋研花露試新妝，惹得遊蜂上下狂。羞把香紈撲蝴蝶，對人佯整薄羅裳。

一自承恩入建章，爲憐妾貌侍君王。殿頭自此書名字，日日聯班近御牀。

新選昭儀進御來，女官争簇上平臺。宮中未識他名姓，都把花名作字猜。

宮女新傳御製詞，人人争唱鬭歌時。嬌嗔不識伊州譜，錯把腔兒念作詩。

小立東風半掩門，楊花撲面也親人。妾心已作霑泥絮，不化浮萍到水濱。

銀漢沉沉玉漏遲，一鈎斜月上花枝。恰似徐熙新扇面，美人歡笑共題詩。

寂寂重門夜沉寥，天風時送御香飄。三十六宮秋月白，美人花下教吹簫。

赴宴歸來酒正酣，半嗔半喜又羞慚。向人佯笑不成語，推捲羅衫理玉簪。

掬面東風酒暈濃，頻將羅扇掩羞容。抬頭衹恐君王見，佯把金針花下縫。

效顰常鎖遠山愁，蹙損東風翠黛羞。笑貼鬢鈿雙玉燕，一天秋思上眉頭。

誰剪吴江一幅綃，巧裁宮樣縷金袍。妖嬈偏稱腰肢小，每向龍墀侍早朝。

沉沉庭院夜如何，坐看黃姑織女過。月下偶然應識面，誰知人世有嫦娥。

上苑尋芳挹翠華，東風先到帝王家。宮娥不識春歸去，争插庭前芍藥花。

近來嬌怯不勝衣，瘦損春風玉一圍。落盡海棠春又暮，緑楊枝上燕于飛。

遠山凝翠疊青螺，秋水芙蓉映碧波。門外晚晴無限意，梧桐葉落已無多。

金蓮步步響迴廊，未到先聞寶串香。知是六宮妃子至，殿前嘹喨奏笙簧。

月奩金鏡綺窗寒，雲母屏開五色鸞。寶篆有香椒壁靜，一簾紅雨杏花殘。

翠盤金縷絳紗籠，銀燭熒煌照漢宮。應制草詞書細字，燈花報喜吐殷紅。

禁城春色又將過，歲月於人柰老何。不向鏡中添白髮，玉顏猶勝舊時多。

輦路飛花滿翠陰，數年無復幸車臨。獨有海棠枝上月，幾番圓缺到如今。

附見　黄省曾十二首

洪武宫詞十二首

君王新拱虎龍都，萬户千門天上圖。不似六朝繁粉黛，内宫聊選備承呼。

六院沉沉六觀傍，西宫紫殿起中央。夫人别與蘭闈貯，盡飾金籠彩璧箱。

鷄鳴天子下牀梯，内直紅妝兩隊齊。閶闔虎頭門大啟，春星猶帶紫宫低。

金鋪玉户月流輝，寶座瑶堂映紫衣。聖主觀書居大善，三更龍輦未言歸。

内花園裏動春遊，四面參差五石頭。玉砌琳階儲碧水，龍葭吹向小亭留。

君王蚤起視千官，金奩争催具鳳餐。紅粉珠盤排欲進，再三擎向手中看。

雲簷排比玉妃房，户户俱鋪紫木牀。聖后從來敦内治，不教雕鏤雜沉香。

鑿教金井受天光，小小銀瓶掛玉牀。此是聖人新制度，諸宫各院盡相當。

清萱到處碧鬖鬖，興慶宫前色倍含。借問皇家何種此，太平天子要宜男。

九五飛龍寶殿高，朝回常倚赭黄袍。星祥一過天王目，午夜披衣不厭勞。

長春門裏清明日，上苑蘭風花鳥繁。焚却紙錢啼泣罷，又隨龍輦向西園。

金鋪日月門將啓，諸院争先畫翠蛾。高髻紗籠向何處，六龍牀上看皇哥。

漢王高煦一十首

高煦，太宗第二子。倚恃靖難功，傾動東朝，太宗幾爲所惑。宣德八年，發兵反，鎖縶逍遥城，以銅缸熔炭，負之而死。煦在藩邸，製《擬古》、《感興》詩二十八篇，其臣僚鏤版行之，盛稱其英資睿智，雄才蓋世，合二聖之規模，成一代之製作。蓋其奪嫡深謀，頗見於此，而史稱其日事游嬉，不肯學問，史家嚴辭溢惡，或未可盡信也。

擬古詩六首　永樂五年

三五肇人極，聖道何巍巍。夏殷逮成周，文風漸弘開。吕政絶天紀，殘苛恣雄猜。萬姓坐塗炭，六籍成寒灰。自謂世無敵，沙丘忽崩摧。阿房樂未央，長城空怨堆。人文至今存，狂秦安在哉？千古驪山下，穢德銜餘哀。

武皇藉文景，民殷倉粟陳。不守清净化，開邊政多門。四方屢遊幸，萬里行三軍。有子不自保，哀哉真少恩。外虚仁義名，奈兹多欲身。神仙在何處，茂陵今幾春。

自古寺人職，司閽供灑掃。秦漢始撓政，國本亦枯槁。唐初任猶輕，高貴在天寶。淪胥宣懿間，神器由顛倒。門生詆天子，尊重壓元老。社稷遂已墟，群閹那自保。全忠不堪忿，殲殄何草草。嗟哉太宗業，家奴壞王道。後世宜鑒之，慮患防須早。

道君莅天位，聰明邁前人。紹述溺新法，棄彼藝祖仁。昏荒事花石，艮嶽排秋旻。師相寵京貫，狂妄開燕雲。藩籬既已撤，狼虎俄成群。吞噬至骨肉，和議尚紛紜。父子徙沙漠，中原陷胡塵。至今竊憤録，一覽猶傷神。

磊落元始祖，英名出天然。繼統一海内，彬彬任才賢。偃武重斯文，生民皆息肩。從容頗中道，暗合如有傳。胡俗思改易，華風未能全。文統與桑哥，相繼專威權。兹誠損盛德，誅殛斷弗憐。貽謀計亦疏，國運無百年。

順帝饒巧思，良工弗能及。奇后褻坤儀，儲子驕相襲。奸回屢登崇，弊政滋郡邑。群雄遂蜂起，志士如龍蟄。脱脱力未展，擴廓兵方集。信讒忌成功，九廟斯橐炭。不有昏政乖，那歸皇祖急。曆數在聖明，萬代洪基立。

感興二首

東風拆群植，淡蕩吹芳辰。鳥鳴聲已和，得氣先于人。况我聖明父，奉天弘至仁。遂令六合裏，萬物皆生春。朝迴坐齋閣，怡然樂吾真。詩章學古雅，琴調多清新。緬懷古哲王，寶賢安國民。予才雖未逮，有志當期伸。

疏梅帶小雪，皎皎當前楹。暗香襲羅幕，詩懷浩然清。呵手寫新句，異彼塵俗情。追詠古帝王，得失相與評。汗青究心迹，丹鉛分重輕。知我及罪我，愧彼春秋名。寒月照綺窗，冏冏爲我明。整襟重自警，凜冽如懷冰。

懷仙歌賜周玄初永樂四年九月十九日。見周玄真《鶴林類集》。

我懷蓬島之仙人，驂鸞朱鳳騎紫麟。瑶池清宴接談笑，誤落塵寰經幾春。青童昨夜傳書至，中有琅函洞章字。洞口桃花似舊時，門外孤松發新翠。椷書欲報碧雲遠，薜葉女蘿若在眼。方平倘會蔡經家，爲報扶桑水清淺。

洞天秋望賜周玄初

蓬萊宫闕涵清秋，羽客臨風閑倚樓。海天一碧湛杯水，塵埃九野分中州。雲裏仙歸鳴佩玉，紫鳳琪園自棲宿。遥瞻西極半林青，知是瑶池桃未熟。

周憲王《誠齋録》四十六首，《元宫詞》一百首

王諱有燉，周定王之長子，高皇帝之孫也。洪熙元年襲封，景泰三年薨〔一〕，在位二十八年，謚曰憲。王遭世隆平，奉藩多暇，勤學好古，留心翰墨，集古名蹟十卷，手自臨摹勒石，名《東書堂集古法

帖》，歷代重之。製《誠齋樂府傳奇》若干種，音律諧美，流傳内府，至今中原絃索多用之。李夢陽《汴中元宵》絶句云：「中山孺子倚新妝，趙女燕姬總擅場。齊唱憲王新樂府，金梁橋外月如霜。」繇今日思之，東京夢華之感可勝道哉？王詩有《誠齋録》、《新録》諸集傳於世。如《春日》云：「深巷日斜巢燕急，小樓風静落花閑。」《春夜》云：「彩檻露濃垂柳濕，珠簾風静落花香。」《秋夜》云：「梧桐露滴鴛鴦瓦，楊柳風寒翡翠堂。」《牡丹亭書景》云：「鶯歸小院穿青柳，燕蹴飛花過粉墻。」《日暮》云：「林鳩唤友常知雨，海燕將雛不避人。」《雲林清趣》云：「採藥一僧雲外去，巢松雙鶴雨中還。」《送人》云：「南浦斷虹收雨去，西風新雁帶霜來。」《漫興》云：「南國音書歸雁盡，西園風雨落花愁。」《和王長史》云：「採得藥苗還竹徑，着殘棋子坐花陰。」《紅心驛》云：「枕上夢迴鶯語滑，窗前風定柳陰凉。」《横堤晚望》云：「神如秋水十分净，心似中原萬里平。」皆風華和婉，渢渢乎盛世之音也。

〔一〕《明史·諸王世表》作「正統元年襲封，四年薨」。

宫詞四首

屏掩春山夜漸長，秋來處處有新凉。一天明月星河澹，滿殿風吹茉莉香。

秋深凉氣滿樓臺，落葉蕭蕭擁玉階。清曉九門金鎖掣，監宫先報進鷹來。

勁翮凝霜晝不成，馬前多是内官擎。鷹坊下直人争問，誰貢河東白海青。

三山冰合放鷹時，千騎如雲授指麾。日暮六街塵滚滚，馬前横抱白鵝歸。

緑腰琵琶 亦云六么琵琶。

四面簾垂碧玉鈎，重重深院鎖春愁。緑腰舞困琵琶歇，花落東風懶下樓。

楊柳枝二首

春來折盡更逢春，舊折長條又復新。誰有行人相送別，今年不是去年人。

莫折柔絲五尺金，一絲絲繫別離心。春風吹到無情處，亂滚香綿結晝陰。

竹枝歌二首

春風滿山花正開，春衫女兒紅杏腮。儂家蕩槳過江去，爲問阿郎來不來。

巴山後面竹鷄啼，巴水前頭沙鳥棲。巴水巴山到郎處，聞郎又過石門溪。

柳枝歌三首

白居易《楊柳枝》云：「永豐西角荒園裏，盡日無人屬阿誰。」宣宗朝，樂工唱此詞，遂令中使取二株植於苑中。予于洪武年間至長安，尋訪永豐坊，乃在陝西城内東兩街，尚有垂楊，柔枝拂地，愛而賦之。

蘇小門前萬縷垂，白家園内兩三枝。聽歌看舞人何在，惟有東風展翠眉。

三月風和散曲塵，枝枝垂地每傷神。爲君繫得春心住，忍折長條送遠人。
宛轉千條罥晚風，拖煙帶雨渭城東。征衫點得輕輕絮，寄入《陽關》曲調中。

和白香山何處難忘酒六首

何處難忘酒，年光似擲梭。清明憐已過，春色苦無多。席上紅牙板，花前皓齒歌。此時無一盞，争奈牡丹何。

何處難忘酒，初秋暑尚存。雙星渡銀漢，微月照黄昏。瓜果排中閤，笙歌拂小軒。此時無一盞，何以待天孫。

何處難忘酒，遥登庾亮樓。歌聲通上界，笑語在瀛洲。玉宇晴無際，冰輪夜不收。此時無一盞，何以玩中秋。

何處難忘酒，重陽戲馬臺。菰蒲隨水落，橘柚待霜催。蟋蟀吟將老，茱萸插幾回。此時無一盞，黄菊向誰開。

何處難忘酒，寒窗一局棋。新篘開竹葉，老樹發梅枝。撥火煨霜芋，圍爐詠雪詩。此時無一盞，虚度小春時。

何處難忘酒，深冬掩鳳幃。管絃清曉發，獵騎夜深歸。羊角旋風起，鵝毛大雪飛。此時無一盞，辜負黑貂衣。

擬不如來飲酒八首

莫向忙中去，閑時自養神。功名一場夢，世界半分塵。日月朝還暮，時光秋復春。不如來飲酒，醉裏樂天真。

寄語紅塵客，其如歲月何。新詩隨意寫，時曲放懷歌。老去朱顔改，年高白髮多。不如來飲酒，看我舞婆娑。

攫攘何因爾，終朝傀儡牽。望塵忙趁市，滿貫苦多錢。造物商巖板，羲和穆駿鞭。不如來飲酒，一醉大家眠。

世態看來熟，浮生何苦忙。好花供老眼，佳茗刷枯腸。池上紅鴛並，簾前紫燕翔。不如來飲酒，高卧北窗凉。

故友成衰謝，新交未是儔。心勞悲幕燕，計拙笑巢鳩。莫作少年事，休將老態愁。不如來飲酒，賞玩菊花秋。

莫入三街市，宜乘九夏凉。隨緣得妙術，守分是仙鄉。寫字騰龍虎，吹簫引鳳凰。不如來飲酒，爛醉錦箏傍。

羨我霜髯老，逢時正太平。園畦頻點檢，書畫悦心情。緑竹栽些箇，紅棋著一枰。不如來飲酒，且莫問輸贏。

幸喜身康健，休論愚共賢。詩聯有神助，老懶得天全。十日一風雨，三家百頃田。不如來飲酒，同樂好豐年。

朝謁皇陵

萬壑松風捲翠濤，花間晴露滴征袍。龍收夜雨歸滄海，虎帶春泥過石壕。千古衮旒藏玉匣，九重宮殿壓金鰲。橋陵謁罷頻回首，五色氤氲王氣高。

秋蟬

敗柳疏林寄此生，凉時不似熱時鳴。蜕形先覺金風動，輕翼偏嫌玉露清。抱葉常如經雨態，過枝猶帶咽寒聲。桑間此際螵蛸老，遊息安閑莫漫驚。

秋信

飄飄梧葉委銀牀，天際初來雁幾行。露氣忽從今夜白，漏聲偏覺五更長。驚幽夢兮書千里，有美人兮天一方。報道桂花成蓓蕾，雨餘庭院喜新凉。

小亭即景

小亭西畔畫樓東，開遍階前芍藥叢。梅子雨乾還有雨，楝花風過更無風。喜看池内魚生子，驚退簾前燕逐蟲。坐久忽聞黄鳥語，緑楊深處午陰中。

憶友丁大舍 國初勳爵之子未襲爵者皆稱大舍，如古云舍人也。

故人一别一年餘，轉眼光陰暑漸除。南徼萬山常有夢，中原六月尚無書。窗前燭暗巴山雨，江上帆留楚水魚。準擬重陽定相見，茱萸新酒候旋車。

秋懷

樓閣凉生夜雨餘，碧天如水雁來初。青山落日兩行淚，錦樹西風萬里書。滇海相思情愈切，梁園行樂興全疏。人還定把平安報，惟有霜華白滿梳。

雲英詩

雲英姓夏氏，憲王之宫人也。生五歲，闇誦《孝經》。七歲盡通釋典。淡妝素服，色藝絶倫。其居曰端清閣。有《端清閣詩》一卷。年二十二卧病，求爲尼以了生死，受菩薩戒，作偈示衆而卒。憲王自爲誌銘。

雲英何處訪遺踪，空對陽臺十二峰。花院無情金鎖合，蘭房有路碧苔封。消愁茶煮雙團鳳，繫恨香盤九篆龍。腸斷端清樓閣裏，墨痕燭炧尚重重。

偶成二首

皴皴病骨覺清癯，心上清閑百事無。曉起灌園呼内竪，晝長臨帖寫官奴。宜人景物隨時好，垂老風情得自娱。且進一樽花下酒，便拚微醉不須扶。

平生但樂迂疏趣，那得工夫計較愁。有酒便宜同客飲，無材何必爲身謀。推窗玩《易》風生樹，掃石焚香月滿樓。手種西園好花竹，可人佳景足歡遊。

静坐

静坐閑觀理自明，是非榮辱豈須争。一身常在閑中過，萬事肯於先處行。嫩竹半欹聽夜雨，晚雲收盡看秋晴。兩般清意誰能識，世事交游物外情。

芸閣初夏即事

玉階槐影緑陰陰，長日清閑罷撫琴。滿架酴醾如散雪，一畦萱草似堆金。詩因中酒多隨意，棋爲饒人不用心。蕓閣晚凉清興發，兔毫新試寫來禽。

悟道吟二首

慈悲爲雨法爲航，心是蓮華性是香。靜裏工夫些子力，閑中議論許多長。提攜一氣通金界，顛倒三車運玉漿。笑把明珠閑玩弄，眉間萬丈白毫光。

自從悟得真如理，今古空談善有因。撒手往來還是我，點頭問訊屬何人。安閑常樂勝中勝，自在頻觀身外身。大笑西來緣底事，等閑識破便休論。

暮春

九十春光似轉蓬，半晴天氣霧溟蒙。一池新水今朝雨，滿地殘花昨夜風。白髮自憐詩興在，紅顏莫放酒樽空。閑看青簡思今古，得失由來一夢中。

送雪

天山一色凍雲垂，罨畫樓臺綴玉時。準備暖金香盒子，明朝送雪與相知。

汴中風俗，每歲遇初雪，則以合子盛雪送與親知，以爲喜慶，置酒設席，相請歡飲，亦升平之樂事。宫中尤尚之。

臨安即事

凍雨寒煙滿戍城，雨中煙外更傷情。沙頭風静鴛鴦睡，嶺上雲深孔雀鳴。番域白鹽從海出，野田青蔗繞籬生。蠻方異俗那堪語，獨立高臺淚似傾。

老人燈

百歲身軀浪得名，提攜何苦自勞形。年來偏覺心腸熱，老去祇餘臟腑明。半夜風中常懊恨，一生線上作經營。可憐亦被風光引，擺手摇頭學後生。

暮春久陰寒風雨

蝶怨蜂愁静小園，陰寒已過勒花天。雨中狼藉榆錢少，風裏飄揚柳絮顛。堪笑一春惟飲酒，自憐三月尚衣綿。海棠開盡薔薇老，孤負芳辰又一年。

登城有懷

一上高城思渺冥，情懷如夢復如醒。長河濁浪從來急，嵩嶽高峰分外青。樵徑遠縈芳草岸，漁舟閑傍夕陽汀。登臨感慨斜陽外，望盡長亭復短亭。

秋涼

蒼涼初日照簾櫳，秋氣清高八月中。滿砌寒蛩啼冷露，一天新雁度西風。病懷得酒如春暖，老眼看花似葉紅。獨坐小軒無個事，悶來聊復理絲桐。

元宮詞 一百首

序曰：元起自沙漠，其宮庭事蹟乃夷狄之風，無足觀者。然要知一代之事，以記其實，亦可以備史氏之採擇焉。永樂元年，欽賜予家一老嫗，年七十矣，乃元后之乳姆。女常居宮中，能通胡人書翰，知元宮中事最悉。間常細訪之，一一備陳其事，故予詩百篇皆元宮中實事，亦有史未曾載，外人不得而知者。遺之後人，以廣多聞焉。永樂四年春二月朔日，蘭雪軒製（萬曆中，都人劉效祖序云周恭王所撰，恭王受封在世廟時，傳寫之誤也）。

大安樓閣聳雲霄，列坐三宮御早朝。政是太平無事日，九重深處奏簫《韶》。

周伯琦《詠大安閣》：「層甍複閣接青冥，金色浮圖七寶楹。當日熙春今避暑，灤河不比漢昆明。」注云：「故宋熙春閣移建上京。」張昱《輦下曲》：「祖宗詐馬宴灤都，挏酒哼哼載憨車。向晚大安高閣上，紅竿雉帚掃珍珠。」

春日融和上翠臺，芳池九曲似流杯。合香殿外花如錦，不是看花不敢來。

棕殿巍巍西内中，御筵簫鼓奏薰風。諸王駙馬咸稱壽，滿酌葡萄飲玉鍾。

張昱《輦下曲》：「國戚來朝總盛容，左班翹鶡右王封。功臣帶礪河山誓，萬歲千秋樂未終。静瓜約鬧殿西東，頒宴宗王禮數隆。酋長巡觴宣上旨，盡教滿酌大金鍾。」

雨順風調四海寧，丹墀大樂列優伶。年年正旦將朝會，殿内先觀玉海青。

柯九思《宫詞》：「元戎承命獵郊坰，敕賜新羅白海青。得俊歸來如奏凱，天鵝馳進入宫庭。」注：「海青，海東俊鶻也。白者尤貴。」

東風吹綻牡丹芽，漠漠輕陰護碧紗。向曉内園春色重，滿欄清露濕桃花。

上都四月衣金紗，避暑隨鑾即是家。納鉢北來天氣冷，祇宜栽種牡丹花。

合香殿倚翠峰頭，太液波澄暑雨收。兩岸垂楊千百尺，荷花深處戲龍舟。

張昱《輦下曲》：「直教海子望蓬萊，青雀傳言日幾回。爲造龍舟載天姆，院家催造畫圖來。」

屍諫靈公演傳奇，一朝傳到九重知。奉宣賫與中書省，諸路都教唱此詞。

胭粉錢關歲歲新，例教出外探諸親。歸來父母曾相囑，侍奉尤當效力頻。

興和西路獻時新，猩血平波顆顆匀。捧入内庭分品第，一時宣賜與功臣。

王孫王子值三春，火赤相隨出内門。射柳擊球東苑裏，流星駿馬蹴紅塵。

來復《燕京雜詠》：「錦貂公子躍龍媒，不怕金吾夜漏催。阿剌聲高檀板急，棕毛別殿宴春回。」

閶闔門開擁鉞旄，千官侍立曉星高。尚衣欲進虬龍服，錯捧天鵝織錦袍。

侍從常向北方遊，龍虎臺前正麥秋。信是上京無暑氣，行裝五月載貂裘。

清寧殿裏見元勳，侍坐茶餘到日曛。旋着内官開寶藏，剪絨段子御前分。

瑞氣氤氳萬歲山，碧池一帶水潺湲。殿傍種得青青豆，要識民生稼穡艱。

柯九思《宮詞》：「黑河萬里連沙漠，世祖深恩創業難。數尺闌干護春草，丹墀留與子孫看。」注曰：「太祖、建文內移沙漠莎草於丹墀，示子孫無忘草地也。」

一段無瑕白玉光，來從西域獻君王。製成新樣雙龍鼎，慶壽宮中奉太皇。

燈月交光照綺羅，元宵無處不笙歌。太平官裏時行樂，輦路香風散玉珂。

玉京涼早是初秋，銀漢斜分大火流。吹徹洞簫天似水，半鈎新月掛西樓。

五色雲生七寶臺，小山子上數峰排。奇花異草香風度，不是天仙不到來。

蜜漬金桃始獻新，禁城三伏絶囂塵。炎蒸微至清寧殿，玉杵敲冰賜近臣。

幾番怯薛上班慵，生怕鑾輿又到宮。一自恩歸西內日，飛魚閒掛寶雕弓。

初調音律是關卿，伊尹扶湯雜劇呈。傳入禁垣宮裏悦，一時咸聽唱新聲。

楊維楨《宮詞》：「開國遺音樂府傳，白翎飛上十三絃。大金優諫關卿在，伊尹扶湯進劇編。」

十六天魔按舞時，寶妝纓絡鬭腰肢。就中新有承恩者，不敢分明問是誰。

張昱《輦下曲》：「西方舞女即天人，玉手曇花滿把青。舞唱天魔供奉曲，君王長在月宮聽。」薩都剌《上京》詩：「涼殿參差翡翠光，朱衣華帽宴親王。紅簾高捲香風起，十二天魔舞袖長。」

背番蓮掌舞天魔，二八嬌娃賽月娥。本是河西參佛曲，把來宮苑席前歌。

張昱《輦下曲》：「西天法曲曼聲長，瓔珞垂衣稱艷妝。大晏殿中歌舞上，華嚴海會慶君王。」

上都樓閣靄雲煙，風俗從來朔漠天。自是胡兒無禁忌，滿宫嬪御唱銀錢。
侍從皮帽總姑麻，罟罟高冠勝六珈。進得女真千户妹，十三嬌小唤茶茶。
杏臉桃腮弱柳腰，那知福是禍根苗。高麗妃子初封册，六月陰寒大雪飄。
張昱《宫詞》：「宫衣新尚高麗樣，方領過腰半臂裁。連夜内家争借看，爲曾着過御前來。」
官裏前朝駕未回，六宫迎輦殿門開。簾前三寸弓鞵露，知是媆婹小姐來。
深宫春暖日初長，花氣渾如百和香。睡足倚欄閒坐久，琵琶聲裏撥當當。
張昱《宫詞》：「和好風光四月天，百花飛盡感流年。宫中無以消長日，自劈龍頭十二絃。」
二十餘年備掖庭，紅顔消渴每傷情。三絃彈處分明語，不是歡聲是怨聲。
月明深院有霜華，開遍階前紫菊花。凉入繡幃眠不得，起來窗下撥琵琶。
苑内蕭墻景最幽，一方池閣正新秋。内臣净掃場中地，官裏時來步打毬。
珊瑚枕冷象牙牀，耿耿青燈伴月光。不是宫闈有仙境，如何覺得夜偏長。
金風苑樹日光晨，内侍鷹坊出入頻。遇着中秋時節近，剪絨花毯鬭鵪鶉。
金鴨燒殘午夜香，内家初試越羅裳。芳容不肯留春駐，幾陣東風落海棠。
梨花素臉髻盤龍，南國嬌娃乍入宫。無奈胡姬皆笑倒，亂將脂粉與添紅。
自供東苑久司茶，覽鏡俄驚歲月加。縱使深宫春似海，也教雲鬢點霜華。
惻惻輕寒透鳳幃，夜深前殿按歌歸。銀臺燭燼香銷鼎，困倚屏風脱舞衣。

奇氏家居鴨緑東，盛年纔得位中宮。翰林昨日新裁詔，三代蒙恩爵禄崇。

湖上鴛鵝映水明，海青常是内官擎。二宮皇后隨鑾駕，輦内開簾看放鷹。

靉抹多官上直時，丹墀千隊列旌旗。殿前每遇觀西馬，詔許宮臣輦路騎。

柯九思《宮詞》：「高鼻黄髯款塞胡，殿前引貢盡龍駒。□□□仗移天步，臨軒看畫試馬圖。」

憔悴花容只自知，番思嬌小入宮時。經年不識東風面，蹙損春山爲阿誰。

小樓春淺杏花寒，象鼎煙銷寶篆殘。情思不忺梳洗懶，半偏雲髻倚闌干。

年年避暑出居庸，北望灤京朔漠中。經過縉雲山水秀，吴姬疑是越江東。

柯九思《宮詞》：「黄金幄殿載前車，象背駝峰盡寶珠。三十六宮齊上馬，太平清暑幸灤都。」

鬼赤遥催駝鼓鳴，短檐氈帽傍車行。上京咫尺山川好，納鉢南來十八程。

張昱《輦下曲》：「當年大駕幸灤京，象背前馱幄殿行。國老手鑪能引導，白頭連騎出都城。」周伯琦《扈從詩序》曰：「國語曰『納鉢』者，猶漢言宿頓所也。」

清曉龍闈侍寢回，鬔鬆雲鬢對妝臺。綺窗昨夜東風暖，一樹梨花對雨開。

金蓮處處有花開，斜插雲鬟笑滿腮。轅軾向南遵舊典，地椒香裏屬車回。

奎章閣下文詞盛，太液池邊遊幸多。南國女官能翰墨，外間抄得《竹樹》歌。

楊維楨《宮詞》：「海内車書混一時，奎章御筆寫烏絲。朝來中使傳宣急，南國宮娥拱鳳池。」

一別諸親三十載，詔令相見出宮垣。就中苦樂誰知得，内侍叢中不敢言。

祈雨番僧鮓答名，降龍刺馬膽巴瓶。牛酥馬乳宮中賜，小閣西頭聽唪經。

張昱《輦下曲》：「守内番僧日念吽，御前酒肉按時供。組鈴扇鼓諸天樂，知在龍宮第幾重。」

上都隨駕自西回，女伴遥騎駿馬來。踏遍路傍青野韭，白翎飛上李陵臺。

楊維楨《宮詞》：「鷄人報曉五門開，鹵簿千官泊帝臺。天上駕鵝先有信，九重鑾駕上都回。」注：「每歲此禽先駕往返。」

隊裏惟誇三聖奴，清歌妙舞世間無。御前供奉蒙深寵，賜得西洋塔納珠。

張昱《輦下曲》：「教坊女樂順時秀，豈獨歌傳天下名。意態由來看不足，揭簾半面已傾城。」

按舞嬋娟十六人，内園樂部每承恩。纏頭例是宮中賞，妙樂文殊錦最新。

月宮小殿賞中秋，玉宇銀蟾素色浮。官裏猶思舊風俗，鷓鴣長笛序《梁州》。

比胛裁成土豹皮，着來暖勝黑貂衣。嚴冬校獵昌平縣，上馬方才賜貴妃。

楊維楨《宮詞》：「北幸和林幄殿寬，句麗女侍婕伃官。君王自職《明妃曲》，敕上琵琶馬上彈。」

月夜西宮聽按箏，文殊指撥太分明。清音劉亮天顏喜，彈罷還教合鳳笙。

包髻團衫别樣妝，東朝謁罷出宮墻。内中多有親姨嫂，潛與交州百和香。

十五胡姬玉雪姿，深冬校獵出郊時。海青帽暖無風冷，鬢髮偏宜打練椎。

夜深燒罷門前香，旋整雲鬟拂御牀。遇着上班三鼓盡，内筵猶自未抬羊。

來復《燕京雜詠》：「秋滿龍沙草已霜，射雕風急朔雲長。内官連日無宣唤，獵取黄羊進尚方。」

綵繩高掛緑楊煙，人在虛空半是仙。忽見駕來頻奉旨，含羞不肯上鞦韆。

張昱《宮詞》：「頻把香羅拭汗腮，緑雲昔綰未曾開。相扶相曳還宮去，笑説鞦韆架下來。」

承寵嬌行寶殿前，新裁羅扇合歡圓。進來不爲凉風好，欲諷君心莫棄捐。

大都三月柳初黄，内苑群花漸有香。小閣日長人倦繡，隔簾呼伴去尋芳。

腰肢瘦弱不勝裙，病裏懨懨過一春。因識玉顔多寵幸，殿前催得太醫頻。

安息薰壇遣衆魔，聽傳秘密許宫娥。自從受得毘盧咒，日日持珠念那摩。

張昱《輦下曲》：「似將慧日破愚昏，白日如常下釣軒。男女傾城求受戒，法中秘密不能言。」

蠹聚喧闐苦不禁，不魯罕后喻言深。東安州裏池塘静，鼓吹無聞直到今。

暑風催雨滴檐楹，深院吴姬睡不成。夢入西湖蕩蓮槳，起來彈淚到天明。

白酒新篘進玉壺，水亭深處暑全無。君王笑向奇妃問，何似西凉打剌蘇。

海晏河清罷虎符，閒觀翰墨足歡娱。内中獨召王淵畫，搨得黄筌《孔雀圖》。

御溝秋水碧如天，偶憶當時事惘然。紅葉縱教能寄恨，不知流得到誰邊。

獨木凉亭錫宴時，年年巡幸孟秋歸。紅妝小伎頻催酌，醉倒胡兒阿剌吉。

張昱《塞上謡》：「胡姬二八貌如花，留宿不問東西家。醉來拍手趁人舞，口中合唱阿剌剌。」

燕子泥香紅杏雨，茗花風澹白鷗波。一年春事閒中過，鏡裏容顔奈老何。

春遊到處景堪誇，厭戴名花插野花。笑語懶行隨鳳輅，内官催上駱駝車。

諸方貢物殿前排，召得鷹坊近露臺。清曉九關嚴虎豹，遼陽先進白雕來。

騎來駿馬響金鈴，蘇合薰衣透體馨。罟罟珠冠高尺五，暖風輕裊鶡鷄翎。

秋深飛放出郊行，選得馴駒內裏乘。野雉滿鞍如綴錦，馬前珍重是黄鷹。

張昱《輦下曲》：「天朝習俗樂從禽，爲按名鷹出郎陰。立馬萬夫齊指望，平空鵝影雪沉沉。」

江南名伎號穿針，貢入天家抵萬金。莫向人前唱南曲，內中都是北方音。

地寒不種芙蓉樹，土厚宜栽栝子松。清曉內官呼綵艦，各官分賜牡丹叢。

西山晴雪玉圍屏，隨駕登樓眼界明。供奉女兒偏覺冷，貂裘特賜荷恩榮。

月錢常是散千緡，大例闕支不是恩。南國女官呼姓字，只愁國語不能翻。

張昱《輦下曲》：「守宫妃子住東頭，供御衣糧不外求。牙杖穹廬護闌盾，禮遵估服待宸遊。」

海子東頭暗緑槐，碧波新漲灝無涯。瑞蓮花落巡遊少，白首宫人掃殿階。

河西女子年十八，寬着長衫左掩衣。前向攏頭高一尺，入宫先被衆人譏。

百年四海罷干戈，處處黎民鼓腹歌。偶值太平時節久，政聲常少樂聲多。

鹿頂殿中逢七夕，遥瞻牛女列珍羞。明朝看巧開金盒，喜得蛛絲笑未休。

白露横空殿宇凉，房頭㨫洗舊衣裳。玉欄金牛西風起，幾葉梧桐弄晚黄。

春情只在兩眉尖，懶向妝臺對粉奩。怕見雙雙鶯燕語，楊花滿院不鉤簾。

健兒千隊足如飛，隨從南郊露未晞。鼓吹聲中春日曉，御前咸着只孫衣。

柯九思《宫詞》：「萬里名士盡入朝，法宫置酒奏簫《韶》。千宫一色真珠襖，寶帶攢裝穩稱腰。」周伯琦《詐馬行序》曰：

「只孫宴者，只孫，華言一色衣也，俗呼曰詐馬筵。」

天馬西來自佛郎，圖成又敕寫文章。翰林國語重翻譯，襖魯諸營賜百張。

低綰雲鬟淺淡妝，從來閣內看諸王。祗緣謹厚君心喜，令侍明宗小影堂。

二絃聲裏實清商，只許知音仔細詳。阿忽令教諸伎唱，北來腔調莫相忘。

纖纖初月鵝黄嫩，淺淺方池鴨緑澄。內苑秋深天氣冷，越羅衫子换吴綾。

凶吉占年北俗淳，旋燒羊胛問祆神。自從受得金剛斧，摩頂然香告世尊。

內中演樂教師教，凝碧池頭日色高。女伴不來情思懶，海棠花下共吹簫。

來復《燕京雜詠》：「鴨緑微生太液波，芙蓉楊柳受風多。日長供奉傳新譜，教舞天魔隊子歌。」

大宴三宫舊典謨，珍羞絡繹進行厨。殿前百戲皆呈應，先向春風舞鷓鴣。

興聖宫中侍太皇，十三初到捧罏香。如今白髮成衰老，四十年如夢一場。

萵苣顔色熟櫻桃，樹底青青草不薅。生怕百禽先啄破，護花鈴索勝琅璈。

昨朝進得高麗女，太半咸稱奇氏親。最苦女官難派散，總教送作二宫嬪。

寶殿遥聞佩玉珊，侍朝常是奉宸歡。要知各位恩深淺，只看珍珠罟罟冠。

元統年來詔敕殷，中書省裏事紛紜。昨朝傳出宫中旨，江浙支鹽數萬斤。

縠雨天時尚薄寒，梨花開謝杏花殘。內園張蓋三宫宴，細樂喧闐賞牡丹。

新頒式樣出宫門，不許倡家服用新。伎女紫衣盤小髻，樂工咸着戴青巾。

夢覺銀臺畫燭殘，窗前風雪滿雕欄。爲嫌衾薄和衣睡，火冷金爐夜半寒。

聖心常恤鬉焉貧，特敕中書賜絹銀。分得不均嗟怨衆，受恩多是本朝人。

曉燈垂焰落銀缸，猶自春眠近小窗。唤醒玉人鶯語滑，寶釵敲枕理新腔。

《元宫詞》百首，勝國事迹粲然在目。昔遷、固最號博洽，後葛洪等《三輔黄圖》等書紀秦故事，多遷、固所不載，觀者每有今古廢興之感。然則是編者，不獨可爲多聞之助云爾。隆慶四年二月，龍莊甄敬識。

附見　周藩王宫辭五首

王宫辭舊無人作，予遊梁數載，據所聞於梁人者擬作數首，非云孤鬪，亦借以存秘事云爾。

春殿牙籤萬軸餘，香匀風細緑窗虚。侍兒臨罷誠齋帖，函出先呈女較書。

蕭蕭修竹映池寒，分汲銀瓶灌牡丹。報道花朝開内宴，競持金剪繞朱欄。

夜來行樂雁池頭，侍女分行秉燭遊。唱徹憲王新樂府，不知明月下樊樓。

叢生桂樹後山幽，花石猶傳宋代留。宫媪引來巖際望，蔡河春浪拍天浮。

吹臺南下令婆墳，憶昔從王掌秘文。今日綺羅何處是，野花啼鳥自紛紛。

櫟下周亮曰：「牛左史，不知其名，或曰武功人。余幼從家大人手録詩稿中得之。詩雖五章，然可代《夢華録》數卷。」按左史名恒，武功人，嘉靖乙未進士，有才名，爲劉繪所推。

秦康王三首

王諱志㮨，秦愍王之孫。懷王無子，以富平王進封。仁愛恭敬，强學好古。宣德四年，疏辭護衛，在位二十八年。有《默庵集》若干卷。

送名醫凌漢章還苕三首

微恙年來不易攻，遠煩千里到關中。尋常藥餌何曾效，分寸針芒却奏功。縶馬未能留信信，趣裝無奈去匆匆。一尊酒盡傷離思，目斷南鴻灞水東。

術傳盧扁字鍾王，底事來遊便趣裝。熟路也知車載穩，清時何用劍生鋩。鷄鳴函谷三更月，楓落吴江兩岸霜。歸到苕溪尋舊侶，畫船詩酒水雲鄉。

束書孤劍别西秦，紅樹青山潑眼新。千里風塵雙短鬢，五湖煙水一閑身。夢回孤館寒砧急，望入遥空候雁賓。料得紀行多賦詠，雲箋無惜寄陽春。

秦簡王一十首

王諱成泳〔一〕，秦愍王五世孫，康王之孫，惠王之子也。年十歲，康王妃陳教以小學，日記唐詩一章。惠王聞吴人湯潛名能詩，請爲教授，傳聲律之學。嗣位後，日賦一詩，積三十年。王醇雅有簡押，博通群書，布衣蔬食，延攬文儒，竟日譚論不倦。王府護儀子弟得入黌宫，自王始也。弘治十一年薨，謚曰簡。妃某氏，命紀善强晟校刻其詩，曰《賓竹小鳴集》〔二〕。嘉靖元年，王孫定王惟焯表上之，詔送史館。

〔一〕「成泳」，《明史·諸王世表》作「誠泳」。

〔二〕「賓竹小鳴集」，《明史》本傳作「經進小鳴集」。

鈞天曲

飛遊鬱羅境，稽首東王公。開軒臨法座，置酒燕靈宫。紫雲歌玉女，瓊漿酌金童。揮刀麟脯細，入筋鸞膏空。鳳簫聲裊裊，鼉鼓鳴逢逢。投壺起天笑，吹律回春融。燕罷百神散，樂闋萬舞終。歸來倚餘醉，憑虚馭剛風。

折楊柳

靈州城下柳，多被官軍竊。猶餘拂地條，更苦行人折。無復眼窺春，不見花飛雪。今君赴玉關，將何贈離別。

隴頭吟

萬里奔馳隴頭水，日夜嗚嗚亂人耳。黄沙白草兩茫茫，怕聽水聲愁欲死。一從結髮戍涼州，鐵甲磨穿已禿頭。兒孫養得諳胡語，不如隴水解東流。

上皇三臺

沉沉漏幾更，輾轉不勝情。南内凄凉處，梧桐夜雨聲。

楊白花

楊白花，隨風無定止。飄然一去太無情，飛度江南幾千里。可憐落水化浮萍，浮萍無復隨風起。宫中美人連臂歌，此情不斷如春水。

上邪

上邪！我欲與君相知，永久無休期。馬生角，慈烏頭白，天柱折，地維缺，華嶽兀，天地無日月，乃敢與君絶。

春詞

海棠枝上鵲聲乾，羅幕重重護曉寒。初日半林珠露重，脆紅無數壓闌干。

題王舜耕畫

翠壁丹厓淡夕曛，往來麋鹿自成群。仙家住在空青外，只隔桃花一片雲。

秋夜

秋聲溢耳不堪聽，燕坐高齋户半扃。霽月滿窗明似晝，梧桐如雨下空庭。

武功道中

五原三時隔西東，此地人言是武功。楊柳池塘科斗水，杏花村店酒旗風。農耕緑野春臺裏，客在青山罨畫中。日暮官程催去馬，樹頭微雨正蒙蒙。

蜀成王三十一首

王諱讓栩，蜀獻王五世孫，昭王之子也。蜀自獻王後四葉，皆有文集行世。昭王仁厚，好儒術，孝宗皇帝賜詩以「河間禮樂，江夏忠勤」爲比。王好學，手不釋卷，日觀經史。臨法書，作詩屬對，皆有程要。嘉靖二十六年薨，謚曰成。有《長春競辰集》，楊慎序之。

春日

明窗長晝獨從容，單袷閑來坐暖風。朱户柳晴鶯未語，閑階苔凈蟻相從。茸茸草色吟邊緑，灼灼花籌酒裏紅。春事近來渾不管，楊花飄泊畫樓東。

擬古宮詞一百首今録三十首

無語憑欄珠淚潸，雙眉蹙蹙鎖春山。可憐空長彤宫裏，一世光陰半世閒。

半掩殘燈半掩明，前生薄幸在今生。凄凉最苦秋宵永，風冷階蟲伴雨鳴。

静院深深晝悄然，幾時好夢得捫天。此生莫恨因緣淺，還有來生五百年。

鸞鏡生塵十載多，羞看嬌影舞婆娑。殘脂剩粉無人掃，隨水流來漲御河。

觚棱月上晚嵐空，影透房櫳冷帳中。孤枕蕭條魂夢斷，滿腮紅淚濕西風。

青春一去豈重來，轉轂韶光日夜催。三百六旬空悵望，朱門經歲不曾開。

玉露侵階點翠苔，金波穿牖共徘徊。潛身坐倚梧桐樹，待學吹簫等鳳來。

空有華堂十數重，等閑不復見君容。俄聽玉輦聲才過，恨却監宮急急封。

五雲高護鳳樓深，風度時來斷續音。樓上君王自聽得，盡知合院動秋砧。

睥睨鴉喧曙色明，麗譙隱隱盡鐘聲。各宮裝束焚香候，只恐君王道院行。

默默心情向阿論，纖腰瘦怯畫中人。良辰美景番成恨，忘却新春與舊春。

君王翌日宴長春，霖雨迷漫濘土塵。特令滿宮來魘止，一時懸掛掃晴人。

春景流鶯語漸稀，倚窗撫景淚沾衣。廉纖微雨蒙蒙拂，零落殘花片片飛。

向暖嬉遊笑語歡，宮官忽道過金鑾。傳呼聲急人皆避，盡閉窗櫺紙隙看。

銀牀雨滴伴蒼梧，香燼孤窗暗鴨爐。濕氣生寒人跡少，紫苔重疊滿金鋪。

粉翠沉埋豈自由，空房獨守幾時休。風凋葉落宮墻內，知是人間又報秋。

新觀玉曆識正初，泰運三陽藹帝居。御座今安圓閣子，誼中欲置女尚書。

禁宮宮女三千室，多下朱簾晝掩窗。爲避春光羞獨見，花間恨殺蝶飛雙。

城外晴風捲薄塵，傳言都道踏青人。繁華滿目開如錦，惟此宮中不見春。

綺窗垂柳影婆娑，長日花磚未肯過。六院不通人語寂，一雙鸜鵒巧言多。
北斗闌干夜未央，金爐侍女更添香。穿窗月射鴛鴦枕，半隱燈光在小牀。
獨卧空牀倦不言，半扃疏牖面南垣。低檐霧鎖黄昏候，投宿寒烏逐對喧。
内池春水鴨頭緑，上苑晨花猩血紅。蜂蝶叢花鴛戲水，一齊著意向東風。
漏殘鷄唱曙光時，壁月穿花影漸移。欲畫愁眉羞對鏡，黄鸝飛上萬年枝。
宫墻西望對殘霞，結陣翩飛繞暮鴉。簾幕飄摇風動處，有情雙燕自歸家。
緑竹翛翛隔短墻，黄昏凄雨灑瀟湘。夢回窗掩銀釭冷，蟋蟀聲中秋夜長。
人人都道得神仙，那得酈陽甘谷泉。何似上陽宫監好，長門春老不知年。
淅淅凄風匝鳳幃，瑣窗那得見晴暉。廉纖微雨侵階濕，嗝嗝横空啄木飛。
金鎖重門静院空，翠華一去寂無蹤。玉樓歌吹隨風斷，滿地桐陰泣淚紅。
白雪漫漫積禁堤，夜寒宫月照玻璃。曉來宫女喧看處，掃向盤中捏狻猊。

肅靖王七首

王諱真淤，肅恭王之子也。弘治四年，封世子。嘉靖五年卒，謚安和。以次子弼桄嗣王，追贈謚曰靖。王博雅好文，詩調高古，言邊塞事尤感慨有意。

步虚詞二首

瑶壇深處磬聲微，羽客朝元午夜歸。杳杳三山青鳥過，翩翩雙舄彩鳧飛。島間月色明珠樹，洞裏丹光透玉扉。劍佩幾回翔碧落，天風吹冷六銖衣。

彩霞琪樹共氤氲，七色班虬駕鶴群。玉佩冷摇滄海月，霓裳晴帶絳霄雲。碧桃花綻春方永，金鼎丹成火自焚。清夜朝元向天闕，空歌聲在始清聞。

塞上二首

天山青控戍樓中，畫角嗚嗚咽晚空。沙磧雨頹逢箭鏃，戰場風急轉河蓬。李陵望國臺猶在，蔡琰悲笳怨未窮。獵騎遥遥入霜霧，鸊鵜泉外夕陽紅。

黄雲白草出關多，颯颯風吹積石河。少婦愁添閨裏思，征人淚落《隴頭歌》。受降城外單于獵，温宿營邊漢使過。强欲從軍事鞍馬，馮唐已老復如何。

春日田家

屋後青山門外溪，小橋遥接稻秧畦。人家遠近蒼煙裏，桑柘陰陰戴勝啼。

塞上曲

謀瑋曰：「此詩旨趣沉雄，王龍標不能過也。」

遠出漁陽北擊胡，將軍談笑挽雕弧。千金底購單于首，贖得沙場戰骨無？

伊州歌

霜重榆關下角鷹，水寒蒲類半成冰。馬嘶部落征笳動，夜月穹廬泣李陵。

潘安王二首

王諱銓鉌。初封靈川王，謚恭懿〔一〕。以長孫胤栘嗣潘，贈潘安王。號凝齋道人，有《凝齋稿》。

〔一〕「恭懿」，《明史·諸王世表》作「榮懿」。

登樓懷古

大火西流漸屬金，登樓懷古獨傷心。秦城已廢烽煙息，晉嶺空高草木深。落日鴉聲依遠樹，殘更螢點聚疏林。英雄回首皆黄土，獨有寒雲鎖暮岑。

新　春

東風一夜早春來，梅蕚飄香帳殿開。旋簇五辛宜稔歲，太平無日不銜杯。

瀋憲王四首

王諱胤栘，號南山道人。嘉靖十年，自靈川王嗣封。天資秀杰，耽好文學，上疏乞内府諸書，詔以《五經》《四書》賜之。二十八年薨。有《保和齋稿》。謝榛曰：「王素嗜談禪，詩亦妙悟，其《夜雨》頭聯云：『樹濕鵶群重，雲低龍氣腥。』詞人皆爲斂筆。」

枕　上

展轉殊無寐，秋深感二毛。城鵶催曉色，庭樹起寒濤。往事意何拙，浮生心自勞。河間今已矣，寧不愧吾曹。

和懶雲上人韻

幽徑斷行踪，浮圖對遠峰。結冰堅碧沼，凝雪老青松。雙樹下開講，千燈中現容。天空雨花遍，門有白雲封。

再哭南臺從弟二首

春園花樹手親栽，人去空餘草木哀。風雨夜來誰愛惜，庭前折盡數枝梅。

千金用盡教琵琶，一旦長拋巷柳花。回首紅顔似塵土，緑珠不屬季倫家。

德平榮順王二首

王諱胤梗，號南岑道人。瀋惠王第二子。與其兄憲王以文雅齊名。有《集書樓稿》。

送焦明府之鳳翔 縣在漢中。

馬首蠶叢路，兹行亦壯遊。天青三峽曉，雲碧萬山秋。鷺浴盤渦水，猿啼古驛樓。君才非百里，早晚夢刀州。

贈别素愚上人

釋子來何處，廬山復太行。翻經淹歲月，補衲犯冰霜。浩劫塵緣盡，彌天覺路長。智珠元不染，好去照殊方。

瀋宣王四首

王諱恬焌，號西屏道人。憲王之子。嘉靖三十一年嗣。博學工詩，才藻秀逸。萬曆初年薨。有《緑筠軒稿》。

初秋寄成都宋推府

關河西極目，山迴地連空。鄉思牽梅柳，家書託雁鴻。繁雲懸鳥道，瘴霧失蠶叢。坐聽鳴笳遠，悠然慷慨中。

寄懷大司馬郭公二首

早歲論交即見知，幾年良晤信難期。停雲北極頻回首，落木西風獨賦詩。金鼎鹽梅殷相業，玉階劍履漢官儀。秋高選將清邊徼，晝省憂心退食遲。

征驂別後幾登樓，極目山川憶舊遊。皛皛霜華寒已沍，冥冥雲物夕仍留。九關甲士圖功日，三輔丁男習戰秋。聞道天驕還北遁，萬年佳氣繞皇州。

賦得聞鶯送客

隔市炊煙曙色遲，小城初霽客來時。嬌鶯歷歷啼芳樹，不解春風有別離。

鎮康王一首

王諱恬焯，號西巖。瀋憲王五子。穆宗敕褒曰「孝義純良」。王有《題瞻雲樓》詩云：「江樓懸樹杪，山色到窗中。」《陪國主謁塋》云：「仗劃浮雲破，旗衝過鳥翻。」謝茂秦亟稱之。

寄贈楊二山中丞以關内移撫山右

紫辰一旦璽書催，早發秦城棨戟開。二華曾留標勝賦，三關更見折衝才。荒沙落日閑戍壘，古木飛霜凜憲臺。壯士應看射雕處，不教胡馬漠南來。

安慶王一首

王諱恬爖，瀋憲王七子，號西池道人。穆宗敕褒曰「孝敬經濟」。有《嘉慶集》。此詩亦謝茂秦所賞也。

贈别玉峰上人

關山去迢遞，飛錫有誰同。行苦三乘裏，心開萬法中。定回雲滿榻，偈後月低空。相憶聽鍾磬，泠然度曉風。

瀋定王一十五首

王諱珵堯，宣王之子也。萬曆十二年襲封，天啓元年薨。

擬古宫詞二首

君王退早朝，走馬長門左。朱樓十二重，未啓黄金鎖。春陽畫閣寒，坐撥沉香火。

聞道收遼左，中宫上壽巵。隨班春殿裏，消息未全知。金縷麒麟服，傳宣賜太師。

山僧

山僧惟一食，獨上危峰行。蕭蕭林木秋，衆禽多悲鳴。我亦有脂血，慰汝饑渴情。但恐谿谷晦，失此衣珠明。徘徊竟無語，落日寒雲平。

寒食曉行

輕軒衝曉色，迢遞柳溪邊。野闊群山小，雲低片雨懸。杏花初熟酒，榆火乍浮煙。寂歷啼鶯處，傷春似舊年。

落　葉

林塘寒雨後，摵摵下秋棚。緑已隨衰草，黄仍綴斷藤。高枝全見月，低鳥暗窺燈。不隔東窗曉，幽居愛早興。

春日遊柏谷山寺二首

臘屐堪乘興，徘徊捫薜蘿。天臨丹嶺近，山入白雲多。鳥道無方軌，龍湫有暗波。何時值野老，長嘯出重阿。

天外聞清梵，晨光滿翠微。杖藜蒼蘚滑，斫藥紫參肥。松偃雲垂蓋，花分露濕衣。一僧能話古，去住轉忘機。

和恒齋舅答程太守見貽韻

高懷少塵鞅，貰酒訊山居。閒幕蟲絲下，秋盤鮭菜餘。雨寒新菊吐，霜晚故林疏。滿架多緗帙，清談任卷舒。

山行

丹地轉嶙峋，山寒未覺春。枯藤懸古木，獨鳥咤行人。崖斷才分徑，雲低欲拂巾。漸看天路近，下界積微塵。

寄題林慮山趙煉師精舍

壺關跨天黨，中有地仙鄉。曲蹬懸星斗，危峰度石梁。泉聲當户落，藥氣入雲香。何日同真隱，來尋出世方。

勉學書院侍父王應教

書幌晴開紫桂間，朝來滿座見青山。茶煙織樹微分縷，竹色依簾更着斑。風散百花隨仗下，天空雙鶴帶雲還。談經晝永聞清宴，几席時時奉睿顔。

送吕中甫還四明和程太守韻

復看征槖去匆匆，况是春山暮雪中。舊社音書王屋下，老年杖屨鏡湖東。金鵝樓隱滄洲月，木阜松含碧落風。别後有懷誰共寫，祇應惆悵數南鴻。

春日樓居

自甘養拙轉愁輕，高卧春風潞子城。幾處斷雲還獨鳥，誰家深樹響流鶯。校書積歲非成癖，樂聖當時已近清。萬事古來惟結舌，傳經應許漢更生。

寄黄鍾梅比部

芙蓉雙闕散晨暉，遥憶仙郎寓直歸。風度鶯聲過御苑，青分柳色上朝衣。開簾清署文流集，點筆閒窗春鳥啼。爲念故人頻問訊，析津南望有鴻飛。

次黄比部題雁門關韻

中華形勝一關分，貢馬胡兒動百群。城畔星槎留使者，轅門夜鼓宴將軍。新開漢壘多遥制，重譯番書始上聞。獨有仙曹詞賦客，醉憑高堞望南雲。

保定王一首

王諱瑆坦，瀋宣王第二子。有《清苑山房集》。

上巳侍王駕登五龍山應教

鸞輅乘春攬物華，翩翩千騎擁朝霞。翠陰不斷松開幕，香靄平分樹吐花。地主龍君迎羽蓋，山靈玉女獻胡麻。憑高指顧提封遍，睿藻千年壯帝家。

趙康王四首

王諱厚煜，莊王子也。正德十六年嗣，嘉靖三十九年薨。王性和厚，嗜學博古，文藻弘麗，折節愛賓客，戶屨恒滿，文酒讌游，有淮南梁苑之風。有《居敬堂集》十卷。先是彰德判田時雨、郡守傅汝礪〔一〕，數以事裁抑諸宗人，榜繫其僕隸。王使人求解，弗聽，王聞之，咄咄不樂。會暴疾薨，成皋王載埦上疏訴王，謂用前事忿恚自經。詔逮時雨，送河南棄市，汝礪戍極邊。

〔一〕「傅」，原作「彭」，今據《明史·諸王傳》改。

百卉亭聯句

吾家亭子百花圍，簾捲東風蝴蝶飛。枕易斗酒十千須盡興，滿園春色照人衣。謝榛遲日微風作好春，漫將詩句報花神。枕易樽前特上河間頌，松柏千年伴主人。謝榛

送句吴茂才顧聖少北上

北去渡滹沱，春風一騎過。入燕投刺少，留趙著書多。明月頻呼酒，青天獨放歌。他時望南國，湖上有煙蘿。

擬出塞

都護行邊日，胡天雪正飛。朝傳青海檄，暮解白登圍。龍虎行韜略，風雲入指揮。何當請長組，生繫犬戎歸。

益莊王一首

王諱厚燁，益端王之世子，憲宗皇帝之孫也。醇粹耆學，留心經史。嘉靖三十五年薨。有《勿齋

文集》。

登山

屏迹書巢寂寞間，籃輿乘興遠登山。山雲挾雨忙飛去，不得逍遥共我閒。

列朝詩集甲集前編第一

劉誠意基《覆瓿集》樂府詩九十五首，古詩六十七首

基字伯温，青田人。元至順癸酉明經登進士第，累仕皆投劾去。方谷真反〔一〕，爲行省都事，建議招捕，省臺納方氏賄，罷官，羈管紹興。感憤欲自殺，門人密里沙抱持得不死。太祖定婺州，規取處，石抹宜孫總制處州，爲其院經歷。宜孫敗走，歸青田山中，伏匿不肯出。孫炎奉上命鈎致之，乃詣金陵。後以佐命功，官至御史中丞，封誠意伯。正德中，謚文成。公自編其詩文曰《覆瓿集》者，元季作也；曰《犁眉公集》者，國初作也。公負命世之才，丁胡元之季〔二〕，沉淪下僚，籌策齟齬，哀時憤世，幾欲草野自屏。然其在幕府，與石抹艱危共事，遇知己，效馳驅，作爲歌詩，魁壘頓挫，使讀者僨張興起，如欲奮臂出其間者。遭逢聖祖，佐命帷幄，列爵五等，蔚爲宗臣，斯可謂得志大行矣。乃其爲詩，悲窮嘆老，咨嗟幽憂，昔年飛揚硉矹之氣，澌然無有存者。豈古之大人志士義心苦調，有非旂常竹帛可以測量其淺深者乎？嗚呼！其可感也。孟子言誦詩讀書，必曰論世知人，余故録《覆瓿集》列諸前編，而以《犁眉集》冠本朝之首，百世而下，必有論世而知公之心者。

〔一〕「方谷真」，《明史》本傳作「方國真」。

〔二〕「胡元」，小傳本作「有元」。

艾如張

有菀者林，衆鳥萃之。我欲張羅，榛枯翳之。既礪我斧，又飭我徒。孰是奥薉，而不剪除。爰升於虚，以相乃麓。有條我網，載秩我目。有鳥有鳥，五采其章。嗈嗈喈喈，率彼高岡。張之弗獲，憂心且傷。寤寐懷思，曷云能忘。有鳥五采，亦既來止。昭其德音，以相君子。君子豈弟，其儀是若。艾而張矣，云胡不樂。

芳樹

蔚彼芳樹，生於蘭池。景風晝拂，榮泉夜滋。燁如其光，炫於朱曦。含華吐芬，嚶鳴滿枝。君子有酒，以邀以嬉。羽觴交横，吹竹彈絲。相彼草木，允惟厥時。良辰易徂，能不懷思。沛其邁矣，其誰女悲？

上陵

零雨霏霏，亦降於桑。愴恨中懷，念昔先皇。惟昔先皇，創業孔艱。寤寐興懷，能不永嘆。精靈安所，體魄焉依。幽明隔絶，曷已其思。堂堂梓宫，在彼高岡。霜露是萃，能不慨傷。禮起由情，將情繫物。

溥斯索矣，庶其罔闕。郊社既虔，宗廟孔威。上陵是申，式昭孝思。

將進酒

有酒湛湛，亦盈於觴。酌言進之，思心洋洋。亦有兄弟，在天一方。安得致之，樂以徜徉。有酒在尊，既旨且清。何以酌之，有觩其觥。豈不欲飲，惜無友生。愴恨傷懷，曷云其平。兄弟之合，如塤如篪。朋友既比，如罔如維。死喪急難，是責是庇。今日有酒，如何勿思。人亦有言，解憂惟酒。載惛載呶，亦孔之咎。我觴維瓊，我斝維玖。以樂兄弟，以宴朋友。

巫山高

巫山高哉鬱崔嵬，下有江漢浮天回。深林日月照不到，洞谷闤闠生風雷。危峰半出赤道上，落日猿狖嗚聲哀。虎牙赤甲鬭雄壯，風氣以之而隔閡。楚王遺跡安在哉，但見麋鹿跳蒿萊。當時忠臣放澤畔，乃與靳尚相徘徊。山中妖狐老不死，化作婦女蓮花腮。潛形潏迹託夢寐，變幻涕淚成瓊瑰。神靈震怒不可禱，雲霧慘淡昏陽臺。猛風吹雨洗不盡，假手秦炬歊飛灰。精誠感應各以類，世間妖孽匪自來。君不見商王夢中得良弼，傅巖之美今安匹。巫山何事近楚宮，終古怨恨流無窮。

《巫山高》，刺奇后也。庚申君寵高麗奇妃，立以爲后，專權植黨，濁亂宮闈，故作《巫山高》以諷諫焉。

戰城南

朝戰城南門，暮戰城北郭。殺氣高衝白日昏，劍光直射旄頭落。聖人以五服限夷夏，射獵耕織各自安土風。胡爲彼狂不自顧，而與大國争長雄？高帝定天下，遺此平城憂。陛下宵旰不遑食，擁旄仗鉞臣不羞。登南城，望北土。雲茫茫，土膴膴，蚩尤禡牙雷擊鼓。舉長戟，揮天狼。休屠日逐渾邪王，氈車尾尾連馬羊。橐駝載金人，照耀紅日光，逍遥而來歸帝鄉。歸帝鄉，樂熙熙，際天所覆罔不來。小臣獻凱未央殿，陛下垂拱安無爲。

思悲翁

弱齡輕日月，邁景想神仙。顧往諒無及，待來徒自憐。黄金棄砂礫，劬心煉丹鉛。鑿石不得水，沉劍徒窺淵。流光不我與，白髮盈華顛。杖策出門去，十步九不前。歸來對妻子，塵竈午未煙。干時乏計策，退耕無園田。霜蒲怨青松，逝矢恨驚弦。已矣復何道，吞聲赴黄泉。

聖人出

聖人出，臨萬方，赤若白日登扶桑。陰靈韜精星滅芒，群氛辟易歸大荒。晻暖寒谷熙春陽，枯根發茁暢幽藏。潛魚躍波谷鳥翔，花明草暖青天長。青天長，聖人壽，北斗軒轅調氣候。北辰中居環列宿，八風應律九歌奏，圓方交格神靈輳。聖人出，陽道開。億萬年，歌康哉。

釣竿

斫竹作釣竿，抽繭作釣絲。滄洲日暖波漣漪，緑蒲茸茸柳葉垂，鈎纖餌香魚不知。石鱗激水溪毛動，玉燕回翔竿尾重。大魚入饌腮頰紅，小魚却放淵泓中。更祝小魚知我意，長逝深潭莫貪餌。

思美人

雨欲來，風蕭蕭。披桂枝，拂陵苕。繁英隕，鮮葉飄。揚煙埃，靡招摇。激房帷，發綺綃。中髮膚，憯寂寥。思美人，隔青霄。水渺茫，山岧嶢。雲中鳥，何翛翛。欲寄書，天路遥。東逝川，不可邀。芳蘭花，日夜凋。掩瑶琴，閑玉簫。魂睘睘，心摇摇。望明月，歌且謡。聊逍遥，永今宵。

楚妃嘆

《楚妃嘆》亦刺奇后也。

江漢揚波六千里，上有巫山矗天起。錦衾一夕夢行雲，萬户千門冷如水。聞道秦兵下武關，君王留連猶未還。山深不見章臺殿，汨羅冤淚空潺湲。尚憶前王好馳逐，宫中美人不食肉。回狂作哲須臾間，至今相業歸孫叔。楚宫無復如昔人，况有神女如花新。悲來恨新還憶故，誰能斷却巫山路？

王子喬

王子喬，乃是髭王之子，皇王之孫。深宫洞房不稱意，却駕白鶴尋軒轅。虹霓爲旆雲爲旛，飄然乘風上崑崙。王子喬，去何之？朝發暘谷暮崦嵫，六龍九鳳相追隨。穆王西上不得王母訣，胡爲元氣獨爾私？王子喬，去不還。后稷功業委如山，猶有九鼎知神姦。王城日夕生茅菅，爾獨胡爲白雲間？王子喬，空長嘆！

《王子喬》，刺愛猷識里達臘也。太子阻兵拒父，白瑣住挾以出奔，不稱主器，宗社將覆，故託王子喬以刺焉。

走馬引

天冥冥，雲蒙蒙，當天白日中貫虹。壯士拔劍出門去，手提仇頭擲草中。擲草中，血漉漉，追兵夜至深谷伏。精誠感天天心哀，太一乃遣天馬從天來，揮霍雷電揚風埃。壯士呼，天馬馳，横行白晝，吏不敢窺。戴天之耻自古有必報，天地亦與相扶持。夫差徒能不忘而報越，棲於會稽又縱之。始知壯士獨無愧，魯莊嵇紹何以爲人爲！

明宗被弑於晃忽，又庚申帝即位七年，乃以尚書之言撤文宗主於太廟，而詔書但以私圖傳子爲言，昧於《春秋》復仇之大義矣。公此詩蓋深譏之也。

梁甫吟　此詩云「艷妻」、「牝鷄」，亦爲奇后而作。

誰謂秋月明，蔽之不必一尺雲。誰謂江水清，淆之不必一斗泥。人情旦暮有翻覆，平地倏忽成山谿。君不見桓公相仲父，豎刁終亂齊，秦穆信逢孫，遂違百里奚。赤符天子明見萬里外，乃以薏苡爲文犀。停婚仆碑何震怒，青天白日生虹霓。明良際會有如此，而况童角不辨粟與稊。外間皇父中艷妻，馬角突兀連牝鷄。以聰爲聾狂作聖，顛倒衣裳行蒺藜。屈原懷沙子胥棄，魑魅叫嘯風凄凄。《梁甫吟》，悲以凄。岐山竹實日稀少，鳳凰憔悴將安棲？

墻上難爲趨行

弱水不可以航，石林不可以車。人生貴守分，墻上難爲趨。茫茫八極内，挾徑交通衢。紛紛皆轍迹，擾擾論錙銖。焦原詫齊踵，龍頷誇探珠。片言取卿相，杯酒興剪屠。機事一朝露，妻子化爲魚。林間有一士，蓬蒿翳窮廬。種稻十數畝，種桑八九株。有酒且飲之，無事即安居。孰知五鼎食，聊保百年軀。悠悠身後事，汲汲復何如。

少年行

駿馬狐白裘，玉勒黄金羈。賓從如浮雲，顧盼生光輝。朝驅紫陌塵，暮醉青樓姬。但見花月好，寧知霜雪飛。荏苒世途異，凄凉瑶草衰。田園皆易主，親友盡暌違。學書時既晚，躬稼力已微。歲晏寒風生，倚墻聽鄰機。逝水不可挽，枯蓬安所依。佇立爲爾嘆，感我淚沾衣。

獨漉篇

獨漉復獨漉，月明江水濁。水濁迷龍魚，月明復何如。楚國皆濁，屈原獨清。行吟澤畔，哀哉不平。上山采荼，下山采蘗。心在腹中，何由可白？豺狼在後，虎豹在前。四顧無人，魂飛上天。珠玉委棄，不如泥沙。躡冠戴履，萬古悲嗟。

懊憹歌五首

白惡養雛時，夜夜啼達曙。如何羽翼成，各自東西去。
昨夜霜風起，入户復吹帷。兒啼母心酸，母愁兒不知。
養兒徒養老，無兒生煩惱。臨老不見兒，不如無兒好。
食蘗苦在口，食蓮苦在心。苦心無人知，苦口淚沾襟。
男兒初生時，蓬矢桑弧弓。老大却思家，懊惱無終窮。

君子有所思

晨上龍首山，徘徊望咸京。交衢錯萬井，甲第連公卿。鞍馬相照曜，冠蓋如雲行。扈從金宮歸，賜酒銀瓮盈。前庭列騶騎，後苑羅傾城。寵極妒心起，歡餘驕氣生。田竇巧相奪，蕭韓互摧傾。快意在一時，報復延戈兵。范雎掉柔舌，穰侯去强嬴。寧知幽燕客，接踵誇雄鳴。茫茫前車轍，遺迹猶未平。胡爲不自悟，坐使憂患并。二疏獨何人，千載垂令名？

上山採蘼蕪

上山採蘼蕪，山峻路迢遞。山下逢故夫，悲風生羅袂。憶昔結髮時，願得終百年。變故不可期，中道相棄捐。蓮實生水中，石榴生路側。未嘗掛齒牙，中心豈能識。上山採蘼蕪，羅袖生芳菲。因君贈新人，莫遣秋霜霏。落葉辭故枝，不寄别條上。白日無回光，誰能不惆悵。

雙桐生空井

雙桐生空井，井空桐葉稀。稀葉不自蔽，鳳鳥將安歸。雙桐生空井，井泥泉不出。桐根日夜枯，何由伐琴瑟。

玉階怨

長門燈下淚，滴作玉階苔。年年傍春雨，一上苑墻來。

秋思

梧桐生碧砌，密葉暗金井。驚心昨夜月，照見棲禽影。

長門怨

白露下玉除，風清月如練。坐看池上螢，飛入昭陽殿。

長相思

長相思，在沅湘，九疑之山鬱蒼蒼。青天蕩蕩林木暗，落日虎嘯風飛揚，欲往從之水無航。仲尼有德而不用，孟軻竟死於齊梁。松柏摧折桂生蠹，但見荆棘如山長。長相思，斷人腸。

大墻上蒿行

墻上蒿，方春擢秀何芃芃。炎天六月旱無雨，枝葉枯死隨飄風。世情翻覆不可擬，人生有身莫依倚。

君不見樊將軍，一朝函首西入秦。又不見劉越石，仰天長歌握中璧。三士自殘因二桃，子胥終棄吴江濤。世人見機苦不早，何不看取墻上蒿。

鷄鳴曲

日將出，鷄先鳴，千門萬户聽鷄聲。美人錦帳愁欲曙，壯士苦心煎百慮。人間百年能幾日，日日鷄鳴催日出。一朝過了復一朝，白髮蕭蕭此生畢。齊妃播淑德，感彼蟲薨薨。周宣悟姜后，功業光中興。亦知國家共如此，莫怪鷄鳴催早起。

邯鄲才人嫁爲厮養卒婦

邯鄲有才人，艷色如朝霞。嫁作厮養婦，雲鬢埋泥沙。憶昔趙王全盛日，夜夜綺筵張寶瑟。中山美酒盈羽觴，一笑黄金滿千鎰。繁華過眼如轉蓬，故宫禾黍秋芃芃。明珠白璧走函谷，墜簪遺珥空悲風。人生最苦是衰老，白首無歸向誰道。蓽門夜永月光寒，卧聽駘駑齕枯草。

孤兒行

蓬頭皸足誰家兒，滿面塵埃雙淚垂。爺娘棄我不待老，骨肉無人但兄嫂。兩身一氣不相知，陌路茫茫向誰道。清晨採薪日入歸，殘羹冷飯難充饑。欲言問兄兄不顧，嫂是他人更奚訴。人生一世爲弟兄，同根自合同枯榮。爺娘在日曾眷戀，願兒回看死人面。

此詩亦有感于文宗兄弟之間而作。

病婦行

夫妻結髮期百年，何言中路相棄捐。小兒未識死别苦，啞啞向人猶索乳。箱中探出黄金珥，付與孤兒買餈餌。不辭瞑目歸黄泥，泉下常聞兒夜啼。低聲語郎情不了，願郎早娶憐兒小。

淮南王

淮南王，好神仙。澄心煉氣守自然，收拾真一歸中圓。化爲五色黄金丸，乘風駕景飛上天。飛上天，逍遥遊。八鸞捧轂龍翼輈，虹霓繽紛夾彩斿，上窺九陽下六幽。回頭大笑武皇帝，柏梁桂館空清秋。

蜀國絃七首

胡笳拍斷玄冰結，湘靈曲終斑竹裂。爲君更奏蜀國絃，一彈一聲飛上天。

蜀國周遭五千里，峨眉岧岧連玉壘。岷嶓出水作大江，地者天浮戒南紀。

舒爲五色朝霞暉，慘爲虎豹嘷陰霏。翕爲千嶂雲雨入，嘘爲百里雷霆飛。

白鹽雪消春水滿，谷鳥相呼錦城暖。巴姬倚歌漢女和，楊柳壓橋花纂纂。

銅梁翠氣通青蛉，碧鷄啼落天上星。山都號風寡狐泣，杜鵑嗚咽愁幽冥。商悲羽怒聽未了，窮猿三聲巫峽曉。瞿塘噴浪翻九淵，倒瀉流泉喧木杪。樓頭仲宣羈旅客，故鄉渺渺音塵隔。含凄更聽蜀國音，不待天明頭盡白。

東飛伯勞歌

南飛鷓鴣北飛鵠，黄昏鳴鷄白日燭。珊瑚石上栽兔絲，鴛鴦獨宿枯桑枝。永夜凉蟾入羅幕，蟬翼不如秋鬢薄。寒塘露蓮千葉紅，可憐零露空隨風。

雙燕離

雙燕營巢時，雙飛復雙語。輕盈柳陌風，振迅芹塘雨。巢成近繡幃，雙宿更雙飛。爲蒙主人愛，不信有睽違。四月温風起，榴花發紅蕊。拾蟲還哺雛，出入無停觜。五月教雛飛，繞巢舞烏衣。側避蛛絲過，斜縈柳綫歸。六月雛翼老，分飛各相保。脈脈傍珠簾，依依集蘭橑。世事有轉旋，陵谷一朝遷。昆明延刼火，甲第化歊煙。帶睡驚飛出，塵沙兩相失。死生不得知，嫵婉從兹畢。回看舊主人，粉黛成灰塵。天高雲渺渺，海濶波鱗鱗。荏苒朝還暮，悍悍向何處。毛凋半夜霜，淚滴三春露。露寒霜又濃，憔悴不成容。同心諒難隔，魂魄終相從。

遠如期

遠如期，近别尚云可，遠期能不悲。憶昔辭君出門去，手種庭前松柏樹。樹今成器人未歸，洞房白髮秋霏霏。高原有梧隰有櫝，待君北邙山石下。

大堤曲

大堤女兒顔如花，大堤堤上無豪家。東家女作西家婦，夫能棹船女沽酒。春去秋來年復年，生歌死哭長相守。君不見襄陽女兒嫁荆州，撞鐘擊鼓烹肥牛。樓船一去無回日，紅淚空隨江水流。

白苧詞二首

鏗華鐘，伐靈鼓，青娥彈絲《白苧》舞。文竿迎風雉振羽，長袖奮迅若雲舉。博山霧合春蒙蒙，玉釭摇火生長虹，翠蕩紅翻如夢中。

暖香結暝嬌青春，翠釵珠壓光照人。鳳簫十二煙霧匀，驚鴻燕嬌波龍鱗。玉觴交飛酒如沼，門外斜陽在林杪，宫中沉沉天未曉。

鈞天樂

君不見天穆之山二千仞，天帝所以觴百靈。三嬪不下兩龍去，《九歌》《九辯》歸杳冥。我忽乘雲夢輕舉，身騎二虹臂六羽。指揮開明闢帝闕，環佩泠泠曳風雨。明月照我足，倒影摇雲端。參差紫鸞笙，響震瑶臺寒。我欲聽之未敢前，空中接引皆神仙。煙揮霧霍不可測，翠葩金葉光相射。鯨鐘虎虡鏗鴻蒙，撼崑崙兮殷崆峒。揚天桴兮伐河鼓，咸池波兮析木風。遂升泰階朝玉帝，側身俯伏當瓊陛。訊曰太極折裂爲乾坤，紛紛枝葉皆同根。胡爲妄生水火金木土，自使激搏相熬煎。臣聞三皇前，群物咸熙熙，衆子戴一父，皞皞無偏私。忽然元氣自蕩潏，變换白黑分賢癡。蚩尤與黄帝，從此興戈矛。流毒萬萬古，争奪無時休。骨肉自殘賊，帝心至仁能不憂？帝不答，臣心迷。風師咆哮虎豹怒，銀漢洶涌天鷄啼。飈輪撇捩三島過，海水盡是青玻璃。神奔鬼怪惕驚起，遺音颯颯猶在耳。夢耶遊耶不可知，但見愁雲漠漠横九疑。

從軍五更轉五首

一更戍鼓鳴，市上斷人聲。風吹鴻雁過，憶弟復思兄。

二更月上城，照見兜鍪光。側身望山川，淚落百千行。

三更悲風起，樹上烏鵲鳴。枕戈不能眠，荷戈繞城行。

四更城上寒，刁斗鳴不歇。披衣出户視，太白光如月。五更星斗稀，霜葉光爛爛。健兒争先起，拂拭寶刀看。

前有尊酒行

前有尊酒芳以飴，舉杯欲飲且置之。丈夫有志可帥氣，胡爲受此麴糵欺？禹惡旨酒，玄德上達。桀作酒池，而南巢是蔡。商辛惡來以白日爲夜，糟丘肉林相枕藉。瑶臺倏忽成灰塵，流毒猶且遷殷民。夫差酗而納施，楚國酣而放屈。姑蘇臺上麋鹿遊，鄢郢宫中狐兔出。灌夫駡坐，禍延魏其。竹林稱賢，神州蒺藜。亡家破國有如此，酒有何好而嗜之！前有尊酒醲以清，酌之白日成晦冥。眼花耳熱亂言語，元氣耗斁肝膽傾。乃知酒是喪身物，衛武之戒所以垂休聲。

隔谷歌

戰鼓咽悲風，弓折不可把。弟兄隔谷不相聞，咫尺人間與泉下。丈夫誓許國，殺身非所憐。兩心本一氣，何能坐相捐。登埤四顧望，慷慨肝膽裂。不見救兵來，但見繞城鐵甲光如雪。飛禽在羅網，尚或念其饑。身爲高官馬食粟，忍見手足居重圍？相彼鴻與雁，亦各顧匹儔。挽弓射一猿，群猿拔箭聲啾啾。鳥獸且有情，人心獨何尤。嗚呼！田家紫荆雖微木，不忍聽君歌《隔谷》。

此詩與《孤兒行》皆爲文宗而作。

氣出唱

今日不樂，振策遠遊。東上泰山，巍何修修。道逢仙人，要我同仇。蒸霞爲糧，烹玉爲羞。玄英素蕤，光華蔓流。日觀菡萏，葩華九州。令我從之，身輕若浮。道以五鸞，翼以兩虬。朝翔玄圃，夕止蓬丘。謁見王母，雲眉月眸。青娥三千，或舞或謳。風吹琅玕，聲如鳴球。雜花並開，莫知春秋。洪崖先生，勸我此留。自揣凡骨，非仙者儔。七情交煎，一觸百抽。又病戇僻，無藥可瘳。崇崇清宫，蕩無涯陬。列仙如沙，不少一漚。王母笑聽，拜謝扣頭。歸來山林，曷標曷鈎。熙熙泰和，長樂無憂。

班婕妤

昭陽秋清月如練，笙歌嘈嘈夜開宴。長信宫中辭輦人，獨倚西風詠紈扇。傾城自古有褒妲，紅顔失寵何須怨。泠泠玉漏掩重門，一點金缸照書卷。

短歌行

凉風西來天氣清，雲飛水落山崢嶸。髮膚剥削棱骨生，鮮芳菸悒成枯莖。百蟲哀號百竅鳴，凡有形色皆不平。成之孔艱壞厥輕，羈人含愁起夜行。列星滿天河漢横，繁思攢心劇五兵。天高何由達其情，歸來託夢通精誠。

燕歌行

霜飛動地燕草凋，沙飛石走天蕭條。江河倒影陵谷摇，白日慘淡晝爲宵。美人迢迢隔雲霄，青冥無梯海無橋。魚枯雁死星芒消，沉沉思君不自憀。愁如驚風鼓春潮，歲雲暮矣山寂寥，梧桐葉落空乾條。崑崙層城阻且遼，蒼梧九疑煙霧遥。瓊田瑶草芟蕱蕘，江蘺澤蘭成艾蕭。登高望遠肝肺焦，安得羽翼摶長飈。

苦哉行

鷄不可使守門，狗不可使司晨。驅車粱弱水，日暮空悲辛。我欲乘風謁閶闔，虹霓彌天雲霧合。九關虎豹森駭人，長跪陳辭閽不荅。錯石作璵璠，鬼神驚見欺。截粱爲欂櫨，般垂拊膺淚交頤。衝風結玄冰，道惡不可履。巫咸上天去，澤涷神蓍死。我欲竟此曲，此曲多苦聲。鴻雁向天北，因之寄遐情。

起夜來

微月就没銀河爛，城烏啞啞夜將半。憂愁不寐攬衣起，仰看明星坐待旦。威弧歷落連天狼，兩旗欲動風不揚。槐根王侯夢未覺，豈知鷄聲堪斷腸。

無愁果有愁曲

君不見陳家天子春茫茫，後庭玉樹凝冷光。樓船江上走龍陣，宫中只報平安信。酒波灧灧蒸粉香，暖翠烘煙妒嬌鬢。無愁老夫貂鼠裘，降旗摇動臺城秋。生綃束縛檻車去，始信人間果有愁。

放歌行

鴻鵠搏紫霄，鶵鳩守苞桑。豈惟異所志，羽翼有短長。玄陰變白晝，闇虚侵太陽。一鹿走中原，熊虎競騰驤。植竿成壘壁，舉袂爲攙槍。叱咤倒江河，蹴蹋摧山岡。犬牙據險要，瓜瓣割土疆。六奇誇曲逆，三略稱子房。磨牙各有伺，裂眥遥相望。龍蛇未分明，智力正争强。孔明魚得水，毛遂錐脱囊。霧晦豹始變，海激鵬乃翔。嗟爾獨何爲，抱己自摧藏。

艷歌行

亭亭松柏樹，結根幽澗隈。高標拂雲日，直榦排風雷。曾經匠石顧，謂是梁棟材。明堂未構架，厚地深栽培。熒星入天闕，武庫一朝災。搜求到樕樸，谷赤山城垓。般爾死無人，鈎繩付輿臺。路阻莫自致，棄之於草萊。天寒斧斤築，歲莫空摧頹。三光無偏照，四氣有還迴。斫喪在須臾，成長何艱哉。孰知真宰意，悵望使心哀。

門有車馬客行

門有車馬客，云是故鄉人。執手前借問，鄉語知情真。自云别故鄉，觀光京國塵。經商涉代北，薄宦往西秦。綉鳳錦鴛鴦，金鞍紫騏驎。結交貴公卿，出入擁衆賓。劇孟氣方鋭，郭解家不貧。但見三春花，寧思秋露晨。斷蓬失其根，風沙欻漂淪。前途塞虎狼，故里荒荆榛。昔爲横海鯨，今爲涸轍鱗。話言未及竟，涕淚各盈巾。居家倚骨肉，出家倚交親。何當在異縣，見此舊里鄰。園蔬如蜜甘，市酒若醴醇。悲歡且棄置，生死同苦辛。短歌有深情，情深難具陳。

煌煌京洛行

齊謳且輟唱，吴趨亦停聲。請君傾耳聽，聽我歌洛京。京洛何煌煌，卜宅自周王。五服畫九州，兹惟土中央。周文四戰地，恃德不恃强。叔世道雖微，靈源瀉流長。漢祖殪秦項，定都由子房。馬上得天下，繼周焉敢當。光武起白水，龍飛掃欃搶。應天順民心，戡暴安痍傷。冕旒正宸極，圭組崇俊良。功臣列爵土，循吏勸耕桑。詔書報臧馬，玉關閉西羌。周嚴播高風，卓魯樹甘棠。廷無乳虎伏，邑有馴雉翔。涓涓醴泉液，燁燁朱草芳。繼體更能賢，守成不逾常。南郊尊上帝，宗祀親明堂。辟雍養耆德，靈臺觀祲祥。南宫畫元勳，東觀昭文章。詩書母后訓，淫侈蕃封防。日年天再辟，四帝百重光。傾昃自滿盈，宴安生怠荒。刑官竊威柄，義士死道旁。釁積千里草，禍成一星黄。大命始不拳，餘暉尚悠揚。

典午亦有初，言治稱太康。用人混哲否，蘖芽出蕭墻。兄弟相啖食，同氣成豺狼。金墉豈不固，清談漫洋洋。妖星入太極，胡雛登御床。銅駝荆棘没，寢廟狐狸藏。落日照西城，寒雲歸北邙。轘轅無人行，伊洛廣且長。衰榮若旦暮，道德信金湯。殷勤《京洛篇》，厥鑒不可忘。

静夜思

静夜思，一思腸百轉。啼螿當户聽不聞，明月在庭看不見。方將入海斣猛蛟，復欲度嶺邀飛猱。胸中倏忽亂憂喜，得喪紛紛竟何是。静夜思，思無窮。天鷄一聲海口紅，滿頭白髮吹秋風。

冬暖行

孟冬十月暖，桃李花盛開。胡蝶草間出，飛上花枝來。蝶知愛花爲花出，不知冬暖無多日。霜風一夕花作塵，墜粉飄黄愁殺人。

節婦吟

凄切復凄切，緑萍初生池水竭。蘭根壓霜芽不茁，春風泠泠逐秋月。蓼蟲食苦甘如酒，卷葹雖生心已朽。揚州青鏡蝕土花，玉匣瓊臺復何有？君不見人間日月如飛梭，地下相從應始多。

登高丘而望遠海

登高丘，望遠海。長風簸浪高於山，蓬萊宫闕無光采。雲霧翳暘谷，羲和安所之。鯨鯢作隊行，鱗鬣如朱旗。精衛銜石空有心，口角流血天不知。登高丘，望遠海。弱水浩蕩不可航，一望令人玄髮改。

江上曲

江上風吹沙石走，江中濤浪如牛吼。鄂君繡被寒無香，江水不如殘夜長。

薤露歌

蜀琴且勿彈，齊竽且莫吹。四筵並寂聽，聽我《薤露》詩。昨日七尺軀，今日爲死尸。親戚空滿堂，魂氣安所之。金玉素所愛，棄捐篋笥中。佩服素所愛，凄凉掛悲風。妻妾素所愛，灑淚空房櫳。賓客素所愛，分散各西東。仇者自相快，親者自相悲。有耳不復聞，有目不復窺。譬彼燭上火，一滅無光輝。譬彼空中雲，散去絶餘姿。人生無百歲，百歲復如何。誰能將兩手，挽彼東逝波。古來英雄士，俱已歸山阿。有酒且盡歡，聽我《薤露歌》。

蓮塘曲

落日下蓮塘，輕舟赴晚涼。偶然花片落，飛出兩鴛鴦。

蒿里曲三首

澗草萋萋泉汩汩，紫蘭香老棠梨發。山中無人松柏寒，卧聽狐狸嘯明月。

白楊樹頭風惻惻，寡烏悲啼山月黑。殯宫冷落清夜長，銀鴨金鳧不堪食。

山花冥冥啼子規，烏銜紙錢掛花枝。山中遊人莫相笑，君到此中當自知。

古鏡詞并序

金陵武生於勾曲野人得古墓中鏡，李桓先生辨其款製，燕石上有「元康」年字，定其爲漢時物。今雖不能灼見其非晉而漢，然其來之不近則明矣。

百煉青銅曾照膽，千年土蝕萍花黶。想得玄宫初閉時，金精夜哭黄鳥悲。魚燈引魂開地府，夜夜晶光射幽户。盤龍隱見自有神，神物豈肯長湮淪。願循蟾蜍騎入月，將與嫦娥照華髮。

遠遊篇

三山六鰲背，翠水扶桑東。鷄鳴上海日，海面玻璃紅。仙人騎鸞鳳，呼我游雲中。雲中有金闕，謂是天帝宫。明星列兩藩，琪樹光玲瓏。太一坐端門，白髮映青瞳。授我玉篆文，赤蛇蟠九虹。出入元化先，壽命齊老童。因逢青鳥使，遂造東王公。素女知蓮華，歌喉絃管同。顧盼動環佩，振迅若輕鴻。化爲五色光，倏然隨長風。

畦桑詞

編竹爲籬更栽刺，高門大寫畦桑字。縣官要備六事忙，村村巷巷催畦桑。桑畦有增不可减，準備上司來計點。新官下馬舊官行，牌上却改新官名。君不見古人樹桑在墻下，五十衣帛無凍者。今日路旁桑滿畦，茅屋苦寒中夜啼。

神祠曲

路旁古廟壁半斜，雨滴香案堆泥沙。槎牙死樹當道卧，樹上紙錢猶未化。春秋祭祀知幾時，烏鴉得食號相隨。人人歡喜得好珓，低昂拜跪山花飛。寧知禍發在旦夕，空村無煙唯瓦礫。廟傍烏鴉亦不來，獨留土偶眠蒼苔。

巴陵女子行

巴陵女子天下奇，石作心肝冰作脾。生平見義不見己，抆淚恨殺襄陽兒。臨終裂素寫怨語，生氣猶能起風雨。君不見虎符繫頸東海檣，令人愧死巴陵女。

秦女休行

秦家女兒美且都，齒如編貝脣如朱。有生不幸遭亂世，弱肉强食官無誅。兄朝出門暮不返，家人悵望空倚閭。女休聞之肝膽烈，奮臂不惜千金軀。援矛一擲白日撼，仇血上濺天糢糊。市人驚噪塵土沸，邏卒奔走馳金吾。有心殺人寧惜死，顧謂女吏何其愚。嫚法長姦誰所致，捨生得義吾何逋。精誠通天天爲惻，赦書一夕來宸極。路旁觀者咸嘆嗟，女休出門無喜色。君不見景升本初之子空是男，亡家破國令人慚。

閨詞二首

戎馬關山隔，空閨鬢髮華。將何寄消息，江樹總無花。剔却燈花蕊，從教污翠鈿。幾回虚報喜，誤妾不成眠。

上雲樂

混沌結，玄黃開，人生其中，稱爲三才。一人身有一天地，形質雖異衆理該。欲淫物誘滋巧僞，遂使真淳耗斁玄風頽。乃有朝生而暮死者，本根淺短無栽培。惟有西天老胡名文康，自從盤古到今日，不老不少，氣體充實如嬰孩。性情和易顔色好，恰似初釀葡萄醅。激之而不見其怒，撓之而不見其咍，甘之而不見其喜，苦之而不見其款。所以於物無所忤，於人無所猜，於事無所礙，於藝無所能。不生不死在人世，借問老胡何修得此哉？老胡答言我亦不自解，請説伏羲神農皇帝在日一二事，不知得失汝自挨。伏羲始畫八八六十有四卦，羅天網地括五材。老胡不識單與耦，謂是烏曹重疊堆磚坯。倉頡製文字，鬼母夜哭聲哀哀。老胡不識點與畫，謂是蝸牛之涙縈莓苔。容成隸首造曆數，上收坤靈之精爽，下掇乾象之根荄。大撓作甲子，編户星宿來當差。老胡不識一二三四五，但見暖則出，寒則伏，一似蟲豸聽命霜與雷。羲和常儀占日月，拘束烏飛兔走翼足相排挼。鬼臾區占星氣，指斥王蓬絮，周伯老子無所藏匿其祥災。老胡不識金木水火土，但見昊天森列衆光怪，大者如缶，小者如杯。伶倫截竹作律呂，中間實以葭莩灰。玄問老鬼二十四，俯首受命同輿儓。又用子穀秬黍起度量，教得蠢動狡猾而不獃。老胡不識輕重長短多與寡，但覺饑則食，飽則止，明則起，暗則卧，有力即往，倦即回。軒轅黄帝與岐伯，口嘗毒藥，一日生死八九遍，皮肉黑瘦生煙煤。老胡但見顔色差異即不吃，牙齒牢硬無齜齬。九天玄女説兵法，風雲鳥蛇掌上排。教人鬬閲逞雄傑，致使阪泉涿鹿之野，它它藉藉撐枯骸。爾時衆賢聖，尾尾相繼轟轤輻。雕肝琢腎鏤心肺，傾瀉精髓通脊脢。攘攘擾擾競神知，虚名不朽身先隤。惟有老胡混沌無孔竅，不與人世分仇儕。堯舜相傳授，四海玉燭無氛埃。老胡隨衆歌《擊壤》，帝力於我何有哉？湯武行放伐，鷹化爲雀駒爲騋。龍逢被殺夷叔餓，何如老胡終日瞑坐山之隈。謀臣辨士神出而鬼没，口乾舌拔眉眼皭。到頭畢竟成就者，土墳三尺埋蒿萊。五伯與七國，角力争喧豗。老胡萬事皆不理，[illegible][illegible]坐得四肢百骨如乾柴。所以天地鬼神不怪怒，容得老胡永遠在世上，時復一出歌笑呈詼諧。況遇天子聖，德澤浹九垓。青雲應吕風應律，遐方感化神民懷。老胡再拜稽首獻天子壽，願天子與天地相似，老胡歲歲舞蹈玉墀下，跪進玻璃杯。

仙人詞 三首

玉府仙人冰雪姿，生來即遣侍瑶池。五雲隔斷塵凡路，説着人間總不知。

上帝宸居儼肅森，九關虎豹立崟崟。群龍自有三珠樹，不見扶桑水淺深。

東海鯨鯢白晝游，南溟風浪涌吞舟。三山亦在滄波裏，自是神仙未解愁。

吴歌 六首

儂做春花正少年，郎做白日在青天。白日在天光在地，百花誰不願郎憐。

蛾眉二八不曾愁，有色無媒郎不留。月裏蟾蜍推落地，幾時再得廣寒遊。

栽花圖作看花人，誰料花開不及春。昨夜狂風今夜雨，爲花落得兩眉顰。
莫信登天不要梯，莫信築雪可成堤。五更老鴉樹上叫，有人則道是鷄啼。
樹頭挂網枉求蝦，泥裏無金空撥沙。刺漆樹邊栽枸橘，幾時開得牡丹花。
六月栽禾未是遲，死中求活是高棋。夕陽若有回頭照，遮莫黄昏一餉時。

採蓮歌

採得紅蓮愛白蓮，雙橈快轉怕人先。争知要緊翻成慢，菱葉中間絆却船。

竹枝歌三首

相思無益莫相思，嬴得霜髯换黑髭。明月自圓還自缺，蚌胎瘦減有誰知。
榮華未必是榮華，園裏甜瓜生苦瓜。記得水邊枯楠樹，也曾發葉吐鮮花。
黿鼉在水虎在山，登山入水早防閑。别有一般真㕁耐，蝦蟆生在月中間。

江南曲五首

江北垂楊未爆芽，江南水緑萬重花。北人盡道江南好，江南才到便爲家。
金陵好是帝王州，城下秦淮水北流。惆悵江南舊花月，女兒盡作北歌謳。

錢塘勝地作南都，紈綺如雲隘廣途。想得燕山風雪夜，斷魂相語怨西湖。
桃葉渡頭春水平，莫教城上曉鶯聲。中原無限英雄淚，併入江南送別情。
生長吴儂不記春，鄉音旋改踏京塵。丫頭小伎相偎坐，衆裏矜誇是北人。

山鷓鴣三首

黄茅壠上雨和泥，苦竹岡頭日色低。自是行人行不得，莫教空恨鷓鴣啼。
鷓鴣元是嶺南音，嶺北無人識此禽。南人唱歌過嶺去，北人相向淚沾襟。
山禽一處一般聲，不是鄉音便動情。多事江南子規鳥，天津橋上對人鳴。

楊柳枝詞

多事垂楊管送迎，長條折盡短條生。不知幾許東風裏，猶帶輕煙冒晚晴。

宫　怨

何處春風拂苑墻，飛花片片入昭陽。多情尚有池邊柳，留得啼鶯伴日長。

秋懷八首

涼夜悠悠，華燈有輝。凄風動林，明月在帷。山川迢迢，遊子無衣。瞻彼原隰，零露溰溰。靡草不凋，無木不稀。不睹逝波，焉知昨非。亭亭南山，有蕨有薇。黄華晚榮，紫芝秋肥。歲云莫矣，胡寧不歸。

陟彼高原，望美中陵。玄商夕振，白露宵零。蔚彼茂草，化爲枯莛。我有素琴，玉軫朱繩。彈爲陽春，旭日滿庭。愴恨興懷，悲來填膺。子期逝矣，其誰汝聽。

喓喓草蟲，慓慓其股。歲莫如何，爾獨良苦。瞻望日月，綿綿我愁。如彼逝矢，一往不留。嗟爾小子，時不再得。匪緡曷魚，不藝胡稷。蕭蕭草蟲，烈烈其音。歲莫何爲，祗攪我心。

中庭有棗，累累其實。零露既降，歲事孔疾。循彼階軒，有鳴蟋蟀。豈其觱發，而不栗烈。南山崒嵂，松柏蕭瑟。彼蘭斯蕕，彼枳斯橘。安得羽翼，載飛載鴥。泛濫八荒，以終永日。

有熠者螢，載飛載揚。有倬雲漢，載炳其章。白日易徂，玄夜何長。繁思交横，浮念無方。慨懷古人，中心怛傷。離婁冥行，歷坎而僵。循墻以趨，雖瞽不倀。猛虎雷咆，斑文在床。妖狐鬼濳，毳裘黄黄。悠悠多歧，蕩蕩周行。慎爾馳驅，天命有常。

夕簟既清，瓶水既寒。浩歌臨風，憂來多端。懸崖而棲，瞀以爲安。菅茅在門，蒙以爲蘭。黍稷弗膳，腐鮑是餐。干將掛壁，敝屨加冠。宛其悲矣，能不永嘆。

鬱彼晨煙，亦曼於楚。瑟彼枯楊，策策其語。良辰幾何，亦既徂暑。溥彼郊原，有禾有黍。凄風夕興，雁鶩如雨。今日何日，歲聿其秋。候雁北來，星火西流。懷我故鄉，道阻且修。俯察淵潛，仰睇天遊。孰翱匪鳶，孰躍匪虬。瞻望日月，中心如抽。豈無美酒，焉得良儔。矢詩不多，聊以解憂。

有鳥一首贈袁尚志

有鳥有鳥，薄言繳之。君子至止，何以樂之。有酒湑湑，亦盈于觴。明月照帷，清風滿堂。我酒既旨，我儀有秩。言念君子，溫如其日。有鳥有鳥，載好其音。君子之洽，如瑟如琴。有棐有翼，有勸有飭。古訓是式，大猷是力。有栗者璧，瑕則磨之。有絉者絲，色以訛之。如彼織紝，君子維經。如彼鋒刃，君子爲硎。無爲誇毗，無爲戚施。伊我之儨，亦子之痍。此令朋友，交相爲助。匪中式孚，俾好作惡。有酒在觴，有琴在堂。酌言鼓之，心焉孔臧。有鳥有鳥，載翔載飛。豈弟君子，式昭令儀。業不厭修，學不厭多。既酌以酒，復相以歌。

擢彼喬松

擢彼喬松，在彼丘阿。歲莫凄風，颯爲枯柯。憂來傷心，云如之何。瞻彼昊天，曷其有宜。天降淫德，鋪於下國。稻粱黍稷，曁於螟蟘。不稼不穡，寇攘以食。哀此下民，曷其有極。心之憂矣，如烹如煎。喪亂靡底，如淵如泉。如彼奧草，孔蔓以延。嗚呼昊天，伊誰之愆。有罻者罝，曷施於宇。胡罾於林，覬彼魴鱮。小人所憮，君子所與。弗詢弗猶，曷其有愈。君子不畏，亂日以熾。君子不憂，亂日以悠。正言諤諤，諂言諾諾。歡言孔怡，喪亂所基。邦家維車，庶民維輿。庶僚維服，大臣維御。慎爾驅馳，俾險作夷。無然没没，無俾車僨。無曰予知，民各有思。無曰予聖，庶民孔競。無競維德，四方之則。無爲回遹，以縱枉慝。瞻彼高原，翳翳其雲。眄彼大水，浩矣無津。嗷嗷飛雁，各念爾群。哀我人斯，胡胥以淪。莫高匪天，莫明匪日。何纖匆冒，何昧匆晰。維此聖人，庶民是葵。維彼愚人，則各有謀。原隰之瘁，夫婦云之。閭巷之呻，君子聞之。弗聞弗惟，則各有思。式謗式詈，腑腸以離。穀斯之秕，農以爲殃。匪鷹匪隼，曷云能翔。維天有船，不可以航。眷言顧之，心焉惻傷。相彼茂草，飛鳥依之。淠彼深淵，魴鯉歸之。靡依靡歸，胡能勿悲。我有隱憂，人莫之知。中途有棘，庶民伐之。執訊弗篤，君子聖之。不聵不聾，孰填爾聰。靡瞻靡顧，自貽伊瞽。如彼沸鼎，無增爾薪。無從爾言，以逖遠人。邇人營營，遠人兢兢。弗訦爾心，曷其有懲。嗟爾君子，戒慎爾止。靡謙不光，靡盈不毁。維山有杞，維澤有芷。庶民所履，維君子使。陟彼高原，維風飀飀。靡草不凋，無木不劉。憂來傷心，如焚如抽。瞻仰昊天，曷其有瘳。

感懷二十四首

驅車出門去，四顧不見人。回風捲落葉，颯颯帶沙塵。平原曠千里，莽莽盡荆榛。繁華能幾何，憔悴及兹辰。所以芳桂枝，不争桃李春。雲林耿幽獨，霜雪空相親。

誰云魯酒薄，邯鄲被戈矛。楚館困兩君，乃爲馬與裘。舉世共如此，太息復何尤。振衣箕山頂，引領望許由。終然不可見，涕淚交膺流。

古人盜天地，利源不可窮。今人盜農夫，歲莫山澤空。紛紛九衢内，連袖如長虹。共笑沮溺鄙，各事遊冶雄。悠悠方自此，衮衮何時終。

啾啾草間雀，日隨黄口飛。争先赴稻粱，寧顧野人機。便便善柔子，懷利近相依。但慕春荑好，不見秋霜霏。驅車逐走鹿，中路忘所歸。豈不愛其躬，天命心與違。古道今已矣，感寤空涕欷。

柔桑生中國，婀娜當陽春。下滋靈泉液，上承膏露津。美人望蠶月，傾筐競明晨。榮盛方及時，採捋一何頻。枯根不盈拱，何以禦霜辰。復聞芻蕘子，磨礪待爲薪。冥觀成感激，躑躅含酸辛。

伏枕候明發，夢游滄海中。中有萬斛船，蕩漾隨天風。舵師兀昏睡，環視立衆工。波濤正汹涌，欲往迷西東。寤寐惕驚起，魂魄猶忡忡。

蘇秦佩六印，賓從何縱横。當時機中婦，倩笑遠相迎。黄金生意氣，蠶蠋見人情。豈無簞瓢士，今爲時所輕。

種樹當中庭，不識美與惡。微陰未盈户，枝葉猶荏弱。一朝根柢成，延蔓蔽樓閣。離披引剌蚝，蒙昧喧鳥雀。毁垣施斧斤，得喪亦相若。萬事不早謀，日暮徒駭愕。

東園多桃李，擢榦何交加。春秋互遞代，衰榮競相誇。搣搣去故物，英英發新花。花謝葉復作，空令人嘆嗟。

翡翠翔江湖，亡身爲毛羽。不如道旁李，尚得滋味苦。驅車上太行，還顧望梁甫。高岡多烈風，茂林化爲岵。空餘澗底藤，蒙蘢蔓煙雨。

峨峨蓬萊山，渺渺大瀛水。神仙有窟宅，亦在玄黄裏。大壑多驚風，不辨龍與鯉。吹沙乘波出，洶若鯨鯢起。陽侯貫深淵，海若汩泥滓。馬銜恣饞食，罔象潛譎詭。誰能報王母，弱水不可履。羲和近虞淵，日暮空已矣。

射於生曾崖，不識寒澗陰。池魚貫安流，寧知江海深。殷王相版築，垂名耀來今。後世重閥閱，田野多呻吟。

鰕魚涌姑射，月暈滄海風。鯨鯢吐高浪，白日寒曈曨。神仙下天闕，左右翳玉虹。金盤薦麟脯，翠蕤擁青童。酣歌殷溟渤，魚鱉相喁喁。忽然乘雲去，寥落寒江空。

朝登會稽山，逍遥望南訛。禹穴已蕪没，禹功長不磨。惆悵感往昔，沉吟發新歌。誰言專車骨，冠弁高嵯峨。爲虺且復爾，爲蛇當奈何。天門隔虎豹，空悲淚滂沱。

結髮事遠游，逍遥觀四方。天地一何闊，山川杳茫茫。衆鳥各自飛，喬木空蒼凉。登高見萬里，懷古使心傷。佇立望浮雲，安得凌風翔。

芳樹生丹崖，緑葉如雲煙。上枝蔽光景，下根蟠九泉。朝凉聒衆鳥，夕陰萃鳴蟬。豈不盛容色，及此陽春年。西風吹白露，點綴庭階前。繁華坐銷歇，枝葉空相捐。世情多反覆，天道有推遷。金屋擅嬌寵，長門閉神仙。獻賦亦已晚，徒悲淚如泉。

我有緑綺琴，其材出空桑。金徽映玉軫，音韻璘琳瑯。上弦感薰風，下弦來鳳皇。世耳不欲聞，子期今則亡。願持獻重華，路阻川無梁。

孟軻去齊魏，賈誼之長沙。聖賢良已矣，吾道空咨嗟。徒言青松枝，不如桃李花。太息安陵子，知時爲世誇。

客有持《六經》，翩翩西入秦。衣冠獨異狀，談舌空輪囷。獻納竟何補，焚坑禍誰因。昂昂採芝士，矯矯蹈海人。龍驤九淵外，豈復嘆獲麟。

白璧閟頑礦，淪晦同泥沙。朽壞生夜光，見者咸驚嗟。君子分寂寞，小人互矜誇。枯瘁若秋蓬，鮮艷如春華。狂風忽簸蕩，飄落歸誰家。

象以齒自伐，馬以能受羈。猛虎恃强力，而不衛其皮。世人任巧智，天道善盈虧。不見瑶臺死，永爲天下嗤。

晨登吴山上，四望長嘆嗟。借問胡嘆嗟，狹路險且邪。子胥竭忠諫，抉目爲夫差。宰嚭善逢迎，越刃復相加。守正累則多，從人禍亦奢。遭逢貴明良，不爾俱泥沙。

壺公下天闕，聊以觀世紛。賣藥汝南市，時人俱不聞。顧此非我徒，飄然乘白雲。方駕雙虬龍，被服九霞文。但見北邙阪，岧嶢盡高墳。

種苗甫田中，其葉何離離。上天降高澤，溥博無偏私。人力苟不至，不如茅與茨。常恐嘉實晚，坐傷零露滋。徘徊感節序，太息秋風時。

詠史二十一首

凱風扇朱夏，草木生清凉。卧疾澹幽曠，白日悠且長。散帙觀古人，喟焉想虞唐。陽春能幾何，陰氣多繁霜。天道諒悠悠，人理亦茫茫。詠歌寄深情，歌罷增慨慷。

神樞斡元化，循環運陰陽。善惡隨氣異，禍福竟何常。朱均繼堯舜，時事已搶攘。至人妙轉移，霾曀回晶光。祥麟踣大野，君子徒慨慷。黄星照中原，天道遂披猖。汗漫千百年，流潦浩滂滂。否泰有傾覆，霖雨見朝陽。惜無風與牧，乘時佐羲皇。熙熙返大樸，濟濟垂衣裳。鼎湖去不復，嘆息空哀傷。

野馬不豢食，强受組與羈。低頭衡軏下，各自東西馳。秦人任法令，斬艾尊君師。六合始一家，恩愛已乖離。一旦山東客，揭竿以爲旗。叫呼驪山徒，天下響應之。素車拜軹道，誰復爲嗟咨。

周昌勇廷諍，子房善奇謀。王陵抗高議，平勃終安劉。經權兩不廢，道立知亦周。煌煌東都士，節義明清秋。孰知讒佞巧，舉足觸戈矛。顧此悲世運，泫然涕交流。

食毒偶不死，謂言堇可餐。墮河偶不溺，謂是天所完。侈心不自顧，利欲紛多端。百勝困一躓，名滅軀體殘。君子戒儌幸，小人樂災患。不見瑶與羽，千載遺悲酸。

燕昭志報復，金臺求俊賢。下齊如破竹，大耻雪九泉。六王死灰人，安可與比肩。奈何驕氣盈，妄想彼神仙。安期不可致，即墨火已然。煌煌召公業，委棄如浮煙。

天狗吠梁野，七雄扇妖氛。吴徒二十萬，剽若狼虎群。鼓行破棘壁，長驅似輕雲。漢將三十六，朱旗燿天垠。救梁不奉詔，太尉真將軍。遂令千載下，知人稱孝文。哀哉潼關戰，百萬徒紛紜。

平居觀群物，紛紛争朵頤。口舌不能勝，兵戈遂相隨。古來豪傑士，於今安所之。大運一朝至，孰分賢與蚩。所以四老人，去採商山芝。清風扇六合，百世真吾師。

景公返雀鷇，晏子稱其仁。鰥寡既有室，長年不負薪。焉知予玉節，遺禍逮天倫。推恩限目見，太息此君臣。

田横不事漢，刎頸送咸陽。二客既冢穿，島中皆自戕。雖非中庸道，要亦有耿光。英雄久淪没，世俗但炎凉。嗟嗟翟廷尉，慷慨令人傷。

吾聞共工臺，乃在崑崙北。長蛇戴九頭，利吻錯戈戟。呿呀恣啖食，抵厥成溪澤。嗚呼三仞沮，可以警貪得。

四七續炎運，漸臺殪狂新。建侯首褒德，拳拳念生民。富春有遺老，終竟不爲臣。遂令節義士，視身若埃塵。前車屢折軸，後駕無迴輪。不有錮黨禁，何由起黄巾。爲邦貴知本，明主宜書紳。

建光悖祖德，封爵逮閹竪。忠良坐荼毒，隕涕盈道路。南巡既不返，狡竄寧久固。功成十九侯，事已非細故。況聞用骨鯁，乃以浮陽疏。中官既世襲，山陽更嬙妒。時事亦可知，君子獨未寤。美哉吴長史，衡門掩秋露。

當途亂天紀，赤帝懸空名。寧知辟掾日，禍機已潛萌。晉主念私勞，苟馮巧相迎。撫床竟不寤，骨肉成鯢鯨。好還實大道，狙詐徒人情。

香餌獲死魚，重賞致死士。自古以爲訓，世俗寧知此。陳湯困刀筆，壯夫皆切齒。如何中興主，終竟惑薏苡。

隋帝易廣勇，天命以不長。唐宗昧治恪，本支竟摧戕。聖人有達節，變通亦何常。禹湯不同迹，萬古皆明王。

永嘉昔潰亂，南渡馳五馬。長江畫天塹，九廟扇灰炧。豈無運甓人，亦有誓江者。習池不揚波，靈物棲曠野。哀哀黍離淚，空向新亭灑。

蓽門翳蓬蒿，窮巷絶馬迹。中有抱膝人，疏糲不充食。榮華過浮埃，敝服無慍色。獻玉鄙卞和，扣角羞寧戚。天潢不垂雲，中夜起嘆息。

吾愛閔仲叔，幽居翳茅茨。應辟思濟世，利禄豈其私。進當致堯舜，退則老蒿藜。焉能犬馬豢，以爲天下嗤。

美人皎如玉，挾瑟升高堂。泠泠向長風，操作孤鳳凰。曲度未終竟，玄雲蔽穹蒼。走獸駭赴林，飛鳥號且翔。高山與流水，日暮空凄凉。

夫差卧薪日，勾踐嘗膽時。人生各有志，况乃身踐之。寧知姑蘇鹿，已與西施期。空令千載下，痛恨於鴟夷。

遊仙九首

日月如過翼，瞬息春已秋。何不學神仙，縹緲凌虚遊。雷霆以爲輿，虹霓以爲輈。清晨登閬風，薄暮宿不周。長嘯曾城巔，濯足翠水流。俯視八極内，擾擾飛蜉蝣。

今日何不樂，振策登高山。深林仰無見，藤蔓陰以繁。鼪鼯繞樹啼，黄鵠空飛翻。攬轡向西北，思欲赴崑崙。瓊樓十二重，豹虎夾陛闇。青溟欲何之，誰向王母言。徘徊歲華晚，感激生愁怨。

岐陽隱孤鳳，寰海騰蛟蛇。不食松柏實，而采日及花。翩翩柱下史，望望之流沙。麻姑何爲者，乃降蔡經家。神龍集污澤，取笑於魚蝦。

費生市井兒，未嘗識神仙。偶然壺中去，謂是别有天。幻化且不解，《真誥》安能傳。那將食色身，妄弄刑賞權。果然失符後，衆鬼不見憐。

天高河漢清，露白秋宵永。朝華炫紅芳，蟪蛄弔馳景。繁思靡志帥，内疚積心梗。涉江無方舟，汲井悲短綆。歲暮霜雪寒，泣涕沾項領。

秦皇煽虐焰，烈烈燔九州。平原曠如赭，鴻鵠安所投。所以避世士，慨想乘桴浮。樓船載侲子，去作汗漫遊。何必蓬萊山，遠人即瀛洲。虎視徒逐逐，竟死於沙丘。

娟娟姮娥女，灼灼芙蓉姿。一入月宫去，千秋閉蛾眉。凉風清玉除，碧雲生桂枝。鳳歌不可聽，長夜有餘悲。

晨登女牀山，西北望崑崙。樓臺似霄漢，金碧氣魂魂。素女三千人，灼若扶桑暾。鸞笙引鳳舞，雲旆隨霓幡。老童發清歌，昌容戲紫鴛。神荼獻丹桃，洪崖開玉尊。蜚廉漫崔嵬，建章空千門。

大道久已晦，誰能識仙真。如何賣藥翁，怪語驚市人。日月空明照，朝菌非大椿。已矣復何道，去去生愁辛。

感寓 六首

暑退生夕涼，褰衣步微月。風來竹陰動，草暗螢光發。佇立忽懷人，江河渺難越。

庭前金鳳花，向晚争媚嫵。但見白露滋，豈知繁霜苦。芳時良可惜，此物何足數。

白露下木葉，凄涼江海秋。江皋有鳴雁，嗷嗷安所求。稻粱日蕭索，風雨徒離憂。

一日復一夕，一夕復一朝。青燈向暗壁，光焰坐自消。鞲鷹鎩六翮，絶意於雲霄。

嚴霜隕奥草，蛇虺去所依。可惜蕙蘭花，與之共頹萎。顧此悲世運，泫然涕交頤。

凄凄素秋霜，苒苒高原草。運窮相值遇，黝顔就枯槁。浩嘆采薇歌，慚愧商山老。

招隱 五首

浮景無根株，逝川不可留。昨日藟草春，今朝蓬梗秋。鼎食豈不美，鴆毒潛戈矛。華軒豈不貴，長路能摧輈。子胥棄吴江，屈原赴湘流。韓彭竟菹醢，蕭樊亦累囚。何如張子房，脱屣萬户侯。深韜黄石略，去從赤松遊。

秦皇火六籍，黄綺之商山。漢帝握乾符，羊裘竟不還。古來遁世士，冥心丘壑間。於時苟無用，安事空摧顔。石泉清以芳，白雲寒更閑。春蔬雜甘辛，秋果羅青殷。濁酒晚自酌，柴扉晝恒關。嘯歌陟崇岡，濯足臨潺湲。金馬我何榮，羊腸我何艱。鴻鵠翔九霄，邈然不可攀。

豫章長千仞，挺生崇崖陰。布葉連青雲，交柯蔽曾岑。結根豈不固，斤斧將見尋。有柏生石間，屈曲叢灌林。古根嚙飛溜，雷火焚中心。大不中梁柱，小不堪瑟琴。風霜自摇落，偃蹇獨至今。

流水千百折，白雲三四峰。上有噴壑泉，下有凌霜松。中有一老人，坐嘯巖間風。素髮垂兩肩，朱顔映青瞳。年紀將百齡，容貌如孩童。長跪前致辭，子非列仙翁。笑謂汝孺子，語汝使心通。我生不偶俗，遺身在蒿蓬。結廬白水邊，採藥青林中。世語我不接，世士我不逢。簞瓢我不憂，軒蓋我不崇。自耕足我食，自息安我躬。冥冥絶思慮，默默全和冲。持此攝吾生，仰荷元化功。何必插羽翰，遠逐浮丘公。再拜受斯言，廓然如發蒙。投簪謝知己，一去無回踪。

有客款我廬，身披紫雲袍。鳴騶列前後，從者皆俊髦。坐我蓬蓽下，向我談伊皋。手斡北斗魁，足踏東海鰲。高視六合内，泰山等毫毛。揮袂起謝客，且還飲我醪。醉卧不知曉，衡門塞蓬蒿。

列朝詩集甲集前編第二

劉誠意基《覆瓿集》古詩一百十八首

雜詩三十三首

小魚頭如針，大魚須如松。小大各生育，孰私天地功。坤靈發淫怒，溟海簸驚風。大魚食小魚，陂池爲之空。陂空水一竭，小大相險喁。但見灌莽間，顱骨成崆巃。殘膏飫螻蟻，孰辨鯨與鰷。

饞婦厭貧夫，常懷相棄心。慨慕東家子，年少多黄金。輕身改西託，布被爛錦衾。寧憶秋風起，霜露棲繁林。葉落枝亦盡，愁聞蜻蛚吟。

雲月雖不明，精魄固長在。飛蛾亦何知，乘時妒光彩。天高多飄風，煙霧中靉靆。紛紛墮蒿棘，終竟爲何罪。

人生如浮雲，飄摇無根蔕。昨暮青山阿，今朝滄海澨。風波無定時，淪躓難爲計。是中苟不爽，曷問耿與翳。申胥存楚國，仲連却秦帝。此士雖則亡，英名千萬世。

渴人常夢飲，饑人常夢餐。中宵羈旅夢，兩臂生羽翰。騰身入紫青，吹面天風寒。驚覺凛毛髮，感我涕汍瀾。

吾觀神龍變，天地爲晦冥。龍成宰元化，嘉澤浹四溟。出山不飄風，入水無震霆。枯萎仰沾溉，沃若生葱青。豈比蜈與蝓，裂石摧巘陘。俾民舉疾首，撫神蹙眉顙。

鷹本是鷙鳥，爪利翮勁疾。胡爲化爲鳩，鈍拙無與匹。棲遲荆棘間，粒啄營口實。暮啼墻角雨，朝啼屋頭日。昔爲衆鳥畏，今爲衆鳥咥。運命苦不常，孰爲金石質。

愚公志移山，精衛思填海。山高海茫茫，心事金石在。松柏冒雪霜，秀色終不改。春陽熙幽林，卓立有光彩。

急雨漲潢潦，溝池成五湖。青蛙與耿黽，得意鳴相呼。自謂樂無似，至足不求餘。蓬萊有玄鶴，曾見東海枯。清夜唳長風，哀音繞天衢。使我起太息，黑髯變霜鬚。

惟豺知祭獸，獺亦知祭魚。豺獺有報本，人道當何如。華堂飫玉食，盗賊塞中塗。那能不自愧，而以耀庸愚。嗟吁千載下，枯骨空專車。

雷藏蟄蟲伏，雷動蟄蟲起。蟲雷不相期，冥契非人使。英雄應有時，何異膻致蟻。神劍無風胡，銅花蝕泥滓。

陰崖有喬樹，乾鵲巢其顛。朝食葉上露，暮食葉下蟬。巢成長衆雛，鳴飛一何嬛。但願本根固，風雨得安眠。如何就摇落，而不抱悁悁。

蒼蠅眼晝明，蚊蟲眼夜明。明眼利口觜，晝夜無時停。拍死紛籍籍，飛來更營營。一旦霜風起，棱威肅天刑。飛者不復飛，鳴者不復鳴。雖有太陽光，不能煦其生。乃知天勝人，智力徒鬬爭。

豺狼食人肉，蚊蝱食人血。食肉死須臾，食血死不輟。哀哀露筋女，肉盡惟皮骨。誰謂蚊蝱微，積銹能銷鐵。

蚊母羽蝱孽，與人無怨尤。胡爲含毒害，吐蚊吼如牛。紛紛散草澤，觧觧森戈矛。無辜受螫蠚，皮破腥血流。覆巢或有令，未應後鵂鶹。

黄鷹食鳥雀，山鷄食蝱豸。蜂食花上蜜，蝦食苔間滓。兔食茅草根，鳳食梧桐子。所嗜由性成，易之則皆死。冥觀付一笑，誰與窮玆理。

魯陽仰揮戈，羲和爲紆轡。耿恭俯拜井，涌液出荒地。粗誠所感格，高厚靡不至。人生亦良難，如何殄其類。蓬蒿滿六合，慚愧真宰意。

在昔信陵君，謙勞實弘度。好士天下稀，賓客遠傾慕。救趙奪兵符，掃清邯鄲霧。歸來存大梁，秦甲懾東顧。魏王木偶人，朽心自成蠹。讒言一以入，危石不可據。日落西河陰，歌鐘怨零露。

天鷁巢蒿草，形軀纖且微。不知懷何事，直上闖天扉。啾啾終日鳴，天聽不可希。鎩羽口吻裂，落日空悲歸。

雉死爲從雌，鶡死爲鬬力。蜜蜂死泄憤，鳲鳩死求食。象犀好齒角，狨豹美毛色。紛紛死相藉，殺身奉華飾。自取夫豈過，外至良可惻。貙獍合族烹，梟鵙宜卵殈。山林久穢薈，誰復繼禹益。

殊俗甘朐腮，比之芻牛腴。殷勤奉賓客，自謂敬有餘。鴟嚇雖異貫，赤惑誰能袪。霾陰蔽玄象，清渭混污渠。誰能繼夏后，再分龍與魚。

大星出西方，睒睒如明月。兒童驚指示，草木見毫髮。夜久斗柄迴，人静凉風發。徙倚步中庭，空煙散成雪。

楚人將適蜀，揚帆信江水。江闊多西風，帆逸行不止。日暮入海濤，極目無涯涘。鯨魚吹高浪，舵折檣竿圮。頓足空號呼，煙波千萬里。

冲霄難爲羽，泛海難爲舟。縛羊駕我輅，猛志空悠悠。農時失耕耨，何以望有秋。决藩盗菽粟，鷹隼不如鳩。韶華不我與，去若川水流。歲莫獨彷徨，凛凛懷百憂。

爰居避風翔，豈冀粢牲祀。臧孫强自用，取笑於君子。拾蟲養鳳凰，將以爲觀美。徒令鞏翟畏，長逝深林裏。

桓温一老兵，豈識捫虱士。擁衆臨上流，竟作跋扈鬼。苻堅氐羌竪，何能作天子。耽耽視中原，爲有景略耳。知人聖難之，求賢在虚己。袁曹豈力敵，生死一彈指。惆悵後來人，慷慨前車軌。

英英木槿花，振振蜉蝣羽。乘彼三秋露，及此六月雨。容好能幾時，生成亦良苦。十年構阿房，一日化爲土。染鬚作童顔，於身竟何補。不如順天命，保己良多祜。

天地若大甕，萬物生其腹。人猶腹中蟲，蠢蠢隨化育。鑽攻無時休，臟腑爲翻覆。帝青調元氣，豈不畏戎毒。皤然命滌蕩，汗下兼湧衄。蚩蚩自狂猘，湆沸交殺戮。何當瞑眩定，風止水歸瀆。鑄鐵作鋤犁，春耕待秋熟。

二儀播元氣，晝夜靡停機。有生即有死，化工亦何私。彼狂牽所欲，冥行失康逵。無航思利涉，發此百禍機。賊人還自賊，擾擾竟何爲。

郭南有窮夫，黄髮對老妻。見人抱兒女，仰面看天啼。郭北有宕子，鮮服明春閨。累累倚門親，疏茹乏鹽醯。盛年異欣戚，薄暮空噬臍。達生貴知命，胡爲苦悲凄。咬咬水中凫，谷谷墻下鷄。良無返哺望，乳𩅸何棲棲。冥目思此理，惆悵中自迷。

老眼眯昏夜，見螢以爲燈。燈螢何足辨，所悲老且瞢。瞢老復何用，甘心就無能。逍遥麋鹿頋，所得良已弘。

海鯨乘扶摇，激水騰九旻。退潮觸泥沙，顱骨空嶙峋。猛虎掉尾行，飲血不滿唇。跳哮逞雄攫，係首八尺繩。賦命雖在天，成之亦由人。嗟嗟燈上蛾，亦豈厭其身。

夷齊值明時，餓死西山陽。四老生亂世，采芝以徜徉。李業遇公孫，欲蓋反受殃。嚴陵辭故人，萬古清名揚。性也實有命，君子順其常。漫漫雲間鳥，冥冥隨風翔。海宇豈不寬，六翮有短長。浩歌向日月，曲盡意茫茫。

種薇香

薇香體虚柔，本自南土出。毛芒散纖葉，旖旎怯朝日。芳菲挺衆卉，辛美更無匹。况能已疝瘦，兼理腸胃疾。種之近庭階，離離看新茁。驅童斬竹枝，扶植待秋實。常恐風雨惡，摧折傷弱質。蒺藜生道傍，延蔓何綿密。豈無荷鋤人，夕薙旦已出。上天意何如，感嘆靡終畢。松柏多斧斤，山林日蕭瑟。

北上感懷

倦鳥思一枝，櫪馬志千里。營營勞生心，出入靡定止。伊余朽鈍材，懶拙更無比。才疏乏世用，嗜僻惟書史。雖非濟時具，頗識素餐耻。既懷黎民憂，妄意古人企。寧知乖圓方，舉足輒傷趾。塵埃百病侵，貧窶萬感累。艱難幸息肩，遲莫竊所喜。明時登驥騄，駑馬但垂耳。自非冀北姿，莫羨追風駛。便欲解衣冠，躬耕向桑梓。終懷葵藿戀，不慕沮溺詭。潛陽動原隰，白日曖蘭芷。塒鷄戒晨明，客子駕行李。縈紆越巘崿，浩蕩涉風水。淹留具區北，信宿滄江圯。維時連年歉，道路多流徙。官司職撫字，黔首皆赤子。陳紅太倉米，豐年所儲偫。爲民備乏困，朝廷豈私此。推餘補不足，茲實王政始。臣子宜奉承，天威不違咫。奈何簿書曹，暴慢蔑至理。苟云出納吝，當閔觳觫死。嗚呼草莽露，慘惻溝瀆委。聞之猶鼻酸，見者宜顙泚。逾淮入大河，凄凉更難視。黄沙渺茫茫，白骨積荒藟。哀哉耕食場，盡作狐兔壘。太平戢干戈，景物未應爾。意者斯人徒，縱欲擾天紀。鬼神赫震怒，咎戾良有以。去年人食人，不識弟與姊。至今盜賊輩，嘯聚如蜂蟻。長戈耀白雪，健馬突封豕。豈惟横山澤，已敢剽城市。途行絶稀少，空車但墻倚。身行須結集，一寐四五起。牧民豈無人，司寇亦有氏。陣車不驅馳，大田無耒耜。邦家禄食恩，豈爲臣奉己。山東古要地，燕趙猶唇齒。況茲南北衝，津梁通遠邇。屬當全盛時，四海同一軌。廟堂多稷契，振舉無遺弛。勿云疥癬微，不足成瘡痏。滔天起濫觴，炎岡發星烜。虞朝有分北，漢庭煩直指。農夫植嘉谷，所務誅稂秕。耕耘苟失時，雨露空沾灑。威懷豈異任，守令職非瘅。端能慎黜陟，此輩何足弭。故鄉隔山川，前途塞荆枳。青徐氣蕭索，河濟俱泥滓。痛哭賈生狂，長嘆漆室悝。何當天門開，清問逮下里。

過東昌有感

夜發高唐灣，旦及東昌郭。喬樹拂疏星，霜飛月將落。仰觀天宇清，平見原野廓。白楊號悲風，蔓草杳漠漠。但見荆棘叢，白骨翳寒籜。聖道懸日月，斯人非虺蠆。教養既迷方，欲熾性乃鑿。展季骨已朽，清風散藜藿。絃歌滅遺音，繭絲盡籠絡。鴟嘯魍魎憑，螽鳴草蟲躍。遂令一變姿，化爲跖與蹻。況聞太行東，水旱薦爲虐。饑氓與暴客，表裏相倚着。賑恤付群吏，所務惟刻削。征討乏良謀，乃反恣剽掠。坐令參苓劑，翻成毒腸藥。今年秋租登，行止稍有託。餘波尚披猖，未敢開一噱。但恐習俗成，何由返初昨。藩宣有重寄，胡不慎遠略。往者諒難追，來者猶可作。歌詩附里謠，大猷希聖莫。

晨詣祥符寺

上馬鷄始鳴，入寺鐘未歇。草際起微風，林端淡斜月。僧房湛幽寂，假寐待明發。松徑斷無人，經聲在清樾。

發安仁驛

鷄鳴發山驛，天黑路彌險。煙樹出猿聲，風枝落螢點。江秋氣轉炎，嶂濕雲難斂。佇立山雨來，客愁紛冉冉。

初食檳榔

檳榔紅白文，包以青扶留。驛吏勸我食，可已瘴癘憂。初驚刺生頰，漸若戟在喉。紛紛花滿眼，岑岑暈蒙頭。將疑誤腦毒，復想致無由。稍稍熱上面，輕汗如珠流。清凉徹肺腑，粗穢無纖留。信知殷王語，瞑眩疾乃瘳。三復增永嘆，書之遺朋儔。

早發建寧至興田驛

鷄鳴戒晨裝，上馬見初日。露泫葉尚俯，霧重山未出。客途得霽景，緩步非縱佚。矧兹歲有秋，高下俱穎栗。牛羊散原野，鵝鴨滿阡術。懷抱既夷曠，神情自清謐。寒花蔓籬落，候蟲響蒙密。霞標青楓林，雪綻烏桕實。幽覽雖云遽，佳趣領已悉。我行固無期，况乃塵事畢。

題朱孟章虞學士送别圖後

秋郊一杯酒，握手念將離。落日照野水，凉風生樹枝。今朝重相憶，青山如舊時。鬢毛非松柏，争得不成絲。

在永嘉作

高屋集飛雨，蕭條生早寒。我來復幾時，明月缺已團。浮雲蔽青天，山川杳漫漫。狐狸嘯悲風，鯨鯢噴重瀾。孤雁號南飛，音聲悽以酸。顧瞻望桑梓，慷慨起長嘆。願欲凌風翔，惜哉無羽翰。中夜百感生，展轉不遑安。枯荷響西池，槁葉鳴林端。寥寥天宇空，冉冉時節闌。舉俗愛文身，誰識章甫冠。河流未到海，平陸皆驚湍。旗幟滿山澤，嗚呼行路難。

癸巳正月在杭州作二首

徘徊西湖上，愴恨有所思。所思不可見，涕淚下沾衣。死生一瞬息，逝者安可追。狼嘷信君子，李陵非男兒。

碫鐵當用椎，析薪當用斧。拔蓼而植荼，去辛還得苦。峨峨九陽門，衛以豹與虎。微微螻蟻忱，鬱鬱不得吐。

登臥龍山寫懷二十八韻

暮春時雨餘，原野皆秀色。流雲曖芳甸，惠風暢輕翼。公館倦低垂，崇岡緬登陟。山川糾紛錯，疆畎互紆直。淒涼神禹穴，逼仄句踐國。玉簡閟玄緘，銅牛啓雄德。霸氣浩江河，王風散荆棘。感今情軫鬱，懷古心愴惻。東溟尚波濤，中原未耕織。無能事蕭曹，妄意追契稷。蹇産魂屢遷，逶遲足猶側。良辰復幾何，白日忽中昃。周流睨圓方，俯仰觀動植。有水必趨東，無星不拱北。宗社固神靈，至尊實恭默。殷土伐鬼方，尚期三年克。苗頑負險阻，終竟膺竄殛。天戈向無前，況乃誅鬼蜮。竊聞海濱民，決眥疾狂慝。荷殳思一奮，所懼官未識。朝廷鑒往轍，中自誅貪愎。主將敦書詩，志士願盡力。諸公總英俊，矯矯百夫特。愚生諒疏拙，千慮冀一得。農人奉壺漿，遲爾殄蟊賊。採薇戒懷歸，伐檀慚素食。白雲在青天，可望不可即。浩歌《梁甫吟》，憂來憑胸臆。

贈柯遂卿一首并序

今年夏四月，余至台，聞柯遂卿抗言釋誣囚事，甚異而偉之。夫天下之大，豈無慷慨激烈之士見義而勇爲之者哉？其作也非有私，其進也非有求，觸於其心，形於其言，發於其言，信於其事，可不謂之大丈夫哉！惜其晦而弗彰也，於是乎爲之詩曰：

雷霆蟄神威，妖蜃躍海濱。將軍戰敗死，玉帳空無人。腥涎之所被，蛭螾皆蛇鱗。天弧不張弦，民情曷由申。縣購亦令典，奉行在明仁。誰令姦宄徒，并緣逞頑嚚。俄然齒發軀，化作豺狼身。剽金既無畏，況復枉平民。壯哉柯夫子，義氣衝九旻。曳裾公府門，抗論回星辰。坐令霜雪間，朽骨生陽春。睨視誇毗兒，精魂散飛塵。我忽耳聞之，肝膽張輪囷。安得似卿輩，落落千百人。出應休明時，翊贊皋陶臣。旌别鸞與梟，再使權衡均。上天意茫茫，感嘆空悲辛。

贈周宗道六十四韻

天弓撥其弦，平地躍虎狼。腥風扇九澤，濁霧干太陽。瑣瑣蚊與虻，亦沸如蜩螗。帝閽隔蓬萊，弱水不可航。螻蟻有微忱，抑塞無由揚。遥遥草茅臣，怨切忠憤腸。披衣款軍門，披腹陳否臧。曰走居海隅，詩書傳世芳。感荷帝王恩，禄食厠朝行。走身非己軀，安得緘其吭。走有目擊事，敢布之廟堂。永嘉浙名郡，有州曰平陽。面海負山林，實維甌閩疆。閩寇不到甌，倚兹爲保障。官司職防虞，當念懷善良。用民作手足，愛撫勿害傷。所以獲衆心，即此是仞墻。奈何縱毒淫，反肆其貪攘。破廪取菽粟，夷垣劫牛羊。朝出繫空橐，暮歸荷豐囊。丁男跳上山，妻女不得將。稍或違所求，便以賊見戕。負屈無處訴，哀號動穹蒼。斬木爲戈矛，染紅作巾裳。鳴鑼撼巖谷，聚衆守村鄉。官司大驚怕，棄鼓撇旗槍。竄伏草莽間，股栗面玄黄。窺伺不見人，喘汗走倀倀。可中得火伴，約束歸營場。順途劫寡弱，又各誇身强。將吏悉有獻，歡喜賜酒觴。殺賊不計數，從横書薦章。民情大不甘，怨氣結胷腸。遂令父子恩，化作蠹與蝗。恨不斬官頭，剔骨取肉嘗。累累野田中，拜泣禱天皇。願得賢宰相，飛箋奏巖廊。先封尚方劍，按法誅奸贓。擇用忠藎臣，俾之提紀綱。鸞孤落鴟梟，薙棘出鳳凰。尚可存孑遺，耕稼納官倉。失今不早計，如水決堤防。而後事堙築，勞費何可當。走聞疽初生，灼艾最爲良。焮成施剜割，所憂動膏肓。邊戎大重寄，得人則金湯。龔遂到渤海，盜賊還農桑。張綱入廣陵，健兒跪如羊。苟能任仁智，勿使憸邪妨。孟門雖險艱，可使成康莊。走非慕爵賞，自鬻求薦揚。痛惜休明時，消息無其方。又不忍鄉里，鞠爲狐兔場。陳詞未及終，涕泣下滂滂。旁觀髮上指，側聽心中傷。天路阻且修，不得羽翼翔。可憐涸轍魚，待汲西江長。况有蛟與虬，磨牙塞川梁。旄丘靡與同，載馳徒慨慷。嚴冬積玄陰，天色慘以凉。衆鳥各自飛，孤鸞獨徬徨。冥冥雁山雲，木葉殷清霜。子去慎所過，我亦行歸藏。

遣懷

鴻鵠會高風，拂翼凌雲霓。蛟龍不得水，茸鱗困塗泥。惟昔望諸君，一戰舉强齊。秦穆伯西戎，能用百里奚。傅説築商巖，太公釣磻溪。韓信寄食飲，孔明躬耕犁。立賢苟無方，曷問駑與鷖。驅車上太行，峻極不可躋。重雲蔽層岑，流潦絶荒蹊。豺狼當我嗥，魑魅向我啼。顧瞻望九州，欲去惑東西。嘉穀委蔓草，良田養蒿藜。乘黄避跛鱉，狐貉驕虎貔。誰言縱壑魚，竟爲觸藩羝。長夜起嘯嘆，邪氣憑我臍。夢登舜蒼梧，遥望禹會稽。援琴奏將歸，日暮增慘凄。盲飈正滃勃，孤鳳將安栖。

四月二十二日郊外遊得水字

草根螻蟈鳴，湖上蒹葭靡。繁林溺深緑，清池散圓紫。離居昧節序，陶情賴佳士。泛舟出郊甸，緩步信所履。壺觴展倡酬，及此晴日美。嘯歌望山川，慷慨集悲喜。豺狼未鼎鑊，郊野尚多壘。鐵衣掛儒冠，好爵逮麻屣。吾儕幸味苦，得似道旁李。無思身外憂，適意聊復爾。歸雲入禹穴，返照射宛委。鳥啼樹有風，帆過煙生水。興盡各言還，月明城角起。

遣興二首

積雨兼數旬，天氣凉有餘。青苔交户庭，始覺人迹疏。地主多閑園，可以種我蔬。兒童四五人，蔓草相與鋤。既倦則歸休，卧閱牀上書。無事且爲樂，何者爲名譽。

迂疏乏世用，矯情非所安。投簪謝時輩，聊得心中寬。回首望故鄉，枳棘日以繁。譬彼水上萍，隨流且盤桓。樓頭好山色，晴雨皆可觀。未知明朝事，且盡今日歡。

久雨壞墻園蔬盡壓悵然成詩

晚歲逼豺狼，漂摇去鄉土。囊橐罄留儲，釜甑恒若窳。開畦種蔬菜，撥借荷地主。晨興率童稚，樹藝躬傴僂。瓠實正累離，茄花亦争吐。魚肉方絶交，恃此當醢脯。悲風吹江干，浩蕩十日雨。幽泉涌陰竇，高墉拆修堵。蒼蔓壓泥沙，朱苞埋宿莽。凄凉紫芝英，乃與朝菌腐。數奇值時危，一飽不敢取。天地有窮愁，每望貧家聚。青苔滿頹墻，日暮空倚柱。

次韻和脱因宗道感興二首

松柏守孤直，不争桃李色。明星在青天，有時化爲石。春風車馬塵，竟日翳紫陌。寧知禾黍地，舊是王侯宅。蓬萊有仙藥，求之不可得。霜風吹林木，歲暮徒愴惻。

鉛刀方用世，掛壁干將閒。剪松養荆棘，匠石空悲酸。驅車陟太行，日暮多險艱。玄冰膠大谷，脱粟貴琅玕。魑魅攬人魂，豺狼食人肝。路遠無羽翼，何由得飛還。

渡江遣懷

東風吹滄江，白日照花柳。山川半顯晦，積雨晴未久。青陽好氣候，群物競苞剖。農夫荷鋤犁，各自登隴畝。鳴鳩鳴相應，陂水光瀏瀏。天地起戈兵，荆榛塞原阜。兹邦特按堵，庶足憩奔走。故鄉有園田，委棄没藜莠。老母年八十，頭童齒牙朽。痴兒始垂髫，出入寡朋友。衣衾雜絮毳，羹食乏菘韭。儽然多病身，全家倚糊口。那令更遠去，憂念成疢首。千金聘宿瘤，顧謂西施醜。鹽車摧太行，驊騮不如狗。况我駑蹇質，困踣畏培塿。濟河須巨舫，將焉用罌缶。朱絃絙琴瑟，曷中洪鐘紐。剡蒿射犀革，空貽養由咎。巍巍神祖烈，乾坤讓高厚。蠢兹蛇豕儔，乘間恣哮吼。非無熊羆臣，土産分左右。更張吾豈能，習慣彼已狃。鹿麋曾傷虎，宵邁懾狸犮。寤言亂心緒，忽若醉醇酒。疏賤等蚍蜉，捐軀復何有。夷吾匪每生，鞠育未宜負。愴悢憶松楸，淚濕蓬鬢垢。道途正艱阻，進退維窊臼。向風一陳情，何由達南斗？

若耶溪杳郭深居精舍

上人好山居，入山惟恐淺。紆餘涉淵澐，結構依棧巉。岡巒外挺拔，水木終隱顯。其前對鵝鼻，突兀正冠冕。其傍連木禾，積翠森偃蹇。後有獅子巖，嶒崒露齦齴。春花炫陽林，秋草馥陰畎。高通雲雨過，側見星斗轉。桃源不遠求，箕潁安足踐。我來三伏涼，羈懷忽如展。談經道心融，聽法俗慮剪。疏窗夜深啓，孤月掛遥峴。空蒙白毫光，閃鑠動崖巘。何當此卜鄰，永用辭澳洏。

大熱遣懷

盛夏火用事，長日不可堪。熱汗發我膚，如泉溢穹嵁。清晨登樓望，四野皆紅嵐。坡坨會稽山，縹緲浮鬱藍。何出作雨澤，一洗暍與酣。須臾玻璃盤，涌出琉璃潭。雜氣若絳旂，飄飄散空峆。朱先蔓九幽，天氣熇以醅。樹木首咸俯，鳥獸聲盡箝。玄冥將禺疆，側身入埪龕。淵蛇葺短鱗，山龜灼枯𪚲。悍能伏朝鼢，困龍縮秋蠶。焦根裂埴斷，蟯鷊蚌脯含。水井爲湯池，冶容成病頷。渡水翅帖帖，守門口䎃䎃。蜩螗輕綃翼，依陰萃楓枏。沸渭泊静寂，噪聒亂語談。蒼蠅丹砂頭，群飛逐烹腤。拍之適污手，驅之死仍耽。對食憚下骯，引飲輒傾甑。撫几炎欲燎，披衣重猶函。慨彼征戍卒，荷戟忘寢痰。棄絶骨肉愛，不得同苦甘。但聞盜賊熾，未見王師戡。郊原虜掠遍，饋餉那能覃。況乃隆暑節，蒸鬱非所諳。用兵貴拙速，將帥當懷慚。沈冥及暮鼓，兩目脂流泔。拂袖招遠風，衆星爛天南。河漢上昭回，煙霞遠鬖髿。且喜辰極明，願睹戎馬倓。雲門連鏡湖，林壑清且涵。豈惟隔埃壒，庶足憩負擔。惜無五畝宅，偃蹇投吾簪。

題雜畫卷子

山川出雲霓，谿谷藏虎豹。枯樹縉綾身，怪石魂礨貌。竹枝如琅玕，煙雨昏幕罩。梅花雪中開，的皪珠磊砲。蘭獨稱國香，姱麗最可樂。黄纖草堪籍，傷覃棘能抓。宋公學元暉，駭獸見騰趵。老班性嗜酒，藻思發餘酵。丹丘泣龍髯，零落江湖棹。顛王食敗筆，得米動盈窖。僧明本静者，一藝起衆鬧。展卷見歷歷，聊足解喧嗃。裁詩慕韓豪，瑣細非所較。

題趙文敏公畫松

吴興昔王孫，能畫世莫及。觀其二松圖，矯若龍出蟄。蟠根破坤輿，拔萃谿原隰。膠加各軒翥，崱屴相倚立。鼉鱗撑空青，豕鬣振颯飁。高藏日月氣，清滴雲霧汁。垂釣者何人，短棹非妄集。五湖多風濤，蛟蜃頭角觝。不如涔澤間，取足鱝與鰨。倦眠松影下，百竅清涼入。慎勿驚松枝，天寒衣袂濕。

感時述事十首

天王有萬國，撫治不能遍。百僚分所司，控制倚方面。旬宣貴浹洽，付託屬隆眷。易置苟無恒，勤怠朝夕變。自非穀氏儔，何官匪郵傳。矧茲世多故，軍府希閒宴。戎機一以失，蟻穴僨臺殿。公庭委舊事，書牘呈新選。來者且遲遲，在者同秋燕。倫安待日至，退託從私便。姦貪遂乘隙，民病孰與唁。大臣國柱石，憂喜相連纏。反躬既遺闕，何以率州縣？寄與要津人，有舌未宜咽。

十羊煩九牧，自古貽笑嗤。任賢苟不貳，焉用多人爲。師行仰供給，州縣方告疲。差徭逮所歷，添官有權宜。奈何乘此勢，爭先植其私。百司並效尤，貨賄從横飛。列坐隘公堂，號令紛披離。名稱到輿隸，混雜無尊卑。正官反差出，道路不停馳。徇祿積日月，官吏之所希。此輩欲何求，朘剝圖身肥。世皇一宇宙，四海均惠慈。盜賊乘間發，咎實由官司。雲胡未悔禍，救焚用膏脂。婣婭遂連茹，公介棄草茨。農郊日增壘，良民死無期。天關深虎豹，欲語當因誰。

先王制民産，曷分兵與農。三時事耕稼，閲武在嚴冬。亂略齊憒疾，戰伐厥有庸。那令異編籍，自使殊心胸。坐食不知恩，怙勢含威凶。將官用世襲，生長值時雍。豈惟昧韜略，且不習擊剸。悍卒等驕子，有令亦無從。跳踉恣蒙横，鼓氣陵愚蠢。所以喪紀律，安能當賊鋒。崩騰去部曲，蟻合尋歸蹤。時方務姑息，枉法稱寬容。寧知養豺虎，反噬中自鍾。國家立制度，恃此爲垣墉。積弊有根源，終成腸肺癰。何由復古道，一視均堯封。

豢狗不噬御，星馳慕民兵。民兵盡烏合，何以壯干城。百姓雖云庶，教養素無行。譬彼原上草，自死還自生。安知徇大義，捐命爲父兄。利財來應召，早懷逃竄情。出門即剽掠，所過沸如羹。總戎無節制，顛倒迷章程。威權付便嬖，賞罰昧公平。饑寒莫與恤，鋭刬怨乃萌。見賊不須多，奔潰土瓦傾。旌旗委田野，鳥雀噪空營。將軍與左右，相顧目但瞠。此事已習慣，智巧莫能争。廟堂忽遠算，胸次猜疑并。豈乏計策士，用之非至誠。德威兩不立，何以御群氓。慷慨思古人，惻愴淚沾纓。

古人有戰伐，誅暴以安民。今人尚殺戮，無問豺與麟。濫官舞國法，致亂有其因。何爲昧自反，一體含怒瞋。斬艾若草芥，虜掠無涯津。况乃多横斂，殃禍動輒臻。人情各畏死，誰能坐捐身。所以生念慮，嘯聚依荆榛。暴寡憚强梁，官政惟因循。將帥各有心，邈若越與秦。遷延相顧望，退託文移頻。坐食挫戎機，養虺交蛇鱗。遂令耕桑子，盡化爲頑嚚。大權付非類，重以貽笑顰。鼠璞方取貴，和璧非所珍。但恐胥及溺，是用懷悲辛。

五谿舊三苗，蛇蚓相雜處。其人近禽獸，巢穴依險阻。起居任情欲，鬥狠競爪距。况能識君臣，且不顧子父。所以稱爲凶，分北勞舜禹。先朝慎羈縻，罔俾來中土。胡爲倏而至，馳驟如風雨。見賊但趦趄，逢民輒俘虜。腰纏皆金銀，衣被俱綉組。所過惡少年，改服投其伍。農家劫掠盡，何人種禾黍。盜賊有根源，厥咎由官府。任將匪能賢，敗衄乃自取。奇材何代無，推誠即心膂。誰哉倡此計，延寇入堂宇。割鼻救眼睛，于身竟奚補。浙西耕桑地，百載安生聚。自從甲兵興，徵斂空軸杼。疲氓真可憐，忍令飼豺虎。追憶至元年，憂來傷肺腑。

虞刑論小故，夏誓殄渠魁。好生雖大德，縱惡非聖裁。官吏逞貪婪，樹怨結禍胎。法當究其源，剪鋤去根荄。蒙蘢曲全宥，翼患於後來。濫觴不堙塞，滔天谷陵頹。總戎用高官，沐猴戴母頭。玉帳飫酒肉，士卒食菜苔。未戰已離心，望風遂崩摧。招安乃倡議，和者聲如雷。天高豹關遠，日月照不該。俱曰賊有神，討之則蒙災。大臣怨及己，相視若銜枚。阿諛就姑息，華紱被死灰。姦宄争效尤，無風自揚埃。嘯聚逞强力，謂是爵禄媒。黎民亦何辜，骨肉散草萊。傾家事守禦，反以結嫌猜。慟哭浮雲黑，悲風爲徘徊。赤子母不憐，不如絶其胚。養梟逐鳳凰，此事天所哀。胡爲尚靡定，顛倒胜與頦。春秋戒肆眚，念此良悠哉。

八政首食貨，錢幣通有無。國朝幣用楮，流行比金珠。至今垂百年，轉布彌寰區。此物豈足貴，實由威令敷。廟堂喜新政，躁議違老夫。悠悠祖宗訓，變之在朝晡。瞿然駭群目，疑怪仍揶揄。至寶惟艱得，韞櫝斯藏諸。假令多若土，賤棄復誰沽。錢幣相比較，好醜天然殊。譬彼絺與綌，長短價相如。互市從所取，孰肯要其粗。此理實易解，無用論智愚。矧兹四海内，五載横戈殳。赤子投枳棘，不知所歸途。一口當萬喙，唇縮舌亦瘏。導水必尋源，源達流乃疏。蓺木必培根，根固葉不枯。愼勿庸邇言，揚火自焚軀。尚克詰戎兵，丕顯厥祖謨。

惟民食爲命，王政之所先。海鹺實天物，厥利何可專。貪臣務聚財，張羅密於氈。厲禁及魚蝦，鹵水不得煎。出門即陷阱，舉足遭纏牽。鳧休用鞭棰，冤痛聲相連。高牙開怨府，積貨重奸權。分攤算户口，滲漉盡微涓。官征勢既迫，私販理則然。遂令無賴兒，睚眦操戈鋋。出没山谷裏，陸梁江海邊。横行荷篻籠，方駕列船舷。拒捕斥後儒，爭强誇直前。盜賊由此起，狼藉成蔓延。先王務廣德，如川出深淵。外本而內末，民俗隨之遷。自從甲兵興，奄忽五六年。借籌計得喪，耗費倍萬千。回憶至元初，禁網疏且平。家家有衣食，畏刑思保全。後來法轉細，百體皆拘攣。厚利入私家，官府任其愆。大哉乃祖訓，典章尚流傳。有舉斯可復，庶用康迍邅。

秦皇縣九宇，三代法乃變。漢祖都咸陽，一統制荒甸。豪雄既鏟削，瘡痍獲休宴。文皇繼鴻業，垂拱未央殿。累歲減田租，頻年賜縑絹。太倉積陳紅，圜府朽貫綫。是時江南粟，未盡輸赤縣。方今貢賦區，兩際日月竄。胡爲倚東吴，轉餉給豐膳。徑危冒不測，勢與蛟龍戰。遂令鯨與鯢，掉尾乘利便。扼吭要國寵，金紫被下賤。忠良怒切齒，姦宄競攀援。包羞屈政典，尾大不可轉。聖人别九州，田賦楊爲殿。中原一何膴，所務非所先。豳風重稼穡，王業丘山奠。夫征厲未習，孰敢事遊燕。哀哉罔稽古，生齒徒蕃羨。一耕而十食，何以奉征繕。長歌寄愁思，涕淚如流霰。

程孟陽曰：「《感時》十首可謂詩史，追配杜老，典重邁元、白矣。」

丙申二月别紹興諸公

勞生屬時艱，將老萃憂慽。風塵隘九野，何土爲樂國。兹邦控吴越，名勝聞自昔。湖山競奇麗，物産亦充斥。交游尚質儉，而不事華飾。況有良友朋，時來慰岑寂。全家免寒餓，幾欲忘旅客。胡爲復舍此，僶俛就行役。軒車遠追送，酒至淚輒滴。還鄉人所樂，我獨愁苦劇。故山有松柏，摧折爲荆棘。豈無骨肉親，太半生死隔。此語不可聞，此景那堪覩。愁情如波濤，澒洞胸與臆。佇立向穹蒼，一嘆雙鬢白。

雨中雜詩四首

久晴思得雨，既雨久復厭。廣庭屯陰氣，平陸就昏墊。凄風吹人寒，朱火黯無焰。水衣上高墉，泉溜發枯塹。青泥没逵道，寸步不可覘。慊慨成感傷，纏綿積憂念。

首夏涼風生，朝樹結晚色。蒙蒙細雨交，慘慘原野黑。衡門長藜莠，壞壁穿荆棘。念彼征戍兒，沾濕荷戈戟。囊橐罄留貲，藿菽難充食。供輸既乏絶，戰鬬何時息。巢居者誰子，鼠竄延晷刻。田疇没蓬蒿，無處勤爾力。旻天高寥寥，仰視不可極。

多雨損萬物，草爛麥生耳。青苔獨得時，延蔓及堂戺。晨興視天宇，滴瀝殊未已。君子懼陸沉，小人憂餓死。凄涼大將營，鼓緩弧弓弛。朝廷竟知否，盜賊如流水。

離居感時節，寤寐不遑安。青燈晦壁角，檐溜如崩湍。屈指計日月，殷憂集多端。蛙黽爾何知，叫噪喧草莞。中夜攬衾裯，凄凄陰氣寒。鳳凰鎩羽翼，卑飛避鴟鳶。撫几一長嘆，聲出心已酸。

次胡元望郊行詩韻

誰言公館清，晨氣晚未散。豈乏樹葱芊，尚有花爛熳。美人隔巷陌，可念不可唤。温温夜光璧，幽卝潛璀璨。鄙夫競喧嘩，達士善大觀。世情如秋蓮，零落風中瓣。少年喜紛紜，談笑輕絳灌。進取務出奇，周慮非習慣。逝水難重回，芳時愁坐換。元臣鎮方面，邊戎仰成算。應憐四郊外，荆棘滿耕畔。凄凄憂葵女，惻惻無床璀。興懷增感傷，展轉過夜半。起行視青天，星河色凌亂。安能作野馬，脱略謝羈絆。

夏中病瘧戲作呈石末公

晚浴烝骨毛，蹭蹬張萬孔。不虞小人風，堀堁觸埲塕。長驅毒暑氣，熇若燎發惚。鑽膚入經絡，鍵鑰砉衝捅。蚩蚩水帝子，鼠伏伺腥䐥。痴琚與狡瓆，並出助摧挏。天君赫斯怒，六軍躬自董。丹元將爽靈，逆擊闞哮嗊。主客相批亢，乾坤爲摇動。初交且辵辵，再接遂詠詠。翛翛盇股切，臧臧賵翅猣。蕭颸葉鳴颸，軔軶車轉䡯。驚沙走窸窣，落雪旋蠛蠓。凌競剥床辨，敲琢摇佩琫。玄冰結太陰，河海溢銀汞。俄然一陽復，日脚舒暡曚。微微細泉湧，拂拂輕煙熓。柔枝披婀娜，弱葉散萋菶。燿如九烏焰，熾烈昧窺朡。炎炎祝融火，焮灼煬巃嵸。龍奔歸大漠，虎逝蟄空竉。烘惔熟金石，閃爍歊螮蝀。肆伐殄囂囂，止齊安慒慒。岑頭釋戴壓，雨汗涣流滃。黑黶群醜馘，黄庭百神總。頗怪天地氣，去來何倥傯。集如蟻赴膻，散若蜂辭桶。棄置且勿思，宵鼓聽謹謹。

秋夜感懷柬石末公申之

不寐知夜長，起視天宇闊。散漫草上風，朦朧雲間月。寒禽鳴疏樹，黄葉墮階闥。俯仰觀群物，惆悵不敢發。誰云螻蟻壤，能使泰山扤。蒼鷹鎩六翮，狡兔營三窟。何當威弧正，王旅得肆伐。箘簵雖微材，尚可施羽筈。豈意風浪舟，心猶隔胡越。士生非金玉，有足難自達。周嫠不恤緯，楚放常懷闕。平生葵藿情，忍與霜露歇。玄冰膠坤軸，非君孰能斡。中章匪繁辭，悲憤不可遏。

次韻和石末公用元望韻遣興見寄

鵓鳩勸春耕，桴鼓帖宵邏。拊循餘暇日，珠玉生咳唾。時維青陽初，天子在左個。布德順木令，萬國罔不和。禄食自紛紜，撫字誰最課。幅員若金甌，絲髮無璺破。涓溜可摧山，機禍不在大。中夜登高樓，遥瞻太微座。乾坤漭寥落，日月飛鳥過。憤惋空有心，盛時嗟已蹉。

以野狸餉石末公因侑以詩

野狸性狡猾，夜動晝則潛。縶之籠檻中，耳弭口不呥。當其得意時，足爪長且銛。跳踉逞俊捷，攫噬靡有饜。貧家養一鷄，冀用易米鹽。爾黠弗自食，尋聲竊窺覘。破栅舔肉血，淋灕汙毛髯。老幼起頓足，心如刺刀鐮。東鄰借筌蹄，西鄰呼猲獫。繫餌翳叢灌，設伏抽陰鈐。彼機倏已發，此欲方未饮。絲繩急纏繞，四體如黐黏。野人大喜慰，不敢私烹燖。持來請科斷，數罪施刻剕(七廉切)。使君鎮方面，殘賊職所殲。械送致麾下，束縛仍加鉗。腥膏忝污鉞，膻胔或可醃。芼芳和糟醬，頒賜警不廉。黄雀利螳螂，碎首泥塗霑。烏鴉殉腐肉，噴墨身受淹。此物亦足戒，申章匪虚譀。

和石末公種棘用胡元望韻

力役困年侵，種棘代遮邏。豫防苟無失，有地孰敢唾。風條曲抽乙，雨葉細垂個。是時春載陽，土脈如膏和。分强督藝植，勤惰各有課。揮鋤緑煙披，轉石蒼蘚破。稍看萌蘖長，漸睹根株大。結蔭冒長堤，開花映高座。猿公不敢窺，貉子那得過。慨慕陶公言，罔俾分陰蹉。

得令字

勾芒發陳根，北斗轉東柄。衆星各參差，威弧何時正。好生雖聖心，明刑亦王政。哲人慎謀始，斯焉獲終慶。徒言兩階舞，可以懷逆命。不見三危山，萬里竄梟獍。世德異唐虞，民情好爭競。那無跗扁醫，面有膏肓病。波濤地軸軏，虎豹天關敻。雨露當春滋，風霜及秋勁。誰能奉明主，順天行號令。

正月廿三日得台州黄元徽書有感三首

世亂綱恢恢，斯人亦淪翳。數奇當何如，窮途難爲計。盲風振喬木，碩果失其蔕。虎豹落機檻，坐服輿皂制。玄珠迷罔象，白日慘陰曀。涉水水有蛟，入山山有彘。棄馬感須無，直道懷柳惠。青冥無羽翼，悲來夜迢遞。

結交無疏戚，艱難見平生。金石苟不渝，萬里如兩楹。重山非云遠，邈若遼與荆。嫵婉豈不懷，蛇虺正驕獰。手持故人書，心念故人情。開書問故人，淚下如雨傾。

客從何鄉來，遺我尺素書。道路險且艱，故人情有餘。妖氣晦斗極，黄濁混龍魚。何荃不爲猶，何麟不爲貙。殷勤故人心，炯若明月珠。投之千丈泥，萬古光不渝。安得致閶闔，以照君王車。

次韻和石末公春雨見寄

愁陰沴陽景，孟春猶苦寒。騰雲湧巖岫，落雪蔽江干。街衢溢潢潦，井谷生狂瀾。誤疑蛙黽窟，中有蛟龍蟠。復憂扶桑日，坐爲黄濁漫。顧瞻望四郊，側足不遑安。却秦慕魯連，存齊想田單。玄髮雖向改，壯心終靡殫。小人務苟且，君子慚素餐。高牙對多壘，肉食徒王官。周綱雖云弛，一匡賴齊桓。莫驚溝澮盈，雨息當自乾。

次韻和石末公春日感懷

下澤潢潦集，幽林光景遲。羈禽有哀響，槁葉無豐姿。粱稊不同畝，世事久當遺。便欲駕扁舟，泛彼湖上漪。慨懷祈招賦，愴惻感遐思。流光逐飄風，去若六馬馳。干戈尚雜遝，舉目多可悲。步登西城樓，還望東城陴。近悼春陵吟，遠傷鴻雁詩。未能已怨怒，矧暇防笑嗤。賴有賢大夫，直道人不欺。相期各努力，共濟艱難時。

偶　興

勞人怨長途，壯士悲老別。那將望鄉心，對此傷神月。凄凉寒風至，惆悵芳草歇。瑶琴無子期，絲絃爲君絶。

黄慎之自閩見訪夜坐對酌悵然有感

故人一爲别，七見秋夕月。今日見故人，故心鬢髮新。世情如鬢髮，故人當識察。車輪東北馳，車轂終不移。

鄭同夫餞别圖詩

江上潮始白，林端霞半紫。微風揚歸帆，紅葉映行子。芳醪耻金樽，清歌猶在耳。馬鳴不見人，愁來若流水。

爲本大師題唐臨晉帖

乾符天子萬機暇，宫中扈從多儒冠。玉堂開宴出晉帖，翠氣蕩摇山雪寒。侍臣模寫各臻妙，碧樹瓊柯相照耀。令孜嗟嘆至尊喜，内官拜舞宫娥笑。日斜宴罷歸内園，外門有事人不言。君不見關東夜飛赤白丸，昭陵玉匣秋風酸。

題鍾馗役鬼移家圖

髯夫當前盭婦後，臘鬼作糧驅鬼負。虹霓可駕雷可車，胡爲役鬼來肩輿。乃知老馗未公正，怙威植私干律令。玄雲沈陰鬼怪多，馗乎馗乎奈爾何！

爲王輔卿郎中題雪灘寒雁圖

雪茫茫，水浪浪，林木脱葉無稻粱。烏啼雁叫天蒼凉，歲云莫矣江山長。有竹有竹在高岡，三株凍折兩復僵，小禽悲飛不能揚。蒼梧悠悠隔沅湘，欲往從之川無梁。願披寒宵見朝陽，勿令嗷嗷傷我腸。

畫竹歌爲道士詹明德賦

我所思兮在瀟湘，蒼梧九疑渺無際，但見緑竹參天長。上有寒煙凝不飛，下有流水聲琅琅。中有萬古不盡離别淚，化作五色丹霞漿。穿崖貫石出厚地，風吹露滌宵有光。我欲因之邀鳳凰，天路修阻川無梁。孰知晝史解人意，能以造化歸毫芒。虚堂無人白日静，使我顧盼增慨慷。玄霜慘烈歲將宴，鼯啼鼯叫天悲凉。我所思兮杳茫茫，山中紫笋春可茹，歸來無使遥相望。

辛卯仲冬雨中作二首

江城積陰愁玄冬，千家萬家雲水中。烏啼黄昏雁叫夜，鼓角慘淡愁悲風。青燈無光掩關坐，饑鼠相銜啼過我。讀罷殘書有所思，凍雨霏霏淚交墮。

歲云暮矣風蕭蕭，木葉脱落惟空條。雲濃雨細白日短，慘慘不辨昏與朝。雨中行人足斛觫，去與公家製戎服。中原豺虎正横戈，天寒風急奈爾何。

悲杭城

觀音渡頭天狗落，北關門外塵沙惡。健兒被髮走如風，女哭男啼撼城郭。憶昔江南十五州，錢塘富庶稱第一。高門晝戟擁雄藩，艷舞清歌樂終日。割膻進酒皆俊郎，呵叱閑人氣驕逸。一朝奔迸各西東，玉斝金杯散蓬蓽。清都太微天聽高，虎略龍韜緘石室。長夜風吹血腥入，吴山浙河慘蕭瑟。城上陣雲凝不飛，獨客無聲淚交溢。

夏夜台州城中作

江上火雲蒸熱風，欲雨不雨天夢夢。良田半作龜兆坼，粳稻日夕成蒿蓬。去年海賊殺元帥，黎民星散劫火紅。耕牛剥皮作戰具，鋤犁化盡刀劍鋒。農夫有田不得種，白日慘淡衡茅空。將軍虎毛深玉帳，野哭不入轅門中。健兒鬭死烏自食，何人幕下矜奇功。今年大軍蕩淮甸，分命上宰麾元戎。舞干再見有苗格，山川鬼神當效忠。胡爲旱魃還肆虐，坐令毒沴傷和冲。傳聞逆黨尚攻剽，所過丘壠皆成童。閫司恐畏破和議，斥堠悉罷雲邊烽。殺降共説有大禁，無人更敢彎弧弓。山中悲啼海中笑，蜃氣繞日生長虹。古時東海辟孝婦，草木枯瘁連三冬。六月降霜良有以，天公未必長瘖聾。只今幅員廣無外，東至日出西太蒙。一民一物吾肺腑，仁者自是哀鰥恫。養梟殖鳳天所厭，誰能抗疏回宸衷。夜凉木末掛河漢，海嶠月出光玲瓏。仰視皇天轉北斗，嗚呼愁嘆何時終。

題釋驂圖

闕中小兒勇而競，玉帳貔貅三百乘。焉知道上十二牛，皇天默佑周同姓。絳宫大厲吼如雷，墨車載甲光照緦。鷹騰二陵間，劍鋒白皚皚。壯士百戰腦塗地，元帥束縛坐草萊。俘囚有血堪釁鼓，自分殘膏染齊斧。一死一生直望外，豈意片言由内主。鴻雁曾傷弓，尚爲空拳愁。犀兕脱匣出，聞呼肯回頭。河邊解驂徒謭謀，舟中稽首心悠悠。濟河封尸勿云晚，此事終作晉國羞。君不見夫差違子胥，空灑姑蘇泣。丈夫深戒婦人仁，養虎遺患悔莫及。

方谷真遣人浮海納賄中宮，遂定招安之議，故引襄夫人事以刺焉。

題錢舜舉馬圖

吴興公子雅好奇，欲把丹青競天巧。花蜂柳鶯看已足，貌得驊騮圖更好。浪花滿身蹄削礦，兩耳抽出春筍尖。風鬃欲拂九霄霧，隅目似掛高秋蟾。昨者王良失軏輊，封狼咆哮蛇豕哄。天閑乘黄越在野，出車未見歌南仲。嗚呼！安得此馬背負郭令公，掃清四海歸奏明光宫。

題陸放翁賣花叟詩後

君不見會稽山陰賣花叟，賣花得錢即買酒。東方日出照紫陌，此叟已作醉鄉客。破屋含星席作門，濕螢生竈花滿園。五更風顛雨聲惡，不憂屋倒憂花落。賣花叟，但願四海無塵沙，有人賣酒仍賣花。

包與直題太乙真人圖

太乙真人龐眉鬚，不知所持何代書。既不學昴星，降精下輔隆凖公。又不學傅説，請帝通夢寐左右。商王陳範謨，眇然一葉蓮花莩。清秋風吹落泥塗，紅凋粉瘵不可扶。君何爲乎以爲桴，蕩漾九河凌五湖。誇耀水伯驚天吴，坐令文成五利之輩，假借神聖欺庸愚。靈旗風翻壯荆符，獐鹿無鬼夫何辜。漢宫天禄連石渠，金缸銜璧麗綺疏。青藜有焰如芙蕖，何不分餉依光夜績之徐吾？高堂耽耽縣畫圖，作歌一笑駭里閭。

爲戴起之題猿鳥圖 牧谿書

巴東之山巫山高，連峰插天關鍵牢。中有懷陵簸谷之波濤，藤蘿杳冥風怒號。人迹不到神鬼逃，但見野猿沙鳥群相嘈，聱取百竅摇巖嶅。此景可聞不可遭，爾何爲乎貌以毫毛，嗟哉用心無乃勞。江盤峽束雷雨昏，崩崖死樹纏古根。玄猿抱兒隨白猿，長臂嫂臱相攀援。舔睒譎詭趠騰騫，縣柯攫石墜且掀。上有滿月如頳盆，篔簹桃枝寒自蕃。嘉實不食鳳高翻，但見娥皇女英之淚痕。勢窮險盡原野闢，落日烏鴉繞雲黑。狄花茫茫蘆葉赤，前飛鵁鶄後梟鷁。瀟湘洞庭煙水碧，鷵虞鸑鷟無顔色。還君此畫長太息，獨立看天淚沾臆。

題群龍圖

世間萬類皆可睹，茫昧獨有鬼與龍。此圖畫龍二十四，狀貌詭譎各不同。得非物産有異種，或曰神變無常蹤。一龍揵尾欲上水，足爪猶在奫沄中。一龍出穴飲澗底，頭上飛瀑瀉白虹。前有一龍已在雲，顧視厥子揚雙瞳。浪波魚鱗沓浴巃，日車塊圠天無風。中庭兩龍忽相逢，鬚眉葩髿如老翁，便欲角抵争雌雄。西望積石接崆峒，白龍擘石竅流淙。河伯遠遁虚其宫，屈蟠睡者何龍鍾，老物用亢時當終。

峽外六龍獰以凶，矜牙舞爪起戰攻。咬鱗嚼甲含劍鋒，陷胸折尾波血紅，之死弗悟人誰恫？一龍引骯將欲從，回環睢盱未敢通。最後一龍藏於埪，睥睨勝敗非愚神，無乃有意收全功。雲中弄珠勞爾躬，不如卧沙之從容。龍子學飛力未充，母在下視心憧憧。何物一角額準隆，觫然出洞若蛇蟲。有龍接之自龍嵸，恐是鞏穴王鮪公，皮骨始蜕形猶蒙。兩龍歸來倦不翀，痴龍攀石身已癃。蚴蟉偃蹇倏騰衝，蜚蟺攖躍鬐髮茸，呿呀奔拏曲如弓。百態並作何紛龎，是耶非耶孰能窮。畫師昔有僧繇工，能令真龍下虚空。安得伶倫截竹筒，吹之呼龍出石谼，使我一見開昏瞢。

爲丘彦良題牧谿和尚千雁圖

往時惠崇畫蘆雁，對之如在江湖遊。只今此圖又精妙，中有千里瀟湘秋。乃知浮屠性多巧，意匠不與凡夫儔。吴松江長具區闊，天目虎丘青一髮。西風九月粳稻黄，朔雁飛來翼相戛。農夫苦饑雁獨飽，此意畫師應識察。近者分明辨羽毛，遠者縹緲瞻秋毫。或乘飄風入煙霄，或翳落日沉隍濠。起如武侯布八陣，集如萬舞回旌旄。眠沙卧草鳴且翱，喋呷藻荇亂蓬蒿。木空穗盡却歸去，紫塞漠漠春雲高。我家南山限蒼嶺，雁飛不到川路永。深林大谷蛇豕盛，愁向他鄉撫虚景。人言鴻雁比弟兄，我有兄弟隔兩城。題詩卷畫謝客去，無使感愴傷中情。

雨中寄用章上人

月盈復魄已過五，不見白日長見雨。美人娟娟隔巷陌，會面不得徒延佇。昔邪當門泉涌礎，仲蔚蓬蒿塞環堵。陰風向人作秋氣，芳草日夕成宿莽。玄圭上天禹穴閉，蒼水使者今何許？玉京群仙翳煙霧，弱水西流隔玄圃。女夷鼓歌不自覺，朱鳳翅濕那能舉。自從干戈起淮甸，天下無處無豺虎。徵斂頻煩轉輸急，更有何鄉爲樂土。翳桑餓人誰復數，思家遠客空凄楚。半生身世付浮雲，獨立看雲百憂聚。晚來天南橫絳虹，雨勢未已愁雷公。井蛙谷鮒俱得意，泛濫潢潦登穹隆。方外文章誰最好，後有懶公前笑老。裁詩忽漫寄中情，萬事茫茫聽蒼昊。

玉澗和尚西湖圖歌

大江之南風景殊，杭州西湖天下無。浮光吐景十里外，叠嶂涌出青芙蕖。百年王氣散荆棘，惟有歌舞留歡娱。重樓峻閣妒鉛黛，媚柳嬌花使人愛。老僧不善兒女情，故作粗豪見真態。想其泚筆欲畫時，高視化工如小兒。千巖萬壑吾意匠，夸娥巨靈吾指麾。却憶往年秋雨夕，畫舫衝煙度空碧。蒼茫不辨雲與山，但覺微風響蘆荻。須臾冷月迸深霧，時見松杉半昏黑。開尊命客彈焦桐，扣舷大笑驚海童。鮫人唱歌魚鱉應，水底影動雙高峰。只今倏忽成老翁，可憐此樂難再逢。愁來看畫欲自適，誰知感生愁轉劇。

題富好禮所畜村樂圖

我昔住在南山頭，連山下帶清溪幽。山巔出泉宜種稻，繞屋盡是良田疇。家家種田恥商販，有足懶踏縣與州。西風八月淋潦盡，稻穗穲比無蝗蝨。黄鷄長大白鴨重，瓦瓮琥珀香新篘。芋魁如拳栗殻赤，獻罷地主還相酬。東鄰西舍迭賓主，老幼合坐意綢繆。山花野葉插巾帽，竹箸漆碗兼甆甌。酒酣大笑雜語話，跪拜交錯禮數稠。或起頓足舞侏儒，或坐拍手歌甌窶。傾盆倒榼混醯醬，爛熳沾漬方未休。兒童跳躍助喧噪，執遁逐走同俘囚。出門不記舍前路，顛倒扶掖迷去留。朝陽照屋且熟睡，官府亦簡少所求。寧知宴安含酖毒，耒耜一變成戈矛。高門大宅化灰燼，蓬蒿瓦礫塞道周。春燕營巢在林木，深山露宿隨猿猴。三年避亂客異縣，側身天地如浮漚。親朋阻隔童僕散，蔬食水飲不自謀。有時惝恍夢閭里，驚覺五内攢百憂。君家畫圖稱絶妙，鑒别曾遇柯丹丘。想應臨榻出秘府，筆意精到世罕儔。村歌社舞自真率，何用廣樂張公侯。太平氣象忽在眼，令我感愴涕淚流。近者鄉人來報喜，今歲高下俱有秋。豺狼食飽卧窟穴，軍師已運招安籌。人情自古共懷土，況乃霜雨凄松楸。神龜且被預且困，予所弗念天我尤。積薪厝火非遠計，誰能獻納陳嘉猷。長江波浪接淮泗，白日慘澹騰蛟虬。天下農夫總供給，隴畝不得安鋤耰。市中食物貴百倍，一豕之價過於牛。魚鹽菜果來賣米，官幣束閣若贅瘤。朝餐僅了愁夕膳，誰復有酒澆其喉。循環天運往必復，邪氣暫至不遠瘳。此生此景須再睹，引領悵望心悠悠。

爲啓初門和尚題山水圖

天下名山隨處有，畫圖流傳亦良久。祇園道人展横幅，觀者稱誇同一口。蒼梧九疑高插天，捲而懷之不盈手。巨靈驚呼盤古怒，地軸坱圠崑崙剖。太陽出海開杳冥，嶓冢岷峨大如斗。華軒無人清晝閑，恍然置我匡廬間。金輪迴出牛女上，遠近羅列千雲鬟。江花野竹青錦斑，嵌巖斷石蛟鼉顔。崗盤谷轉絶徑路，但見湖水迴瓊環。白沙洲暖春風起，南船掛帆北船艤。吴波不盡芳草外，楚岫半入長煙裏。夜深小龍行雨歸，宫亭月落彭郎磯。旌陽步虚盧老和，雜佩散作虹霓飛。百年塵世真夢寐，回首旌旗塞天地。舊遊何處成渺茫，一曲狂歌數行淚。青丘弱水迷方壺，武陵桃源今有無？瑶臺三島消息斷，安得羽翼歸清都。

題趙學士松圖 白塔

趙公拈筆作古松，平地躍出三青龍。蜿蜒不上霄漢去，爽颯長留煙雨濃。前朝美人鬬草處，猶有當時數株樹。江亭六月凉如秋，應與此圖相對愁。

題李陵見蘇武圖

中原無書瓶不乳，狐裘蒙茸奈何許。老身漢節死生俱，地角天涯見明主。金鞍駿馬空①故人，相看一笑增悲辛。悲來風沙吹上馬，河水東流日西下。

① 原注：「空，一作吾。」

長平戈頭歌

長平戰骨煙塵飄，歲久遺戈金不銷。野人耕地初拾得，土花漬出珊瑚色。邯鄲小兒强解事，枉使泥沙埋利器。四十萬人非少弱，勇怯賢愚一朝棄。陰坑血冷秋復春，朽壞食盡蒼蛇鱗。湮淪長愧杜郵劍，廢隧空憶椿喉人。故壘中宵鬼神入，雲愁月暗戈應泣。嗚呼！當時豈無牧與頗，戈乎不遇可奈何！

錢王箭頭篇

鴟夷遺魂拗餘怒，欲取吴山入江去。雷霆劈地水群飛，海門扶胥没氛霧。英雄一怒天可回，肯使赤子隨鮫鮐。指揮五丁發神弩，鬼物辟易腥風開。三百年來人事改，濤落沙平箭空在。石梁飲羽未足誇，蜀國三犀漫欺紿。近聞黄河水亂流，青徐一半悲魚頭。安得壯士斡地軸，爲拯斯民塗炭憂。

次韻和石末公七月十五夜月蝕詩

招摇指坤月望日，大月如盤海中出。不知妖怪從何來，惝恍初驚天眼眣。兒童走報開户看，城角咿嗚聲未卒。蟾逃兔遁漠無踪，璧隕珠沉一何疾。丈夫愕視隘街巷，婦女喧呼動圭篳。輝輝稍辯河漢沫，耿耿漸明荒冢漆。百官袍笏群吏趨，伐鼓撞鉦仍設饆。赤水難令罔象求，澠池莫效相如叱。升檐變閣到空曠，壒掩氛侵殊靡畢。廣寒桂樹劫火燼，借問嫦娥有何術?今年下土困炎沴，草木焦枯野蕭瑟。蓱號喝死龍甲焮，赤熛當衢掛萍實。光芒照灼玄武爛，誰復瑣瑣憐蚌鷸。今夜懸作最差異，天道幽微孰能詰。太陰配日宰臣象，無乃常形多縱軼。近來營壘遍宇内，羽林慘澹空鐵鑕。荒郊廢市何所見，夔罔蛟蛇兼蚤虱。此皆在地不在天，未若蝦蟆狡而獝。黄文結鄰上訴帝，賜以小戎駿牡騭。剖蟆洗魄還月光，再起咎繇明典秩。返蟾歸兔復纖阿，萬古遊塵避清蹕。

再用前韻

虞淵谽谺納歸日，金樞吐月相承出。初離積水看若飛，稍映微雲盻猶眣。是時蓐收肇視政，莎鷄振羽鳴蜩卒。姮娥靚妝覲玉帝，砍軻中途嬰禍疾。旅人苦熱愛清凉，快睹光輝滿蓬篳。願開寶鑒照覆盆，豈擬瘴塵昏點漆。隋珠慚固重革櫝，和璧嗟蒙□□韠。吴罡樹折不自謀，纖阿馬弱無人叱。三足蟾驚入坎窪，八竅兔走□□畢。圍灰破暈謾傳方，屑玉補凹空著術。雷公駭懼罷靈鼓，湘女幽憂舍鳴瑟。故老謂是蝦蟆精，潛伏姦妖營口實。羲和尸位罔聞知，可以人而不如鷸。往歲威弧弛其轂，蛇豕陸梁誰復詰。高牙大纛擁藩垣，腸斷吞聲受陵軼。江淮汹涌湖浙沸，骸骨成山連鬼鑕。萬姓喁喁釜里魚，百官蠢蠢褌中虱。黄茅白葦棄賢良，赤紱玄裳寵獰獝。昊穹示變盍警畏，惟德動天天自騭。况今旱魃又爲厲，東作西成不平秩。安得緘辭伏閶闔，聖主如聞應駐蹕。

涇縣東宋二編修長歌

浙東行人過江左，正值蕤賓之管吹輕葭。陰氣黯默天地閉，仰面不見扶桑鴉。谷風哀鳴灌木應，雨脚四垂如亂麻。崩湍涌溜汩奔會，平地礙嚙作臼窪。使疑桑田變滄海，流汞漤眼無津涯。菅茅披猖黄竹拜，蛙黽狼籍助喧嘩。滿路青泥雜隕籜，局縮畏觸蛭與蛇。破瓦荒畦舊市井，荆榛穢奥巢麏麚。翠眉蟬鬢轉蓬去，頹墻缺甃刼火煆。善淫禍福不可料，韶艷夭閼令人嗟。叢祠佛殿總銷歇，但見木偶眠泥苴。前度長洲絶短澗，輿從沾濕水没胯。寒飈瘁瑟透衣袖，雖有氈蓋那能遮。水邊老鸛學人立，鷺鷥侍傍如小娭。廢田蔓草結旌旆，農夫盡化爲蟲沙。布穀不知時事異，勸耕終日聲查查。晚來雨歇到涇縣，只有蒿荻無人家。縣官趨迎入公廨，筋攣骨解肉半麻。蕭條破竈冷灰灺，饑童凍口張唅呀。滹沱麥飯那能致，新豐酒醪何處賒。古稱悲歌可當哭，莫怪笑謔同兒哇。夜深月出照庭樹，鬼磷一似青蓮華。驚魂遁魄稍歸舍，收入志慮無令邪。愁愁曉霧子規叫，起坐更盼羲和車。

聽蛙

繞舍荒池底且釿，蟄蛙齊候鳴雷社。已知地氣上如炊，更覺石泉流若瀉。舉頭玉燭焕陽明，踢足汙泥悲土苴。半夜條風入綺窗，清晨細雨霏檐瓦。梁間紫燕舞參差，枝上黄鶯語悲姹。播形肖貌均有生，感氣傷情匏瘖瘂。初聆衙衙雜更鼓，漸聽嘈嘈成侈哆。猶持堅白較同異，似坐狙丘談稷下。村童叫噪聾學究，悍婦勃磎喧姊姐。西域胡僧彈般若，齊東老生矜炙輠。逸帆觸岸靡蒹葭，醉客罵筵投盞斝。呦咬誰辨驃兒哇，虢耆乍開賨叟呵。怒牙嚼齒悸羅吞，瘖言詰屈鶩宜槲。徒誇楚使能詈齊，未讓秦巫工詛芊。兜離僸佅紛覼縷，帝樂虛張洞庭野。虞夔奚暇調笙磬，周瞽曷由分鄭雅。旅人懷憂實無寐，遭此强聒胡爲者。得非作奸謀蝕月，無奈聚訟騰歡謏。昔聞周公立典教，蟈氏專司鞠灰灑。常疑聖人茂育物，獨向微蟲少寬假。乃今知其非瑣屑，欲問官司乞餘灺。鳳皇鸑鷟聲苦希，白雪陽春和偏寡。蚊蠅蚤虱多於沙，鑽咂喑嗚紛丑䰰。蝦蟆幸不含毒螫，何苦呶號争吧訶。烏鳶逐響蛇聽音，寧顧人腹生癥瘕。賦詩却笑柳柳州，忍使腥臊辱葅鮓。

贈道士蔣玉壺長歌

先生清如玉壺冰，神閑志一精粹凝。玄黄健順六子承，和氣塊圠粗穢澄。冲虛澹澹廓以弘，冥茫沕穆恬無能。火烏入海陰液升，鶉蛇受約不敢騰。束縛龍虎如寒蠅，虛無黄堂帝所憑。四方上下齊鈎繩，北幽羅酆對朱陵。女夷鼓歌王母應，瓊宫夜半張華燈。金葩碧葉紅毷氉，素霞鬱滃玄雲烝。沆瀣厭浥淪泉興，牽牛織女來相仍。用之不減亦不增，地官錫福天官徵。老蚌迸殼驪珠升，太一象輿驂八鵬。翼以六蜺前五螣，風輪蕭蕭生夏凌。參旗九斿茷緄縢，二八青娥美目曚。翠蕤交翟翺翍翸，屬車九九如連繩。最後雷軺子所乘，流蘇勃窣垂鏤膺。斒斕駁馬騮駱驓，蹴霞踏霧碎綺綾。天津閣道轥輷轃，歸來瑤臺十二層。月光照耀玻璃棚，下視瀛海波濤砅。龍宫蜃窟寒兢兢，歸塘暘谷清可憑。鱗甲鏡瑩鰐與鮻，湘妃鼓瑟冰絲絙。摐金戛玉萬穴洶，琅玕風吹殷峻嶒。玻璃雲母龜貝朋，琳房璧甓珵階升。素鸞振迅霜女扔，璇題瑣窗肅蔥蔥。洞晃曨朗眩遥瞪，瘁肌砭髓魂欲殑。忽然浮空墮杳瞢，飆馳電燿羽脱肱。天衢阻遐世網罾，昏昏日月敲炎蒸。句曲之山崒硱磳，楓杉檜柏櫧桂枌。蘅蘭杜若蕙茝葐，緣岡被嶺冪澗塍。大地浪井瀑練瀰，萍瀕綉繪芙蓉菱。鼉虬蚴蚪千年藤，纏絡薜荔縣髯鬙。敷芳發馥菲芬芀，獑猢猵蜼雕蒼鷹。攀援欻砉巖崿崩，寒螀蟪蛄蛑范蠅。嵐餐靄飲喧岌峘，先生皮冠衣絳繒。桃枝七尺穿廻螣，三茅真君共嗟稱。星根絶頂時同登，黄斑黑虎陟降凴。石髆甘漿溢若澠，神芝吐焰如簋豋。食時動機保不薨，驅斥琚瓚除瘕症。眸光照座生紫稜，舉觴引滿鯨喉潩。解后見之喜莫勝，揚眉抵掌開蒙懵。人生嘉會安得恒，靖恭正直天所枘，作詩持贈匪妄譝。

二　鬼

憶昔盤古初開天地時，以土爲肉石爲骨，水爲血脈天爲皮，崑崙爲頭顱，江海爲胃腸，嵩嶽爲背膂，其外四嶽爲四肢。四肢百體咸定位，乃以日月爲兩眼，循環照燭三百六十骨節，八萬四千毛竅，勿使淫邪發泄生瘡痍。兩眼相逐走不歇，天帝愍其勞逸不調生病患，申命守以兩鬼，名曰結璘與鬱儀。鬱儀手捉三足老鵶脚，脚踏火輪蟠九螭。咀嚼五色若木英，身上五色光陸離。朝發暘谷暮金樞，清晨還上扶桑枝。揚鞭驅龍扶海若，蒸霞沸浪煎魚龜。輝煌焜耀啓幽暗，燠煦草木生芳蕤。結璘坐在廣寒桂樹根，漱咽桂露芬香菲。啖服白兔所擣之靈藥，跳上蟾蜍背脊騎。描光弄影蕩雲漢，閃奎爍璧葩花摛。手摘桂樹子，撒入大海中，散與蚌蛤爲珠璣。或落巖谷間，化作珣玕琪。人拾得吃者，胸臆生明暈。内外星官各職職，惟有兩鬼兩眼晝夜長相追。有物來掩犯，兩鬼隨即揮刀鈹。禁制蝦蟆與老鴉，低頭屏氣服役使，不敢起意爲姦欺。天帝憐兩鬼，暫放兩鬼人間娭。一鬼乘白狗，走向纖女黄姑磯。槌河鼓，褰兩旗，跳下皇初平牧羊群，烹羊食肉口吻流膏脂。却入天台山，呼龍喚虎聽指麾。東巖鑿石取金卯，西巖掘土求瓊葳。巖訇洞砉石梁折，驚起五百羅漢半夜撥刺衝天飛。一鬼乘白豕，從以青羊青兔赤鼠兒。便從閣道出西清，入少微，浴咸池。身騎青田鶴，去採青田芝。仙都赤城三十六，洞主騎鸞翳鳳來陪隨。神魃清唱毛女和，長煙裊裊飄熊旂。蜚廉吹笙虎擊筑，罔象出舞奔馮夷。兩鬼自從天上别，别後道路阻隔，不得相聞知。忽聞寒山子，往來説因依。兩鬼各借問，始知相去近不遠，何得不一相見叙情詞。情詞不得叙，焉得不相思。相思人間五十年，未抵天上五十炊。忽然宇宙變差異，六月落雪冰天逵。黿鼉上山作窟穴，蛇頭生角角有歧。鰐魚掉尾斫折巨鰲脚，蓬萊宫倒水没楣。攙槍枉矢争出逞妖怪，或大如甕盎，或長如蜲蛇。光爍爍，形躨躨。叫鹿豕，呼熊羆。煽吴回，翔魌魑。天帝左右無扶持，蚊虻虱蠅蚋蜞，噆膚咂血圖飽肥，擾擾不可揮筋節。解折兩眼瞌，不辨妍與媸。兩鬼大惕傷，身如受榜笞，便欲相約討藥與天帝。醫先去兩眼翳，使識青黄紅白黑。便下天潢天一水，洗滌盤古腸胃心腎肝肺脾。却取女媧所摶黄土塊，改換耳目口鼻牙舌眉。然後請軒轅，邀伏羲、風后、力牧、老龍告泰山稽。命魯般，詔工倕，使豐隆，役黔嬴，礪釜鑿，具爐錘，取金蓐，收伐材尾箕。修理南極北極樞，斡運太陰太陽機。檄召皇地示部署，嶽瀆神受約天皇墀。生鳥必鳳凰，勿生梟與鴟。生獸必麒麟，勿生豺與狸。

生鱗必龍鯉，勿生蛇與蟺。生甲必龜貝，勿生蝓與蜞。生木必松楠，生草必薺葵，勿生鈎吻含毒斷人腸，勿生枳棘罥利傷人肌。螟蝗害禾稼，必絶其蝝蚳。虎狼妨畜牧，必遏其孕孳。啓迪天下蠢蠢氓，悉蹈禮義尊父師。奉事周文公、魯仲尼、曾子輿、孔子思，敬習《書》《易》《禮》《樂》《春秋》《詩》。履正直，屏邪攲，引頑嚚，入規矩。雍雍熙熙，不凍不饑，避刑遠罪趨祥祺。謀之不能行，不意天帝錯怪恚，謂此是我所當爲，眇眇末兩鬼，何敢越分生思惟。呶呶向瘖盲，泄漏造化微。急詔飛天神王與我捉此兩鬼拘囚之，勿使在人寰做出妖怪奇。飛天神王得天帝詔，立召五百夜叉帶金繩將鐵網，尋踪逐跡莫放兩鬼走逸入嶮巇。五百夜叉箇箇口吐火，搜天括地走不疲。吹風放火烈山谷，不問杉柏樗櫟蘭艾蒿芷蘅茅茨，燔焱熨灼無餘遺。搜到九萬九千九百九十九仭幽谷底，捉住兩鬼，眼睛光活如琉璃。養在銀絲鐵栅内，衣以文采食以麋。莫教突出籠絡外，踏折地軸傾天維。兩鬼亦自相顧笑，但得不寒不餒長樂無憂悲，自可等待天帝息怒解猜惑，依舊天上作伴同遊戲。

此詩蓋擬昌黎《二鳥》而作。所謂《二鬼》，公蓋自謂及金華太史公也。其推挹金華如此。○程孟陽曰：「公樂府多似太白、少陵，間學張文昌、王仲初。此又在盧仝、馬異間，奇怪直仿佛昌黎矣。」

列朝詩集甲集前編第三

劉誠意基《覆瓿集》今體詩一百五十二首

丙戌歲將赴京師途中送徐明德歸鎮江

疲馬懷空櫪，征衣怯路塵。那堪遠遊子，復送欲歸人。月滿西津夜，花明北固春。論文應有日，話別莫悲辛。

過南望時守閘不待行

客路三千里，舟行二月餘。壯顏隨日減，衰鬢受風疏。蔓草須句國，浮雲少昊墟。愁心如汶水，蕩漾繞青徐。

發景州

澮澮夕風作，蕭蕭蘆葉鳴。林間衆鳥息，河上一舟行。海近雲常濕，天虚月更清。神京看漸近，且緩望鄉情。

過閩關二首

建溪激箭向南流，石齒如鋒鬭客舟。篙子踏歌渾不畏，行人遥望替生愁。

漠漠輕雲結晚陰，依依斜日掛遥岑。炊煙忽起桑榆上，散作鮫綃抹半林。

錢塘懷古得吴字

澤國繁華地，前朝舊此都。青山彌百粤，白水入三吴。艮嶽銷王氣，坤靈肇帝圖。兩宫千里恨，九子一身孤。設險馮天塹，偷安負海隅。雲霞行殿起，荆棘寢園蕪。幣帛敦和議，弓刀抑武夫。但聞當守奏，不見立庭呼。鬼蜮照華衮，忠良賜屬鏤。何勞問社稷，且自作懽娱。粳稻來吴會，魚黿出具區。至尊巍北闕，多士樂西湖。鷁首馳文舫，龍鱗舞綉襦。暖波摇襞積，凉月浸氍毹。紫桂秋風老，紅蓮曉露濡。巨鼇擎擁劍，香飯漉雕胡。蝸角乾坤大，鰲頭氣勢殊。秦庭迷指鹿，周室嘆瞻烏。玉馬違京輦，銅駝擲路衢。含容天地廣，養育羽毛俱。橘柚馳包貢，塗泥賦上腴。斷犀埋越棘，照乘走隋珠。弔古江山在，懷今歲月逾。鯨鯢空渤澥，歌詠已唐虞。鴟革愁何極，羊裘釣不迂。征鴻暮南去，回首憶蒓鱸。

讀史有感

千古懷沙恨逐臣，章臺遺事最酸辛。可憐日暮高唐夢，繞盡行雲不到秦。

感興五首

清時不樂道干戈，鼯鼠其如虎豹何。淮海風雲連鼓角，湖山花木怨笙歌。紫微畫省青煙入，細柳空營白骨多。惆悵無人奏丹扆，側身長望涕滂沱。

將軍意氣薄丹霄，欲把孤航截海潮。蘇武節來無忌死，岑彭營惡子陽驕。鴟鴞詩奏忠誰白，松柏歌成恨豈銷。悵望天涯一灑淚，鯨鯢罔象雜三苗。

落日悲風雲滿川，家家閉户少炊煙。也知渤海無龔遂，漫憶邯鄲有魯連。三尺青萍思出匣，數莖白髮望歸田。請看如鏡南樓月，此夜清光最可憐。

天弧不解射封狼，戰骨縱横滿路旁。古戍有狐鳴夜月，高岡無鳳集朝陽。雕戈畫戟空文物，廢井頹垣自雪霜。慢說漢庭思李牧，未聞郎署遣馮唐。

天上九關森虎豹，人間七澤起龍蛇。塵埃不辨風雲色，雨露全歸枳棘花。秦國有人迷鹿馬，周郊無土載蟲沙。淮濆何日歌《常武》，腸斷嚴城戍鼓撾。

越山亭晚望

越絶孤城枕海湄，越王亭下景遲遲。雲埋夏后藏書穴，草没秦皇頌德碑。鑿齒未馴虞禮樂，戈船猶駐漢旌旗。春風淡蕩吹楊柳，笑看吴鈎有所思。

謁夏王廟有感

一片宫垣粉艧新，前王陵廟在松筠。玉書金簡歸天地，貝葉曇花詫鬼神。滄海波濤紆職貢，山川草木望時巡。苗頑未狎虞階舞，空使忠良淚滿巾。

冬暖

今年南國天氣暖，十月赤城桃有花。江楓未肯换故色，汀草强欲抽新芽。野畦落日舞殘蝶，小池過雨喧鳴蛙。城上幾時罷擊柝，愁見海雲蒸晚霞。

不寐

不寐月當户，起行風滿天。山河青靄裏，刁斗白雲邊。避世慚商綺，匡時愧魯邊。徘徊懷往事，惻愴感衰年。

漫成

春雨日日送愁來，雨中百花渾未開。青山不見神禹穴，碧草已滿越王臺。魚兒弄水浮還没，燕子尋巢去却回。頭白揚雄懶獻賦，衡門從此掩蒿萊。

夏日雜興四首

故里無書問遠遊，他鄉萍梗漫淹留。盲風怪雨蛟龍喜，荒楚寒蕪燕雀愁。天上古今星北拱，人間日夜水東流。誰能走報西王母，乞與還丹駐黑頭。

曾樓迢遞俯清郊，天際群山檻外交。日暖水禽鳴哺子，風輕沙燕語尋巢。緑荷雨洗藏龜葉，翠竹煙寒集鳳梢。可嘆仲宣歸未得，苦吟終日倚衡茅。

夏至陰生景漸催，百年已半亦堪哀。葺鱗不入龍螭夢，鎩羽何勞燕雀猜。雨砌蟬花黏碧草，風檐螢火出蒼苔。細觀景物宜消遣，寥落兼無濁酒杯。

菱葉荷花漸滿池，紅榴緑篠正相宜。天邊日出園葵覺，地底雲生柱礎知。長夏未應炎暑過，薄寒恰似晚秋時。朝來苦怪雙青鬢，輒向風前學素絲。

夏日訪王友文留飲贈詩

長夏園林白晝閑，高軒留客雨漫山。傾壺竹葉沉沉緑，落樹楊梅顆顆殷。檻外新荷摇水佩，檐前弱柳舞風鬟。醉來帶月浮舟去，忘却塵埃世路艱。

次韻高則誠雨中三首

短棹孤篷訪昔游，冷風凄雨不勝愁。江湖滿地蛟螭浪，粳稻連天鼠雀秋。莫怪賈生偏善哭，從來杞國最多憂。絶憐窗外如珪月，只爲離人照白頭。

霖雨蕭蕭泥客途，歲華冉冉隙中徂。不知燕趙車千乘，何似蒿邙飯一盂。露冷芙蓉捐玉佩，天寒薏苡結明珠。東鄰艇子如堪借，去釣松江巨口魚。

吴苑西風禾黍黄，越鄉倦客葛衣凉。楸梧夜冷烏驚樹，霜露秋清蜂閉房。天上出車無召虎，人間賣卜有王郎。干戈滿目難回首，夢到空山月滿堂。

次韻和謙上人秋興六首

一自中原萬馬奔，江淮今有幾州存。龍韜豹略痴兒戲，穠李禾桃猛士門。廢壘秋風銷戰骨，荒郊夜雨泣冤魂。江湖愁絶無家客，佇立看天淚眼昏。

東海波濤激迅飈，西風氛霧虎狼驕。高牙畫戟尊方伯，繡段黄封出内朝。無客金戈椿鑿齒，有人玉帳舞弓腰。武陵日暮桃花盡，何處林泉可採樵。

浙江流水繞東吴，佳麗猶傳故國都。紅錦漫山春雨後，黄雲壓樹曉霜餘。嬌鶯逐暖歸牙帳，征雁衝寒送羽書。惆悵南園釣舟子，蒺藜滿地不勝鋤。

繡幕香幃隱日華，金鞍玉轡巧矜誇。深山霧雨貙生虎，大海波濤虺作蛇。樸樕有枝寒集鴞，梧桐無葉夜啼鴉。涼風梟梟吹遊子，何處松楸是汝家。

故鄉知己不曾逢，滿目雲山恨百重。斥堠霜清寒夜柝，譙樓風急曉城鐘。此時繞樹憐烏鵲，異縣携家想駏蛩。獨向晴檐問梅蕊，數枝和雪爲誰容。

江上悲風起白波，山中芳草奈愁何。紫菱青荇鮫人舞，翠藟蒼藤木客歌。曠野煙塵迷虎兕，長亭泥濘没驪騧。濁河日夜東流去，腸斷霓旌影馺娑。

次韻和天童良上人見寄

不辭塵匣掩青萍，願見天邊隕盜星。白日有時容黑子，紫微終古照玄冥。輕風淪雪歸蘭汜，細雨涵春入草亭。但得此身强健在，江山相見眼長青。

送李子庚之金陵

含下微波涌碧鱗，湖邊草色可憐人。也知使者徵書急，莫厭輕舟出郭頻。春酒盈缸清似水，時魚帶子白於銀。山桃野杏能紅紫，醉眼相看意自真。

次韻追和音上人

絶頂浮雲鎖石關，曲途危磴阻躋攀。他年甲楯孤臣泣，此日齋鍾老衲閑。夜永星河低半樹，天清猿鶴響空山。干戈未定歸無處，擬結茅廬積翠間。

二月二日登樓作

薄寒疏雨集春愁，愁極難禁獨上樓。何處山中堪採藥，幾時湖上好乘舟。銜泥客燕聊想傍，泛水浮萍可自由。見説蘭亭依舊在，於今王謝少風流。

發紹興至蕭山

落日牛羊下緑坡，微風短楫拂晴莎。窮愁白髮真相得，悲感青春最苦多。水暖菰蒲沙鴇集，月明洲渚榜人歌。此時忽漫思身世，奈爾桃花滿眼何。

宿蠟燭菴俊上人房

城外春江動客愁，江邊細草緑悠悠。還將短髪臨歧路，畏向東風憶舊遊。斜日遠天歸雁急，薄寒孤館落花稠。青燈不放還鄉夢，一夜腸回一萬周。

二月七日夜泊許村遇雨

漫喜晴天出北門，還愁急雨送黄昏。山風度水喧林麓，野樹翻雲動石根。宿麥已隨江草爛，新泉休共井泥渾。魚龍浩漫滄溟闊，澤畔誰招楚客魂。

感懷

新晴楊柳散春絲，長路行人有所思。愁上容顔青鏡識，寒生亭館落花知。高雲送雨來無定，獨鳥驚風去自遲。悶對亭前紫荆樹，同根那得却相離。

寄臺郎張質夫

春愁忽得故人書，喜極成悲淚滿裾。冀野駑駘虚伯樂，魯門鐘鼓駭爰居。全家蕩析饑寒切，病骨支離志慮疏。敢以浮名誤知己，緘辭寫意愧何如。

水西寺東樓曉起聞鶯

日上高城柳影齊，風軒臨水看鶯啼。初來木杪鳴相應，稍入花間聽却迷。芳草自深句踐國，行人猶隔禦兒溪。思家每恨無輕翼，可對鶯花不慘悽。

茶園別朱伯言郭公葵

細水吹煙送客舟，離情恰似水東流。此時對酒難爲樂，何處尋春可縱游。去雨來雲天渺渺，輕蜂亂蝶日悠悠。絶憐短髮無聊賴，一夜如絲白滿頭。

晚泊海寧州舟中作

春霧今宵氣稍清，空江一舸客心驚。東流濁浪衝山動，西望長庚似月明。不有龔黄爲郡縣，徒令耒耜化戈兵。溥天何處非王土，無地安身愧此生。

春興四首

忽聽屋角鬧晨鳩，起看園林緑漸稠。小雨霏霏涵日過，新泉細細入河流。殘花斷柳虚歸計，遠水他山聚客愁。鴻雁南飛限蒼嶺，傷心何處問松楸。

會稽南鎮夏王封，蔽日騰空紫翠重。陰洞煙霞輝草木，古祠風雨出蛟龍。玄夷此日歸何處，玉簡他年豈再逢。安得普天休戰伐，不令竹箭困輸供。

深春積雨感年芳，暮館輕寒透客裳。翠柳條柔先改色，紫蘭花冷不飄香。山中虎豹人煙少，海上樓臺蜃氣長。燕子新來畏沾濕，一雙相對立空梁。

憶昔江南未起兵，吴山越水共知名。蘋萍日暖游魚出，桃李風和乳燕鳴。紫陌塵埃嘶步景，畫船歌管列傾城。於今征戍誅求盡，翻對鶯花百感生。

蕭山山行

積雨今朝天氣佳，山亭曉色上林花。未須汗漫思身世，且可逍遥玩物華。偶值斷橋妨去路，却隨修竹到鄰家。籬邊鴨鶩野人過，撥刺飛鳴落遠沙。

普濟寺遣懷

江上西風一葉黄，莎鷄絡緯滿叢篁。物華乘興看都好，時序逢愁速不妨。露下星河光瀲灩，月明岩谷氣清凉。願聞四海銷兵甲，早種梧桐待鳳凰。

題水墨蓼花草蟲

爲愛江頭紅蓼花，秋來獨作草蟲家。尋香粉蝶應隨夢，採蜜黄蜂不趁衙。絡緯語殘凉露滴，蜻蜓立困晚風斜。畫圖水墨驚初見，却似扁舟過赤沙。

題山水圖爲寶林衍上人作

雨過秋山日欲曛，白雲如雪擁山根。高松浥露和煙冷，迸水穿沙出谷渾。擬向蘿陰緣石徑，却尋花片入桃源。畫圖應有通神處，他日相從子細論。

次韻和新羅嚴上人秋日見寄二首

負郭無田生事疏，微官已謝不須除。散愁漫入高僧舍，乘興還過野老居。草冷蟲聲悲杼軸，霜餘蕉葉碎緘書。黄花素髮相將暮，獨立淒凉憶往初。

愛汝精藍抱翠微，青松緑竹共依依。龜臺落日明霞綺，鰻井寒潮長石衣。銀杏子成邊雁到，木犀花發野鶯飛。鐘殘永夜禪心定，一任秋蟲促杼機。

重用韻答嚴上人二首

坐見風霜百草疏，却憐光景漸消除。萍蓬飄蕩三年客，松菊荒凉五畝居。陋巷蒼苔封蟻垤，空庭黄葉帶蟲書。江楓恰似知人意，强學芳菲二月初。

江水東流西日微，閑身不繫獨何依。塵埃爽颯枯蓬鬢，霜露凄凉破衲衣。百粤雨餘山翠合，三韓雲净海青飛。滄溟自古通天漢，夢繞黄姑織女機。

仍用韻酬衍上人二首

多愁衹覺世情疏，愁極憑誰與破除。江海煙塵羈客淚，雲山桑梓别人居。高風斷雁惟將恨，衰草殘螢不照書。世亂弓刀方有用，休誇新句逼黄初。

歲暮天寒生意微，空林鳥雀自相依。有情霜葉欺花貌，無用風荷象客衣。西塞鼓鞞山嶽震，東郊羽檄海波飛。傳聞有詔頒南服，早晚陽和斡化機。

又用前韻二首

樹頭寒月影扶疏，天上清霜下玉除。紫塞風高鴻失路，碧梧枝冷鵲移居。虎頭曠日糜倉粟，牛腹中宵詫帛書。見説抱關堪避世，稗官猶可學《虞初》。

西風吹面雨霏微，片片浮雲水上依。鴻雁群翔營口實，梟鷙對立惜毛衣。關河慘烈時將晚，原野蕭條葉自飛。慚愧江湖一萍梗，厭聽咿軋響鄰機。

題小景

江頭日日起西風，江樹驚寒葉變紅。天濟雲低何處雁，一行飛下荻花中。

題梅花小禽圖

三鳥翩翩海上來，一雙飛去入瑶臺。可憐鎩羽空山裏，獨立寒枝怨野梅。

感興二首

病骨愁寒憶見春，及覩春色却愁人。轉添細草當門徑，不惜穠華委路塵。去國杜鵑紅淚盡，傷時庾信白頭新。風波滿地鸕鷀鳥，相趁銜魚飽一身。

二月江南雪片飛，吴山寒色動征衣。莫尋花徑防泥滑，且掩衡門待日晞。弱柳先舒應自損，蟄蟲已出更安歸。乾坤處處旌旗滿，肉食何人問采薇。

有感

浪動江淮戰血紅，羽書應不達宸聽。紫薇門下逢宣使，新向湖州召畫工。

感嘆

聞説蘇州破，倉皇問故人。死生俱可悼，吾道一何屯。北去應無路，南藩自此貧。凄凉轉蓬客，淚盡浙江濱。

題畫魚

爲愛濠梁樂有餘，故拈兔穎寫成圖。秋風忽憶銀絲鱠，腸斷松江隔具區。

柯橋靈秘寺即景贈基上人

盡日陰陰風墜花，樓前溝水發芹芽。青春院宇僧房好，白晝豺狼客路賒。對坐蝦須回舞燕，出門鴟尾立饑鴉。相期握手何時再，五月芙蓉隘若耶。

次韻和石末元帥見贈二首

雨過前溪曉色新，山城草木静埃塵。殊方負固猶蝸角，此地偷安賴虎臣。高閣緑蘿相對晚，畫闌紅藥不勝春。誰憐衰病兼疏拙，漂泊東西一旅人。

元戎玉帳擁旌麾，武略文韜並出奇。構厦可堪無大匠，安邦曾見活危棋。此時山斗歸民望，他日龍螭簡帝思。我輩迂狂乖世務，趍風執御更何疑。

雨中寄季山甫二首

山雨隨風去復來，南明晚色動樓臺。猶憐仗節中郎在，不見乘槎使者迴。感興詩成聊自遣，忘憂花好爲誰開。偏嫌近水多螻蟈，永夜喧呼聒夢回。

長夜雨多泥没車，白日閉門人迹疏。階下水衣看上壁，庭前檐溜欲成渠。閑花自發無勞種，蔓草從生不遣鋤。想見幽棲張仲蔚，蓬蒿如樹塞園廬。

病足戲呈石末公

旻天容我作支離，病瘧才除足就羸。跬步不妨猶似鱉，踔行那得更憐夔。抱珍獻楚何堪再，斫樹收龐亦未遲。蹇叟於今知匪禍，周鷄從此免爲犧。

遣悶柬石末公

緑楊落盡白楊枯，坐石徒令歲月徂。尚想藩臣知患盜，豈期驛使似投巫。當時粳稻通遼海，今日風濤隔貝區。豺獺可堪專節鉞，衣冠何以拔泥塗？

惆悵二首

紫薇花樹小樓東，日炙霞蒸似錦紅。過了春風到秋露，可堪零落碧苔中。

與君爲別幾清秋，鴻雁來時輒上樓。今日倚樓無雁過，斷腸風水隔瀛洲。

次韻和石末公聞海上使命之作因念西州愴然有感二首

巫閭析木天空闊，桐柏終南水亂流。邑里蕭條無吠狗，田疇蕪穢少耕牛。萋萋蔓草隨人遠，淡淡殘陽向客留。遲莫飄零偏感舊，幾回垂淚睇神州。

大閫尋常棄鄭師，後人休望及瓜期。豺狼封豕咸登用，都邑人民委若遺。曾見羌夷皆内地，忍聞淮濟是邊陲。經綸事業君當念，聞道任囂鬠已椎。

再用前韻二首

常聞星宿能環拱，未見江河解逆流。無肉可供徐勉狗，有芻難啖景升牛。梧桐冷落鸞先逝，蘆荻蒼茫雁獨留。蘇息疲氓還有術，那無一斗博涼州。

弟子輿尸漫有師，圯橋誰共老人期。龍魚並出應難識，樗櫟無庸幸見遺。每上樓臺瞻北極，願聞波浪帖南陲。吴山越水元相接，莫更中流下鐵椎。

驛傳杭台消息石末公有詩見寄次韻奉和並寓悲感二首

被讒去國終思楚，厚貌深情漫劇秦。未識龐萌真老賊，妄期侯景作忠臣。池魚幕燕依棲淺，軒鶴冠猴寵渥新。何處荃蘭不蕭艾，種蔬猶得養閑身。

喪亂如川未有涯，悲風滿地是蟲沙。衰遲兩臂從生柳，疾病雙眸但隕花。暗巷寒蟬秋色老，丹楓紫菊夕陽斜。頗聞四國思郇伯，尚想詩人賦木瓜。

再次韻二首

南州昔日稱三楚，西國今聞又一秦。有爵與縻亡命賊，無才深愧具官臣。青冥鸞鳳風塵隔，畫省貔貅服色新。悵望令人憶李郭，誰能匡濟想捐身。

深秋蔓草接天涯，極目飛鴻没遠沙。緑水青山長送目，汀蘭岸蓼各生花。風來西塞雲陰合，濤落東溟蜃氣斜。嘆息笙歌舊亭館，壞垣叢棘老王瓜。

次韻和石末公感興見寄

使君學術似文翁，奕世流芳緝武功。赤芾青衿來燕喜，黄童白叟望車攻。筆端波浪翻三峽，旗尾龍蛇動八風。慚愧謭才多謬誤，憂時獨有此心同。

次韻和石末公無題之作

秋風裊裊作商音，落葉枯荄日夜深。已爲抵烏投白璧，徒勞點鐵冀黄金。軒轅未必迷襄野，夸父終當死鄧林。笑撚東籬菊花蕊，天寒歲晚爾知心。

立冬日作

忽見桃花出小紅，因驚十月起温風。歲功不得歸顓頊，冬令何堪付祝融。未有星辰能好雨，轉添雲氣漫成虹。蝦蟆蛺蝶偏如意，旦夕蜚鳴白露叢。

丙申歲十月還鄉作五首

風急霜飛天地寒，草黄木落水泉乾。千村亂後荒榛滿，孤客歸來抆淚看。野宿狐狸鳴户外，巢居煙火出雲端。黍苗處處思陰雨，王粲詩成損肺肝。

故園梅蕊依時發，異縣歸人見却悲。花自别來難獨立，人今老去復何之。未能荷鍤除叢棘，且可隨方着短籬。等待薰風喧暖後，枝間看取實離離。

手種庭前安石榴，開花結子到深秋。可憐枝葉從人折，尚有根株爲客留。枳枸悲風吹白日，苕華高影隔青丘。壞垣蟋蟀知離恨，長夜淒凉弔獨愁。

舍北草池寒已枯，草中時復見菰蒲。濫泉觱沸無留鮒，弱藻蒙茸不繫鳧。緑葉紅花空代謝，春蛙秋蚓任喧呼。窺臨最憶琴高鯉，騰駕風雷定有無。

小舟衝雨清溪上，雨密溪深宿霧昏。游子到家無舊物，故人留客嘆空尊。荒畦蔓草纏蒿草，落日青猿叫白猿。語罷不須還秉燭，耳聞目見總銷魂。

冬至日泊舟戈溪

日薄雲陰雪在山，野寒溪静客舟還。乾坤簸蕩逾三載，風俗乖張似百蠻。廢井衰蕪霜後白，空村喬木曉餘殷。獨憐節序逢冬至，不得安棲學閉關。

次韻和石末公紅樹詩

紅樹漫山駐歲華，玄冬驚見眼生花。井陘旗幟軍容盛，汴水帆檣御氣賒。春草淒迷金谷障，夕陽照灼赤城霞。靡蓱丹木扶桑裏，惆悵誰乘博望槎。

次韻和石末公元夜之作

八表流雲澄夜色，九霄華月動春城。條風細細吹旗影，香藹微微引漏聲。河漢虹橋應斷絶，滄溟鼇足漫峥嶸。愁來更聽漁陽操，獨倚闌干坐到明。

次韻和石末公見寄五絶

梗楠割截爲椽杙，歲暮搜材到柞薪。悵望無因見夏后，再平水土叙彜倫。

廟略能回十萬夫，詩書郤縠近來無。何由入奏明光殿，指點山河一統圖。

春滿郊原樂意融，野花庭草競穠穠。惟餘陵上青青柏，不向東風改舊容。

越溪清水淬干將，鬼魅驚啼畏夜光。不共鉛刀争利鈍，何妨玉匣且深藏。

漢殿千門錦綉開，不堪一夜柏梁災。魯般骨朽蕭何死，賜斷無人爲取材。

社日偶成奉呈石末公

昔聞同社燕雞豚，今見操戈競一飧。松柏空壇饑鼠出，枌榆落日亂鴉喧。地連吴會嗟何蹙，民是周餘不半存。疏懶渾愁聞世事，治聾有酒漫盈尊。

次韻和林彦文劉山驛作詩

青泥九折度危峰，翠木千章集遠風。欲爲流離安堡障，寧辭辛苦涉蒿蓬。梧桐葉落無栖鳳，荆棘枝寒有怨鴻。旦夕升虚聊望楚，何時重賦《定方中》。

題陳大初畫扇

泛湖浮海兩如何，滿地悲風起白波。争似乘槎隨博望，玉繩光裏看山河。

題太公釣渭圖

璇室群酣夜，璜溪獨釣時。浮雲看富貴，流水濬鬚眉。偶應非熊兆，尊爲帝者師。軒裳如固有，千載起人思。

題煙波泛舟圖

舊遊憶鼓湘湖棹，日净風微江練平。小艇曲穿花底出，遊魚相伴鏡中行。别來漫想心徒切，畫裏重看眼亦明。素石蒼松是何處，願從巢父濯冠纓。

聞盜過界首季君山甫亦蒙訪及以詩唁之

妖星何故犯奎躔，鶴上雲霄鯉入淵。寇退喜聞曾子反，書焚尚賴伏生傳。齏酸併與青氈去，瓜苦空餘緑蔓牽。慚愧杜郊湯博士，白鹽赤米數相憐。

次韻和劉宗保秋懷

眼見賓鴻去復回，可堪雲霧隔瑶臺。黄花自在山中發，青鳥何由海上來。墻角蟲號瓜蔓索，樹頭禽嚇栗房開。凉蟾照幕還清夜，慚愧千樹野哭哀。

次韻和石末公紅樹詩

岸柳江蒲總戚施，栢林辛苦擢金支。虞人詫見炎官傘，候騎訛傳漢將旗。照水熒煌空衒貌，因風飄落竟從誰。應慚若木生暘谷，長駐踆烏燭崦嵫。

次韻和石末公悲紅樹

霜與秋林作錦幃，一朝霜重却全稀。坐看絶艷成塵土，應瘖浮華是禍機。鷩鵲月明難自定，窮猿歲暮欲何歸。猶憐有客期歡賞，太息斯須志願違。

詔書到日喜雨呈石末公

將軍鐵馬高秋出，使者樓船渤海來。甘雨恰隨天詔下，凍雲應與地圖開。枯黄背日紛紛落，細緑迎春苒苒回。悵望山中多病客，坐看烏鵲繞庭梅。

感事呈石末公

前飛鴿䳍後駕鵝，天闊風高奈汝何。不羡焦頭居上客，空憐舐痔得車多。深山虎豹來城市，落日鼪鼯出薜蘿。薇蕨可羹魚可膾，白雲長自在巖阿。

次韻和石末公漫興見寄二首

王侯古有興屠狗，郎吏今無善牧羊。青海風波騰罔象，紫霄氛祲翳摇光。江寒逝水東流急，天遠冥鴻北去長。莫笑烏鳶惡毛羽，翻飛齊得篷鵷行。

濟世何人希管樂，隱居無處覓求羊。扶桑未换暘烏彩，腐草猶爭爝火光。百戰承平戎馬佚，七年戰伐艾萏長。長沙遷客能流涕，一日須垂一萬行。

聞鳩鳴有感呈石末公

郊原過雨東作始，枝上鵓鳩鳴可憐。此地巢居猶葺壘，他鄉去子望歸田。匡時勢異民思漢，憂國心隨雁到燕。逝水自流人自老，倚楹長憶至元年。

和石末公冬暖

世亂干戈日夜尋，可堪災沴又相侵。煙霞出地皆成祲，雷電飛時肯作霖。祝蝪漫勞遵故事，問牛誰復軫憂心。小蟲未瘖年光晚，猶抱枯荄學苦吟。

雨中呈石末公

去年三冬暖不雨，今年孟春寒有餘。大雲垂垂壓宇宙，密雪皃皃飄庭除。安排白水與泛舸，醖釀青泥容没車。辛苦陌頭楊柳樹，含顰等待大陽舒。

次李子庚韻

風落餘花春事非，愁心煙雨共霏霏。溪雲不作從龍起，山石何須學燕飛。籬下舊存彭澤菊，林間新長首陽薇。夜闌忽漫聞啼鳥，腸斷天涯信使稀。

雨中遣悶

雨漬愁雲重不飛，山蒸冷霧襲人衣。亦知屏翳空多事，只恐羲和失所歸。歲晏波濤東逝急，天寒鴻雁北來稀。殘燈永夜清無焰，坐聽饑猿響翠微。

詠史

六雄糜沸擾天綱，天下嗷嗷望禹湯。多事秦皇能一統，却教人憶楚懷王。

題秋江獨釣圖

秋風江上垂綸客，知是嚴陵是太公。細水浮嵐天與碧，斜陽炙面臉生紅。形容相像丹青在，歲月荒凉草澤空。日暮忽然聞欸乃，蓼花楓葉忘西東。

送翳士賈思誠還浙東二首

西風裊裊水鱗鱗，一曲離歌淚滿巾。殘柳數株鷗數點，夕陽江上送歸人。

落木長亭獨客回，蹇驢聊可當駑駘。還山須種千株杏，等待仙華道士來。

絶句漫興

永夜西風裊裊來，露華如玉委蒼苔。碧鷄啼落山頭月，腸斷槐根夢不回。

夜坐

露泣寒螿唁斷魂，風驚檐鐸語黄昏。羈愁悄悄成危坐，看盡空墻上月痕。

無寐

夜長無寐待鳴鷄，及至鷄鳴夢却迷。驚起朝陽斜照屋，一眉殘月在天西。

雪中有懷章三益葉景淵

歲莫懷人雪滿天，饑烏病客對凄然。地爐無火同誰坐，石硯生冰盡日眠。栗里何時歸白髮，茅檐幾處起青煙。稻畦麥隴看春及，土膏泉滋識有年。

白　髮

白髮應同春草莖，風吹一夜滿頭生。欲收浮艷歸根柢，故遣芳菲定老成。碧瓦曉霜憐變滅，紙窗宵月妒分明。據鞍上馬非吾事，賴爾妝嚴意不輕。

絶句三首

槐葉陰陰覆短墻，微風細雨麥秋凉。如何一歲三春景，不及閑窗午夢長。

花落江臯宿雨晴，野煙消盡見蕪城。鳳簫一去無回日，不及年年緑草生。

天塹長江似海深，江頭山鬼笑埋金。東家釀酒西家醉，世上英雄各有心。

絶句漫興三首

莫道花開便是春，莫言沙漲即成津。南風過了東風起，愁殺江頭待渡人。

五湖風雨夜垂綸，一葉扁舟一粟身。至竟雲濤歸大壑，煙波還屬釣魚人。

病客無錢試藥方，出門聊復信行藏。争知頭上蕭蕭髮，却與遊絲較短長。

漫成二首

八駿茫茫去不回，白雲歌曲使人哀。鮫魚風起鯨鯢涌，青鳥何由海上來。
微凉生袂一登樓，落照歸鴉點點愁。誰似孤雲獨無事，隨風直到海西頭。

不雨遣悶

池上芹泥即漸乾，梁間燕子拾蟲難。緑窗無限傷春意，看盡斜陽更倚闌。

春蠶

可笑春蠶獨苦辛，爲誰成繭却焚身。不如無用蜘蛛網，網盡蜚蟲不畏人。

五月十九日大雨

風驅急雨灑高城，雲壓輕雷殷地聲。雨過不知龍去處，一池草色萬蛙鳴。

愁感代哭

燕鴻北去又南來，斷壠荒岡幾劫灰。慈母磯寒風落木，望夫石老雨添苔。江流定與天河合，客淚還經地底回。未必春光便銷歇，白華猶發燒殘梅。

望孤山作

曉日千山赤，寒煙一島青。羈心霜下草，生態水中萍。黄屋迷襄野，蒼梧隔洞庭。空將垂老淚，灑恨到滄溟。

青絲馬

蹀躞青絲馬，艱難赤伏符。窮陰歲欲暮，落日鬼相呼。見雁愁心裂，看天淚眼枯。殷勤夜深月，還照旅魂孤。

十二月一日

耿耿夜不寐，源源憂思來。歲餘三十日，腸定九千回。江響風初發，天昏月未開。白頭真合得，非是楚猿哀。

古戍

古戍連山火，新城殷地笳。九州猶虎豹，四海未桑麻。天迥雲垂草，江空雪覆沙。野梅燒不盡，時見兩三花。

春城

春盡江城不見花，似知白髮畏韶華。戰爭故習俱無賴，喪亂餘生未有涯。三島虹霓昏日月，二儀風雨化龍蛇。何年百谷歸滄海，尋取河源泛客槎。

鍾山作

白雁蕭蕭柿葉紅，野花開盡六王宫。空餘一道秦淮水，著意西流竟向東。

歲晏

歲晏悲風急，空江白晝陰。黄蘆與紅蓼，無處不傷心。

摇落

摇落江天氣慘凄，野黄雲白惑東西。可憐饑鼠當人立，無奈寒鴉向客啼。杳杳夕陽葭浦闊，茫茫秋水稻田低。鎖魂何地歸衰疾，觸處煙塵沸鼓鼙。

秋夕

柏葉蕭疏柳葉黄，露華如玉綴空廊。丹心欲共燈花結，白髮偏隨漏水長。月色故園同窈窕，蟲聲此夜獨凄凉。寒鵶莫更啼金井，衰病能堪幾斷腸。

將曉 以下拾遺詩六首

愁夢不更續，寒天將欲明。雪風吹海樹，霜月凜江城。衰病丹心在，艱虞素髮盈。殷勤東注水，渺渺若爲情。

題梅屏

樹杪過流星，輕霜落半庭。疏花與孤客，相對一青燈。

次韻和石末公秋日感懷見寄

郊原如赭已無秋，況復干戈未肯休。肉食不知田野事，布衣深爲廟廊憂。典章淪落悲芻狗，饋餉倭遲想木牛。禮樂將軍今郤縠，豺狼滿地待虔劉。

夜坐有懷呈石末公

西風白露下清寥，岸柳江蒲取次凋。諸將旌麾非一統，大藩衣服變三苗。雄豪竊據皆屠狗，功業輿臺總續貂。棄馬獨知懷故櫪，天涯涕淚北辰遥。

次韻和石末公春晴詩

幽禽嘖嘖語朝陽，細緑毶毶入女桑。天上深宫調玉燭，人間和氣應勾芒。赤眉青犢終何在，白馬黄巾莫漫狂。將帥如林須發蹤，太平功業望蕭張。

望江亭

柳拂江亭舊畫欄，望潮人去地應閑。寢園寂寞秋風裏，行殿荒凉野草間。白塔盡銷龍虎氣，荒城空鎖鳳凰山。興亡莫問前朝事，江水東流去不還。

集外詩二首

至日遣興

十九年前此日同，浙江西望粤城東。山川擁隔乖同軌，氣朔分齊正八風。坐閱天時占道長，起徵雲物欲年豐。嬴糧擬問商顏路，好采靈芝伴四翁。

即事

千林摇落暮天寒，短景經檐歲序殘。口舌得官齊虜易，膏肓致疾上醫難。無根荒蔓風飄急，閲世松喬氣厚蟠。鴻雁隨陽經遠道，帛書何日到長安？

列朝詩集前編第四

席帽山人王逢古今詩一百七十五首

逢字原吉，江陰人。至正中，作《河清頌》，臺臣薦之，稱疾辭。避亂於淞之青龍江，復徙上海之烏涇，築草堂以居，自號最閒園丁。張氏據吴，大府交辟，堅卧不就。洪武壬戌，以文學録用，有司敦迫上道。子掖任通事司令，以父老，叩頭泣請，上命吏部符止之。戊辰歲，年七十，元旦自製壙銘，是歲卒。有《梧溪詩集》七卷，記載元、宋之際人才國事，多史家所未備。余嘗跋其後云：「原吉爲張氏畫策，使降元以拒臺，故其遊崑山懷舊傷今之詩，於張楚公之亡有餘恫焉。而至於吴城之破，元都之亡，則唇齒之憂，黍離之泣，激昂慷嘆，情見乎詞。前後《無題》十三首，傷庚申之北遁，哀皇孫之見俘，故國舊君之思，可謂至於此極矣。謝皋羽之於亡宋也，《西臺之記》、《冬青之引》其人則以甲乙爲目，其年則以羊犬爲紀，廋辭讔語，喑啞相向，未有如原吉之發抒指斥，一無鯁避者也。《戊申元日》則云：『月明山怨鶴，天黑道横蛇。』《丙寅築城》則云：『孺子成名狂阮籍，伯才無主老陳琳。』殆狂而比於悖矣。或言犁眉公之在元，籌慶元，佐石抹，誓死馳驅，幾用自殺。佐命之後，詩篇寂寥，彼其志之所存，與原吉何以異乎？嗚呼！皐羽之於宋也，原吉之於元也，其爲遺民一也。然老於有明之世二十餘年矣，不可謂非明世之逸民也。故列諸甲集之前編，而戴良、丁鶴年之流，以類附焉。」

天門行

天門高高俯四極，寸田尺地登版籍。澤梁無禁漁者多，瀚海干戈恣充斥。去年官餉私敚攘，今年私醝官價償。屠燒縣邑誠細事，大將不死鯨鯢鄉①。烹羊椎牛醉以酒，腰纏白帶紅帕首。定盟歃血許自新，禦寇征蠻復何有。國家承平歲月久，念汝紛紛迫餬口。羽林堅鋭莫汝攖，慎勿輕誇好身手。春風柳黄開陣雲，號令始見真將軍②。

① 原注：「謂孛羅帖木兒左丞。」

② 原注：「孛羅帖木兒討方谷真，兵敗被執，爲求招安。至正辛卯歲也。」

任月山少監職貢圖引

好風東來快雨俱，夫須亭觀《職貢圖》。厥酋高鼻深目胡，冠插翟尾服繡襦，革帶鞮鞻貂襜褕。左女執盞右執壺，手容恭如下大夫。酋妻髻椎將湛盧，五采雜佩相縈紆。轉顧飛虎飛龍旟，鏤耳者殿帕首軀。瓔珞袒跣兩侏儒，一擎木難珊瑚株，一戴五琢狻猊爐。神獒鬘鬛狀乳貙，復誰牽之鬈髮鬚。最後峨弁飾寶珠，若將入朝謹進趨。禿奚踉蹡亦在途，錦膊驄帶汗血駒。尊貴卑賤各爾殊，經營意匠窮錙銖。

唐稱二閤道元吴，今也少監稱京都。少監材抱豈畫史，禹迹曾爲帝親理。河伯川后備任使，無支祈氏甘胥靡。大德延祐貞觀比，輦陸航海填筐篚。鳥言夷面遠能邇，少監臨古不無以。趙公商公暨高李，頡頏霄漢嗟已矣。靄雲曙開儼斧扆，包茅不入頟誰泚。周編大書王會禮，安得臣臣奉天紀。陋儒作歌歌正始。

淮安忠武王箭歌題垂虹橋亭

淮王昔下江南城，萬竈兵擁雙霓旌。錦裘繡帽白玉帶，金戈鐵馬紅鞶纓。皂雕羽箭三十六，一一插向鯊魚箙。鹿麛畫號猿抱木，王師所過全生育。彤弓親授聖天子，弓影射入東吴水。水波恍浸銅柱標，仰見浮屠半霄起。王當是時戢武功，指顧草樹生春風。宋家降璽朝暮得，思罷貫革垂無窮。浮屠上層龍所宫，寶盤細碧蓮花同。弦張滿月報鶻發，忽露半笴薌雲中。鐃歌嘲轟鼓笳競，父老頓足歡聲應。泗州使返睢陽亡，漢關將入天山定。兩賢成敗關衰盛，雄材逸氣王誰並。我浮扁舟五湖興，載拜何由重安靖，猛士經過合深省。

錢塘春感六首

紫闕軿車從六龍，盡隨仙曲度青空。蒼山樓闕旃林裏，赤羽旌麾野廟中。百姓未忘周大賚，成都元有漢遺風。流鶯不管傷春恨，衝落桃花滿樹紅。

王氣凌虚散曉霞，虎闈鱗閣静煙花。中天日月迂黄道，滄海風雲冷翠華。望帝神遊夔子國，烏衣夢隔野人家。當時舉目山河異，豈但紅顔泣塞笳。周南風俗漢衣冠，五色雲中憶駐鑾。瓔珞檜高藏白獸，蕊珠花發降文鸞。河通織女機絲濕，雨歇巫娥翠黛寒。滿地吴山誰灑淚，一江春水獨憑闌。日華初動衮衣明，劍佩千官隱綉楹。五色黼函開玉座，九重湯藥下銀罌。書題鳳尾仙曹喜，恩浹螭坳學士榮。文化有餘戎事略，銅駝草露不勝情。瑶池青鳥集觚棱，白塔金鳧閟夜燈。雲母帳虚星采動，水晶宫冷露華凝。驪山草暗墟周業，郿塢花繁失漢陵。白馬素車江海月，依然潮汐撼西興。金爵觚棱月向低，泠泠清磬萬松西。五門曙色開龍尾，十日春寒健馬蹄。紅霧不收花氣合，緑波初漲柳條齊。遺民暗憶名都會，尚繞湖濱唱大堤。

讀謝太皇詔藁

半壁星河兩鬢絲，月華長照素簾垂。衣冠在野收亡命，烽火連營倒義旗。天地晝昏憂社稷，江淮春漲泣孤嫠。十行哀詔無多字，落葉虚窗萬古思。

題垂虹橋亭

長虹垂絶岸，形勢壓東吴。風雨三江合，梯航百粤趨。葑田連沮洳，鮫室亂魚鳧。私怪鴟夷子，初心握霸圖。

敬題諭淮安朱安撫詔後

九鼎沸莫止，大厦傾莫支。太陰初陽不得燭下土，六龍望望閩之陲。六宫掩泣向北去，孤臣憑城尚南顧。也知天命有所歸，忍爲生靈貸生路。當時不死良爲此，至今人説姜與李。君家富貴八十年，露臺風館啼猩鬼。世事茫茫難具論，遺詔幸得傳諸孫。烏絲細字書題罷，黄葉乘秋正打門。

奉寄趙伯器參政尹時中員外五十韻

詔立淮南省，符張閫外兵。風雷朝焕發，牛斗夜精明。參政材超偉，元僚器老成。武林多樹政，禁禦舊蜚英。鳳暖文章蔚，鯤秋羽翼横。天池今並奮，嶰管後和鳴。地要尤膏沃，時危必戰争。輔車依海岱，衣帶限蠻荆。玉葉開王邸，煙花匝子城。萬艘鹽雪積，千里稻雲平。織貝殊珍粲，紅樓艷曲縈。并緣胥狡黠，貨殖駔驕盈。汝潁初萌起，河流浸妄行。鎮綏增屏翰，贊畫授權衡。愛稼須除螣，憐牛貴搏虻。式蛙曾霸主，斬馬乃書生。青汗三千牘，丹心一寸誠。相臣連萬騎，郡邑望雙旌。甓社湖移蚌，繰絲井露鯨。里無安堵樂，野有望塵驚。舃鹵煙侵燧，孤婺膽碎鉦。五賢迷古轍，六詠歇新賡。瓦礫皆王土，逋逃本爾氓。長驅勞組練，盡掃愧欃槍。喻擬相如檄，降懲白起坑。跋胡狼曷備，毒尾蠆難攖。濟猛收神略，疏恩涣虜情。佇聞鹿栅下，莫作鬼方征。回鶻卑唐室，天驕撓漢營。乾坤一羽扇，社稷幾羊羹。秋社交加影，芙蓉裊娜莖。超然延爽笏，肅若衛寒更。慮念真如是，功勳孰與京？晢清懷晉遜，虛左慕齊嬰。好定龍蟠價，母登狗盜名。石洪重胤辟，韓愈建封迎。故典何其盛，斯文與有榮。中州襟陝隴，上國掖幽并。麟閣將來繪，鷄壇宿昔盟。芻蕘言慎擇，葵藿義同傾。契闊商參恨，棲遲畎畝耕。小齋餘苜蓿，四境半蕪菁。酒憶涓涓縹，魴炊個個赬。悲歌垂短褐，慷慨眷長纓。親病常憂懼，身奇解弟兄。君公終隱迹，充國燀家聲。楚角關山晚，吴陵草樹晴。鶯知幽谷候，雁識大江程。報政梅全發，封詩月迴清。遥應語何遜，開閣少陰鏗。

贈别浙省黑黑左丞國寶自常州移鎮徽州三十韻時歲癸巳

武德興元運，文恬近百年。一隅初難作，四境遂兵連。斧扆朝元早，彤弓授命專。馮岑材并濟，李郭駕争先。路入延陵邑，星分左轄躔。著名黄閣上，虚位紫宫前。汗血駒千匹，踕跔士兩甄。帳寒龍守劍，城曙虎飛旂。迹掃齊門瑟，身親楚醴筵。慧山屏列野，震澤鏡涵天。刁斗軍中堠，鋤犁亂後田。白無遺朽骨，青有續炊煙。插羽書閑署，封泥詔撫邊。陣容催畫鼓，蜂氣動樓船。舊政猶霜肅，新安素地偏。蜄精嘗感夢，帝子或逢仙。漆葉雲羞密，茶花雪妒妍。誦弦家櫛比，冠蓋里班聯。鄒魯流風洽，甌蠻習俗遷。比來疲賦斂，況復值戈鋋。龕稍官曹待，謳歌父老傳。挽屯吴幼節，總體漢文淵。裴度歸休近，羊公卧治便。鼎彝今燀赫，韋布數周旋。小閣牛行炙，長楸鶻試拳。王融《五雜俎》，孫武十三篇。華夏殘河汴，神州歸薊燕。殄除才蚋蠓，睥睨滿鯨鱣。狂斐言姑及，高明義莫捐。憂君尚有疏，儻寄麥光箋。

無家燕

嗟嗟無家燕，飛上商人舟。商人南北心，舟影東西流。芹漂春雨外，花落暮雲頭。豈不懷故棲，烽暗黄鶴樓。樓有十二簾，一一誰見收。衆雛被焚蕩，雙翅亦斂揪。含情盼鬼蝶，失意依訓猴。茅茨固低小，理勢難久留。昔本烏衣君，今學南冠囚。燕燕何足道，重貽王孫憂。

此詩爲淮楚隱没諸藩王避難浮海而作。

秋夜嘆

大星芒鬣張，小星光華開。皇天示兵象，勝地今蒿萊。河嶽氣不分，燭龍安在哉？參贊道豈謬，積陰故遲回。疏氣夜蕭蕭，野磷紛往來。安知非游魂，相視白骨哀。汩汩飲馬窟，冥冥望鄉臺。於時負肝膽，慷慨思雄材。

毗陵秋懷　時有老兵爲道劉都統帥勇事。

老兵爲説劉都統，起坐舟中思滿襟。玄武城危寒日短，紫駝塵暗朔風臨。江山不盡新亭淚，天地長懸即墨心。宋祚未移中道死，至今劍井蟄龍吟。

送太常奉禮郎劉仲庸以二宫命使南省織金段龍帳還京師二首

澤國李膺舟，風霜季子裘。家依南越鳥，身適大宛騮。甲乙帷虚夜，蓬萊殿敞秋。到京王母喜，休語萬方憂。

秋風吹蕨薇，宫使別鄉闈。中夏蒼黄色，孤舟錦繡輝。勾驪龍晝偃，瑶水鳥雲飛。萬一回天眷，均裁大布衣。

聞武昌廬州二藩王渡海歸朝

茅土分封在，金章渡海歸。事殊生馬角，心愧著戎衣。星月晶光并，山河帶礪非。秋風紫塞上，依舊雁南飛。

贈李宣使

秋水浄菰蒲，天風送舳艫。海雲紅日近，江國使星孤。帝運無盆子，戎行有亞夫。傷時恨離別，林下重諏咨。

觀錢塘江潮時教化平章大宴江上

蒼蒼吴越山，對峙東江腹。江開白銀甕，一浪天四蹴。金晶王高秋，風露氣轉肅。常年駭壯觀，委巷雷擊轂。今年官增威，旌麾被川陸。羅衣繡龍鳳，玉帶瑑鼉粟。牙牀錦屏帷，鸞毯隨步蹙。温温香卷陣，婉婉眉鬭緑。微聞伊梁音，渌酒光動縠。鮮醲片餉盡，望姓空側目。懼成庾郎哀，竊效杜陵哭。冥頑鰐魚滙，屢覆舟萬斛。梟雄扈將軍①，竟作機上肉。大侵交烽火，血胔腥草木。地媪爲之愁，兼恐河源縮。孰聞靈胥廟，歲祭莫敢黷。三叫三酹觴，願興赤水族。錢王射强弩，至今有遺鏃。何當起英魂，少助八州督②。中原日無事，海宇蒙景福。尚虞多戕殘，灑淚逃亡屋。

① 原注：「謂福建扈海元帥。」

② 原注：「時汝潁等州陷。」

丙申八月紀事時自鄉里入吴還華館遂卜隱鴻山

寸舌解重圍，長歌振短衣。不成巢父去，空似魯連歸。蔡港沙田薄，黄山宰木稀。伯鸞吾所慕，梅李況魚肥。

常州江陰再失無錫告警病中自鴻山將遷海上

病就山中隱，烽催海上舟。連城新鬼哭，深壁大臣羞。赤眚纏金火，炎風汗馬牛。遥占女兄弟，先已下長洲。

次鰕妾岸　常熟州

朝辭鳳巢村，晚次鰕妾岸。起望大角間，太白光有爛。方羅杜陵苦，未已崔旴亂。鬢毛掠蝙蝠，竹裹鳴鶡鴠。同曹迫憂悸，相視名錯唤。前途非樂土，殊昧賢達算。誰家繚崇垣，軸轤卧井榦。餘歌久悽惋，酣宴同清晏。寧知楚幕烏，不瘖吴宫燕。蕭晨理舟楫，回首重悲嘆。

往揚名開化二鄉掩骼　「揚名」，一作「陽明」。

分藩多賢勞，不敏忝賓客。雖無官守縻，亦復與言責。二鄉虔劉禍，慘甚長平厄。先王制禮經，孟春當掩骼。僕夫有難色，款段才任策。騣騣度岡坂，眇眇循藪澤。稍稍煙微青，歷歷野四白。遊魂行草上，遺老候道側。我豈物役徒，兹來出心臆。皇天久下憫，赤子非寇敵。鴟鳥何不仁，銜啄血更瀝。因歌《戰城南》，風悲淚狼籍。

過楊員外別業

公名乘，字文載，濟南人。至正十六年，不受淮張之辟，自縊而死。

翠羽無深巢，麝香無隱穴。由來老蚌珠，淚泣滄海月。於乎楊員外，竟類膏自爇。憶昨佐南省，四境正騷屑。朝廷忌漢人，軍事莫敢説。遂罹池魚禍，遄被柳惠黜。寄身傍江潭，乃心在王室。星躔錯吴分，氣候乖鄒律。天風摇青蕢，徒步空短髮。譙玄初謝遣，龔勝終守節。譬如百煉鋼，不撓從寸折。又如合抱松，豈藉澗底蘖。我時浮扁舟，鷗外候朝日。荒郊無留景，別業自深鬱。時清議勸忠，公冤果昭晰。大名流天地，當與河水竭。結交卣卓間，遺言見餘烈。

簡鄗同僉

南粤稱臣陸賈勞，漢廷何愛璽書褒。恩波遂與三吴闊，爽氣真連北斗高。鶯囀羽林交杕杜，馬閑沙苑暗蒲萄。天心厭亂民懷德，未説關河恃虎牢。

送觀可道郎中祠南鎮使淮府還京二首

親奉天香祀會稽，黄封玉檢爛金泥。地同南嶽臨朱鳥，祠俯名藩異碧鷄。三秀乘春沾雨露，五雲披曉見端倪。好祈神化資神武，縹渺前旌舉白霓。

南鎮春回草木青，溪毛猶帶舊時馨。黄塵荏苒民誰賴，黑海滄茫使有星。爲愛寶書探禹穴，豈揮清淚向秦庭。萬艘轉餉成山道，想見風雲護百靈。

送王季德主事祠南鎮還京

千羽春明玉扆間，皇華躬遣祀稽山。蓬萊雲霧隨封檢，敷落仙曹降佩環。宣室舊承前席問，樓船今駕海濤還。東南父老憂時切，落日扶藜得重攀。

秋感六首

吴門葉落季鷹船，朔野霜横白雁天。三楚樓臺餘夢澤，兩京形勢自甘泉。采雲帳幄泠風滿，瓊樹花枝璧月圓。本是宣光中興日，腐儒長夜泣遺編。

紛紛擾擾厭黄巾，妖血徒膏草野塵。馬化一龍猶王晉，楚存三户未亡秦。颶風天静浮青海，朔漠山高直紫宸。莫爲鬼方勞外伐，檿弧箕服最愁人。

豆苗瓜蔓未應稀，菰米蒓絲積漸肥。南極有星天半隱，東維無地海全歸。連城不換相如璧，百結何妨子夏衣。回首故山荆棘外，幾年空翠鎮煙霏。

苕花蘆葉繞林扉，獨立蒼寒見紫微。夜久長庚隨月上，天清高鳥帶霜飛。東南吴會三江入，百二秦封六國歸。烈士暮年心未已，無言思解白登圍。

南越東吴帶楚皋，頻年醉眼送飛毛。滄洲露白蒹葭滿，甲第秋聲蟋蟀高。九日天涯桑落酒，三軍城上柘黄袍。試觀漢後詩人作，獨覺遺風屬阮陶。

鮫魚風息浄江波，軋軋機絲響薜蘿。華髮道途秋日短，癀懷樓閣暮陰多。浮查受宿炎州翠，細草從眠墨沼鵝。心自隱憂身自逸，幾時天馬渡滹沱。

聞鐘

苜蓿胡桃霜露濃，衣冠文物嘆塵容。皇天老去非無姓，衆水東朝自有宗。荆楚舊煩殷奮伐，趙陀新拜漢官封。狂夫待旦夕良苦，喜聽寒山半夜鐘。

簡陳韋羌員外　陳基敬初

幕府深嚴午漏遲，簟文簾影碧參差。總傳白馬陳從事，每念青袍杜拾遺。大地風塵憂未解，扁舟江海去無期。凉天雁叫芙蓉發，許奏軍中鼓吹辭。

陪淮南僚友泛舟吴江城下

波伏魚龍夜不驚，菱花千頃湛虚明。吴儂似怪青絲馬，漢月重臨白帝城。世説竇融功第一，獨憐阮籍醉平生。樓船簫鼓中流發，喜及東南早罷兵。

送薛鶴齋真人代祀天妃還京

蓬萊宫裏上卿班，代祀天妃隔歲還。日繞五文皆御氣，海浮一髮是成山。風霆夜護龍鸞節，雲霧朝披玉雪顔。聖渥既隆玄化盛，轉輸應盡入秦關。

辭帥幕後王左丞復以淮省都事過舉且送馬至以詩辭還

梁欐難衡城，干將難補履。歷塊過都百戰材，枉送懷鉛提槧士。左手控紫游繮，右手執青絲鞭，攬身試上文錦韉。吴臺越苑山浪湧，連城花暗摇紅煙。由來得意處失脚，率府元僚早辭却。方圖安步傍林泉，敢許横行向沙漠。野庭憩馬荒鷄鳴，馬思故櫪雄風生。殷勤目送使上道，駕牛萬一至南平。

宋制置彭大雅瑪瑙酒碗歌周伯温大參徵賦有序

今太尉開藩之三月，命部將王左丞晟書使踵海上，招至吴中。以予無錫避地，説晟勸張楚公歸元，擢淮省都事，辭。時江浙參政周公適莅分省，延飲齋閣，歡甚，出瑪瑙酒碗曰：「此彭大雅燕饗舊物，子才器足當之。」遂引滿。酌之再，氣酣思涌，率爾走筆紀清賞，非求知他人焉。歌曰：

淮藩開吴豪俠滿，歌鍾地屬姑蘇館。相儒獨爲緩頰生，笑出彭公瑪瑙碗。血乾智伯髏不腥，黄玉瑩錯紅水精。妖蟆蝕月魄半死，虹光霞氣噴且盈，隱若陣偃邊將營。彭公彭公古烈士，重慶孤城亦勞止。天忘西顧二十年，畝盡東來數千里。武侯祝文何乃偉，敗由宋祚民今祀。太湖底寧魚米豐，官廨喜與開門同。酒波碗面動峽影，想見制置師犒飄風中。再酌庶沃磥磊胸。君不見漢家將軍五郡封，班彪天與世史功。詩狂昭諫客吴越，存心唐室人憐忠。嗚呼！尚友予豈敢，醉墨慘澹雲飛鴻。

夜何長三疊寄周參政伯温鄔僉院本初

夜何長，日苦短，夜長復寒日不暖。深林大薄鵩鴟滿，尾赬魴魚游纂纂。千年古鐵紫氣纏，赤帝當之白蛇斷。中朝老臣雙佩蒼，憂心鬱紆寢息忘。鳳皇在笯驥服箱，雪埋石棧冰河梁。夜何長，六龍回轡東扶桑。

夜何長，日苦短，夜長復寒日不暖。蒼梧九疑雲思遠，驚鴻亂落夫差苑。漢家騎尉雙龍蒼，酒酣起舞隘八荒。疾風吹沙百草霜，玉缸朱火青凝光。夜何長，帝車高轉天中央。

夜何長，日苦短，夜長復寒日不暖。欃槍參旗燭雲罕，樹樹梅花落羌管。江南布衣雙鬢蒼，歲闌獨立氣慨慷。衣冠禮樂制孔良，路迢無由貢明堂。夜何長，啓明耿耿天東方。

奉陪神保大王宴朱將軍第聞彈白翎雀引 有序

白翎雀，燕漠間鳥也。初，世皇命伶官石德閭製《白翎雀曲》，及進，曰：「何其末有孤嫠怨悲之音？」石德閭未之改而已傳焉。戊戌冬，淮藩朱將軍宴大王於私第，逢忝座末。時夜雹霰交下，衆賓相次執盞，起爲王壽，逢亦起。王命左右鼓是曲，且語製曲之始，俾歌詠之。逢謂纘事本實，左氏所先，故鋪陳興龍大略而不暇他及也。

玄陰亘天雪欲作，將軍西第夜張幕。銅盤蠟光紅照灼，四座傾聽《白翎雀》。雀生烏桓朔部落，大樸之氣元磅礴。地椒野穄極廣莫，穹廬離離散駝駱。黃羊蘆酒雜湩酪，鷹狗畋獵代耕獲。太王肇基不城郭，青春建纛宵罷柝。聖澤滂沛蔓綿絡，風淳俗龐法度約。乾端坤倪露冲漠，羽毛鱗介並飛躍。庭祠歲饗咽管籥，雄雌和鳴莫我樂。帝皇赫然太陽若，八表晃蕩氛盡却。前驅屈盧從繁弱，睢盱嘔呷萬狀錯。遂朝玉帛解組縛，大明宮開夾花蕚。文監武衛盛材略，葱珩穀璧映霜鍔。五雲夔龍奏《韶濩》，九苞鳳皇降寥廓。德音威儀匪予度，萬姓拭目瞻阿閣。軒轅伶倫兩冥寞，八十年來事非昨。獶塵雜亂人道削，咬哇哀淫頌聲鑠。皇孫讓賢執鼓鐸，巾冪鵲尾黃金杓。殽烝體薦嚼復嚼，《巴渝》舞隊歡回薄。供奉革鞜衣狐貉，銀箏載前酒載酌。延秋門深魚守鑰，緱山遠度吹笙鶴。淮南昔者雞舐藥，千乘之國棄敝蹻。方今群雄自開拓，拔刀把槊爭刺斫。爲臣義同葵與藿，將軍固合鞭先著。蓮壺漏沉薇露涸，枯梢號寒風隕蘀。百禽啁噍雹霰霍，冰花亂點真珠箔。箔中呱呱情陡惡，供奉砉爾停絃索。吁嗟白翎將焉託，有客淚下甘丘壑。

奉陪杭右丞程禮部以文宇文憲僉子貞魯縣丞道原宴周左丞伯温館舍時聞河南李平章恢復中原

西湖館舍開新秋，三峰倒影紫翠流。白馬雕戈駐逵道，金魚玉佩羅林丘。二孤五老獨神往，八公六逸同天遊。時維小康況大比，萬乘少紓東南憂。如澠之酒官寺送，風生酒波鱗甲動。茘子漿凝赤露香，鵝肪炙作黄冰凍。歌袖頻熏婆律膏，渴羌解奏參差鳳。右丞閥閲霄漢逼，諸叟文章臺閣重。罘罳騣騣落日凉，菱花蘧葉掩冉光。驚飛先自有烏鵲，寡宿未必無鴛鴦。堯封禹跡煙莽蒼，宣發固短憂心長。側聞汴破濟欲下，百姓亦望臨淮王。山人厭亂喜莫量，笑整冠帶爲舉觴，醉後不登嚴武牀。

覽周左丞伯温壬辰歲拜御史扈從集感舊傷今敬題五十韻

華夷今代壹，畿甸上京遥。遊豫尋常度，恬熙屬累朝。六飛龍夾日，獨角豸昂霄。御史箴何忝，賢臣頌早超。咨諏新境俗，觀采衆風謡。文用彌邦典，忠惟振憲條。執徐當景運，仲吕浸炎歊。愠解民心結，煩除聖念焦。雨工趨汛掃，市令薄征徭。大口歡移蹕，庸關肅衛刁。縉雲峰立曉，鄜月水涵宵。徼道臣臣俊，清塵騎騎驍。豹貙嚴御靮，駝象妥鑾鑣。儀仗真如畫，車徒不敢囂。侏言來部落，皮幣贄荒要。岳牧恭迎舜，封人願祝堯。六宫程緩緩，列寺思飄飄。絲裊雙行鞚，璆鳴雜佩瑶。寶鈿榆莢小，錦罽草花嬌。綉襖珠韝絡，香鬟玉步摇。婕妤辭並載，王母會頻邀。拾翠深沙嶺，梯虹復澗橋。天長讙北日，斗近建南杓。珍味高陀鼠，丹馨散地椒。盧兒分逐兔，土屋競停雕。白貉衣温座，黄羊酪凍瓢。桓城金合沓，灤闕紫嶕嶢。社稷尊王統，山河固廟祧。明明神爽降，秩秩禮文饒。寵遂光幽朔，畋同閲獮苗。蹕林酺已舉，款塞福皆徼。棕殿三呼歲，楓墀九奏簫。祝融回酷暑，少昊戒靈飈。舊制先回軷，良辰次起軺。謝恩多帝胄，紀實得臺僚。至治音俱雅，于皇德孔昭。相如慚禪議，謀父感祈招。蕞爾蘄興祲，紛然潁煽妖。漕輸横蹷鰐，衡祀缺菁蕭。邊警初傳箭，軍容半珥貂。薦添烽堠迫，有甚火雲驕。衮服中垂拱，微垣外寂寥。幾多遺鶴發，曾共望鷄翹。二洛遄通晉，三韓復入遼。不無雙國士，正賴一嫖姚。求劍舟難刻，更弦瑟好調。扶顛須砥柱，撥亂豈芻蕘。戎幕辭巢父，詩壇老伍喬。式瞻阿閣鳳，馴止泮林鴞。併論公殊蹟，吾知邁董鼂。

遊崑山懷舊傷今一首

丈夫貴善後，事或失謀始。桓桓張楚國，挺生海陵鄙。一門蓄大志，群雄適蜂起。玄珠探甓社，白馬飲浙水。三年車轍南，北向復同軌。量容甘公説，情厚穆生醴。誓擊祖逖楫，竟折孫策棰。天王詔褒贈，守將躬歲祀。翼然東崑丘，蘭橑映疏綺。青蘩春薦豆，翠柏寒動棨。乾坤宥孤臣，風雨猖五鬼。銅駝使有覺，涕懼卧荆杞。

張士誠降元，元追封士德爲楚國公，廟祀崑山，楊廉夫詩所謂「先封楚國碑」也。

登崑山寺謁劉龍洲墓

陰厓緐裙披，蕭寺壓其左。前無容馬地，而公靈永妥。綽有高世風，荷臿誓埋我。懇懇中興論，泛泛岳陽舸。竹西旌佩間，爲士非瑣瑣。我來行吟久，顧影嘆復坐。下上百年餘，同遇時坎坷。疏嵐冒川暝，歸鳶跕跕墮。恝焉上孤舟，星流亂漁火。

遊卜將軍墓祠將軍名珍字文超唐西河人有功業在崑山民至今祠焉

時危短吾裾，薄游東崑野。有唐將軍塋，肅肅風露下。木葉金甲動，土花碧血灑。居然神兵棲，夜嘶石驎馬。二蛇顧首尾，勢若無御者。當時陣或然，威福巫得假。靈烏拂人首，疏火散村社。淚淚婁逝波，壯懷託申寫。

七月聞河南平章凶問

六月妖星芒角白，幾夜徘徊天市側。尋聞盜殺李上公，窮旅孤臣淚沾臆。當時寬猛制萑澤，安得受降翻受敵。上公忠名垂竹帛，書生奚爲費諱惜。東南風動旗黃色，蒲梢天馬長依北。

壬寅六月，田豐、王士誠刺殺李忠襄於濟南城下。先是庚申君見星變，嘆曰：「當損大將。」馳使戒諭忠襄。正此詩所謂妖星芒角也。

聞畿甸消息

白草生畿甸，黄沙走塞庭。直憂星入斗，兼畏雨淋鈴。殿閣餘龍氣，衣冠自鵠形。吴粳斷供餉，龍麥向人青。

送陳檢校從藩臣分鎮淮安

闔閭城外陣雲興，草木依微殺氣凝。雪霽長淮齊飲馬，煙消清野疾飛鷹。羽林密號傳符刻，幕府初筵列豆登。有道折衝千里外，牙旗小隊看春燈。

劉夫人

劉夫人，至正太尉吴王嬪。笄珈車服置弗御，淡煙常鎖雙眉春。中州援遠敵在目，權貴日驕疆日蹙①。背城借一王本心，狐埋狐搰將軍欲。夫人勇决烈女義，百口樓居親舉燧。片時陰慘萬姓②生，月明風清佩音至。君不見男兒成敗古有之，孰以楚霸輕虞姬？蘇民安得夫人祠，烏棲白晝庶少衰。

①「權」原誤作「叔」，今據《梧溪集》（知不足齋叢書本）卷四下改。又「疆」原誤「彊」，據同上改。

②「姓」原誤作「世」，據同上改。

聞吴門消息二首

百尺齊雲半壁開，陪臣猶進九霞杯。蓬星氣白干天棓，苕水烽青入露臺。盡擬田單收故土，不期高斡損雄材。淮魚斷信燕鴻隔，吴樹蕭蕭葉下來。

承制除封八巨州，士恬馬飽適逢秋。三年弟傲群情懈，十月城圍百戰休。海島何人歌爲挽，華容有女淚空流。唇亡遂使諸蕃戚，板蕩將貽上國憂。

舟過吴門感懷二首

躍馬横戈東楚陲，據吴連越萬熊羆。風雲首護平淮表，日月中昏鎮海旗。玉帳歌殘壺盡缺，天門夢覺翮雙垂。南州孺子爲民在，愧忝黄瓊太尉知。

强兵富境望賢豪，戴縱垂纓恨爾曹。一聚劫灰私屬盡，三邊陰雨國殤號。江光東際湯池闊，山勢西來甲觀高。形勝不殊人事改，扁丹誰酹月中醪。

無題五首

《無題》前後十首，皆感悼王師入燕，庚申北狩之事。

五緯南行秋氣高，大河諸將走兒曹。投鞍尚得齊熊耳，卷甲何堪棄虎牢。汧隴馬肥青苜蓿，甘梁酒壓紫蒲萄。神州比似仙山固，誰料長風掣巨鰲。

天槍幾夜直鈎陳，車駕高秋重北巡。總謂羽林無猛士，不緣金屋有佳人。廣寒霓仗閑華月，太液龍舟動白蘋。雪滿上京勞大饗，西封華嶽吊秦民。

白衣𦪇䑐渡吴兵，赤羽旌旗奪趙營。灤水天回龍虎氣，榆林風逐馬駝聲。靚妝宮女愁啼竹，白髮祠官憶薦櫻。猶有燕鷹神不王，駕鵝高去塞雲平。

五誠月落靜朝鷄，萬竈煙消入水犀。椒闥佩琚遺白草，木天圖籍冷青藜。北臣舊説齊王肅，南仕新聞漢日磾。天意人心竟何在，虎林還控雁門西。

十戰群雄百戰疲，金城萬雉自湯池。地分玉册盟俱在，露仄銅盤影不支。中夜馬群風北向，當年車轍日南馳。獨憐石鼓眠秋草，猶是宣王頌美辭。

後無題 五首

一國三公狐貉衣，四郊多壘鳥蛇圍。天街不辨玄黃馬，宮漏稀傳日月闈。嵇紹可能留濺血，謝玄那及總戎機。祇應大駕徵西楚，弗對虞歌北渡歸。

吐蕃回紇使何如，馮翊扶風守大疏。范蠡不辭句踐難，學生何忍惠王書。銀河珠斗低沙幕，乳酒黃羊減拂廬。北陸漸寒冰雪早，六龍好扈五雲車。

回首崑崙五色天，疏風落日重佪儃。駕驂八駿非忘鎬，臺置千金舊慕燕。地限上林雲過雁，雪封西嶺樹啼鵑。遠慚行在周廬士，橫草無功日晏眠。

險塞居庸未易剷，望鄉臺上望鄉多。君心不隔丹墀草，祖誓無忘黑水河。前後炎劉中運歇，東西元魏百年過。愁來莫較興衰理，只在當時德若何。

黄河清淺海塵揚，陜月闢雲氣慘蒼。寧復明珠專甓社，尚論玉兔踞金牀。衣冠並入梁園宴，簡册潛回孔壁光。私幸老歸忘世事，梧桐朝影對溪堂。

得兒掖書時戊申歲

客夢躬耕隴，兒書報過家。月明山怨鶴，天黑道横蛇。寶氣空遺水，春程不見花。衰容愧耆舊，猶語玉人車。

此詩記戊申歲正我太祖改元之年也。

故南臺侍御史周公挽辭 諱伯琦，字伯温，號玉雪坡真逸。七十一卒。

周氏饒望族，自宋世德茂。鶴林卧麟岡，山脈萃芝秀。篤生侍御公，猶馳在天廐。褓抱器太父①，青佩齒國冑。諸經内淪浹，百氏旁研究。鸞鳳暫枳棲，鴛鷺尋羽簉。冰銜十職館，相府六衣繡。薦掌西曹兵，雨聽南垣漏。灤京侈篇翰，海嶽肅籩豆。太子端本時，古傳躬口授。遂致問龍寢，罔或爽鷄候。江東遭亂去，吴下爲時救。非同使尉佗，常存諭廷凑。時將巨寓公，垂白竟拂袖。朝廷整風紀，堅志起不復。嘉魚兼蒓菰，小塢矗巖岫。短笻杖琅然，消摇幾心噣。齊雲樓始毁，承露盤既仆。

新亭對泣暮，錦衣獨歸晝。祿賜無贏金，鄉飲惟醇酎。含凄歌《黍離》，委順正丘首。孔戣真伯仲，張綱孰先後。逢也楚狂人，頻年展良覯。拙詩序高父，家訓贊大籀。楷書《河清頌》，儼若臨九奏。興來赫虢箋，往往法急就。數謂麋鹿姿，合置文王囿。桑樞原憲貧，飯顆杜陵瘦。有懷感長笛，無才傳耆舊。玉雪梅花坡，寒盡想春透。翛翛豹尾車，昨夢過圭竇。朔庭煙草豐，靈其祜巡狩。

① 原注：「梅山先生。」

書無題後凡三首偶感燕太子丹事

火流南斗紫垣虛，芳草王孫思愴如。淮潦浸天魚有帛，塞庭連雪雁無書。不同趙朔藏文褓，終異秦嬰祖素車。漆女中心漫於邑，杞民西望幾踟躕。

塞空霜木抱猿雌，草暗江南罷射麛。秦地舊歸燕質子，瀛封曾畀宋孤兒。愁邊返照窺墻槅，夢裏驚塵喪韘觿。莫讖《白翎》終曲語，蛟龍雲雨發無時。①

① 原注：「元世祖聽彈《白翎雀》，曰：『何其曲終有悽怨之聲乎？』」

幾年薪膽泣孤嬰，一夕南風馬角生。似見流星離斗分，謬傳靈武直咸京。九苞雛鳳冲霄翼，三匝慈烏落月情。縱少當時趙雲將，卧龍終始漢臣名。

洪武七年，遣元幼主之子買里的八剌北歸。此詩記其事，故有「舊歸質子」及「南風馬角」之句。太祖封買里的八剌爲崇禮侯，故曰「瀛封曾畀宋孤兒」也。

題董良用徵士釋耕所

百畝私田十尺廬，釋耕爲樂野人如。隴牛齝卧春犁後，水鳥低飛千鎑餘。殷喪蕨薇元可食，秦炎種樹獨存書。老予擬就龐公隱，歲暮相看兩鬢疏。

懷馬文鬱御史靳惟正同知兼簡陸公叙薛孟式

山茶雪蕊渥丹唇，轉老東風倚杖身。彗尾封狐營窟夜，朝行高雁海天春。磬襄蝃武知何往，瘦島寒郊不去貧。竊喜弧輝上弦月，一杯聊勸若爲親。

寄晏上俞士平提學陸良貴秦文仲二教授

朱紱青袍映後先，邇來愁過買臣年。壚頭相醵囊須罄，地下誰遊劍莫懸。淮浪白滔回魯日，塞氛黄隔姓劉天。賤名忝在齊民版，爲報新蕪傍泖田。

寄錢泰窩陳雪軒二遺叟

天轉雲東上六符，有懷無寐枕同孤。紫芝隱曲歌商皓，烈火殘經補漢儒。私地春先梅老發，盛陰雷疾草狂蘇。祖生遲旦疏殊甚，不計中流少一壺。

寄崇明秦文仲

渺渺三洲東一隅，葺茅先隴混耕夫。道存醴酒曾賓楚，國破干將不去吴。白苧袍成雛養鶴，水晶瓜熟膾行鱸。相望暮景須陶寫，可信歌遊老伴無。

辛酉立春日溪園試筆寄錢艾衲張雲莊二叟

雨雪相仍歲又徂，短衣楚製老東吴。竇山偏聚刑餘鬼，空谷元逃行獨儒。海霽卿雲升日角，岸寒髩栟長冰鬚。爲書春帖嘗春酒，早覺蘭風拂壽觚。

同誼書記遊查山留題净無染西南林壑

地涌叢林小翠屏，海吞孤嶂半螺青。巖扉老衲忘人我，石甃神丹護甲丁。吴甸土寒黄耳愧，秦山草歇白蛇腥。放歌適在風埃表，幢節浮空若下聽。

隱憂六章時有司奉吏部符敬依令旨起取

箕舌兮房耳，交燭兮東鄙。顧謝病兮四三，胡謡詠兮迭萋菲。鵠高飛兮翼焉假，蘭幽幽兮林下。爛晨霞兮莫飡，潦秋清兮爰酌之斝。

獸有越陆，魚有跛扈。居巢處穴，知謹風雨。辛洊臨兮下載周，以朝以夕兮五春十秋。年老癃病兮勿遣有詔，人事噂沓兮紫芝叢桂聊夷猶。

茭團團兮菜葉長，鏡吾知兮眉如霜。車爾華兮服爾章，素履諒旡咎兮貞也悔亡，所未亡兮隱憂中腸。

虞士不往兮招維旌，魯有兩生兮没齒無名。古道悠兮時事併，疑莫稽兮拔茅征。貞菊延年兮姑飡以落英。

鷄鳴嘐兮蒼龍上蟠，鶴駕其朝兮竊謝病枕安。須捷①蕭蕭兮雲棲檐端。於乎！策良被輕兮七子闕下，白帽管寧兮亦容於野。

① 原注：「楚人以衣被垢弊之謂。」

牛山兮鴞林，材充兮培深，彼藪澤兮大獮禽。於乎！窮檐短景兮身衰遐心。

甲子冬偶書

雲東亂定少新知，江左書來有跛兒。才盡罷爲文自祭，醒狂寧要舌相隨。天家青女催衣急，漏水金人上箭遲。却喜故鄉原上樹，十年羈羽託深枝。

古懷二首

遺經姑置楚包茅，新筆恭書《蠱》上爻。利盡島溟珠象郡，道湮周魯鳳麟郊。看雲①暮影齊巾角，滴露②

春聲落枕凹。自判優悠不堪事，鷦鷯添室翠分巢。

槿籬莎徑入林堂，春作無牽午漏長。音歇野鶯新緑淺，影浮潭鯽小紅香。誰家數應中和節，十畝寒輕二月霜。忍貰緼袍償酒債，時人將謂獨醒狂。

①原注：「杖名。」

②原注：「酒名。」

乙丑秋書

腰痛非干米，眵昏漸廢書。静知天運密，老與堠程疏。緑吉黄甘外，紅鮮白小初。兒歸共貧樂，容易歲云除。

西厦時洪武丙寅沿海築城

牀頭鴟卧久空金，壁上蝸行尚有琴。孺子成名狂阮籍，霸才無主老陳琳。虹霓氣冠登萊市，蝙蝠群飛顧陸林。環海煙沙翻萬臿，連村霜月抱孤衾。

丁卯冬季即事

庭樹禽翻鷄唱初，缻筒錢罄老饕厨。冰壺不忝元脩菜，箬葉何慚丙穴魚。一綫漫長迷五色，寸陰真足助三餘。暖隨水霧先春發，寒併冰山與歲除。

攣跛中雜興二首

經時蘿磴絶攀躋，注目傷懷夕照西。古道千金求駿骨，世情壺酒賽豚蹄。黄沙白水光相亂，青壁丹厓秀宛齊。果熟望中風自落，固應鄉幼迓扶藜。

風物疏清塵事稠，才難殊嘆古時流。草《玄》不效龍蛇日，摻鼓空催雀鼠秋。病有過家期已晚，官無搶地拜應休。星軺度驛嵐州使，喜説儒衣仗節遊①。

① 原注：「後承林準叔平枉問。」

寄桃浦諸故知即事五首

素癡得名侯君房，自享大案焦征羌。莫嫌衛旌不舉箸，口簡授使多嚴光。世間堪鄙是何物，糞上之英禪中虱。後園石壁倚秋林，醉有髫孫旁執筆。

山牀折足琴暗徽，種菊不種西山薇。願從漢士碑有道，夢逢秦鬼歌《無衣》。閑園不入煙火境，巨浸盡漂桃上梗。老伴惟餘卧隴雲，抱晦含光體常静。

有章擲還太尉閣，有版不受丞相垣。南朝天子許謝病，竊長木石儀鸞園。平生氣節詩千首，才非元亞①甘劉後②。素聞魯廟鑄金人，晚學程門坐泥偶。雙平原裏③庶全歸，他日壙銘辭大手。

① 原注：「元遺山。」

② 原注：「劉静脩。」

③ 原注：「新得原名。」

貴不難得富可嗟，二事亦到園丁家。雷王藥吏錦襠袴，野藤絡樹金銀花。園丁横笻坐梧下，竊愧長年釋耕者。身膏草野身土苴，語孫耰鋤莫輕把。

東坡楚頌存虚名，止烏作亭①殊有情。枇杷换葉何青青，雪中開花來遠馨。多仁多核知爾少，柏樹根添鄭玄草。慧海禪師識侯景，華容女兒哭劉表。如何太白謫仙人，竟坐夜郎唐絶徼。裁詩寄與多才郎，塵間寵辱要相忘。霸橋吟興驢背上，月盎冰壺齏味長。

① 原注：「烏涇新作。」

此原吉戊辰歲即事寫懷寄故知之作，蓋絶筆也。詩稱我太祖高皇帝尚曰「南朝天子」，又曰「夢逢秦鬼歌《無衣》」，真所謂倔强猶昔耶。此後詩不復以紀年爲次。

宫中行樂詞六首

羽獵罷長楊，宸遊入未央。鸞開雙畫扇，鶴舞百霓裳。玉盞瓊花露，金盤紫蔗霜。長門誰閉月，流影在倉琅。

望幸影娥池，微吟紈扇詞。露盤迎月早，宫漏出花遲。珮雜鑾和響，雲連雉尾移。君王肯時顧，從愛趙昭儀。

明月窺彤管，雙星直罽軿。宴分王母樂，詔授薛濤箋。穀雨親蠶近，花朝拾翠連。魚龍曼衍戲，次進玉階前。

積翠澄波闊，披香暖殿開。天低烽火樹，日動蔓金苔。獺髓勻猶濕，羊車過不回。剩陳列女史，萬一漢王來。

芍藥爲離草，鴛鴦是匹禽。君無神女夢，妾有楚王心。日短黄金屋，宵長緑綺琴。相將戒霜露，拜月繡簾陰。

金鑰魚司夜，瑶箏雁列春。後庭通綺閣，清路接芳塵。同備三千數，誰辭第一人。君王壽萬歲，行樂此時均。

塞上曲五首

木葉滿關河，轅門肅珮珂。將軍提劍舞，烈士擊壺歌。月黑輝銅獸，風高嘯紫駝。不堪城上角，五夜《落梅》多。

將令傳中閫，交歡浹兩軍。地形龍虎踞，陣伍鳥蛇分。清野輝燕日，黄河瀉岱雲。生靈如有賴，絳灌不無文。

月照小長安，風生大將壇。虎皮開玉帳，牛耳割銅盤。霸氣寒逾肅，軍聲夜不歡。皇天眷西顧，慎取一泥丸。

犛革帶鈎膺，聯鑣獵楚陵。白肥霜後兔，青没海東鷹。千里榛蕪闢，三年稆穀登。中郎示閑暇，呼酒出房烝。

諸夏皇威立，三邊虜氣衰。角弓分虎圈，乳酒下龍墀。蜂午歊氛遠，鼂更窟宅移。輿圖欲盡入，中道勿頒師。

古從軍行七首

少年快恩仇，辭家建邊勛。手中弄銑鋧，目空萬馬群。轉壁入不毛，水咽山留雲。槽還親撫哭，悔識李將軍。

義結豪俠場，日趨燕趙風。攻城數掠地，帝賚主將功。玉帶十球馬，金鏑雙解弓。弓馬分賜誰，赤脈千綠瞳。

大旗蕭蕭寒，長槊列萬夫。令下簸邏鳴，鐵騎分四驅。塵黄日黑慘，相視人色無。鋒交血濺野，首將方援枹。

白月流銀河，三五星芒寒。牛馬卧草上，帳幕羅雲端。錞鼓春容鳴，衆饗獨鮮歡。群虜在吾目，九地攢吾肝。

彼虜或有人，我師豈無名。上計貴伐謀，掩襲非示征。草塞狼反顧，一水西流聲。寇恂斬皇甫，餘子烏足程。郤縠敦詩書，祭遵事雅歌。非才衒空名，覆敗誠不多。小范真吾師，匹馬雙導戈。笑擁兵十萬，夜下白鹿坡。大鈞播萬物，無言自功成。酈生掉寸舌，不智遭鼎烹。非熊爲王師，飯牛慚客卿。轅門鼓角動，整駕河漢橫。

龐公攜家圖引爲張橘隱題

鴻鵠巢高林，黿鼉穴深淵。所以龐德公，躬耕峴山田。當時劉表儕雄材，萬金足置燕王臺。臺成禽荒鴆毒甘，醉韝臂錦呼鷹來。鷹饑受呼飽則去，非熊之倫孰得馭。諸兒豚犬遺以危，況復蒼生天下慮。蘇嶺石鹿雙聳然，霞日絢爛芝莖鮮。囊衣裹粻車連連，白騾青特參後先。舉家相携入長煙，竟託採藥終天年，至今事跡有在心無傳。嗚呼！孔明不遇大耳主，亦必老向隆中眠。

僧蓮松檜圖歌書遂昌山人鄭明德序後

蓮公畫稱東吴精，草蔓花房未嘗寫。森張意象亭毒表，輒有神人助揮灑。常州貌得劍井松，劍氣瞞温相鬱葱。膏流節離禍幸免，至今顔色青於銅。孔廟之檜尤硉矹，地媪所守龍所窟。欒柯落陰根走石，疑是忠臣舊埋骨。松兮檜兮豈偶然，陵霜轢雪兵燹年。箭痕刀瘢盡皸裂，用命欲拄將崩天。王姚①憑城親被堅，身殲城破百代傳。無人上請配張許，日夜二物風雷纏。鄭君古君子，此文此畫良有以。我題短章非闘靡，用弔忠魂附遺史。吁嗟烈士長已矣。

① 原注：「王安節、姚訔。」

韓醴泉先輩余麯車道士邀遊東歡橋釣磯巖壁既赴鄭糟臺宴衆謂予同有高世志屬賦進酒歌遂走筆

我志千載前，而生千載後。間勞濟勝具，或寓醉鄉酒。東郊秀壁參錯明，蝃蝀下飲波神驚。看雲衣上落照赤，放棹却赴糟臺盟。糟臺筵開戛秦筑，霜寒入簾吹絳燭。沉香刳槽壓蔗露，風過細浪生紋縠。水晶碗，蒼玉船，載酬載酢陶自然。鼻頭火出逐獐未必樂，髀裏肉消騎馬良可憐。五侯七貴真糞土，蜀麯麩仉如飄煙。聞鷄懶舞飯牛耻，中清中濁方聖賢。豈不聞縣譙更闌漏遲滴，又不見天漢星疏月孤白，幾家門鎖瓦松青，僅留校書墳上石。墳上石，終若何，醴泉麯車更進雙叵羅。

小匕首歌

水晶生苗月牙直，彗芒披雲電流隙。蟄蛇斷尾短草間，海鶻褪翎霜雪色。宋斤魯削讓峭刻，金錯錐刀豈其敵。吴鴻扈稽飛著體，不曾爲主開邊鄙。嗟兹神物久泥滓，用之可以報國士。簷冰卓筋日黯空，稍玩股掌生雄風。鮫魚室卧縞帶影，長鈹辟易萬雉墉。古昔客揕秦王胸，幾僕翠鳳咸陽宮。由來意氣泰山重，命甘燎毛不旋踵。誰隳古制鑄小之，佩稱衣冠加珌琫。我歌三嘆淚滿裾，曹縛豫聶無時無。

奉謝楊山居宣慰寄遺繭紙

明公枉珍遺，開緘霜雪色。自非玉女春，必假天孫織。剡藤失浮薄，海苔無光澤。元是秘府藏，親向御手得。秋風柿葉館，筆研久荒寂。飛來一朵雲，列第厭金碧。如何上所賜，波及滄浪客。焚香再封裹，還坐翻太息。盗發唐昭陵，無復晉墨迹。顧兹抱貞素，恬閲世代易。尚憐先代時，龍翰溢邦國。蠶繅盡輸徵，鶉結曾不惕。吾元本恭儉，世祖膺聖德。羊轉代白麻，遂爾混區域。侈用幾何年，離亂亦以極。明星爛河嶽，鷄叫扶桑白。當寫大寶箴，直上玉階側。詎敢輕點涴，令人却湔滌。

合肥束遂庵學正畫君山酹月圖長歌奉謝

憶携蓉城霞①，醉賞君山雪。興酣俯厓面，三酹大江月。靈奇秘怪不可説，回首十年塵土熱。束卿想像作此圖，如見當時眼爲豁。是山傑立氣皓鮮，四八賓從咸華顛②。銀濤絲縈料角③海，玉臺鏡露峨眉煙。楂牙亂樹拔虎窟，撇捩小艇吞龍淵。樵子罷斧僧罷磬，木瓢一個滄茫前。君不見江山□與天地闢，有月無人景虚擲。崑岷東來幾萬里，衣冠雲散三千客。三千客後世屢易，曉事僅有羅春伯④。鼉趺榴翳鬼照火，鰲背蒼涼獸交迹。君不見采石紫綺裘，赤壁洞簫歌。樂者信曠達，齷齪將如何？歲云暮矣雙鬢皤，夢恍茅屋牽青蘿。廣寒白兔下相杵，貝闕鮫女趨鳴梭。卿聞大叫當就隱，指日莫問魯陽戈。

①原注：「吾鄉酒名。」

②原注：「吾鄉有三十三山，君山爲之主。」

③原注：「地名，在通州。」

④原注：「事見郡志。」

浦東女

浦東巨室多豪奢，浦東編户長咨嗟。丁男殉俗各出贅，紅女不暇親桑麻。鵓鳩呼雨楝花紫，大麥飲香勝小米。一方青布齊裹頭，赤脚踏車争捲水。水低岸高力易歇，及水上田愁漏缺。穀種看如瓜子金，野鴉不銜田鼠竊。黄草衣薄風披披，日色照面蒼煙姿。南鄰北伴更貧苦，糠紇糜粉隨朝齏。阿孁送茶相向語，巨室新爲州府主。妻拜夫人婢亦榮，繡幰朱輪照鄉土。羊牛下來鷄欲棲，汪汪淚眼數行啼。女自身長苦非一，歸路白楊斑竹西。

趙氏雙珠辭

遊鯉山石高孱顔，遊鯉溪水清洄灣。中有峨峨青結鬟，望如春雲不可攀。壬辰仲冬寇蜂起，乳臭將軍先披靡，民人顛連社稷圮。我固當爲貞白鬼，後來①小妹復被驅，亦葬魚腹全其軀。山高水清幾千載，虹月夜貫雙驪珠。夜深鮫宫屏機杼，風吹草寒髑髏語。何由生長江沱間，及見王睢鼓衣羽。願回堯天行化日，女子有家男有室，地下甘心燈似漆。

①原注：「謂乙未年。」

三貞篇寄納麟哈剌參政幕下僚友

梧西女陳氏，顏色絶勝玉。阿耶燈窗下，古傳常暗讀。義須嫁官人，麻枲心所足。兵麾忽東指，烽火蔓平陸。魚鱉遭顛連，雞狗同迫逐。猰貐哆其口，反噬機上肉。母子泣相誓，寧死不汝辱。春輝黯門楣，寒日照鬼録。皇天實鑒臨，家廟爲慘肅①。髽婦②亦在難，自判受命獨。臂血濺賊衽，賊嘆爲斂縮。差差白刃間，偉節驚耳目。荒野雲雪暮，緬想會深竹。水流風悲鳴，星迸萬羽鏃。回首陷没地，何限委溝瀆。大參行當來，恤典具簡櫝。前湖百世祀③，明妝儼車服。從以雙素鸞，配享疇敢黷。孤蓬任漂轉，餘齒寄草木。倡兹三貞篇，庶用矯浮俗。

①原注：「陳氏母曾『曾』原誤作『曹』，今據《梧溪集》知不足齋本卷三改，宋直講確之七世孫女。」

②原注：「惠婦吴，俱里人。」

③原注：「謂五代時烈女何氏。」

夜過蒼墩江隱居

白茅蕭蕭風色昏，歸人自語煙際村。我騎蹇驢童抱尊，記得君家忘却門。徑穿竹入背江路，傍是梁朝敬宗墓。月中對鶴吹洞簫，露水琤然落高樹。

題趙善長爲李原復所畫山水

日光青寒殺氣白，山童林髡水縮脈。城春墮指拺送餒，莽蒼坤輿大宵宅。齊東趙原吴下客，辭榮養母韓康伯。酒狂忽憶雍熙時，畫法荆關海岳窄。魁峰傑嶺大將顔，秀厓峭壁仙卿班。雲嵐滃勃嵩華表，石棧犖確崤函間。翬飛樓閣深翠隱，獸群遠跡人煙近。一瀑天垂雪練紳，萬松花落黄金粉。森蘿翳槲杳莫盡，若聞行歌採芝菌。旁觀衆攫攘，妙灑獨心苦。神工精會合，鬼物毛竦竪。烓爨扁舟露沙溆，磨輪新坊俯場圃。雌伏鷄窠懸在梁，磬折田翁飼其牯。土膏不假酥雨潤，簾脚似逐東風順。貢聯包匭旅裹糧，驢驅馬馱力角奮。怛然閣筆淚滿腮，龍虎虚卧灤陽臺。累朝德澤百年運，短褐老去江南哀。我詩題罷春潑眼，又見他鄉鴻雁回。

嘆病駝

狂夫東遊乘白騾，道路適遇病橐駝。紫毛無復好容色，肉鞍尚聳雙坡陀。南人從來不夢此，私怪目擊臨干戈。泉渠元自控蕃落，天苑畢竟連銀河。吴郊楚甸水草淺，任重却欲千斤過。青袍朝士爲起立，茜帽番僧時撫摩。熱風吹塵鼻出火，積雨成潦瘡生窠。牛虻狗虱苦嘬血，末由驅除知奈何。頻年出師數百萬，熊羆獅豹相奔波。豈期獨後死溝壑，餘光所及良已多。老奚首帕短褲靴，手持鞭策涕泗沱。憶昔灤京避暑日，氣骨磊嵬從鑾和。沉沉金甕夾牐馬，裊裊錦帶懸靈鼉。眼勞輦下藉芻刷，屈迹澤畔甘蹉跎。疇能推廣愛烏義，没齒仰飼公田禾。

題留侯小像

漢高三尺劍，子房三寸舌。剛柔兩相濟，秦降楚隨滅。君不見乾坤狡兔飛鳥秋，脱使子房無世仇，箕棲潁飲死即休。

史騾兒有引

騾，燕人，善琵琶。至治間，蒙上愛幸。上使酒，縱威福，無敢諫者。一日，御紫檀殿飲，命騾絃而歌之，騾以《殿前歡》曲應制，有「酒神仙」之句，怒叱左右殺之。後問騾，不在，悔曰：「騾以酒諷我也。」前和州同知李澄言於逢，欲傳其事，逢爲賦一解。澄字仲深，開州人，翰林承旨，惟中先生從子也。

虎帖耳，豹俯首，青天白日雷電走。尚食黄羊光禄酒，史騾曲曲春風手。蕭王馬蹴滹沱冰，亞父玉碎鴻門鬭。鳳凰鎩翮蚌珠剖，趙女捨瑟，秦蛾罷缶。飲中八仙方下來，御溝濺赤花飛柳。君不見龍生逆鱗海嶽寒，嗚呼史騄乃敢干。和州孤臣説舊語，梨園弟子更新譜。

醉贈相子先有引

子先名禮，素精弈。比學黄大癡畫，輒逼真。近登鳳山，睹予舊所題名，因作圖見寄。既解后旅次，乃飲之酒，贈之歌云。

老生不能臣諸侯，却來題名鳳山頭。霜晴木脱壁峭立，鴉兒大字淋漓秋。於時陳邵隱余薛，遥睇中原心耳熱。兩人既仕李河南，雁斷鵑啼榮夢歇。迎承奕相遊兹山，三復舊記松蘿間。野僧有待碧紗護，畫圖已自傳人寰。君本家西河，鍾秀西湖曲。龍城倚高寒，雁蕩濯深渌。華亭道阻泛雪船，乘鰓鱸買梅花前。青衣童保進斗酒，解后意氣凌吴天。好將金城圖略上天子，回首共訪巴園仙。

三月十二屬予初度時客舍承朱僉樞攜僚佐見過

我生三月之仲丁，長庚輔日當奎星。命居旄頭身驛馬，薄有抱負多飄零。鸊鵜嘗貰金陵酒，蛟龍幸護錢塘鞆①。魯連海上隱行歌，吴王臺前辭下走。清齋庚杲廿七種，短疏劉蕡四三首。才名從知造物惡，心臟空夢神人剖②。兹辰客舍風雨俱，湯餅尚少囊中蚨。正冠試誦《蓼莪》什，衝泥適來櫻筍厨。帳士彈箏玉連瑣，廬兒執爨貂襜褕。落花簌簌香掃途，闔座氣作思馳驅。箕不以簸斗不斞，仰面大笑真吾徒。

① 原注：「乙酉十二月，予護母櫬泊錢塘，鄰舟多爲風潮作覆。」

② 原注：「乙亥科舉罷，或勸予學律，因感異夢，見心藏皆五色，遂止。」

朱家奴阮辭

淮陰三月花開枳，使君死作殊方鬼。眼看骨肉不敢收，奉虜稱奴聽頤指。經遼涉海三歲久，以蝗爲粻麥爲酒。纍骸咬骨何足論，親見徐山墮天狗。今年始得間道歸，城郭良是人民非。主家日給太倉粟，殘生猶著使君衣。攬衣拭淚使君室，凉月蕭蕭風瑟瑟。回頭還語玉雪孤，勿辭貧賤善保軀。瞻屋未辨雄雌烏。

曹雲西山水

世治多福人，時危多貴人。貴人乃鬼樸，福人真天民。緬憶曹雲西，生死太平辰。高秋下孤鶴，想見英風神。菀菀露櫸間，幽幽水石濱。槳打甫里船，角墊林宗巾。往訪趙松雪，滿載九峰春①。斯圖作何年，援筆爲嘅呻。池廢餘野鴇，井渫摇青蘋。

① 原注：「酒名。」

常州分省席上二首

玉帳虎文茵，弓旌左右陳。鸞刀飛臠炙，龍勺灩浮春。舞困珠瓔脱，歌深翠黛顰。心存大臣體，授簡屬嘉賓。

兵戈時事改，貧賤道心同。泥飲悲長夜，高歌憶《大風》。龍銜劍花白，鳳繞燭蓮紅。猶得斯須間，賓僚語即戎。

夜宴葉氏莊曉登悠然樓作

百尺飛樓俯碧湍，六峰秀色繞闌干。杏花落盡東風惡，燕子歸來社雨寒。夢裏香煙生綉幌，酒醒紅蠟膩銅盤。一春樂意朝來好，千里家書席上看。

題焦白圻畫其父奉禮府君夜直詩意圖

露濕金莖月轉西，披香太液浄無泥。梨雲散盡千官影，獨見桐花小鳳栖。

和戍婦陳聞雁有感四首

浪喜燈花落又生，夜寒頻放剪刀聲。遊鴻不寄征夫信，顧影娉婷無限情。

右詩題於華亭戍壁，張泆宗魯曰：「陳，錢塘儒家女。夫本縣曹吏，因兵亂隸軍籍，久在外。或勸其往富室爲女紅，固不肯。未幾，夫挈歸里。」原魯及謝嘉維則俱和其詩。

鸝雌見月可憐生，月落江昏過雁聲。不特題詩想夫婿，漢家多少玉關情。

介胄多年蟣虱生，客窗今夜落邊聲。螭頭釵子鴛鴦股，獨自挑燈萬里情。

兩地何知死與生，雁來愁聽月邊聲。多應萬里孤飛影，祗抵長門一片情。

江南江北荻花生，妾處君邊第一聲。何似春風湖上宅，銀箏玉柱白頭情。

送于子實辟淮閫掾

淮海風高急鼓鼙，潁州烽火照淮西。糇糧幾道通流馬，樓櫓重城望火雞。星入夜寒芒角動，地連秋暝瘴氛低。君今掉鞅元戎幕，肯慰流亡父老啼。

寄題瑣憲臣萬户星湖釣隱圖

笳鼓歸來理釣絲，星連文石漾淪漪。征袍漸喜團花暗，小艇還從細柳維。邊地雪霜憐馬革，五湖煙雨夢鴟夷。野人不待傳雙鯉，出釣珊瑚寄一枝。

送葛玄素住持普福宫

海虞山色秀屏開，紫氣丹光湧玉臺。父老舊瞻雙鳳下，神仙今跨五羊來。緑林烽火沉虚壁，蔓草春風轉上臺。聞有子規棲未穩，長松宜傍井邊栽。

簡林叔大都事

省闥無事日盤桓，猶是中朝供奉官。半臂縹綾披月下，三神珠闕望雲端。莊蘺草變鯨波落，苜蓿花開雁塞寒。因話朔南聲教在，一回相對客懷寬。

簡張光弼員外

瘦馬羸童退食遲，倒衣相見即相知。風流不減張京兆，心迹無慚柳士師。枕上燕鶯鳴曙日，道旁花絮罥遊絲。天機人事觀都遍，笑約西山剩采芝。

和沈掾中秋月

月入高天更漏遲，天香消盡桂花枝。金晶氣爽飄風露，銀漢波翻動鼓旗①。蟋蟀滿林羅袖濕，駱駝千帳笛聲悲。柴門此夜光如練，喜與休文一詠詩。

① 原注：「二星名。」

簡任伯温檢校二首

旌旗交影鳳池邊，退食微聞午漏傳。猶比至元無事日，印文銅緑長苔錢。

官厨日送蒲萄酒，晝省春看芍藥闌。不忘舊爲丞相掾，手圖天馬獻金鑾。

澱湖舟中懷謝府倅履庵

月破山河影，天垂霧露陰。西風寒不競，東井夜空臨。獨棹滄波闊，疏燈落木深。無官恤民隱，思爾細論心。

近故二首

近故儒林老，於予起嘆嗟。清秋書柿葉，落日賦桃花。碑碣留吴滿，雲山向越賒。多情楚宫月，來照未栖鴉。

近故維揚老，威儀本漢官。才高《三禮賦》，心折一泥丸。露氣金盤濕，簫聲碧落寒。空餘茂苑樹，鵑血幾時乾。

成廷珪寓於維揚，卒於至正末年。此二詩爲成而作。

鄰飲

蠟炬繞紅鸞，盆花玉露溥。無家憎月色，多難薄春寒。毛穎時旌鬼，黄金少鑄官。西鄰濁酒熱，得罄一回歡。

寄偰正字

君遷正字職，秩視校書郎。太乙藜分焰，銅仙露湛光。鵷班清漏裏，鶴駕霱雲傍。署轉宫花密，溝迂御柳長。芸窗填竹素，蓬觀啓銀鐺。魚豕知訛舛，鉛黄屬訂詳。聖王經貫道，家世桂名訪。一氣根幽朔，群英萃豫章。比蒙青眼待，益見白眉良。傳癖稱元凱，文宗得子昂。冠將峨獬豸，豺已避康莊。大器遭斯運，凡材信彼蒼。哭親嵐瘴邑，懷友月蘿房。病謝臺臣薦，書煩驛使將。暖餘牛背日，寒遠馬蹄霜。野褐方山帽，畦蔬德操桑。策陳憐賈誼，裾曳耻鄒陽。任性何孤僻，傷時或慨慷。圜丘虚墠壝，太廟攝烝嘗。珥筆誰丹扆，紆金盡玉堂。海涵恩靡極，衮補責宜償。十樣箋霞粲，雙壺酒雪香。珠璣新傑作，龍虎古雄疆。好約重觴詠，秦淮夜對牀。

簡夏嘉定

百里繞吴煙，重過喜地偏。深城遲閉户，細港倒回船。莫汐蟶開甲，秋原木放綿。民風返淳厚，正賴使君賢。

扁舟

扁舟何所好，日夜不相離。風雨情難測，山河影暗移。采蘋遊女慣，載鶴去官宜。一任無依著，黄頭莫漫維。

贈窮獨叟

窮陰結長寒，木介河生凘。曠野獨獸號，異鄉孤臣悲。薜衣帶胡繩，三年限朝儀。豈徒無炊火，顧有麻靳齊。身幸免污辱，言之淚交頤。脱急藉朱家，吊古懷要離。溯風酒三酹，老氣吞眣夷。誓刳梟獍肉，用塞烏鳥饑。漢酬張良志，吴乞伍員師。行歌《獨禄》篇，以繼《從軍》詩。

雜題三首

洄塘昨夜緑波增，偶策交州鬼面藤。一雨百花香洗盡，流春矼上立魚鷹。

紫桐生乳竹含胎，草細花幽石徑回。獨自去來人不覺，茶煙風揚過池臺。

几杖琴尊共一丘，燕歸巢近午香篝。遊絲不掛山人眼，直趁東風入别樓。

秋詞

香散天街静玉珂，露臺風殿夜如何。星從河漢澮中落，秋在梧桐疏處多。鸞影不曾離寶鑒，蛛絲先已綴金梭。君王繭館詢遺事，却擬鑾車共載過。

寄完哲清卿參政其婿某近卒

大參久别況何如，蕚緑花開雁又過。賣劍買牛時可得，據鞍上馬老無多。魚隨春信登先豆，鷙匿寒形在舊羅。孰料周郎美甥館，一牀鴛繡拆孀娥。

江邊竹枝詞七首

遊鯉客山高刺雲，天門山小舊稱君。插江鵝鼻移沙脈，愁殺浪撞黄歇墳。

亂石呀聲大小灣，石中無玉作連環。楚江風浪吴煙雨，翠鎖修眉八字山。

南北兩江朝暮潮，郎心不動妾心摇。馬沙少個天燈塔，暗雨烏風看作標。

北望大江南望城，席帽馬鞍①屏障横。儂是小山漁泊户，水口風門過一生。

石筏横津蛟莫窺，近山張弩或眠旗。儂作神衫與神女，祈水祈風郎不知。

巫子驚湍天下聞，商人望拜小龍君。茹藘草染榴紅紙，好剪凌波十幅裙。

潮落蟆山連狗沙，黄泥鞋浦趁江斜。阿儂十指年嬌小，曾比個中春荻芽。

① 原注：「並山名。」

附見　王掖二首

掖，原吉之長子。洪武初，通事司令，轉翰林博士，兼文華經筵事，卒於官。攝，掖之弟也。

馬頭曲

鑾刀刲燔羊，官甕瀉犅馬。更衣蘭房中，吊影銀燈下。
王門激楚曲，相府西凉調。愁中换宫商，郎毋看妾笑。

附見　王攝一首

馬頭曲

蜥蜴飼丹砂，鴛鴦置金鎖。東風獨何情，楊花起還墮。

列朝詩集前編第五

九靈山人戴良一百四十三首

良字叔能，浦江人。少學文於柳待制貫、黄侍講溍，學詩於余忠宣闕，皆得其師承。至正辛丑，以薦授淮南、江北等處行中書省儒學提舉，而浙東已入職方矣，乃避地吴中。久之，張氏將亡，挈家泛東海，渡黑水，趦登、萊，求間行歸擴廓軍，不得達，僑寓昌樂數載，訪求齊、魯間豪傑，奮欲有爲，而卒無所遇。洪武六年，天下大定，始南還，變姓名，隱四明山海間。太祖遣使物色求之。十五年，召至京師，試文詞若干篇，留會同館，命大官給膳。欲官之，以老病固辭，忤旨待罪。次年四月，卒於寓舍，蓋自裁也。世居金華九靈山下，有《九靈山人集》三十卷。良自元亡後，不忍忘故君舊國，酒酣賦詩，擊節歌詠，聞者壯而悲之。其自贊曰：「處榮辱而不二，齊出處於一致。歌《黍離》《麥秀》之詩，詠剩水殘山之句，則於二子庶幾無愧。」蘇伯衡贊其畫像曰：「其跋涉道塗也，類子房之報韓；其徬徨山澤也，猶正則之自放。」於乎！三百年而下，猶可以想見其人也。

詠懷三首　以下《山居藁》。

結廬在西市，藝藿仍種葵。謂將究安宅，何意逢亂離。三年去復還，鄰室無一遺。所見但空巷，垣墻亦盡頹。久行得荒徑，披拂認門基。我屋雖僅存，藿悴葵亦衰。本自住山澤，此悔將何追。

庭前兩奇樹，常有好容色。年年遇雪霜，誰謂寒可易。大道久已喪，末路多涼德。狐裘已適體，誰念寒途客。古有延陵子，使還過徐國。徐君骨已朽，信義逾感激。解劍掛高樹，至寶非所惜。此士難再逢，四顧吾何適。

少小秉微尚，遊心在《六經》。苒苒歲年遲，乃與塵事冥。入秋多佳日，何以陶我情？園蔬青可摘，新穀亦既升。命室釀美酒，一壺聊復傾。兒女在我側，親戚還合併。終觴無雜言，但説歲功成。至樂固如此，是外徒營營。

和沈休文雙溪八詠

登臺望秋月，秋月光陸離。晦映西南樓，徘徊東北墀。凝華奪班扇，流輝鑒阮帷。三五暈尚圓，二八形已虧。爰有蓬鬢人，長懷桂殿思。遼城記吟詠，西園憶追隨。願以薄暮景，承君清夜暉。

會圃臨春風，春風弄新陽。驅煙入間户，捲霧出虚堂。響谷鳥將韻，穿林花度香。透迤動中閨，駘蕩經洞房。逐舞輕靡袖，傳歌低繞梁。所悲金玉軀，遂爍佳麗場。時拂孤鸞鏡，星鬢視飄揚。

秋至愍衰草，衰草遍平陸。方晨露染黄，入夜風銷緑。别葉有歸聲，故蕊無留馥。勁莖坐自摧，寒叢竦如束。彼物既如斯，我年寧不促。已失早生榮，敢冀晚凋福。何當即去兹，縱浪從所欲。

寒來悲落桐，桐生在長林。輪囷龍門側，憔悴嶧山岑。積葉既阿那，攢條復蕭森。排雲正孤立，乘風忽哀吟。朽壞方有託，急霰非所任。不求削成圭，何待裁作琴。菲薄既非材，固無斤斧侵。

夕行聞夜鶴，鶴鳴向天池。奇聲傳月迥，清思逐風悲。寥寥度霄漢，嗷嗷傷别離。華亭侶既失，衛軒寵亦衰。衛軒非我顧，華亭尚余思。蟋蟀悟寒候，商羊識陰期。不有慕類心，此情那得知。

晨征聽曉鴻，鴻飛何處所。隨陽弱水岸，違寒長沙渚。冥冥憶霜群，邕邕叫雲侶。固將聯匹儔，豈惟念羈旅。視夜已昭晰，度聲尚凄楚。以之頻感觸，將何慰艱阻。帛書望不來，誰知我心苦。

解珮去朝市，朝市路已迷。敢冀恩私被，但嫌朋好暌。彼讒起青蠅，我行玷白圭。寸心幸能亮，微命不終乖。及今去青鎖，何日瞻泰階。荒服固云忝，是道諒亦迷。安得同志士，三嘆寫余懷。

被褐守山東，山東古於越。州城冒陘峴，嵐氣屢興没。剖竹曰有行，思君不能發。指途期闌暑，下車已凉月。汲黯薄淮陽，子牟戀魏闕。豈伊念川途，固亦悲朝列。日月儻垂照，猶堪慰寂蔑。

築新居

挈杖去中林，卜宅江之邊。江邊多故廬，改築架斯椽。左右皆廢墟，南北盡頹垣。昔人固不留，遺迹尚依然。因之悟物理，盛衰恒遞遷。世既異市朝，海亦變桑田。古來皆有是，念此一長嘆。何以慰我懷，斗酒傾前軒。百世非所知，聊且樂當年。

還舊居

自我遠行遊，故廬今始歸。如何廿載間，舊事都已非。曳杖過比鄰，相呼尋故知。不見垂白翁，但見初長兒。我園既稍葺，我田亦就治。種秫釀美酒，拾薪煮豆糜。一笑集親朋，相從説睽離。以之感疇昔，俯仰多所悲。人生一世中，所憂渴與饑。力耕給其用，此外更何思。便當息吾駕，皓其以爲期。

憶胡仲申

點點階上苔，鮮鮮爲誰碧。已别舊年人，空餘舊年色。我行東齋外，對之還爾惜。所思雖久違，猶有往來迹。

歲暮遲宋潛溪

忽忽歲欲暮，駸駸春已迫。出門尚誰思，悲歌遲來客。客昔與我期，近在旦與夕。如何事多迕，月滿且復魄。悲風一夜起，落葉滿長陌。女蘿雖有託，近亦辭松柏。萬物會歸盡，人豈無終極。而我與夫子，况皆年半百。前途詎難知，玄髮早已白。若不數相過，蹉跎深足惜。

寄許存仁

一鳥方北來，一鳥却東飛。夫豈巧爲避，羽短風迫之。方春遊郡城，子有越上期。及今會吾里，而我復差池。常時隔遠道，睽乖固其宜。豈意兩相接，反更事多違。畏塵念彈冠，懼垢願浣衣。士有交臂失，如何弗予思。

楊本初見訪别後却寄

有客越中來，衣帶越溪雨。既來還遽辭，耿耿不得語。譬如東軒月，偶此成賓主。浮雲一與期，清光無定所。出門復入門，悵望夜將午。幾向雨來時，念子溪之滸。事違人已衰，别多心更苦。朝來數鬢絲，近復添幾縷？

答李寧之

涸鱗思赴海，倦翮念歸山。如何遠遊客，歲久不知還。世塗方擾擾，豺虎尚爲患。久嫌軍務勞，翻羡爲客閑。夜雨滴愁夢，晨風颯頹年。丈夫雖耿介，亦或多苦顔。而我承結鄰，獨喜相追攀。未堅金石交，已枉瑶華篇。時時感嘉貺，相視兩凄酸。豈不欲爲答，情深諒難宣。

丁酉除夕效陶體

亹亹冬春易，悠悠時運傾。一歲秪今宵，胡能不心驚。我觀寰宇内，誰非愛其生。其生竟幾何，倏忽已頹齡。長風向夕起，寒雪没前庭。緑竹且就壓，衆草豈復青。萬事盡如是，何須動中情。兒女方在側，尊酒亦既盈。今我不爲樂，後此欲何成。笑歌東軒下，且遂陶性靈。

陪鍾伯紀遊溪南山

一春苦昏墊，今晨收宿霏。因憶謝公語，出遊娱清輝。溪流深可厲，草露泫未晞。林木相映蔚，時禽遞鳴悲。佛廬已高據，鳥道方仰窺。危峰枕樓閣，細竹擁階基。窈窕趨南征，徘徊款東扉。倚闌眺懸瀑，企檻引松枝。地僻慮自淡，身閑意無違。此理誰識察，悟心惟朋知。

寄王子充

燕燕何從來，其羽已差池。飛入華堂内，意在巢君帷。君帷豈不好，傷哉非故知。引去方未能，欲留復迴疑。噭噭徒曉風，翽翽空暮闈。

送人赴廣信軍幕

慊慊促夜絃，翩翩戒晨軸。臨分將列觴，指景念出宿。羈思無定端，官程有成速。含思登迴陌，抱疢度遥陸。前峰日銜岫，後蹊風出谷。欲投近村去，惟見遠煙緑。冰溪渺森沉，玉山鬱駢矗。方遠悲路長，逾前嘆期促。邊障固優暇，邊情易翻覆。贊政諒匪難，布德在所勗。古來固疆圉，豈皆藉頗牧。

城東會飲送王天錫

陰崖斂暝霏，霜陸耀晴晛。蕭蕭落木多，綿綿衰草遍。開冬感徂物，列飲會群彦。美酯溢流霞，妍談粲餘絢。時髦非我匹，清尊豈余戀。行矣送將歸，悵焉罷歡宴。引領阻雲從，搔首嘆蓬轉。

題愛柏軒

瑟瑟涼野風，竦竦寒城木。風勁木亦然，受命一何獨。歲物已淪傷，高標誰賞録。偶荷主人恩，開軒向城曲。老枝扶户吟，密葉停窗緑。遂忘孤生悲，行享後凋福。有客政迷方，振衣時躑躅。願爲柏上枝，託蔭歸君屋。

送劉仲脩

名都鬱佳麗，公室兼弘敞。繽紛集時彦，衮衮歸世網。若人固忠勤，受命逾震蕩。藩國簡車徒，邊亭巡境壤。道途邈以敻，山川修且廣。月宵抱影息，霜晨流念往。仰看零露團，俯聽悲風響。景物勞夢思，驅馳罷心賞。去水無回波，長途有徂鞅。臨分恨莫留，搔首獨長想。

登鹿田

山北倦遊覽，山南縱攀援。苔滑豈可步，蘿弱猶足捫。力竭轉修蹊，險盡得平原。排峰作郛郭，列岫代墉垣。披拂趨蘭社，靡迤入松門。奇石既羅徑，初篁亦當軒。鹿耕事固遠，仙化迹還存。野田遺舊場，孤冢秘精魂。感往情已劇，懷來念彌敦。學道值時阻，攝生逢景奔。何能棄緣業，即此窮朝昏。

贈别祝彦明

悵望臨荒蹊，驅馳騁遐步。江紆練月初，山標彩霞莫。天長路易迷，水深舟難渡。征人去不息，倦僕立相顧。此時悲送君，安能髮不素。

白紵歌

閶廬宮中夜撾鼓，宮樹烏啼月未午。玉缸提來酒如乳，白紵衣成向君舞。美人醉起行步難，腰間珂珮聲珊珊。肯緣嬌愛減君歡，寶釵墮地不敢言。宮中門户多無數，君恩反覆日幾度。明朝重着舞時衣，心中已道不相宜。

涼州行

涼州城頭聞打鼓，涼州城北盡胡虜。羽書昨夜到西京，胡兵已犯涼州城。涼州兵氣若雲黑，百萬人家皆已没。漢軍西出笛聲哀，胡騎聞之去復來。年年此地成邊土，竟與胡人相間處。胡人有婦能漢音，漢女亦解調胡琴。調胡琴，按胡譜，夫婿從軍半生死，美人踏筵尚歌舞。君不見古來邊頭多戰傷，生男豈如生女强。

短歌行

青天上有無根日，馳光暫明還復黑。晝夜相催老却人，忽忽吾言四十七。偶看舊鏡鏡爲羞，昔髭未生今白頭。朱顔丹藥已難覓，青史功名行且休。歲歲年年待富貴，富貴不來老還至。老既至兮百事非，病妻對之怨且詈。妻年比我雖稍卑，近亦摧頹如我衰。一生仳離殆居半，此世歡娱能幾時。縱多子女知何益，北邙冢墓無人識。古往今來共如此，我亦胡爲空嘆息。人生滿百世豈多，尊中有酒且高歌。有酒不歌奈老何！

投王郡守

已落時人後，誰能説姓名。惟應馬南郡，偏重鄭康成。賓館懸牀待，公庭罷吏迎。爲居門下久，童僕亦多情。

投同僉公

授鉞幾專征，分藩復此行。身爲漢飛將，家若魯諸生。秘略三邊服，妖氛一劍横。已多門下客，持筆待功成。

對雨金達可送酒至　以下《吴遊藁》。

星纏離夜月，桂渚發朝雷。族雲起泉室，零雨下陽臺。飄檐方似霧，集地復如埃。空蒙迷野鶩，沾灑滑階苔。旅人乏愉悦，孤館獨徘徊。久缺清酤至，忽值白衣來。豈不欲爲酌，因君停玉杯。

徐叔度遺紈扇

團團七華扇，名在制久缺。感君裂紈素，與蒙却煩暍。入手訝如珪，映容疑學月。玩之炎氣消，握之微風發。却願暑長在，無使君暫歇。

次韻宿西山

旦棹東湖瀠，暝策西山麓。林光漏月清，水影漾天緑。初風革故和，窮律轉新肅。悲來攢人懷，山房不成宿。

送陳同知

楚客事晉君，已皆榮厚禄。身章襲犀象，鼎食飫粱肉。荀范作姻婭，趙魏與追逐。旦分馳道出，夜旁天居宿。故悲絶宗黨，新敬起賓僕。東洲有儒生，官路獨迷躅。青年結主知，窮老佐州牧。今爲千里行，猶未分符竹。

治圃四首

三春豐雨澤，晨興觀我畦。嘉蔬有餘滋，草盛相與齊。戮力治荒穢，指景光已西。好月因時來，歸路杳然迷。暮鳥尋舊林，晚獸遵故蹊。我亦息微勞，去去安吾栖。

長夏罕人事，齋居有餘閑。北窗多悴物，且遂灌吾園。攢根既舒達，積葉亦葱芊。瓜瓞繞畦長，新葵應節鮮。抱甕一迴視，生意盈化先。在我豈不勞，即境多所歡。悠悠千載間，樊生信爲賢。

苒苒素秋節，凄凄天宇清。挈杖視西園，俯仰傷我情。藜藿日就凋，惟見野草青。草青亦幾日，霜露早已零。萬物會有終，人生無久榮。功勳苟不建，未若託林坰。所以荷蕢翁，長歌悲磬聲。吾其理吾圃，聊以隱自名。

窮冬霜露下，谷風轉凄其。以今四運周，感兹百卉腓。披榛歸北囿，墟里故依依。桑竹餘朽株，臺榭有遺基。野老相與至，嘲諧談昔時。談罷輒引觴，陶然無所思。紛紜世中事，寒暑相盛衰。此理苟不勝，役役徒爾爲。既以適吾願，何能忽去兹。

泛石湖

束髮企名都，游宦及兹年。遂陪登瀛侶，來上泛湖船。冰光曜殘日，林影溢中天。巖穴停橈見，樓臺鼓枻看。蒼蒼斂瞑色，冪冪曳寒煙。菰蒲有餘凄，鷗鷺相與閑。窈窕趨回浦，蕩漾媚遥川。水宿怯宵清，蓬卧愛月穿。俯視潛夜魚，仰睇銜曉鳶。窘身愧浮霄，斂志慚躍淵。何當謝冠履，歲晏此盤旋。

題貞壽堂

吴門盡西垂，中有楊母堂。龍煤鋪作榜，嘉名偉煌煌。亦既榮禄養，婆娑壽而康。問胡能致之，惟貞神所相。是行一不然，萬事易乃常。不賡眉壽詩，却詠棘心章。

雨夜泊秀州城下憶僚友作

晨風變淑景，春霞啓陰期。雲根結翳翳，雨足散垂垂。鄙人獨言邁，去棹不得維。路無行輪聲，岸有荒楚滋。暮抵秀城下，夜泊河水湄。遊魚返深渚，啼鵾起重基。客途玩物理，寧不戀所思。

至杭宿錢塘驛

昨夜宿臨平，今旦入錢塘。明岑净朝氣，回浦漾晨光。隱隱吴岫出，遥遥越岸長。棱棱見攙堞，戢戢睹攢墻。堪嘆遊歌地，都非佳麗場。樓臺已闃寂，闤闠亦荒凉。平生昧陳力，末暮忝爲郎。徒然感恩義，誰復聽忠良。晚投公館宿，官燭何煒煌。自憐無補報，飲愧力中腸。

泛西湖舟中作

夙負海嶽志，緬懷西湖名。蹉跎去玄髮，邂逅徵素情。驛鞚依岸息，畫舫漾波輕。前睇蘇堤繞，旁窺葛嶺横。戀結處士祠，悲纏忠將塋。興繁賞屢失，境變魂愈驚。雉堞見新築，輦甍失舊營。空餘歌舞地，詎聞簫管聲。顧余文墨吏，遑知治亂情。人隱雖未弭，客懷聊暫清。一動群生念，咄咄何時平。

抵富陽宿縣治作

戾戾風蕩波，鱗鱗雲出崿。乘軺臨安道，指景富春郭。是節春已暮，遥途寒尚薄。升陽對人掩，傾潤灑衣落。解鞍憩危嶺，倚劍望幽壑。饑禽聲固慘，哮虎勢尤惡。既暝入公署，息念坐塵閣。俯思還浦魚，仰憶回風鶴。以之念鄉縣，臨觴不能酌。

次場口

久宦迷故都，故都在何處。驅車向鄰壤，頭白不知路。長林日夕行，曠野東西顧。方遠嘆途阻，逾近覆心懼。豈無入林翮，莫與歸飈遇。

至古城飲馮氏家

跋馬向斯里，仿佛見鄉閈。徒知故山近，終嫌歸路斷。移疾駐近郊，薄言息短翰。新知固雲集，舊交多雨散。惟君好兄弟，視我實親串。慷慨談昔遊，留連興累嘆。荒基記歌樹，棄礎憶吟館。不睹物興衰，詎知時治亂。鄙人獲良晤，是節牽薄宦。清卮阻久陪，别袂限長判。作詩寫情慮，聊用慰憂患。

望九靈山

九靈眇何許，連峰高不極。依稀接遠霧，仿像起寒色。我家是山下，别來歲頻易。屋廬閑鳥聲，冢墓遺獸迹。可望不可至，空多故鄉憶。

泛　海

仲夏發會稽，乍秋别勾章。擬杭黑水海，首渡青龍洋。南條山已斷，北界水何長。近遠浪爲國，周圍天作疆。川后偶安恬，天吴亦屏藏。蕩槳乘月疾，掛席逐風揚。零露拂蟠木，旭日耀扶桑。我行無休隙，此去何渺茫。東海蹈仲連，西溟遁伯陽。輕名冀道勝，重己企時康。孰謂情可陳，旅念坐自傷。

渡黑水洋

舟行五宵旦，黑水乃始渡。重險詎可言，忘生此其處。紫氛蒸作雲，玄浪蹙爲霧。柁底即龍躍，櫓前復鯨怒。掀然大波起，倏與危檣遇。入水訪馮夷，去此特跬步。舟子盡號泣，老篙亦悲訴。呼天天不聞，委命命何據。川后幸戢威，風伯併收馭。偶濟固云喜，既往益增懼。居常樂夷曠，蹈險憂覆墜。出處愧宿心，禍福昧前慮。皎皎乘桴訓，持用慰情素。

望大牢山

稍入東膠界，即見大牢山。峰攢侔劍戟，嶂叠類雲煙。棱棱插巨海，渺渺漾中川。波濤共突兀，天日相澄鮮。氓居接島嶼，觀宇連術阡。既館茹芝士，亦巢遁世賢。客行積昏旦，水宿倦舟船。兹山思獨往，結茅徵願言。柁師不我從，太息歸中原。

抵膠州

舟行無休期，晨夜涉風水。蹈越歷吴鄉，乘楚造齊鄙。逗浦波尚險，即陸路才砥。依稀見州郭，倉皇問官邸。土墻訝半頹，草屋驚全圮。所幸民俗淳，稍使客情喜。北來既旬月，西去尚幾里。嚴程謂已近，危途方始此。沮洳浩茫茫，菅茅復靡靡。幽燕去魂斷，伊洛望心死。日暮坐空牀，浩然念枌梓。

宿高密

長途跋且涉，征車馳復息。曉旦發東膠，落景次高密。城居不幾户，驛舍僅容膝。僕馬立空曠，徒侶話嚜黑。客情既牢落，世議復紛惑。前險雖幸過，後艱方未測。骨肉在遠道，親朋皆異域。縱云當别家，胡乃輕去國。明朝望鄉處，嗚咽淚沾臆。

過營丘

營丘古齊國，綿歷幾千春。軌路偶經從，延瞰一悲辛。郛郭盡阡陌，濠湟半煙雲。旦搖禾黍實，暮走狐兔群。陵遲世祀忽，變換民居新。廟寢想餘基，文物憶前人。在昔商政熄，於時周德聞。聖賢相濟會，文武共經綸。太公扶大業，伯夷守其仁。首陽遺節義，東海爵功勛。功勳誰獨久，節義兩同湮。物理有感觸，長嘆迴吾輪。

至昌樂

秣馬安丘邑，弭節昌樂縣。道路正搔首，郡邑忽馳箭。邯河已虎據，穆陵復豺戰。西拒擁戈矛，南出張組練。倉茫走黎庶，錯愕動纓弁。我行日已遠，我力日已倦。亭衢冀栖息，異事駭聞見。如何命不淑，所至時輒亂。既同喪家狗，亦類焚巢燕。僕御心盡灰，妻孥淚如霰。我道苟如此，安得髮不變。

次益都

我行何處所，北海乃其地。去家萬里餘，爲客九秋際。白楊夾軌路，黄茅結官第。陸嫌泥活活，水愁河瀰瀰。逐寇騎宵馳，防敵城晝閉。疲甿已星散，驚塵仍霧起。長嘯指牛山，掩泣望淄水。進退兩難圖，徘徊尚誰待。易戒觸藩羝，詩刺離罦雉。已矣可奈何，愁來但甘寐。

題劉凝之騎牛圖

日落未落西山前，誰家老翁牛背眠。短身曲局聳兩肩，山花插帽帽爲偏。左手拊牛右捉鞭，牛行不動穩若船。一童銜冷手握拳，迎風鼓勢走欲先。荒郊冪冪草纖纖，云是匡廬古道邊。匡廬山水好盤旋，此日劉公初掛冠。劉公作令天聖間，民物熙熙德化宣。世上浮榮值幾錢，白髮東歸耕石田。當時出處亦偶然，乃留遺迹後人看。長安城中足豪賢，車騎駢羅氣灼天。一朝變滅如雲煙，姓字寥寥若個傳。我觀劉公差獨賢。

題平章公所藏天馬圖

君不見余吾水中天馬出，赤鬣縞身朱兩翼。割玉爲鞍韉不得，錦衣使者捷若飛，紫繮金勒看君騎。却憶拂林初獻時，鳳城五門平旦啓。馳道行驕轡耳耳，路旁見者誰不喜。衆中牽出朝未央，揮霧流沫滿道香，毛帶恩波眩日光。龍眠老子識馬意，行過天閑重回視，白筆描成落人世。我公購之灤水濱，百金市畫冀得真，奔霄追電何足云。從今吹笛大軍起，料知一日行千里。

湖州行送人作郡

湖州歲歲修城堡，敵騎時燒城外草。城外居民如野鹿，目暌暌兮尾促促。去輸官税輸不足，半在軍中半在獄。獨留新婦餉姑前，也執吴綃供税錢。吴綃已盡歸未得，復到官家候消息。我相聞之憂爾湖，命選賢侯此剖符。賢侯若爲湖作主，便須罷却徵求苦，留得湖民障兹土。

送歸安丞

之子官何處，湖流一舸通。汀洲蘋影外，城郭水光中。夜泛苕溪月，春吟若下風。若逢陳太守，爲報各衰翁。

除夜客中

已就長途往，堪憐暮景斜。一年惟此夜，千里更誰家。戀國心空赤，憂時髮已華。此身如可乞，祇合老煙霞。

歲暮留別

五十明朝過，何從託此身。不堪垂老日，翻作負羈臣。四海無知己，長途惟見君。明朝分別處，草木爲誰春。

自定川入海

乍離東海郡，又上北溟船。紅見波中日，青窺水際天。鄉關千里隔，身世一帆懸。鄉信何從達，歸鴻落照前。

渡黑水洋

舟行滄海上，魂斷黑波前。好似星沉夜，仍逢雨至天。鯨迷川后國，龍觸估胡船。强起推篷看，惟應髮欠玄。

次大牢山下

草樹叢祠古，波濤仙掌清。鐘聲千里闊，帆影一舟横。茅屋邊山戍，泥墻傍海城。中原風景異，到此暗傷情。

至膠州

自入東膠路，鄉邦此地賒。人悲西候日，帆亂北溟霞。民俗農爲業，州城土作家。驛樓何處是，庭樹暮棲鴉。

宿高密

客路信悠悠，荒城許暫投。黄塵齊地晚，紅葉海邦秋。燈影明官驛，鐘聲度縣樓。去家今幾許，猶自夢東州。

過營丘

山川無變易，人事有消亡。堪嘆鷹揚地，都爲鹿卧場。故基穿井邑，衰草半濠隍。屬有歸歟嘆，登臨倍感傷。

寓昌樂

淮海來時路，東西幾日程。一年行萬里，數口託孤城。邯水方馳箭，崤函未罷兵。餘年已無幾，坐此欲何成。

次益都

使傳來遥甸，估車馳近坰。茅廬城外市，楊樹驛邊亭。淄水穿原緑，牛山入郡青。西遊應未遂，又復渡滄溟。

送班景道

鄉邦南北異，姓字獨先知。忽見還成別，重逢總未期。路分殘雨外，馬度夕陽時。莫動林居興，轅門新拜師。

送路理問出使太原

使君持節欲何之，好是中原酣戰時。天遠儲闈淹歲月，雲纏殺氣傍旌旗。渭川浪急舟行速，秦樹陰深馬去遲。復命東藩還幾日，風霜看取鬢成絲。

次韻遊寶華寺

失脚江湖鬢欲華，尋僧姑啜趙州茶。卓泉不復聞飛錫，説法空傳見雨花。水樂隔林迷梵唄，雲衣入户亂袈裟。同遊賴有蘭臺客，時出新詩鬭彩霞。

渡　海

結屋雲林度半生，老來翻向海中行。驚看水色連天色，厭聽風聲雜浪聲。舟子夜喧疑島近，估人曉卜驗潮平。時危歸國渾無路，敢憚波濤萬里程。

黑水洋

涉海才經五日期，深洋一望黑淋灕。波淫月夜人先見，船過雨天龍未知。險勝吕梁漂鷁處，悲同巫峽泣猿時。平生一段乘桴意，莫爲微軀到此疑。

登大牢山

海上名山誰作鄰，數峰高起自爲群。林明夜見水底日，浪動暮疑巖下雲。渺渺乾坤何處辨，迢迢齊楚此中分。那看回首東南地，烽火連年警報聞。

秋思

往事分明似夢中，敝衣破帽立西風。河流不爲愁人計，勢逐長江日夜東。

憶汪遁齋二首

四明羈客近如何，别去今才一月過。記得小齋多野思，豆花陰裏唱離歌。

一身獨向中原去，每到前途憶故知。折得柳條無寄者，小橋東畔立多時。

送陳仲宣東還

長途漠漠思凄凄，人盡東還我獨西。家在江南消息斷，煩君問訊重悲啼。

感懷六首　以下《鄞遊稿》。

黄虞去我遠，大道邈難追。悠悠觀世運，終古嘆興衰。王風哀以思，周室日陵遲。二伯方迭起，七雄更相持。兼併逮狂秦，干戈益紛披。復聞晉虜亂，五湖乘禍機。殺伐代相尋，昏虐無休期。群生困塗炭，萬象翳氛霏。豈無憂世者，咄嗟吾道非。楚狂隱歌鳳，商山淪采芝。去去君勿疑，古今同一時。

杪歲屬摇落，青蒲忽青青。萌達未幾日，大火已南明。天運一如是，廢興安得停。商郊遷夏鼎，殷士祼周京。冀方既已没，亳社亦已平。務光真達道，敝屣薄時榮。

寵極辱會至，勢利真禍羅。君看道旁木，幾曾成斧柯。世中繁華子，追悔每苦多。芬芳有徂謝，平地生風波。陸機去華亭，蘇子狹三河。平生已謂畢，末路其如何。

秋風何蕭瑟，一夜下庭緑。登高望宇宙，悄悄傷心曲。人生百年内，四序相迫促。衰顔與頽運，去去不再復。今晨與君會，明旦成往躅。夸父走虞淵，前途乃爾速。世人不自悟，朝暮營所欲。冰炭滿襟抱，殊無一朝足。奄忽乘物化，身名同草木。

伐木音久廢，交友竟吾欺。利害紛啖食，迫逐方交馳。晨起踐零露，四顧將安之。東路阻山海，北走到臨淄。臨淄古齊國，淳風亦早衰。惟聞管敬仲，嘗受鮑叔知。其人今已歿，鄉里失其依。知音苟不存，仗劍起旋歸。

索居將永矣，浩然懷故都。故都何處所，限此江與湖。時時起望之，風波緬前途。獨見雙飛燕，連翩還我廬。我廬有叢菊，近亦開幾株。恐從分別來，靈根日就蕪。請爲語比鄰，蚤把惡草除。惡草除已盡，嘆息復何如。

遊東湖

漾舟疑港斷，進帆喜湖廣。境麗趣非一，路迷心已往。雲峰互稠沓，煙波紛滉瀁。梵宇浮鏡入，琳宫躡屏上。浪起孤嶼沉，水落衆山長。隱隱草畔堤，悠悠蘆際榜。幽懷自此多，客情復誰獎。身固脱虞阱，心猶寄塵網。安得超世姿，來縱山泉賞。

贈別汪定海二首

前舟已雲發，後舟更誰待。春事動江皋，客愁滿山海。別晷祇須臾，會期知何在。亦既違素心，安得顏不改。

故人忽已別，兀兀吾何適。暮投甬東路，不見往來迹。古寺静修廊，空齋冷虚壁。獨有階上苔，猶如舊時碧。

客中寫懷四首

寄婦

結髮爲夫婦，所願在偕老。誰知頭白來，喪亂不相保。我昔從一官，携汝登遠道。芙蓉蕩風波，寧有幾時好。猶記東門日，别歸方草草。再拜前致辭，幽咽不能道。手提小兒女，慟哭向秋昊。詎識是生離，積骨白浩浩。汝歸終可安，我去事轉艱。家既異疇昔，去住亦俱難。况乃畢婚嫁，百費萃兹年。内方撫群小，外復給上官。日夜聲嗷嗷，孰與分憂煎。夫婦不同苦，不如寡與鰥。汝毋母我尤，我行偶迍邅。人道無終乖，天運久亦還。豈復長流蕩，庶往共饑寒。

憶子

綿綿我瓜瓞，引蔓空爾長。有子將得力，棄之往他鄉。他鄉與故里，兩地永相望。獨有中天月，遠照雙松堂。雙松我所植，念之猶不忘。况復兒與女，不見今六霜。大兒逾弱冠，有姊同已長。想當望我時，齊行松樹旁。見樹不見父，嗚咽淚成行。小女年尚稚，與弟走踉蹡。相呼戲樹下，何處褰父裳。反哺有慈烏，跪乳有羔羊。人事獨暌乖，俯仰我心傷。

念姊

淮陰古壯士，甚感漂母情。而況我同氣，由來恩愛并。一朝遭世患，捨之以徂征。惟當欲去時，涕泗下交傾。荏苒歲年莫，兩鬢各星星。每念焚鬚事，怛焉心内驚。老去成飄蕩，所志在偷生。顧往申申詈，詈我久遠行。我欲喻中懷，獨有絃歌聲。絃歌清且悲，一鼓淚已零。再鼓三嘆息，四座不忍聽。可隨晨風去，長跪陳素情。

思弟

將老計轉拙，故里不得安。兄弟各東西，何用保餘年。前時吴山上，與汝酌東軒。已知是久别，杯行淚如泉。征夫懷往路，居士戀故山。音容從此隔，望望兩心酸。去冬得汝書，知汝病未痊。道遠不能顧，掩書一長嘆。邇來頻夢汝，喜汝無病顔。生死方未知，誰能詰其端。自嗟農家子，止合老田園。才疏學更誤，遂爲塵網纏。晚節益零落，何日得歸旋。仰視雲邊雁，群飛必相連。徘徊失所從，愴然摧心肝。

芳橋宴集分韻得兩字

昔思整去裝，今願憩徂兩。顧兹世路艱，愈嘆日車往。達人豁繁憂，美景恣歡賞。座有朋簪合，庭多賓珮響。摘英新貯囊，採菊細擎掌。時物已内酬，客心仍外獎。信美終異鄉，雖樂非故黨。何時息風波，一葦泛河廣。

遊龍山

昔聞龍石名，今覓龍山路。泛江循近洲，即陸入遥樹。離離列綵巖，泫泫濯甘露。倏見雨徵峰，高出雲飛處。好山殊未歷，遊子已多趣。尋幽雖欲行，愛境不能去。庶憑物外踪，稍息塵中慮。佛廬既崇曠，雲閣復高據。登臨當雨餘，眺望屬秋暮。意同疏木寒，興逐驚烏翥。蒼蒼暝色起，杳杳晚鐘度。耽玩樂地幽，趨事嫌迹遽。爲謝林下人，行當重遊寓。

永樂寺觀先師柳公三大篆及諸石刻泫然賦此

捨舟遵微行，振衣遊浄域。誰知登眺初，已動存没憶。大篆揭巍堂，古句刻貞石。辭翰固留今，身世悉成昔。筠緑雨新霽，山寒窗易夕。方懷露電悲，何有林泉適。出睹階上苔，一是舊形迹。我心如澗水，欲流翻震激。

自定水回舟漏幾溺

清遊夙所嗜，投老興未已。一朝得良儔，投袂爲之起。龍山屐既躡，藍水舟亦艤。復訪清泉境，三宿石林趾。葉氏好弟兄，堅留酣酒醴。屢辭不聽去，維縶久乃弛。遂乘一敗艇，夜溯潮江水。中流遭墊溺，指顧有生死。既類投湘屈，復近捉月李。雲莊得神助，躍出洪波裏。長呼施援手，臂與老猿似。唐生脱靴襪，投棄如敝屣。亂江上崩岸，赤脚不顧禮。空津稍駢集，隙地僅盈咫。前江後畎澮，擬步輒傾圮。既爲屈蠖蹲，復作拳鷺峙。頃之雲益黑，四顧無託止。復賴雲莊仙，指揮命舟子。竟將補天術，塞却漏船底。仍逆衝波急，直榜慈溪涘。已瞻舊館近，舍舟同步履。叩門訴館人，慰藉雜悲喜。咄兹六尺軀，忽忽當暮齒。危途冒險艱，到今知有幾。君子處斯世，真與此舟比。傾覆乃其宜，得濟誠幸爾。因歌戒溺篇，持用謝知己。

訪烏繼善不值明日以詩見寄遂次韻答之三首

達士不羈世，役身向寬閑。出處一虚閣，翠樾帶澄瀾。高懷抗塵表，逸思窮玄間。亦念泣歧客，悠悠歡會難。

青雲志已乖，白頭《玄》懶草。家貧無宿儲，逐食在遠道。風霜減容鬢，憂虞損襟抱。不有同心人，誰其慰枯槁。

佳期詎可失，况乃桑榆時。居人忽不見，行子終何之。暮色已凝嶼，晴光始泛池。默默就歸路，益嘆瓊樹枝。

龜毛廬

倦遊去朝市，委懷在田園。既悟執戟疲，益知荷篠賢。夙晨飯牛出，夕㸒負耒還。春作固云力，秋斂未盈廛。求嬴豈其願，拙業乃所安。不見龜上毛，成氈亦良難。

題何監丞畫山水歌

至正以來畫山水，秘監何侯擅其美。帝御宣文數召見，抽毫幾動天顏喜。有時詔許閱内儲，名筆班班世所無。王吴李范已心識，餘者山堆皆手摹。海内畫工亦無數，才似何侯豈多遇。權門貴戚虚左迎，往往高堂起煙霧。人間一筆不可得，門外車徒謾如織。葉君使還親集送，乘興始肯留真迹。於時在座總儒冠，王鄭歌辭晚更妍。豈無片語道離恨，見侯之畫筆盡捐。此畫携歸在鄉縣，萬壑千巖眼中見。却憶都門送别時，回頭瞥睹西山面。莫言短幅僅盈咫，遠勢固當論萬里。既似山河月裏明，復同衡霍牖中起。葉君眼力老愈光，愛之不減雲錦章。年來行橐盡抛棄，惟將此紙十襲藏。何侯遷官定何處，有客披圖正傾慕。北騎南轅倘相值，煩君爲我致毫素，請侯一寫滄洲趣。

題顧氏長江圖

天下幾人畫山水，虎頭子孫世莫比。何年寫此《長江圖》，多少江山歸筆底。巴陵三峽天所開，遠勢似向岷峨來。洞庭瀟湘僅毫末，楚客湘君安在哉？江上一朝風雨急，老我曾來踏舟立。鼓柮既聞潭畔吟，抱琴復聽竹間泣。别來幾日世已非，忽此披圖憶曩時。早知避地多處所，昔逐紅塵千里歸。林下一夫巾屨似，亦有舟人與漁子。能添野老煙波裏，便與同生復同死。

題出射圖

玉門關南百草腓，王門關北關兵稀。邊頭無事馬秋肥，將軍出射沙塵彌。一胡據鞍執大旗，翩然前導疾若飛。一胡引弰如附枝，一胡放箭箭不知。後有兩胡蹙騎追，側身拔鏃恐鏃遺。玉門關城迥且巍，一時士馬何神奇。我來塞外按邊陲，曾揮此馬看君騎。爲君取酒盡千卮，醉裏争誇戰勝歸。到今已是十年期，畫家所寫是耶非，却憶當初親見時。

題打毬圖

群胡擊毬世未見，人馬盤盤若風旋。場中一點走如飛，三人躍馬争先馳。兩人翻身驚且嘆，前視後視迴迴轉。平沙蹙踏黄入天，肯使蒼鷹飛向前。身忘激射但狂走，未知毬落誰人手。君不見秦失其鹿人共逐，劉項雌雄幾翻覆。

袁君庭玉以所藏何思敬山水圖求題爲賦長句

有客訪我城東廬，手持何侯山水圖。乍向高堂一披睹，已知筆力天下無。老我愛山兼愛畫，對此心神忽俱化。得非鼓柁過瀟湘，無乃枝藤上嵩華。野亭倒影浸江清，耳邊彷佛波濤聲。漁子蒼茫泛舟入，林翁傴僂渡橋行。因憶良工繹思處，元氣淋灕滿毫素。豈但胸藏萬丘壑，西極南溟隨指顧。驅山走海何雄哉，滿堂空翠揮不開。丹丘赤城意綿邈，蓬萊弱水情沿洄。何侯天機深，丹青世無敵。自從揮灑近天顔，林下何曾見真迹。年來喪亂走風塵，始爲賢豪下筆親。王吴未可誇神逸，閻公致譽安足真。與客傳觀歡未止，却嘆何侯今已矣。卷圖還客休重看，世間夢境亦如此。

經金繩廢寺

寂寞唐朝寺，頻年客到稀。空山孤殿在，荒徑一僧歸。苔色驕秋雨，松聲振夕暉。驚烏初有託，近亦出林飛。

鄮城逢故人

一别無消息，誰知住此城。忽逢難面認，驟語各心驚。身世丹衷折，干戈白髮生。憑君陳往事，相看重含情。

自述二首

事業此生休，遑遑今白頭。一年看又盡，數口轉多憂。躋憶山公騎，寒悲季子裘。妻兒重相見，説着也堪羞。

家無十日程，歸計苦難成。爲客憂饑餒，頻年仗友生。剛腸隨世屈，白髮向人明。争似湖居好，扁舟載月行。

歲暮感懷四首

驅馳三十載，身世竟何如。人老憂虞裏，交疏病廢餘。鄉邦書未返，湖海歲將除。後夜燒燈坐，依然嘆索居。

移家東海上，汩没度危時。草市腥江鮑，民居雜島夷。衣冠隨俗變，姓字畏人知。保己無深計，翻言命可疑。

已被虚名誤，偷生亦偶然。兵戈十年久，妻子幾家全。往事溪雲外，餘齡逝水前。艱難有如此，何日賦歸田。

自我離鄉井，棲棲又十秋。一身渾是累，此世可無憂。道路誰青眼，風塵自白頭。但求歸葬地，餘事總休休。

客居三首

豫作全身計，遠投東海行。地偏惟養拙，歲久未知名。苔徑當湖辟，柴門逐水成。牧童時聚笑，窮老一先生。

漂流何所往，寂寞住湖陰。道路無知己，饑寒亂此心。草枯春牧遠，浪闊夜流深。敢憚艱虞事，衰年自不禁。

寥落空山裏，松門晝亦關。江鄉千里隔，天地一身閑。聽雨多臨水，看雲長傍山。自今幽思熟，無復嘆時艱。

辛亥除夕三首

眇眇家何在，悠悠歲又闌。十年東海上，千里北風寒。衰鬢隨年改，愁懷借酒寬。何鄉爲樂土，身世各艱難。

湖海風雲暗，道途霜雪清。如何一年盡，翻使百愁生。俗薄乖留計，時危緩去程。家人團坐夜，應悉旅中情。

移居湖水上，已是一年期。客路頻辭歲，家山忘別時。庭寒無鵲噪，春近有梅知。此夜傷情極，椒觴懶獨持。

題永樂寺水竹居 先師柳待制嘗訪匡長老於此。

一上高樓恨有餘，登臨事往竟成虛。已無閣老履絇迹，徒認匡公水竹居。珮玉聲流池盡處，琅玕影動月來初。從今便結東林社，曉鉢高擎老衲如。

歲暮偶題二十二韻

削迹邊山邑，投身傍海城。驅馳悲世事，出處愧家聲。學術元求志，文章豈爲名。前途迷軌轍，末路玷簪纓。藩國羈疏冗，衣冠備老成。乾綱遭久紊，坤軸值旋傾。朋舊千家淚，妻孥兩地情。風塵齊國往，雨雪海鄉行。紀晉慚陶令，依劉誤禰衡。世偏欺逆旅，天亦薄遺氓。陋巷棲顔闔，窮途哭步兵。桐方避姓，越客豈通盟。壯節雙寒鬢，生涯一短檠。道寧隨世屈，身自向人輕。弧矢乖前志，干戈送此生。何心歸故里，浪迹寄遥程。婦怨憐蘇子，男婚憶子平。携家期浩蕩，逐食歲峥嶸。雲海望中白，雪山悉畔青。寒天催日短，窮臘逼年更。感激芳時謝，凄凉老思驚。客窗歌一曲，涕泗下縱横。

詠雪三十二韻贈友

暮雲凝黯黮，曉雪墮縱横。騁巧穿窗牖，乘危集棟甍。挾風潛作黨，雜霰暗分聲。綴柳如欺弱，縈梅似妒清。銀盤浮石出，縞帶逐車成。增勢初堆獄，含光復灑瀛。即卑猶避污，飄急未忘爭。細度歌帷遠，斜侵舞袖輕。試深竾屨擲，驗密手頻擎。裹樹形披介，摧篁韻嘯笙。堞遥迷睥睨，岸斷接坳泓。罅隙仍仍掩，高低故故平。陵鋪看象斗，庭積羨猊獰。林寒催雀聚，檐白誤鷄鳴。浪走兒應喜，狂號犬自驚。照曜連金闕，微茫混玉京。烏輪埋欲没，鰲極壓將傾。獻歲先期見，豐祥此日呈。及時銷癘疫，潤物達萌生。列賀喧朝貴，騰歡沸野甿。第嫌災困約，仍訝助驕盈。冷灧凌回騎，寒光媚飲觥。風流梁苑宴，凄惻灞橋行。亦有離鄉客，遠居邊海城。底穿嗟履屣，路斷嘆門閎。孰動乘舟興，誰憐卧寢情。映書空舊習，授簡豈前榮。倚望勞晨策，吟哦費夜檠。枉煩歌玉樹，寧許媲璇英。刻畫移群象，搜羅憊五兵。身孤慚待伴，思沮詫羞明。聊示輕微體，殷勤比贈瓊。

和陶淵明雜詩六首　以下《越遊稿》。

大鈞播萬類，飄忽如風塵。爲物在世中，倏焉成我身。弟兄與妻子，於前定何親。生同屋室處，死與丘山鄰。彼蒼無私力，宵盡已復晨。獨有路旁堠，長閲往來人。

憶昔客吴山，門對萬松嶺。松下日行遊，况值長春景。朅來卧窮海，時秋枕席冷。還同泣露蛩，唧唧弔宵永。豈無棲泊處，寄此形與影。行矣臨逝川，前途無由騁。以之懷往年，一念詎能静。

羲馭不肯遲，榮悴詎可量。舉頭望穹昊，日月已宿房。隕霜凋衆類，慘慘未渠央。李梅忽冬實，又復值愆陽。物化苟如此，祇亂我中腸。

我無猛烈心，出處每猶豫。或同燕雀栖，或逐梟鸞翥。向焉固非就，今者孰爲去。去就本一途，何用獨多慮。但慮末代下，事事古不如。從今便束裝，移入醉鄉住。醉鄉固云樂，猶是生滅處。何當乘物化，無喜亦無懼。

東漢有兩士，幼安與程喜。爰得交友心，知音乃餘事。伯牙絶其絃，豈亦會斯意。如何百代下，不與昔人值。涉江採芳馨，頽波正奔駛。四顧無寄者，三嗅復棄置。

朝耕谷口田，暮採陌上桑。歲晚望有收，嗟哉成秕糠。白頭去逐食，所謀惟稻粱。嗷嗷天海際，何異雁隨陽。昨宵得奇夢，可喜復可傷。爲言東海上，却粒有其方。早晚西王母，酌以瑶池觴。

和陶淵明擬古九首

皎皎雲間月，濯濯風中柳。一時固云好，相看不堅久。我昔途路中，談笑得石友。殷勤無與比，常若接杯酒。當其定交心，生死肯余負。一朝臨小利，何者爲薄厚。平居且尚然，緩急復何有。

撫劍從羈役，歲月已一終。借問所經行。非夷亦非戎。中遭世運否，言依蓋世雄。塵埃縱滿目，肯污西來風。舉世嘲我拙，我自安長窮。孤客難爲辭，寄意一言中。

白日忽已晚，流光薄西隅。老人閉關坐，慘慘意不舒。日月我户牖，天地吾室廬。自非奪元化，此中寧久居。今夕復何夕，凉月滿平蕪。悠悠望去途，嘆息將焉如。

我昔年少時，高視隘八荒。惟思涉險道，誰能戒垂堂。南轅與北軌，所歷何杳茫。一旦十年後，盡化争戰場。豈無英雄士，幾人歸北邙。撫此重長嘆，壯志失軒昂。斂退就衡宇，蹙蹙守一方。往事且棄置，身在亦奚傷。

圭玷猶足磨，甑墮不可完。素行有一失，誠負頭上冠。孔門諸弟子，賢者是曾顔。超然季孟中，窮達了不關。我嘗慕其人，相從叩兩端。形影忽不及，咄咄指空彈。取琴置膝上，以之操孤鸞。寸心固云苦，中有千歲寒。

天運相尋繹，世道亦如兹。王孫泣路旁，寧似開元時。所以古達人，是心無磷緇。弁髦視軒冕，草澤去不疑。西方有一士，與世亦久辭。介然守窮獨，富貴非所思。豈不瘁且艱，道勝心靡欺。恨無史氏筆，爲君振耀之。誰是知音者，請試絃吾詩。

勸君勿沉憂，沉憂損天和。尊中有美酒，胡不飲且歌。我觀此身世，變幻一何多。無相亦無壞，信若空中花。戚戚以終老，君今其奈何。

故國日已久，朝暮但神遊。誰謂相去遠，夙昔隘九州。此計一云失，坐見歲月流。歲月未足惜，恐遂忘首丘。在昔七人者，抱節去衰周。不遇魯中叟，履迹將安求。

墻頭有叢菊，粲粲誰復採。蹉跎歲年晚，香色日以改。我欲一往問，渺渺阻煙海。遥知霜霰繁，莖葉不余待。亦既輕去國，已矣今何悔。

和陶淵明飲酒二十首　并序

余性不解飲，然喜與客同倡酬。士友過從，輒呼酒對酌，頹然竟醉，醉則坐睡終日，此興陶然。壬子之秋，乍遷鳳湖，酒既艱得，客亦罕至，湖上諸君子知余之寡歡也，或命之飲，或饋之酒，行遊之暇，輒一舉觴，飲雖至少，而樂則有餘。因讀淵明《飲酒》二十詩，愛其語淡而思逸，遂次其韻以示里中諸作者，同爲商榷云耳。

今晨風日美，吾行欲何之。平生慕陶公，得似斜川時。此身已如寄，無爲待來兹。况多載酒人，任意復奚疑。山顛與水裔，一觴歡共持。

好鳥不鳴旦，好水不出山。入冥而止坎，古亦有遺言。所以彭澤翁，折腰愧當年。不有酣中趣，高風竟誰傳。

淵明曠達士，未及至人情。有田惟種秫，似爲酒中名。過飲多患害，曷足稱養生。此生如聚沫，忽忽風浪驚。沉醉固無益，不醉亦何成。

一鳥乘風起，逍遥天畔飛。一鳥墮泥塗，嗷嗷鳴聲悲。升沉亦何常，時去兩無依。我昔道力淺，磬折久忘歸。邇來解其會，百念坐自衰。惟尋醉鄉樂，一任壯心違。

昔出非好榮，今處非避喧。中行有前訓，恐遂墮一偏。商於四老人，遺之在西山。朝歌紫芝去，暮逐白雲還。當其扶漢儲，亦復吐一言。

紛紜世中事，夢幻無乃是。方夢境謂真，既覺境隨毁。豈惟世事然，我身亦復爾。請看竺乾書，此語諒非綺。

三春布陽德，萬物發華滋。凌霄直微類，近亦附喬枝。低迷衆無睹，高出乃見奇。煌煌九霄中，榮夸遽爾爲。我道似不爾，一笑懸吾羈。

我卜山中居，柴門林際開。湖光并野色，一一入吾懷。勿言此居好，殆與素心乖。越鳥當北翔，夜夜思南棲。蛟龍去窟宅，常懷蟄其泥。此土固云樂，我事寡所諧。惟于酣醉中，歸路了不迷。時時沃以酒，吾駕亦忘回。

悠悠從羈役，故里限東隅。風波豈不惡，遊子念歸途。朝隨一帆逝，暮逐一馬驅。如何十舍近，翻勝千里餘。在世俱是客，且此葺吾居。

我如北塞駒，困此東南道。有力不獲騁，長鳴至於老。苒苒陰陽移，萬物遞榮槁。既無騰化術，此身豈長好。一朝委運往，恐遂失吾寶。何當携曲生，縱浪遊八表。

靡靡歲云晏，此已非吾時。浮居執蕩志，逝將與世辭。破屋交悲風，得處正在兹。握粟者誰子，無煩决所疑。道喪士失己，節義久吾欺。於心苟不愧，窮達一任之。

世間有真樂，除是醉中境。可能得美酒，一醉不復醒。陶生久已没，此意竟誰領。東坡與子由，當是出囊穎。和陶三四詩，粲粲夜光炳。

里中有一士，愛客情亦至。生平不解飲，而獨容我醉。我亦高其風，往還日幾次。爾汝且兩忘，何知外物貴。尚懼數見疏，淡中自多味。

老我愛窮居，蒿蓬荒繞宅。與世罕所同，車馬絶來迹。寓形天壤内，幾人年滿百。顧獨守區區，保此堅與白。若復不醉飲，此生端足惜。

大男逾弱冠，粗嘗傳一經。小男年十三，玉骨早已成。亦有兩女子，家事幼所更。女解事舅姑，男可了門庭。悉如黄口雛，未食已先鳴。此日不在眼，何以慰吾情。

五十知昨非，伯玉有遺風。而我豈謂然，野蓬生麻中。年來更世患，頗悟窮與通。所失豈魯寶，所亡非楚弓。

栖栖徒旅中，美酒不常得。偶得弗爲飲，人將嘲我惑。天運恒往還，人道有通塞。伊洛與瀍澗，幾度弔亡國。酒至且盡觴，餘事付默默。

結交數丈夫，有仕有不仕。静躁固異姿，出處盡忘己。此志不獲同，而我獨多耻。先師有遺訓，處仁在擇里。懷此頗有年，兹行始堪紀。四海皆弟兄，可止便須止。酣歌盡百載，古道端足恃。

陶翁種五柳，蕭散本天真。劉生荷一鍤，似亦返其淳。步兵哭途窮，詩思日以新。子雲草《太玄》，亦復賦《劇秦》。四士今何在，賢遇同一塵。當時不痛飲，爲事亦徒勤。嗟我百代下，頗與四士親。遥遥涉其涯，斂然一問津。但懼翻醉墨，污此衣與巾。君其恕狂謬，我豈獨醒人。

和陶淵明移居二首 并序

余去歲六月遷居慈溪之華嶼，迨今逾一年。僻處寡儔，頗懷鳳湖士俗之盛，意欲居之。後遊其地，得錢仲仁氏山齋數椽，遂欣然徙家焉。因和此二詩，以呈仲仁。

昔我客華嶼，古寺分半宅。窮年無俗調，看山閲朝夕。如何捨之去，遥遥從兹役。朋游方餞送，賦詩仍設席。共言新居好，今更勝疇昔。高歌縱逸舟，持用慰離柝。

我來踐斯境，已賦《考槃》詩。懷此多年歲，一廛今得之。陶翁徙南村，言笑慰相思。斗酒洽鄰曲，亦有如翁時。投身既得所，何能復去兹。鷦鷯一枝足，古語不余欺。

和陶淵明歲暮答張常侍

長蛇驚赴壑，逸騎渴奔泉。歲月亦如是，吾生復何言。容鬢久已衰，矧兹憂慮繁。俯仰念今昔，共能免厥愆。馬老猶伏櫪，鳥倦尚歸山。一來東海上，十載不知還。竟如庭下柏，受此蔓草纏。莖葉日已固，何有挺出年。人生無定在，形迹憑化遷。請棄悠悠談，有酒且陶然。

和陶淵明連雨獨飲并序

吾居海上，旅懷鬱鬱，方、錢諸地主時饋名酒，慰此寂寥，悶至輒引滿獨酌，坐睡竟日，乃和此詩以寄。

平生不解醉，來飲輒頹然。近賴好事人，置我嵇阮間。一酌憂盡忘，數斟思已仙。似同曾點輩，舞此風雩天。人道何所本，乃在羲皇先。如何末代下，莫挽淳風還。淫雨動連月，此日復何年。履運有深懷，酒至已忘言。

題巽上人遊息軒

名山鬱岧嶢，飛軒起弘敞。覺花墮檻明，忍草緣階長。日落萬壑冷，風振百泉響。掃庭驅虎出，倚欄延月上。雲影共棲息，山光同偃仰。晚磬度筠清，夕窗含澗爽。偶造幽人境，獲陪芳景賞。談玄悟道言，觀妙滅塵想。良遊雖暫適，多累詎長往。所以俗中人，昏昏在天壤。

九日感傷 先人下世忌。

常年九日倍悲秋，况在長途獨倚樓。手種白楊何處是，頭簪黄菊此生休。悠悠歲月只添老，靡靡湖山已倦遊。祇有思親雙淚眼，寒江忍付水東流。

寄鶴年

衡門之下可栖遲，且抱遺經住海涯。東漢已編《高士傳》，西方仍誦美人詩。衰年避地方蓬轉，故國傷心忽黍離。天末秋風正蕭瑟，一鴻聲徹暮雲悲。

有懷淬用剛賦此以寄

何處名山擅地靈，雨微峰下樹青青。九天石落疑星化，一夜龍歸挾霧腥。禪窟已鐫新賜翰，法函惟啓舊藏經。道人猶恨居山淺，杖錫時時入杳冥。

寄駱以大

先生節操古人同，每嘆清時老不逢。東海眼穿華表鶴，西風淚盡鼎湖龍。家貧已覺交遊少，地僻應忘禮數慵。獨有風塵老羈客，時時杖屨許相從。

承君衡叔斡遠送賦此以别

長風吹度海東邊，慣聽潮聲已十年。往事免成塵撲面，新愁惟有雪盈顛。半生望眼迷遼鶴，一夜歸心到蜀鵑。遠賦驪駒慚二妙，縱歌安得酒如川。

寄俞伯熊兼柬李仲彬

東郭先生最老成，天才久已負時名。能詩不減唐工部，解飲渾如晉步兵。塞上征鴻高避弋，海東歸鶴暗聞聲。比鄰喜有知心客，一夜彈棋直到明。

懷宋庸庵

《麥秀》歌殘已白頭，逢人猶自説東周。風塵澒洞遺黎老，草木凋傷故國秋。祖逖念時空擊楫，仲宣多難但登樓。何當去逐騎麟客，被髮同爲汗漫遊。

懷滑摟寧

海日蒼涼兩鬢絲，異鄉飄泊已多時。欲爲散木居官道，故託長桑説上池。蜀客著書人豈識，韓公賣藥世偏知。道途同是傷心者，衹合相從賦《黍離》。

懷項彦昌

渭樹江雲每憶君，别來惟見白頭新。百年誰是知心者，千里同爲嘆世人。内景琴心篔谷夜，外丹火候杏園晨。極知養道多餘暇，何得長生及老身。

詠懷古跡

客來慎勿説姑蘇，弔古今人百感俱。已訝當年嘗越膽，更堪此日聽《吴趨》。荒臺鹿下江聲咽，古木烏啼月影孤。欲問闔閭埋葬地，五湖東畔已荒蕪。

哭陳夷白

白髮江湖一病身，平生精力萃斯文。師門偉器今餘幾，藩國奇才獨數君。共愛辭華追董賈，肯將出處累機雲。生芻不到黄瓊墓，目極五湖西日曛。

王參軍冕九十八首

冕字元章，號煮石山農，諸暨人。本田家子，長七尺餘，儀觀甚偉。通《春秋》諸傳。一試進士舉不第，即焚所爲文，讀古兵法，著高檐帽，被緑蓑衣，履長齒木屐，擊木劍，或騎黄牛，持《漢書》以讀。人咸以爲狂生。嘗遊燕都，泰不花薦以館職，冕曰：「不滿十年，此中狐兔遊矣，何以禄爲！」冕工於畫梅，以胭脂作没骨體。長安貴人争來求畫，乃自畫一幅張壁間，題其上曰：「冰花箇箇圓如玉，羌笛吹他不下來。」或以爲刺時，欲執之，即日遁歸。携妻孥隱於九里山，結茅廬三間，自題爲「梅花屋」。賦詩輒千百言，鵰鶚海怒，讀者毛髮爲聳。王師取婺州，將攻越，物色得冕，置幕府，授諮議參軍。一夕，以病死。宋景濂作《王冕傳》，亟稱爲奇士。其大略如此。福溪徐顯集傳曰：「歲己亥，君方晝卧，適外寇入，君大呼：『我王元章也！』寇大驚，重其名，與至天章寺。大帥置君上坐，再拜請事。君曰：『今四海鼎沸，爾不能進安生民，乃肆虜掠，吾寧教汝與吾父兄子弟相賊殺乎？汝不能聽我，即速殺我，我不與若更言也。』明日，君疾，遂不起。葬山陰蘭亭之側。」《保越録》曰：「冕見太祖於軍門，陳攻取方略。上大悦，命軍前諮議。大軍用冕計，有石堰之敗，頗咎冕，以此疏之。」傳、録載冕軍前事多互異。徐傳所云大帥者，即胡越公也。天下未定，敵國指斥之詞流傳簡牘，習其讀者或有考焉。

寓意次敬助韻二首

荆軻上秦殿，酈生下齊城。斯須屬鼎鋸，何如衛叔卿。脱身傲萬乘，泰華鴻毛輕。所謂達道人，貴在機決明。

聖賢不浪出，處士匪懷居。孔明是何人，高卧南陽廬。躬耕良自苦，待時故踟蹰。所爲《梁父吟》，豈比《封禪書》。

關河雪霽圖爲金陵王與道題

飛沙冪人風隳幘，老夫倦作關河客。歸來松下結草廬，卧聽寒流雪山白。悠悠如此四十年，世情脱略忘閒關。今晨見畫忽自省，平地咫尺行山川。鳥道連雲出天險，玉樹瓊林光閃閃。陰崖絶壑望欲迷，冰花歷落風凄慘。枯槎側倒銀河開，三巴春色隨人來。漁翁舟子相笑語，不覺已過洪濤堆。溪回浦溆石齒齒，溪上人家成草市。長林大谷猿鳥稀，小步蹇驢如凍蟻。西望太白日色寒，青山削出蛾眉山。人生適意隨所寓，底須歷涉窮躋攀。明朝攬鏡成白首，春色又歸江上柳。何如高堂掛此圖，浩歌且醉金陵酒。

金陵行送余局官

李白題詩舊遊處，桃花楊柳春無數。六代衣冠委草萊，千官事業隨煙霧。大江西下秦淮流，石頭寂寞圍荒丘。原田每每盡禾黍，青山不掩諸公羞。高樓如天酒如海，觸景令人生感慨。紅墮香愁燕子飛，風流王謝今安在。我欲去尋朱雀橋，澹煙落日風蕭蕭。交疏結綺杳無迹，但見野草生新苗。小兒紛紛競豪縱，區區割據成何用。芙蓉水冷燕支消，千古繁華同一夢。傷今弔古如之何，頭上歲月空蹉跎。君行喜有絲五紽，宦情不似詩情多。江南故事可知否，白雲霙霙變蒼狗。休論平生錦機手，浩歌且醉金陵酒。

大醉歌

明月珠，不可糯。連城璧，不可餔。世間所有皆虚無，百年光景駒過隙，功名富貴將焉如？君不見北邙山，石羊石虎排無數，舊時多有帝王墳，今日纍纍蟄狐兔，殘碑斷碣爲行路。又不見秦漢都，百二山河能險固，舊時宫闕亘雲霄，今日原田但禾黍。古恨新愁迷草樹，不如且買葡萄醅。携壺挈榼閑往來，日日大醉春風臺，何用感慨生悲哀。

水仙圖

寒風蕭蕭月入户，渺渺雲飛水仙府。仙人一去不知所，池館荒凉似無主。江城歲晚路途阻，邂逅相看顔色古。環珮無聲翠裳舞，欲語不語情凄楚。十二樓前問鸚鵡，滄海桑田眯塵土。王孫不歸望湘浦，芳草連天愁夜雨。

趙千里夜潮圖

去年夜渡西陵關，待渡兀立江上灘。灘頭潮來倒雪屋，海面月出行金盤。水花著人如撒霰，過耳斜風快如箭。叫霜鴻雁零亂飛，正似今年畫中見。寒煙漠漠天冥冥，展玩陡覺心神清。便欲吹簫騎大鯨，去看海上三山青。

雪篷漁舟圖

大山小山無寸青，長江萬里如月明。楚天不盡鳥飛絶，老樹欲動風無聲。何人方舟順流下，草衣箬笠俱瀟灑。篷底有兒能讀書，不是尋常釣魚者。玄貞子，陶朱翁，避世逃名俱已矣，後來空自談高風。我視功名等塵垢，何似忘言付杯酒。武陵豈必皆神仙，桃花流水人間有。

題梅花

江南十月天雨霜，人間草木不敢芳。獨有溪頭老梅樹，面皮如鐵生光芒。朔風吹寒珠蕾裂，千花萬花開白雪。仿佛蓬萊群玉妃，夜深下踏瑶臺月。銀鐺泠泠動清韻，海煙不隔羅浮信。相逢共説歲寒盟，笑我飄流霜滿鬢。君家秋露白滿缸，放懷飲我千百觴。興酣脱帽恣槃礴，拍手大叫梅花王。五更窗前博山冷，么鳳飛鳴酒初醒。起來笑抱石丈人，門外白雲三萬頃。

秋山圖

前年放船九江口，秋風獵獵吹蒲柳。買魚沽酒待月明，不知江上青山走。三更吹笛欲唤人，溥溥白露侵衣巾。故鄉遥遥書斷絶，空見過雁如飛雲。去年却下七里灘，秋水滿江秋月寒。子陵先生釣魚處，荒臺直起青雲端。先生不受漢庭官，自與山水相盤桓。至今高節敦廉頑，清風凛凛誰能攀。泊舟登岸行復止，小徑分歧通草市。石林掩映樹青紅，正與今年畫相似。茅廬半住林木裏，白狗黄鶏小如蟻。翁媪無言童稚閑，可是太平風俗美。清溪水落魚蟹新，東鄰釀熟呼西鄰。相牽相把意思真，親密不異朱陳民。李端筆力能巧妙，寫我舊日經行到。豈是老夢眩水墨，不覺掀髯發長嘯。殷家大樓滄江頭，留我十日風雨秋。觸景感動客邸愁，便欲卜築山之幽。斷橋流水無人處，添種梅花三百樹。直待雪晴冰滿路，騎驢相逐尋詩去。

對景吟

濕雲不飛山雪滿，越王城頭鼓聲短。曉來溪上看梅花，虎迹新移大如碗。老烏縮項如凍鷺，呼群强作嬰兒啼。紅桃翠柳眼欲迷，舊時紈袴今塗泥。淮南千里無煙火，淮南近日多軍馬。寸薪粒粟不論錢，行客相看淚盈把。如何五陵年少郎，賣田去買青樓娼。吴歌楚舞不知夜，歸來也學山翁狂。明朝酒醒入官府，方知不是城南社。落花風急雨瀟瀟，索寞無言面如土。

寄太素高士

我昔扁舟上邪溪，尋君直過丹田西。長松月冷啼子規，春風滿地芳草齊。樓殿玲瓏金碧涌，鐘聲不出松雲重。老猿掬澗山影亂，翠禽啄露巖花動。此時相見不作難，握手笑上松花壇。壇下十萬青琅玕，空陰漠漠常風寒。我對青山論今古，青山茫茫無一語。知其與我忘爾汝，石瓢酌我雲根乳。泠然使我肝膽清，飄裾欲度浮雲輕。千峰回影陷落日，萬壑欲盡松風聲。回首溪山忽成别，幾見江梅飛白雪。洞庭湖上聽夜雨，仲宣樓頭望明月。煢煢對景傷古情，寸心欲吐書難憑。何當相晤一抵掌，與君細看真《蘭亭》。

題夏迪雙松圖

我昔曾上五老峰，白雲盡處看青松。中有兩樹如飛龍，正與夏迪畫者同。夏迪畫松得松趣，個個乃是廊廟具。貞固不特凌雪霜，偃蹇猶能吐煙霧。蒼髯獵獵如有聲，鐵甲半掩苔花青。六月七月炎火生，對此似覺形神清。丈人兀坐誠有道，豈比商山采芝皓。有琴有琴不須彈，而今世上知音少。

柯博士畫竹

湖州老文久已矣，近來墨竹誇二李。紛紛後學争奪真，畫竹豈能知竹意。奎章學士丹丘生，力能與文相抗衡。長縑大楮縱揮掃，高堂六月驚秋聲。人傳學士手有竹，我知學士琅玕腹。去年長歌下溪谷，見我忘形笑淇澳。我爲愛竹足不閑，十年走遍江南山。今日披圖看新畫，乃知愛竹亦如我。何當置我於其下，竹冠草衣相對坐，坐嘯清風過長夏。

明上人畫蘭圖

吴興二趙俱已矣，雪窗因以專其美。不須百畝樹芳菲，霜毫掃動光風起。大花哆唇如笑人，小花斂媚如羞春。翠影飄飄舞輕浪，正色不染湘江塵。湘江雨冷莫煙寂，欲問三閭杳無迹。愾慷不忍讀《離騷》，目極飛雲楚天碧。

題畫蘭卷兼梅花

湘江雲盡湘山青，秋蘭花開秋露零。三閭已矣喚不起，蕭藹蕭艾春娉婷。冷飆吹香散郊坰，山蜂野蝶何營營。幽人脱略境色外，竟坐不讀《離騷經》。西湖昨夜霜月明，梅花見我殊有情。逋仙祠前壓土清，老鶴彳亍如人行。天邊縹緲來鳳笙，玉壺吴酒顛倒傾。酒闌興酣拔劍舞，忽覺海日東方生。

劍歌行次韻

先輩匣中三尺水，斬蛟曾入吴潭裏。提歸未肯策奇勛，軒冕泥塗真戲耳。鷄林削鐵不足比，昆吾百煉安能齒。淬花不澄鷿鵜膏，掉箭却敲鸞鳳髓。憶昔破敵如破竹，帶霜飛渡桑乾曲。於今銹澀混鉛刀，不遇何異荆山玉。驚雷夜作青龍哭，血痕冷剥苔花緑。野人一見駭心目，到手撫摩看不足。雪花皎皎明闌干，毛髮凛凛肝膽寒。老軍敝將長慨嘆，願欲置諸武庫間。書生無用且掛壁，引杯時接殷勤歡。天眼太高俗眼頑，鋭鍔宜許兒曹看。先生有志不在此，出處每談徐孺子。清高厭覓萬户侯，笑引江山歸畫史。我來四十鬢已斑，學劍學書俱廢弛。五更聞鷄狂欲起，何事英雄心未已。

五馬圖

太僕濟濟唐衣冠，五馬不著黄金鞍。飲流繫樹各有適，未許便作駑駘看。鬣毼蕭蕭緑雲茸，噴沫長鳴山嶽動。世無伯樂肉眼癡，那識渥窪千里種。官家去年搜駿良，有馬盡拘歸監坊。遂令天下氣凋喪，驢騾駏駋争騰驤。只今康衢無馬迹，得見畫圖差可識。畫圖畫圖奈爾何，撫幾爲之三嘆息。

吹簫出峽圖

巔崖峭絶撑碧空，倒掛老松如老龍。奔流落峽噴白雪，石角險過百丈洪。我昔放舟從此出，牽拖失勢氣欲折。春風迴首三十年，至今認得山頭月。草堂清晨看圖畫，畫裏之人閑似我。波濤洶涌都不知，横簫自向船中坐。酒壺茶具船上頭，江山滿眼隨處遊。安得更唤元丹丘，相携共上黄鶴樓。

痛哭行

雨淋日炙四海窮，經綸可是真英雄。岐豐禾黍泣寒露，咸陽草木來悲風。京邦大官飫酒肉，村落饑民無粒粟。東魯儒生徒步歸，南州野老吞聲哭。紛紛紅紫已亂朱，古時妾婦今丈夫。有耳何曾聽《韶》《武》，有舌不喜論詩書。昨夜虚雷搥布鼓，中天月破無人補。休説城南有韋杜，白璧黄金天尺五。

梅花

疏枝錯落花燦爛，正似推篷溪上看。凍痕不剥五更霜，蘚色猶存百年榦。孤山處士詩夢寒，羅浮仙人酒興闌。天荒地老行路難，誰傳春色來人間。君不見江南物色今匪昔，大谷長林盡荆棘。歲寒何處論襟期，坐對雲山空嘆息。東樓女兒《白苧》歌，西樓美酒喚杏花。總有高人愛高潔，踏雪誰肯來山家。老我無能慣清苦，寫梅種梅千萬樹。霜清月白夜更長，每是狂歌不歸去。衹今潦倒霜髩垂，世情雜雜俱忘機。讀書寫字兩眼眵，斷白搔墮隨花飛。轉首江南隔塵土，白月流光雙鶴舞。一聲羌管過南樓，鐵石心腸亦凄楚。安得喚起陳元龍，長船滿載玻璃紅。浩歌拍拍隨春風，大醉驚倒江南翁。

寫懷

世情多曲折，客況自堪憐。聽雨愁如海，懷人夜似年。草肥燕地馬，花老蜀山鵑。冷澹無歸計，蒼苔滿石田。

晚眺

密樹連江暗，殘陽隔浦明。不知秦塞遠，殊覺楚天平。故國人何在，荒城鳥亂鳴。徘徊吟未已，搔首忽傷情。

次韻答王敬助

西圃餘姜蔗，東皋足稻粱。今年誠有望，吾計未全荒。倚杖停吟久，看雲引興長。鄰家新釀熟，同醉菊花旁。

泊瓜洲

落日大江秋，凄凉覺底愁。逆潮攻敗壘，荒樹入沙洲。險固空餘迹，清平且壯遊。不須腰十萬，明日上揚州。

八蟠嶺

路繞危垣上，風高松檜鳴。花飛殊失意，草長不知名。遊客咨遺俗，居民指舊京。浮圖天末起，瞻望忽傷情。

偶成

四月八日風雨歇，放翁宅前湖水高。典衣沽酒亦足醉，騎馬看花徒爾勞。海國尚聞歌蔓草，山陵誰與薦櫻桃。元龍本是無能者，後世謾稱湖海豪。

歸來

頭白歸來驚面生，東家西家知我名。友朋投老漸凋落，兒女向年俱長成。野梅開花尚古色，山風吹雨墮寒聲。最喜溪翁會真率，濁酒過墻香滿罌。

寄徐仲幾

僦得城樓枕卧龍，儲無甔石是英雄。吟詩不愧杜工部，乞米或如顔魯公。蘭省異於霄漢上，草堂却在畫圖中。故人相見無多論，笑指松花落晚風。

山中答客問

人間塵土苦歊煩，林下清風六月寒。夜半酒醒方脱屐，日高眠起不簪冠。坐看遊蟻巡危磴，静聽閑花落古壇。老我自無軒冕意，尋常豈是傲時官。

題金陵

賞心亭前春草花，賞心亭下柳生芽。收功謾説韓擒虎，亡國豈由張麗華。江山萬古足登覽，豪傑幾人過嘆嗟。野老相逢閒指點，六朝宫闕盡桑麻。

送頣上人歸日本

上人住近扶桑國，我家亦在蓬萊丘。洪濤逼屋作山立，白雲繞牀如水流。問信不知誰是客，多時忘却故園秋。明朝相别思無限，萬里海天飛白鷗。

送欽上人

石頭城下五更秋，高掛雲帆得順流。鐵甕緣江即東府，瓗花隔岸是揚州。作家相見本無語，在客别離殊有愁。後夜相思好明月，老夫乘興獨登樓。

梅花屋

荒苔叢篠路縈回，繞澗新栽百樹梅。花落不隨流水去，鶴歸常帶白雲來。買山自得居山趣，處世渾無濟世材。昨夜月明天似水，嘯歌行上讀書臺。

飯牛翁即煮石道者，閒散大夫新除也，山農近日號，老村南園種菜時稱呼。元章字，冕名，王姓。今年老於上年，鬢髮皆白，脚病，行不得，不會奔趨，不能諂佞，不會詭詐，不能干禄仕，終日忍饑過，畫梅作詩，讀書寫字，遣興而已。自喝曰：「既無知己，何必多言。呵呵。」

挽吴孟思

雲濤處士老儒林①，書法精明古學深。百粤三吴稱獨步，八分一字直千金。桃花關外看紅雨，楊柳堂前坐緑陰。今日窅然忘此景，斷碑殘碣盡傷心。

① 原注：「孟思號雲濤，善書。」

閑題前元舊事

樓臺矗矗帶山河，金玉重重是帝家。雲合紫駝開虎帳，天連青草入龍沙。春風小殿看飛燕，夜雨重城散落花。甲乙流蘇仙夢好，莫教方士問丹砂。

金陵懷避亂作

壞墻幽徑草青青，何處園林是舊京。海氣或生山背雨，江潮不到石頭城。英雄消歇無人語，形勢周遭夕照明。回首長干思無限，水風楊柳作秋聲。

紅　梅

深院春無限，香風吹緑漪。玉妃清夢醒，花雨落胭脂。

題　畫　梅

疏花粲粲照寒水，瑪瑙坡前春獨回。却憶去年風雪裏，吹簫曾棹酒船來。

墨梅

我家洗硯池邊樹，朵朵花開淡墨痕。不要人誇好顔色，只留清氣滿乾坤。

紅梅

玉妃步月影毿毿，燕罷瑶池酒正酣。半夜不知香露冷，春風吹夢過江南。

應教題梅

刺刺北風吹倒人，乾坤無處不沙塵。胡兒凍死長城下，誰信江南别有春。

余家有元章真迹，下二句云：「清高只有老梅樹，照水開花箇箇真。」

紅梅

昭陽殿裏醉春風，香隔瓊簾映淺紅。翠袖擁雲扶不起，玉簫吹過小樓東。

梅花二首

馬迹山前萬樹梅，千花萬花如雪開。滿載揚州秋露白，玉簫吹過太湖來。

斷雲流水孤山路，看得春風幾樹花。騎鶴歸來城郭是，月明簫管起誰家。

建康層樓

層樓危構出層霄，把酒登臨客恨饒。草色不羞吴地短，雁聲空落楚天遥。江山如畫知豪傑，風月無私慰寂寥。六代繁華在何處，敗紅殘緑野蕭蕭。

過昭瑞宫次韻

金屋無人玉殿開，青蒲埋没遍莓苔。舊愁隱隱隨煙浪，新恨綿綿入草萊。紅葉已隨流水去，黄門空憶看華來。東南富貴消磨盡，留得荒村古將臺。

發古塘

秋風籬落菊花黄，滿眼江山似故鄉。投老無家真可笑，長年爲客尚能狂。青苔蝕盡牀頭劍，白日消磨鏡裏霜。聞道中州凋弊甚，忘機不解説凄凉。

謾興四首

隱几看山與世違，當門種竹亦無機。五更驟雨隨風過，滿眼落花如雪飛。每爲注書消夜燭，亦常沽酒典春衣。今朝急報任公子，昨日蒼苔滿釣磯。白霧黃煙慘百蠻，長年不見鶴書還。江河萬里歸滄海，山嶺千重走劍關。白首詞臣空墮淚，青春才子强回顔。舊愁新恨知多少，都在閑花野草間。關中險固馮三輔，隴右勾連接四川。簇簇樓臺懸日月，盈盈花草爛雲煙。飈回海上沙飛雪，雨足江南水拍天。可笑華山陳處士，風流文采却貪眠。青山隱隱帶灤河，金碧光中望馺娑。五穀不生羊馬盛，二儀殊候雪霜多。打圍陣合穹廬轉，警蹕聲傳御駕過。漠漠黃沙天萬里，壯心未解説風波。

悼止齋王先生

三月燕山聽子規，追思令我淚垂垂。雖然事業能經世，可惜衣冠在此時。霜慘晴窗琴獨冷，月明秋水劍雙悲。山河萬里人情别，回首春風説向誰？

即事二首

灤水城頭六月霜，車華門外草皆黃。旌旆影動千官慘，斧鉞光沉萬馬忙。青象不將傳國璽，紫駝只引舊氈房。諸郎不解風塵惡，争指紅門入建章。

白草黃沙野色分，古今愁恨滿乾坤。飛鴻點點來邊塞，寒雪紛紛落薊門。風景凄凉只如此，人情囂薄復何論。知機可有桑乾水，未入滄溟早自渾。

異　鄉

東山西山生白雲，異鄉那忍見殘春。野蒿得雨長過樹，海燕隔花輕笑人。每是閉門疏世事，何曾借酒惱比鄰。過從時有相嗔怪，不解潛夫意思真。

雨　中

江南江北水滔天，羈客相逢亦可憐。坐覺青山沉席底，行驚白浪上窗前。鵓鳩銜草栖危塔，鸂鶒翻飛浴敗船。轉首百蠻寥落甚，絶無茅屋起炊煙。

庚辰元旦

試題春帖紀新年，靄靄青雲起硯田。展卷不知山是畫，舉頭恰喜屋如船。梅花雪後開無數，楊柳風前困欲眠。悵望關河無限恨，呼兒沽酒且陶然。

秋興二首

萬里山河一局棋，曠懷真感獨傷悲。石麟夜雨生新恨，銅雀春風屬舊時。雪捲流沙馱信遠，天沉遼海鶴書遲。五陵年少俱零落，回首故園空夢思。鼙鼓嘈嘈夜撼山，霓裳歌舞出人間。雲圍環佩沉斜谷，風斂旌旗入劍關。躩鑠野翁掀雉尾，跳踃山鬼覩龍顔。書生豪放成何事，徒步歸來供奉班。

偶成

青山緑水從人愛，野鶴孤雲與我同。所適不須論醜好，相逢謾爾説英雄。樂遊花木蕭蕭雨，梓澤亭臺淡淡風。興廢故無今昔異，幾回搔首月明中。

都城暮春

繡房香幄紫駝車，隊馬連雲擁醉娥。天上柳花隨處衮，人間春色已無多。風流謾聽《黄金縷》，慷慨誰知白石歌。江北江南嘆愁絶，落紅如雨打漁蓑。

金水河春興二首

神州何處見繁華，盡好當時富貴家。慷慨唤來黄字酒，丁寧將出紫簾車。春風裊裊穿楊柳，小雨冥冥度杏花。沉醉歸來不知夜，又傳清響按琵琶。

金水河邊柳色新，玉山館外少沙塵。琵琶未必能愁客，鸚鵡如何錯唤人。翠袖錦襜馱白馬，落花飛絮閧朱輪。人間天上無多路，只隔紅門別是春。

三月廿九日夜歐陽省郎遞至佳章觀之技癢燈下即和但無童子急走送耳

今時自與古時別，酒興何如詩興賒。風引白雲歸坐榻，雨蒸花氣入窗紗。謾言海上神仙宅，不抵江南處士家。有客相過勿多論，老夫迂闊是生涯。

雜　興

蕭蕭白髮滿烏巾，不會趨時任客嗔。種菜每令除宿草，煮茶常自拾枯薪。屋頭流水濺濺響，溪上梅花樹樹春。寄語儒林趙詩伯，好收風月作比鄰。

中秋次韻答恢太虛

江湖漂泊久，髮白不知年。世遠人何在，天空月自圓。山河清有影，草木凈無煙。誰恤蒼生苦，移憂到酒邊。

解悶

家園嗟寂寞，客計轉疏迂。事失非關酒，身貧不爲儒。功名餘破楮，風雨漫長途。對景成何用，高談却壯圖。

歸來

歸來人境異，故里是他鄉。坐閲紅塵過，愁多白髮長。關山雲渺渺，江漢水茫茫。世事何多感，憑高又夕陽。

村居

辟世忘時勢，茅廬傍小溪。灌畦晴抱甕，接樹濕封泥。乳鹿依花卧，幽禽過竹啼。新詩隨處得，不用别求題。

黄牛山

招提萬山底，古屋蔽煙霞。密竹先秋意，長藤過夏花。繁陰沉雨脚，清響漱雲牙。老衲眉如雪，相逢話作家。

次古詩韻

屠沽慚壯士，文綉貴山郎。氣習蟲魚族，風流雁鶩行。從時多俯仰，弔古獨悲傷。無奈連宵雨，蝸牛上石牀。

春晚客懷

落落窮途客，年年不在家。寄眠聽夜雨，借景看春華。空著三山帽，難防兩髩華。清晨覽明鏡，載笑復咨嗟。

齷齪

齷齪寧堪處，卑污奈此逢。看人騎白馬，唤狗作烏龍。濯濯河邊柳，青青澗底松。待看天氣好，應得露華濃。

瀟灑

漸覺離鄉遠，寧知出處迂。風流看隊馬，瀟灑入雙魚。誰解辭千乘，無人説二疏。老吾情不恰，謾讀古人書。

有感二首

絶國春風少，荒村夜雨多。可憐新草木，不識舊山河。世事紛紛異，人情轉轉訛。老懷禁不得，悵望一長歌。

對鏡添惆悵，憑誰論古今。山河頻入夢，風雨獨關心。每念蒼生苦，能憐蕩子吟。晚來愁更切，青草落花深。

謾興五首

草木何摇撼，工商已破家。饒州沉白器，勾漏伏丹砂。吴下難移粟，江西不運茶。朝廷政寬大，應笑井中蛙。

壬辰天意别，春夏雨冥冥。雲氣何時斂，江聲未得停。書生憐白髮，壯士喜青萍。昨夜登西閣，悲笳不忍聽。

處處言離亂，紛紛覓隱居。山林增氣象，城郭轉空虚。俠客思騎虎，溪翁只釣魚。諸生已星散，那得論詩書。

干戈猶未定，鼙鼓豈堪聞。憂國心如醉，還家夢似雲。關山千里遠，吴楚一江分。朋舊俱零落，空嗟白鳥群。

濕雲垂地重，孤雁入天鳴。到處干戈競，何時海岱清。孤燈懸古壁，寒漏落空城。可羡商山老，優遊待太平。

寓意三首次敬助韻

森森廊廟具，蕭艾成長松。春春川澤靈，蛭蚓爲游龍。時明在除祓，世混姑相容。忠義在草莽，讒諂分提封。擾擾路傍兒，仰面慚征鴻。

鑾觸雜奔競，蠅蚋紛争喧。鸞鳳巢枳棘，鴟鴞集琅玕。風雷久不作，野露生微寒。壯士萬里懷，肯謝漂母飡。古來王佐材，多在耕釣間。

后地生虚雷，天驚漏秋雨。女媧死已久，此罅誰爲補。紛紛讀書兒，碌碌無可數。古人今人心，今人不如古。

傷亭户

清晨度東關，薄暮曹娥宿。草牀未成眠，忽起西鄰哭。敲門問野老，謂是鹽亭族。大兒去採薪，投身歸虎腹。小兒出起土，衝惡入鬼籙。課額日以增，官吏日以酷。不爲公所幹，惟務私所欲。田關供給盡，鹺數屢不足。前夜總催罵，昨日場胥督。今朝分運來，鞭笞更殘毒。竈下無尺草，甕中無粒粟。旦夕不可度，久世亦何福。夜永聲語冷，幽咽向古木。天明風啟門，僵屍掛荒屋。

冀州道中

我行冀州路，默想古帝都。水土或匪昔，禹貢書亦殊。城郭類村塢，雨雪苦載塗。叢薄聚凍禽，狐狸嘯枯株。寒雲著我巾，寒風裂我襦。盱衡一吐氣，凍凌滿髭鬚。程程望煙火，道傍少人居。小米無得買，濁醪無得酤。土房桑樹根，仿佛似酒壚。徘徊問野老，可否借我厨。野老欣笑迎，近前挽我裾。熱水温我手，火炕暖我軀。叮嚀勿洗面，洗面破皮膚。我知老意仁，緩緩驅僕夫。切問老何族，云是奕世儒。自從大朝來，所習亮匪初。民人籍征戍，悉爲弓矢徒。縱有好兒孫，無異犬與猪。至今成老翁，不識一字書。典故無所考，禮義何所拘。論及祖父時，痛入骨髓餘。我聞忽太息，執手空躊躕。躊躕向蒼天，何時可能蘇。飲泣不忍言，拂袖西南隅。

秋懷二首

悲風度古木，吹我屋上茅。茅去屋見底，風聲尚蕭蕭。人心一何苦，人情一何驕。却將眼下淚，散作炎①上霄。

明月下西窗，窺我席東枕。枕中夢忽破，俄然轉凄凜。美人天一方，相見猶拾瀋。何時引金罍，開懷笑歌飲。

① 原注：「音焰。」

送無咎遊金陵兼柬丁仲容隱居

長松撼空風怒號，門前大水推斷橋。山中坐雨六十日，不知野草如人高。今晨出門天氣好，眨眼忽驚春事老。楊花散作雪滿溪，送客俄然動懷抱。金陵六朝古帝都，古時風景今何如。珊瑚無根土花碧，露團玉樹生流珠。江山無人隔塵土，丹鳳不來孤燕語。上人脱灑無滯留，抵用登臨重懷古。世人往往乘險機，老我白髮無能爲。道甫問訊丁令威，有鳥有鳥何時歸？

送人上燕

燕山三月風和柔，海子酒船如畫樓。丈夫固有四方志，壯年須作京華遊。京華名花大似斗，看花小兒競奔走。蒲萄瀲灧金叵羅，羊尾駝峰膩人口。知君慷慨非膏粱，生銅卧匣韜光芒。出門一笑頗自許，光範不用投文章。玉霧紅門天尺五，要爲蒼生説辛苦。得時便覓好官歸，行道當依聖明主。我將細釀松花春，明年此時當遲君。遲君不問宦途事，但欲要知伊傳何其人。

悲苦行

悲風吹茅墮空屋，老烏號嗚屋上木。誰家男子從遠征，父母妻孥相送哭。哭聲嗚咽已别離，道傍復對行人悲。去者一心事，歸者百感隨。前年鬻大女，去年賣小兒。皆因官税迫，非以饑所爲。布衣磨盡草衣折，一冬幸喜無霜雪。今年老小不成群，賦税未知何所出。昨夜忽驚雷破山，比來暴雨如飛湍。此時江南正六月，酸風入骨生苦寒。東村西村無火色，凝雲着地如墨黑。瞶翁瞽嫗相唤忙，屋漏牀牀眠不得。開門不敢大聲語，門外磨牙多猛虎。自來住此十世餘，古老未嘗罹此苦。我感此情重嘆吁，不覺淚下沾裳裾。安得壯士挽天河，一洗煩鬱清九區，坐令爾輩皆安居。

猛虎行

去年江北多飛蝗，今年江南多猛虎。白日咆哮作隊行，人家不敢開門户。長林大谷風颼颼，四郊食盡耕田牛。殘膏剩骨委丘壑，髑髏嘯雨無人收。老烏銜腸上枯樹，仰天烏烏爲誰訴。逋逃茫茫不見歸，歸來又苦無家住。老翁老婦相對哭，布被多年不成幅。天明起火無粒粟，那更打門苛政酷。折髏販肘無全民，我欲具陳難具陳。從使移家向廛市，破獍猰㺄喧成群。

勁草行

中原地古多勁草，節如箭竹花如稻。白露灑葉珠離離，十月霜風吹不到。萋萋不到王孫門，青青不蓋讒佞墳。遊根直下土百尺，枯榮暗抱忠臣魂。我問忠臣爲何死，元是漢家不降士。白骨沉埋戰血深，翠光潋灔腥風起。山南雨晴蝴蝶飛，山北雨冷麒麟悲。寸心搖搖爲誰道，道傍可許愁人知。昨夜東風鳴羯鼓，髑髏起作搖頭舞。寸田尺宅且勿論，金馬銅駝淚如雨。

有感

江南古客無寸田，半尺破研輸租錢。好山好水難夤緣，荃房日薄蒙荒煙。囊中科斗二百年，大經大法垂幽玄。他人不知我自憐，落花春暮啼杜鵑。杜鵑啼苦山竹裂，錦官宫殿煙霏滅。人間百鳥無處棲，青蠅貝錦成行列。北望茫茫莎草黄，葱河五月天雨霜。岐陽不見真鳳凰，山鷄野鶩争文章。江南估客苦無計，却向水中搴薜荔。沙漚夢老蘋雨殘，濕雲不動天如醉。迴觀蓬萊十二樓，我曾讀書樓上頭。樓前平碧千頃秋，白露暗洗芙蓉愁。歲寒歸來有誰在，青松是兄梅是弟。山中巢許不可尋，却對老嵇飡石髓。

蝦蟆山

春風吹船着牛軛①，扶藜直上山之脊。山上老石怪且頑，皮膚皴皵苔花碧。我來不知石有名，拊摩怪狀心亦驚。野人指點爲我説，此物乃是蝦蟆精。古昔曾偷太倉粟，三百餘年耗中國。天官燭其陰有毒，敕丁破口劚其足。至今突兀留山丘，雨淋日炙無人收。樹根穿尻蛇入肚，老鴉啄背狐糞頭。牧童時時放野火，耕夫怒擊樵夫剁。自從殘墮不能行，見者唾之聞者駡。蝦蟆蝦蟆非令僕，無功那竊天之禄。如今蝦蟆處處有，天官何不夷其族。致令驕氣吹臊腥，干霄上食天眼睛。百蟲啖盡心未已，假作鼓吹怡人情。三月江南春水漲，紆青拖紫争跳浪。漁父持竿不敢言，獵夫布弩空惆悵。黄童白叟相引悲，田中更有科斗兒。

① 原注：「牛軛潭在蝦蟆山下。」

秋夜雨

秋夜雨，秋夜雨，馬悲草死桑乾路，雁啼木落瀟湘浦。聲聲唤起故鄉情，歷歷似與幽人語。初來未信鬼啾啾，坐久忽覺神凄楚。一時感慨壯心輕，百斛蒲萄爲誰舉。山林豈無豪放士，江湖亦有饑寒旅。凝愁擁鼻不成眠，燈孤焰短寒花吐。秋夜雨，秋夜雨，今來古往愁無數。謫仙倦作夜郎行，杜陵苦爲茅屋賦。只今村落屋已無，豈但屋漏無乾處。凋餘老稚匍匐走，哭聲不出淚如注，誰人知有此情苦。秋夜雨，秋夜雨，赤縣神州皆斥鹵。長蛇封豕恣縱横，麟鳳龜龍失其所。耕夫釣叟意何如，夢入江南毛髪竪。余生聽慣本無事，今乃云胡慘情緒。排門四望雲墨黑，縱有空言亦何補。秋夜雨，秋夜雨，何時住我願，掃開萬里雲，日月光明天尺五。

古時嘆

箕子奴而比干死，屈原以葬湘江水。痛哭書生不見歸，朱董何人呼得起。深衣大老爲腐儒，紈袴小兒稱丈夫。學士時爲八風舞，將軍日醉千金壺。人間赤子苦鉗鈇，抱麟反袂空流涕。嗚呼噫嘻！不有祝鮀之佞，宋朝之美難乎免於今世矣。

苦寒作

昨日風寒枯木折，今日五更霜似雪。河伯泉仙驚怪言，凍殺深潭三足鱉。南海一平行大輿，五尺之冰千古無。珊瑚樹死日色薄，老翁破凍叉僵魚。鳳皇不出鴝鵒語，秃鶖飛啼血如雨。駝馬交馳入不毛，兜鍪不憚饑寒苦。豺狼夾道狐兔驕，白草萬里蠻煙焦。紛紛赤子在炮炙，三士何緣争二桃。君不見江南古客頗癡懶，養得一雙青白眼。

紅梅翠竹山雉圖

遊絲冉冉游雲暖，翠石凝香上花短。管絃不動白日遲，可是江南舊亭館。湘簾隔竹翠雨濃，玉肌醉染胭脂紅。文章羽毛亦自好，轉首似覺懷春風。去年我過長洲苑，落日淡煙芳草淺。滄浪池畔野景生，姑蘇臺上離情遠。今年買棹遊西湖，西湖景物殊非初。黄金白璧盡塵土，朱闌玉砌荒蘪蕪。東園寂寞西園静，梧桐葉落銀牀冷。十二樓前蛛網緜，見畫令人發深省。

【補詩】

九靈山人戴良

雉子班

天地茫茫遂物情，雉子班兮在林坰，心懷耿介飛且鳴。扇綺翼，振錦膺。文章盡稱麗，意氣自多驚。我寧帶箭死榛莽，不肯爲裘奉聖明。韓信烹漢鼎，仲由醢衛庭。智勇難並立，賢愚每相傾。宜哉避世士，往從雉子逃其形。

艾如張

翠爲衿，錦爲衣，朝朝莫莫澤水飛。澤中青草深且茂，莫聽爾媒登壠頭。西接桃李場，蓬藋艾盡有羅張。羅雖可避機莫測，爾誤觸之恐身傷。請看舊日張羅處，祥鳳冥鴻不肯顧。

列朝詩集甲集前編第六

李翰林祁一十四首

祁字一初，茶陵人。元統元年進士，應奉翰林文字。母老，就養江南，授婺源州同知。遷江浙提舉副提舉。母憂，解職歸，隱居永新山中。入國朝，力辭徵辟，年七十餘卒。一初爲左榜進士第二人，其右榜第二則余闕廷心也。嘗爲廷心序《青陽集》，自以不得乘一障效死如廷心爲恨。又以爲委質事人，不可終負，見諸詠王明妃及和王子讓之詩。子讓名禮，廬陵人，亦一初同年進士，元亡，累辟不出，以鐵拄杖采詩山谷間者也。國兵入永新，一初被傷，儒衣冠僵仆道左。總制新安余茂遣人舁歸，辟正舍禮之。歿而刻其遺文爲《雲陽先生集》十卷。少師文正公東陽，一初五世諸孫也，弘治中歸茶陵，刻石以表其墓。

昭君出塞圖

朔風吹沙天冥冥，愁雲壓塞邊風腥。胡兒執麾背人立，傳道單于令行急。蒙茸狐帽貂鼠裘，誰言宮袍淚痕濕。漢家恩深幸不早，此身終向胡中老。此身倘負漢宫恩，殺盡青青原上草。

題朱澤民先生畫山水圖

洞庭之南湘水東，青山奕奕蟠蒼龍。雲陽峰高七十一，欲與衡嶽争爲雄。我家近在雲陽下，來往看山如看畫。十年塵土走西風，每憶雲陽動悲咤。吴中勝士朱隱君，筆精墨妙天下聞。畫圖畫出湘江水，青山上有雲陽雲。雲陽山高湘水緑，十年不見勞心目。只今看畫似看山，萬里歸情寄鴻鵠。

和劉梅南見寄

先生雅趣耽幽癖，住近雲山第幾家。夜雨暗添原上草，春風晴入路旁花。詞嚴自可驅蛟鰐，德厚何妨看蝮蛇。珍重先生宜壽考，故應吾道有光華。

和王子讓韻二首

老淚縱横憶舊京，夢中歧路欠分明。天涯自信甘流落，海内誰堪託死生。短策未容還故里，片帆只欲駕滄瀛。他年便作芙蓉主，慚愧當時石曼卿。

城郭人民事事非，空餘塵土滿征衣。君猶有道堪流俗，我已無家不念歸。天地晦冥龍去遠，江湖寥落雁來稀。極知此後還相憶，愁見青山映夕暉。

和青原寺長老無詰見寄

毿毿白髮舊儒臣，幾見江南物候新。問訊枉煩林下士，變衰祇似夢中人。隔簾聽雨常經久，倚石看山不厭貧。更欲就依禪榻畔，爐香終日澹絪緼。

送非空晦之二上人歸青原

青原山氣鬱盤紆，去郭連村十里餘。洗鉢水香晨粥後，讀書燈燼曉鐘初。晴天小閣收摩衲，暖日輕雲護苾芻。願得明年筋力健，經尋溪路訪深居。

和鍾德恭見寄

江湖風浪日蕭蕭，鰍蟹魚蝦亂躑跳。諸葛有才終復漢，管寧無計謾依遼。煙消故國川原淨，秋入空山草木凋。猶恨歸來相見晚，暮雲春樹碧天遥。

送吴俊傑歸江東

幕下貔貅十萬人，幕中賓客罕同倫。揮戈略陣天回日，點燭論兵夜向晨。水木衣冠仍草草，星源文物故彬彬。知君剩有安邊策，定約重來立要津。

和前韻答吴孟勤

不是衰翁愛索居，只緣多病故人疏。來依陸氏三間屋，乘得劉公一紙書。同輩謾推年齒大，後生應笑老成迂。知心賴有通家子，早晚相過意迥殊。

和友人見寄

碧天如水暮雲收，又見江南一片秋。亂後年華多荏苒，客中踪跡故淹留。露溥金井桐陰薄，月上瑶階竹影修。遥想轅門凉氣早，壺漿來往百無憂。

和詠海棠韻

名花初發愛輕陰，翠袖紅妝漸滿林。步入錦帷香徑小，醉扶銀燭畫堂深。妖饒喜識春風面，零落愁關夜雨心。多幸鳳皇池上客，爲抽勞思寫清吟。

和王子讓二首

萬頃煙波一葉舟，更無維楫任飄流。此身自合他鄉死，争奈狂狐憶首丘。

我逐郊原鹿豕踪，君如鷹隼挾秋風。近聞鐵網連山海，不信人間有卧龍。

丁高士鶴年九十一首

鶴年字鶴年，西域人也。曾祖阿老丁與弟烏馬兒皆巨商。元世祖徇地西土，軍餉不繼，杖策軍門，盡以其資歸焉。數從征，下西北諸國，論功，年老不願仕，特賜田宅，留京奉朝請。而烏馬兒累官甘肅行中書左丞。父職馬禄丁，以世蔭爲武昌縣達魯花赤，有惠政，解官後，留葬焉。壬辰歲，年十八，淮兵襲武昌，奉母走鎮江。餘十載，母歿，鹽酪不入口者五年。浙西兵未息，避地越江上，又徙四明。行臺省辟薦交至，皆不就。方氏據浙東，深忌色目人，鶴年轉徙逃匿，旅食海鄉爲童子師。或寄居僧舍，賣藥以自給。嘗有句云：「行踪不逐梟東徙，心事惟隨雁北飛。」識者憐之。戴良作《高士傳》，以申屠蟠擬之。越十載，告牒還武昌，生母馮阻絶病死，瘞東村廢宅中，慟哭行求，夢其母以告，嚙血沁骨，斂而葬焉。烏斯道作《丁孝子傳》，與柳子厚志趙來章事絶相類。鶴年自以家世仕元，不忘故國。庚申北遁後，飲泣賦詩，猶有宣光綸旅之望。戴良序其詩，以爲一篇一句，皆寓憂君愛國之心，讀之不知涕泗之横流也。晚年屏絶酒肉，學浮屠法，廬於父墓，以終其身。永樂中卒。楚昭、莊二王咸敬禮之。正統中，憲王命紀善管延校刻其遺文行世。

贈相者姜奉先 宋忠臣姜才之孫。以下江浙避地時作。

德祐忠臣好孫子，爛爛目光巖電紫。人間富貴等浮雲，瑣瑣何須掛脣齒。灧澦險，蜀道難，曳裾旁人多厚顔。留取乾坤雙老眼，夕陽牛背看青山。

汩汩

汩汩在塵埃，羈懷不暫開。病將顔玉去，愁送鬢絲來。招隱慚高蹈，扶顛乏大才。行藏成兩失，回首有餘哀。

送四兄往杭後寄

臨别强言笑，獨歸情轉哀。離魂悽欲斷，孤抱鬱難開。太守堤邊柳，徵君宅畔梅。過逢如見憶，煩寄一枝來。

春日海村 三首

地僻囂塵遠，人稀習俗淳。花時恒獨往，隨意踏晴春。斑竹過頭杖，烏紗折角巾。蕭然多古意，何愧葛天民。

門巷絶輪蹄，春深緑草齊。風光不相負，泉石且幽棲。捲幔通花氣，移牀避燕泥。時時得佳句，自向竹間題。

每恨韶華晚，仍嗟老病催。閉門花落盡，隱几鳥飛回。引睡書千卷，消愁酒一杯。平生志士氣，此日已成灰。

寄西湖林一貞先生

錦繡湖山世絶稀，東風不放賞心違。芙蓉楊柳臨清淺，佛殺仙宫繞翠微。畫舫載春天上坐，紫騮馱醉月中歸。高情獨有林和靖，門掩晴空看鶴飛。

海巢

海上巢居海若降，三山眼底小如矼。已攀若木爲華表，更立榑桑作翠幢。蛟室夜光晴燭户，蜃樓秋影冷涵窗。鶺鴒夢斷無因到，唯有同棲鶴一雙。

送人歸故園

故園林道已休兵，客裏那堪送客行。老去别懷殊作惡，亂餘歸計倍關情。孤村月落群鷄叫，絶塞天清一雁横。到日所親如見問，浪遊江海負平生。

異鄉清明

十年澒洞家何在，萬里清明客未歸。雨僽風僝花亂落，泥融水暖燕交飛。煙生榆柳推遷速，雲鎖松楸拜掃違。旅雁盡回音信斷，側身長望淚頻揮。

長江萬里圖 將歸武昌，自賦二首。

長江千萬里，何處是儂鄉？忽見晴川樹，依稀認漢陽。

長嘯還江國，遲回別海鄉。春潮如有意，相送過潯陽。

題落花芳草白頭翁

草長連朝雨，花殘一夜風。青春留不住，啼殺白頭翁。

題梅花扇面寄五十僉憲

憶向西湖踏早春，萬花如玉月如銀。一枝照影臨清淺，滿面冰霜似故人。

題林泉野趣圖

清江白石帶疏林，樊口幽居尚可尋。夢裏草堂無恙在，秋風春雨總關心。

歲晏百憂集二首　以下海濱避亂時作。

歲晏百憂集，獨坐彈鳴琴。琴聲久不諧，何以怡我心。拂衣出門去，荆棘當道深。還歸茅屋底，抱膝《梁父吟》。

歲晏百憂集，擊節發商歌。商歌未終調，淚下如懸河。故鄉渺何許，北斗南嵯峨。有家不可歸，無家將奈何。

逃禪室述懷十六韻

出處兩茫然，低佪每自憐。本無經國術，仍乏買山錢。故邑三千里，他鄉二十年。力微歸計杳，身遠客心懸。桃李誰家樹，禾麻傍舍田。鶉衣秋屢結，蝸室歲頻遷。逝水終難復，寒灰更不然。久要成齟齬，多病復沉綿。俯仰衷情倦，栖遲野性便。延徐誰下榻，訪戴獨回船。耻灑窮途泣，閑修浄土緣。談玄分上下，味道悉中邊。有相皆虚妄，無才幸苟全。栖雲同白鹿，飲露效玄蟬。高蹈慚真隱，狂歌愧昔賢。惟餘空念在，山寺日逃禪。

客懷

此生何坎壈，終歲客他鄉。病骨經秋早，愁心識夜長。文章非豹隱，韜略豈鷹揚。磨滅餘方寸，還同百煉剛。

病衰

病骨秋增痛，衰容日減華。臉霞憐竹葉，鬢雪妒菱花。往事嗟何及，歸程望轉賒。少年歌舞地，此日屬誰家。

自詠十律

長淮横潰禍非輕，坐見中流砥柱傾。太守九江先效死，諸公四海尚偷生。風雲意氣慚豪傑，雨露恩榮負聖明。一望神州一搔首，天南天北若爲情。

腐儒避地海東偏，鳳曆頒春下九天。再拜帝堯新正朔，永懷神禹舊山川。廟堂久託君臣契，藩閫兼操將相權。只在忠良勤翊戴，萬方行睹至元年。

一夜西風到海濱，樓船東出海揚塵。生慚黄歇三千客，死慕田横五百人。紀歲自應書甲子，朝元誰共守庚申。悲歌撫罷龍泉劍，獨立蒼溟望北辰。

羲軒道德久荒唐，蕩蕩宏圖起世皇。天入清都逾廣大，日臨化國倍舒長。渥窪萬里來騏驥，阿閣千年下鳳凰。聖子神孫承寶祚，長令億兆樂時康。

堂堂至正最多材，萬國同文壽域開。漠北諸生登第去，越南計吏進賢來。鳳《韶》九奏黄金殿，鶴駕三朝白玉臺。回首黄塵揚碧海，五雲無處覓蓬萊。

金銀宫闕五雲鄉，曾見群仙奉玉皇。濟濟夔龍興禮樂，桓桓方虎靖封疆。自淪碣石滄溟底，誰索玄珠赤水旁。獨有遺民負悲憤，草間忍死待宣光。

千官何處扈宸遊，回首風塵遍九州。黄竹雪深迷玉輦，蒼梧雲斷見珠丘。令威不盡去家怨，精衛豈勝填海愁。大禹胼胝天所眷，肯教綸邑久淹留。

六軍遥駐墨河濆，故國丘墟詎忍聞。露冷金銅應獨泣，火炎玉石竟俱焚。虞淵日暮無還景，禹穴秋深有斷雲。草澤遺民今白髮，憑高無奈思紛紛。

皇天輔德本無親，興復寧論地與民。綸有一成終祀夏，楚雖三户竟亡秦。昆蟲咸被生成德，草木猶懷化育仁。洪運未移神器在，周宣漢武果何人。

九鼎神州竟陸沉，偷生江海復山林。頻繁誰在隆中顧，憔悴惟餘澤畔吟。嚙雪心危天日遠，看雲淚盡歲時深。百年家國無窮事，可得忘機老漢陰。

故宫人

粉愁香怨不勝情，强整殘妝對老兵。別殿金蓮餘故步，《後庭玉樹》變新聲。眼穿雁字雲連塞，夢斷羊車月滿城。天上桃開王母去，世人誰識許飛瓊。

別帽

雲樣飄蕭月樣團，百年雄麗壓南冠。黄金綴頂攢文羽，白璧垂纓間木難。刺繡尚期平敵壘，簪花曾夢舞仙壇。一從吹墮西風裏，誰念蒙塵白髮寒。

元夕

燈火樓臺錦繡筵，誰家簫鼓夜喧闐。光移星斗天逾近，影倒山河月正圓。金鎖開關明似晝，銅壺傳漏迴如年。五雲不奏《霓裳曲》，空使揚州望眼穿。

雪後泛東湖

雪後湖山玉作圍，小舟乘興弄清輝。貪看月裏鸞回舞，不覺風前鷁退飛。雲母屏空春閬寂，水晶宫冷晚霏微。仙家一笑乾坤老，誰馭瑶池八駿歸。

題鳳浦方氏梧竹軒

鳴鳥曾聞此地過，至今梧竹滿丘阿。政懷剪葉書周史，却恨翻枝入楚歌。金井月明秋影薄，石壇風細晚涼多。中郎去後知音少，共負奇才奈老何。

《存齋詩話》云：「時作者已滿卷，此詩一出，皆爲斂衽。」

暮春感懷二首

杜宇聲聲唤客愁，故園何處此登樓。落花飛絮成春夢，剩水殘山異昔遊。歌扇多情明月在，舞衣無迹彩雲收。東皇去後韶華盡，老圃寒香别有秋。

四十無聞懶慢身，放情丘壑任天真。悠悠往事杯中物，赫赫時名扇外塵。短策看雲松寺晚，疏簾聽雨草堂春。山花水鳥皆知己，百遍相過不厭頻。

奉寄王宣慰兼呈九靈先生

别館新成足宴游，珊珊環珮總名流。獨推南郭爲高士，共識東陵是故侯。天上鶯花三月夢，人間春雨五更愁。行藏盡付浮雲外，爛醉豐年黍稌秋。

奉寄九靈先生二首　先生嘗爲予作傳。

挾海懷山謁紫宸，擬將忠孝報君親。忽從華表聞遼鶴，却抱遺經泣魯麟。喪亂行藏心似鐵，蹉跎勳業鬢如銀。萬言椽筆今無用，閑向林泉紀逸民。

花柳村村接海濱，携家隨處避風塵。衣冠栗里猶存晉，鷄犬桃源久絶秦。對坐青山渾不厭，忘機白鳥自相親。也知出處關時運，豈但逃名效隱淪。

寄定海故將軍邵公輔

往事浮雲杳莫攀，壯懷未展鬢先斑。不聞奉使通銀漢，空見將軍老玉關。故壘荒凉千騎盡，滄溟浩蕩一鷗閑。風塵隨處嚴訶止，愁殺田間野獵還。

逃禪室與蘇伊舉話舊有感

不學揚雄事草《玄》，且隨蘇晉暫逃禪。無錐可卓香嚴地，有柱難擎杞國天。謾詑丹霞燒木佛，誰憐清露泣銅仙。茫茫東海皆魚鱉，何處堪容魯仲連。

寄餘姚滑伯仁先生

獨木橋邊薜荔門，全家移住水雲村。猿聲專夜丹山静，蜃氣横秋碧海昏。詩卷自書新甲子，藥壺别貯小乾坤。陶漁耕稼遺風在，差勝桃源長子孫。

寄餘姚宋無逸先生

龍泉城外絶囂喧，寄傲全勝在漆園。獨對江山懷舜禹，每憑風月問劉樊①。行窩釃酒花圍席，野寺題詩竹滿軒。回首崑岡空刼火，深期什襲保璵璠。

① 原注："「餘姚有舜江、夏山、漢劉使君、樊夫人仙迹。」"

雨中寄楊彦常先生

山中長夏苦淫雨，暫爾出門還不能。九天馭日力已竭，兩地看雲愁倍增。憐君畏途久作客，笑我净土常依僧。相思倚柱發清笑，旁人不解谷空應。

題太守兄遺稿後

太守兄死事之明年，於篋中得遺詩一卷，伏讀之次，不知涕泗之横流也。敬題一詩於後，以紀哀思云。

海國期年政化成，肩輿隨處看春耕。正欣鷄犬無驚擾，詎意鯨鯢有鬬争。遥島月明虚燕寢，故山雲冷失佳城。夢迴佳句難重得，腸斷池塘草又生。

題昌國普陀寺二首　寺在寧波府東南海島間，即昌國州之故墟也。

神鰲屹立戴崔嵬，俯瞰滄溟水一杯。積翠自天開罨畫，布金隨地起樓臺。祈靈漢使乘槎到，傳法梁僧折葦來。若使祖龍知勝概，豈應驅石訪蓬萊。

昆明劫火忽重然，宇内名山悉變遷。古刹獨存龍伯國，豐碑猶記兔兒年。三更日浴咸池水，八月潮吞渤海天。雲漢靈槎如可御，便應長往問群仙。

題東湖青山寺古鼎銘長老鍾秀閣

手開樓閣貯群經，面對湖山衛百靈。玉鏡夜寒通沆瀣，翠屏秋浄倒空青。避煙鶴起檐間樹，行雨龍歸几上瓶。我亦逃禪雲水客，便應蕭散共松扃。

寓奉化寺寄菩提寺主

菩提嶺外空王寺，丹磴行穿虎豹群。萬壑濤聲巖下瀑，千峰雨氣屋頭雲。海龍送水金瓶貯，天女懷香寶鼎焚。慚愧無緣塵土客，朝朝鐘鼓下方聞。

奉寄恕中韞禪師

曾向名山識異人，心如木石氣如春。坐禪霜葉秋埋膝，行道天花日繞身。有鉢相傳元是幻，無錐可着本非貧。惟餘潭底中秋月，對寫龍峰面目真①。

① 原注：「時留龍峰傳燈。」

悼湖心寺壁東文上人

祇林一葉隕秋霜，回首滄洲淚兩行。几上殘經塵已暗，篋中遺稿墨猶香。雲迷圓澤三生石，月冷維摩十笏房。想像清容何處記，寒梅的的竹蒼蒼。

山居詩二首呈諸道侶

日日看山眼倍明，更無一事可關情。掃開積雪巖前走，領取閑雲隴上行。不共羽人談太易，懶從衲子話無生。劃然時發蘇門嘯，遥答風聲及水聲。

懶散形骸不自持，黄冠聊束鬢邊絲。頻來猿鶴渾相識，久混龍蛇竟不知。養拙最宜情澹泊，全生深藉德支離。看雲本自忘饑渴，况有冰泉與石芝。

逃禪室解嘲

久慕陶公卧北窗，還從馬祖吸西江。掃愁那用千金帚，折慢惟瞻七寶幢。日晏捲簾延疊嶂，雨晴攲枕聽流淙。周妻何肉俱無累，衹有詩魔老未降。

夜宿染上人溪舍

雲去禪關户牖空，清溪碧樹有無中。倒涵天影魚吞月，逆戰秋聲犬吠風。見性本圖先作佛，勞形翻愧早成翁。杜陵老去歸無計，來往那辭惱贊公。

兀兀

數莖白髮鏡中新，兀兀窮年愧此身。萬里雲霄雙倦羽，千尋江漢一窮鱗。望鄉薄暮憑西日，去國中宵禮北辰。客路漸遥身漸老，此生何以報君親。

勞勞

閶闔排雲事已休，勞勞猶耻爲身謀。數莖白髮未爲老，一寸丹心都是愁。燕代地高山北峙，荆揚天闊水東流。英雄已去空形勝，劍氣中宵射斗牛。

兵後還武昌二首

避亂移家大海隈，楚雲湘月首頻回。歸期實誤王孫草，遠信虛憑驛使梅。天地無情時屢改，江山有待我重來。白頭哀怨知多少，欲賦慚無庾信才。

亂定還家兩鬢蒼，物情人事總堪傷。西風古冢游狐兔，落日荒郊卧虎狼。五柳久非陶令宅，百花今豈杜陵莊。舊遊回首都成夢，獨數殘更坐夜長。

過九江追悼李子威太守

瓣香遥拜九江城，太守精神日月明。叔侄並歸忠義傳，江山不盡古今情。潮回湓浦聲猶怒，雲起爐峰氣未平。生死總魁天下士，丈夫端不負科名。

過安慶追悼余文貞公

將軍匹馬入舒城，擊賊頻煩訓義兵。孝以保家忠徇國，聚而出戰散歸耕。圍侔月暈全無隙，捷振天威大有聲。遊説飛書徒間諜，輸誠伏節愈堅貞。雲梯屢却妖氛豁，露布交馳殺氣平。千里荆揚憑保障，七年淮海賴澄清。山深猰貐殲還出，江闊鯨鯢斬更横。外援内儲俱斷絶，裹瘡飲血獨支撑。天昏苦霧埋營壘，日落陰風卷旆旌。甘與張巡爲癘鬼，肯同王衍誤蒼生。三千將士皆同死，百二山河亦繼傾。

靜對風霆思號令，遥從箕尾識精誠。頌碑不愧詞臣色，哀詔偏傷聖主情。願爲執鞭生不遂，臨風三酹重沾纓。

上明州太守茶子俊 還武昌遷葬告牒而作。

漢江東抱楚山流，先壟猶餘土一抔。廟冷桐鄉耆舊逝，田荒栗里子孫愁。兵戈隔夢三千里，霜露傷心二十秋。荒隧天寒烏鳥下，空林日落白狐遊。碑焚斷石經時變，碗出遺金有夜偷。過客尚知來下馬，仙翁誰復指眠牛。擬從樊口還京口，遥别沙頭下石頭。高士束芻思致奠，故人惠麥久維舟。已知多病垂垂老，敢爲長貧故故留。爲政幸逢宗正恕，申情當念子平憂。劬勞罔報生何益，存歿沾恩死必酬。願及清明三月節，一盂麥飯灑松楸。

題天柱山圖

拔翠五雲中，擎天不計功。誰能凌絶頂，看取日昇東。

畫蟬

飲露身何潔，吟風韻更長。斜陽千萬樹，無處避螳螂。

敬書宸翰後

神龍歸臥北溟波，愁絶陰山《敕勒歌》。惟有遺珠光奪日，萬年留得照山河。

此云「宸翰」，蓋指庚申君手迹也。

題苐郎天馬圖

春明立仗氣如山，顧盼俄空十二閑。一去瑤池消息斷，西風吹影落人間。

暮春二首

楊花榆莢攪晴空，上界春歸下界同。蜂蝶紛紛竟何在，獨留杜宇怨殘紅。

一夕春歸變九垓，千紅萬紫盡塵埃。韶光淑氣逡巡退，暑雨炎風爛熳來。

題畫

江樹青紅江草黄，好山不斷楚天長。雲中樓觀無人住，只有秋聲送夕陽。

題萬歲山玩月圖

金銀樓觀鬱嵯峨，琪樹風涼秋漸多。徙倚危欄倍惆悵，月中猶見舊山河。

題畫葡萄　故人毛楚哲作。

西域葡萄事已非，故人揮灑出天機。碧雲涼冷驪龍睡，拾得遺珠月下歸。

梧桐

井梧徹夜下霜風，錦綉園林瞬息空。老盡秋容何足惜，鳳巢吹墮月明中。

聞簫

給喪未必無周勃，乞食誰能辨伍員。昨日英雄今日恨，洞簫忍向亂中聞。

聞雁

月落江城轉四更，旅魂和夢到灤京。醒來獨背寒燈坐，風送長空雁幾聲。

寄武昌南山白雲老人

性衛，字均執。先人時故舊。家居，未嘗入城市，聞鶴年辛苦遠還，遣子弟問遺不絶。鶴年足疾日劇，弗克往拜牀下，謹奉拙詩，少致謝忱云。

故人家住南山下，心與白雲共蕭灑。芝草遥賡黄綺歌，蓮花近入宗雷社。嗟予江海避風塵，白首歸來失所親。青眼相看如昔日，只有南山與故人。

戲贈劉雲翁

千金不惜買新聲，贏得風流老更成。銀甕葡萄浮臘蟻，金屏窈窕囀春鶯。香凝宴寢頻開席，花暗閑房合度笙。夜燕未終賓客醉，莫將明燭照華纓。

長江萬里圖

右逾越嶲左蓬壺，萬里提封入壯圖。斷石雲屯山擁蜀，驚濤雪立海吞吴。蟠桃有實來青鳥，若木無枝駐赤烏。秦漢經營人盡去，獨留形勝在寰區。

戲贈應修吉

硯溪居士神仙侶，短髮蕭蕭雪滿簪。暖老恨無燕趙玉，養生賴有坎離金。牀頭酒熟留僧飲，席上詩成對客吟。歲晚山空誰是伴，北窗梅月最知心。

錢塘懷古

錢塘佳麗冠南州，故國繁華逐水流。龍虎已消王霸氣，江山空鎖古今愁。吴臣廟冷潮喧夜，宋主陵荒塔倚秋。最是西湖歌舞地，數聲漁笛散鳧鷗。

重到西湖

湧金風月昔追歡，一旦狂歌變永嘆。錦綉湖山兵氣合，金銀樓閣劫灰寒。雪晴林野梅何在，霜冷蘇堤柳自殘。欲買畫船尋舊約，荒煙野水浩漫漫。

樊口隱居　爲武昌李均玉作。

萬里雲霄斂翼回，掛冠高卧大江隈。春深門巷先生柳，雪後園林處士梅。翠擁樊山邀杖屨，緑浮漢水映樽罍。誰能領取坡仙鶴，月下吹簫共往來。

題唐中王三駿圖

三駿英英出渥窪，太平芻粟飽天家。誰知百戰平河北，汗血功歸獅子花。

戲題明皇照夜白圖

天上麒麟天下稀，月中幾送八姨歸。君王寓目應追悔，誤看乘鸞度羽衣。

送蔡用嚴還四明

四明故舊苦無多，死別生離奈若何。老淚暗添江漢水，隨人去作海東波。

水仙花二首

湘雲冉冉月依依，翠袖霓裳作隊歸。怪底香風吹不斷，水晶宫裏宴江妃。

影娥池上晚凉多，羅襪生塵水不波。一夜碧雲凝作夢，醒來無奈月明何。

竹枝詞二首

竹鷄啼處一聲聲，山雨來時郎欲行。蜀天恰似離人眼，十日都無一日晴。

水上摘蓮青滴滴，泥中採藕白纖纖。却笑同根不同味，蓮心清苦藕芽甜。

集外詩三首

次小孤山

峽束千雷怒擊撞，危峰屹立壓驚瀧。山聯廬霍朝三楚，水落荆揚限九江。鎮海重關當第一，擎天孤柱故無雙。佩環月夜知何處，露濕蓬萊玉女窗。

題風雨歸舟圖

昔向滄浪弔獨醒，中流風雨正揚舲。江空風捲潮頭白，野曠雲迷峴首青。掛席正思遺珮浦，推篷已過濯纓亭。襄陽耆舊今安在，撫几長歌對畫屏。

奉次虞侍講先生見貽韻

玉堂棄躧若浮雲，無奈鷄林遠購文。推轂近聞推漢士，避名寧計却秦軍。芝亭花發春醪熟，鴻閣詩成夕磬聞。一飯未嘗忘北闕，鼓琴誰識和南薰。

太學生戴習録其師鶴年先生詩曰《海巢集》者，請題其後。鶴年，予友也。其詩忠義慷慨，有《騷》《雅》之遺意焉。昔唐之僧有讀其友盧仝之詩者曰：「鯨吞海水盡，露出珊瑚枝。海神知貴不知僧，留與人間光照夜。」吾讀《海巢集》亦云。虎丘澹居老人至仁書。

附見　吉雅謨丁五首

鶴年之從兄，字元德。至正間進士，任浙東僉都元帥。

贈陳章甫

三十年前鬢未蒼，曾陪宰相入鵷行。解衣換酒尋常醉，躍馬看花取次忙。亂後已非前日夢，老來那復少年狂。黃冠野服好妝束，穩把長竿釣海鄉。

鶴年弟盡棄紈綺故習清心學道特遺楮帳資其澹泊之好仍侑以詩

誰擣霜藤萬杵匀，製成鶴帳隔塵氛。香生蘆絮秋將老，夢熟梅花夜未分。枕上不迷巫峽雨，牀頭常對剡溪雲。竹罏松火茶煙暖，一段清真盡屬君。

遊定水寺寄杜舜臣

木紋藤簟竹方牀，山閣重陰雨後凉。新月梧桐秋已老，碧梧機杼夜初長。白魚入饌松醪熟，紅稻供炊笋脯香。雲樹芝泉隨處好，一時清賞肯相忘。

附見 愛理沙二首

愛理沙，鶴年之次兄，字允中。至正間進士，仕翰林應奉。

題九靈山房圖 戴叔能讀書處，時避地明州。

夢裏家山十載遲，丹青只尺是耶非？墨池新水春還滿，書閣浮雲晚更飛。張翰見幾先引去，管寧避亂久忘歸。人生若解幽棲意，處處林丘有蕨薇。

題鍾秀閣 爲東湖古鼎銘長老作。

檻外澄湖平不流，窗閑叠翠屹將浮。煙霞五色錦屏曉，風月雙清瑶鏡秋。薝蔔濃香吹法席，芙蓉凉影蕩仙舟。結巢擬傍雲林住，回首朝簪愧未投。

附見　吴惟善二首

鶴年表兄，樊川人。

寄武昌諸友

黄鶴山前漢水濆，一時英俊總能文。金釵佐酒年俱少，銀燭鈔書夜每分。雁杳魚沉勞遠思，狼貪羊狠絶前聞。兵戈故國知誰在，目斷西南日暮雲。

寄東海鶴年賢弟

鶴皋東望接三山，海上群仙日扣關。虎守月爐丹煉就，龍吟霜匣劍飛還。故園松菊餘三徑，老屋煙霞恰半間。爲問林泉逃世者，如公今有幾人閑？

【補詩】

李翰林祁 四首

同孫彦能遊山卷

緑厓涉清泚，披草得幽徑。蕭條雙檜間，獨立一松勁。入門聽微鐘，心垢一時浄。向來飽干戈，棟宇兀偏正。空庭鳥雀喧，壞壁龍蛇暝。徒能起咨嗟，無復聳觀敬。三嘆復出門，乾坤幾時定？

題王與齡畦樂

有客依南浦，長年學種畦。才高宜世用，性僻愛幽栖。菜甲侵腰長，桑枝刺眼低。不因來往熟，那得自成蹊。

題梅坡

迢遞城東路，梅花繞慢坡。步隨山雪遍，興入野雲多。顧影頭常側，憐香手屢挼。爲君題作畫，短句不成歌。

和王子讓席上韻

哀年愁對酒，壯志憶題橋。遇事難開口，逢人愧折腰。樂傳天上譜，心逐莫歸樵。宴罷驪歌發，蹉跎又一朝。

【補人】

舒學正頔一十八首

頔字道原，績溪人。父弘，字彦洪，號白雲先生。道原年十五六，與同郡朱允升、鄭子美、程以文講明經史之學。比壯，授業於姑孰李青山，陶子敬、潘元叔皆爲同舍生。至元丁丑，辟池陽貴池教諭。秩滿，調丹徒教官，館於平章秦元之之門。至正庚寅，轉台州學正。時艱不仕，奉親攜書歸遁山中。嘗與其弟遠遊，輿親避寇巖谷，被擒執。道原正色叱賊，砍之，弟兄執手争死，賊感而釋之。歲丁酉，衛國公定徽郡，交章禮聘，高卧北山之陽，以疾辭，不出。洪武丁巳，考終于家，年七十有四。白雲唐仲實曰：「公之爲詩，盤桓蒼古，不貴纖巧織紝之習。」字尤喜樸拙，識者曰宗漢隸，非八法也。道原辭召之後，名其齋曰「貞素」，學者稱曰貞素先生。有《華陽貞素齋集》七卷。嘗有詩曰：「湖海半生客，乾坤一布衣。義哉周伯叔，飽食首陽薇。」其寄託如此。

白槿花

素質不自媚，開花向秋前。澹然超群芳，不與春争妍。凉夜弄清影，縞衣照嬋娟。佳人分寂寞，零落秖自憐。鮮鮮碧雲樹，皎皎萬玉懸。朝開暮還落，物理乃自然。嗤彼壅腫木，徒爾全天年。

立春

三陽肇開泰，一氣回新和。百卉已萌茁，光風扇晴波。田疇入鋤犁，城郭仍干戈。而我抱鬱鬱，居焉萬山阿。忘言今古事，扣角時悲歌。治亂關氣化，世情今如何。悠然出山去，天闊浮雲多。

春陰

昏昏霧隱山，冪冪雲弄水。造化如妒春，又釀明日雨。尋芳未可期，息戰乃所喜。花淚愁闌干，柳眼眠未起。昔日繁華衢，兹焉變荒址。將何測陰陽，默默數甲子。

次王和夫避世八都

生平性放曠，處世常澹然。但恐學未至，讀書究其玄。時經喪亂際，向慕心益堅。仰睇高飛鴻，翺翔入雲煙。云何雜燕雀，下與鷄鶩連。避謗去城市，尋幽適林泉。枕流夜雨歇，坐石春風顛。徒抱心耿耿，復憂腹便便。王君我畏友，時寄五色鮮。神鬼泣老筆，風雲走長篇。文章古所貴，道義今誰傳。將謂禮樂盛，遽罹干戈年。六經既掃地，一物安得全。藉甚右軍裔，榮讓諸郎先。依山更帶水，問舍仍求田。花下鹿濯濯，雲門鶴翩翩。情懷渺何許，風月渾無邊。尊酒何時會，醉賡雲錦箋。

七佛庵三十韻

春色如多情，陰雲貸遊矚。登臨不憚勞，跨踤轉山谷。石磴危欲攲，梯身進恐覆。松風響簫笙，花露滴巾幅。鑿鑿石齒連，盤盤山脊伏。初疑路不通，似覺地可縮。小憩林木深，大觀天地育。曠胸凌八荒，舉手決四瀆。歲暮歷險艱，時危事幽獨。情深山水佳，興遣杖屨復。七佛庵先登，一人泉可掬。誓將寂滅心，受此清淨福。塵世徒喧啾，山門遠榮辱。艱難慨諸僧，落木栖老屋。江水清入懷，淮山翠凝目。花陰覆層檐，鳥語隔幽竹。稽首幡幢翻，升階路徑熟。禪心絮沾泥，世味蠟煮粥。軍政期嚴明，民風慕清穆。既興楊朱悲，復動賈生哭。再上講經臺，仍摳御風服。憑高氣層層，眺遠山矗矗。石眼松絡根，崖腰樹飛瀑。一泓照鬢眉，兩地映蘭菊。骨蜕超塵寰，性空問機軸。無心雲自飛，得趣景何倏。緑樹啼白猿，青莎卧黄犢。川原豁而開，麻麥蔚以蓼。遊辰風日和，行徑花草馥。冥冥鶴歸來，長笑下山麓。

山莊雜詠

繞屋陰陰樹，通池細細流。寄書來故舊，飛夢上神州。百兩歸朝士，千金買墜樓。知幾誰氏子，一笑過林丘。

戴氏樓居次韻

山環水繞居之安，圖畫森列宜晚看。翠幕低垂爽氣肅，銀燈高照書聲寒。世情頗覺眼界窄，酒量不博詩腸寬。湖海平生今白髮，掀髯一笑倚朱闌。

揚州　明月、皆春，樓名。

仙人已騎白鶴去，倦客漫逐紅塵來。人間又見梧葉落，觀裏無復瓊花開。明月皆春罷歌舞，王宮相府俱塵埃。江山如此豪華歇，千古豈不令人哀。

九日飲侄女家

菊花杯泛茱萸酒，楊柳村沿石鏡山。門掩黄雲千百頃，溪藏紅葉兩三灣。歡然自覺情難盡，醉後都忘夜易闌。細雨斜風休作惡，歲寒心事正相關。

次韻葉實夫西山園飲

西山蒼翠誰家園，竹樹繞屋何森然。置酒邀我坐林下，高歌握手行花前。偶然得句不在巧，相歡爛醉仍烹鮮。世事人情都莫問，百年過去知誰賢。

涇川道中

青山雨後白雲生，雲氣參差草樹清。明月出山雲弄影，清風吹水樹含聲。人家屋角鶯厖吠，官路橋頭去馬鳴。天下之間吾亦客，還將老眼望昇平。

平林煙雨

時人買畫千金傳，一片景物真天然。四時不用舒展看，翠嬌緑潤當窗前。春三漠漠護暖雨，秋九慘慘啼蒼煙。槎牙古怪雲霧暗，屈蟠偃蹇蛟龍纏。初見疑是李將軍，又是水墨王輞川。米家無根與朦朧，安得活動全吾天。明朝雨晴煙就斂，便欲設榻林間眠。請回谷口俗士駕，幸無驚我雙胎仙。

有懷諸公

黿鼉出没黄田蕩，龍虎盤蹲白下城。才俊滿前勞顧問，愚蒙在下冀昇平。波濤江漢暫時險，煙霧乾坤有日清。文士負才徒倚馬，武夫挾勇衹談兵。朝廷安用生疑慮，田野何由睹聖明。薇露每愁東日上，柳雲猶帶北風横。群公退食方雲喜，數子馳心尚慕榮。澤國暮春觀撲滿，江湖深夜炯攙搶。鄉村落落真堪嘆，冠冕峨峨未足驚。黄犬東門憐往事，白頭南土憶歸耕。

適耕堂 周禹錫云：「極昌黎。」

芙蓉嶺下中平村，中有祝氏居其源。文公外家道義門，積善好禮枝葉蕃。衣冠濟楚信行惇，築室亢燥依山根。適耕大篆楣扁存，掛經扶耒窮朝昏。以適爲樂遺子孫，浮雲富貴安足論。荒煙衰草金谷園，雲關霧谷截來轅。煙蓑雨笠遠市喧，肯堂有子班箎塤。山川瑞氣藏渾淪，文光五采朝吐吞。月明清夜啼黄猿，不羡變化南溟鯤，不貪爵禄何負恩。春蘭秋鞠芬幽軒，客至談笑開清尊。任彼輕薄手覆翻，退處寧學羝觸藩。女及笄嫁男已婚，俯仰無愧乾與坤。醉眠老腹摩朝暾，至樂百世垂後昆。

胡子坑 屬大鄣。

兩儀未判眹不平，巨凸突兀潛幽靈。毓秀朵奇挺峭拔，攢峰列壑争伶俜。枯槎著蘚半身碧，老石迸土千螺青。天净森鋩列畫戟，雲開大嶂横青屏。臨深架木側足度，飛瀑灑面洗耳聽。已有仙人浴丹室，寧無烈士磨厓銘。玄猿不驚籟寂寂，白鶴下舞花冥冥。便欲臨風蜕凡骨，來兹絶粒餐仙苓。尚聞好事薙荒穢，直上絶頂峨新亭。茗碗先春煮碧澗，蓬窗釀臘醺銀瓶。素衣何必待三聘，白首尚可窮一經。空谷時聞尚書履，疏林夜仰處士星。時乖狼虎集妖孽，地闊魑魅行真形。避世何煩慕清致，憂時且復逃膻腥。鄙哉時俗自污濁，喜甚澗谷長清泠。祇恐愚公易輕徙，玉皇敕命守六丁。

許子仁相招山中叙話

許子邀我來山中，我來但見堂户空。主人送客過溪去，風吹兩岸花蒙蒙。屋後萬叠金芙蓉，紫氣夜吐仙人宫。澗泉流香過白鹿，林木掛雨拖青虹。羡君築室讀其下，超遥不與世俗通。一聲黄鳥破幽夢，四顧空牖俱玲瓏。我愛此地無暑氣，重來飽飯談仙蹤。

懷京口

我昔遊北固，飄飄紫霞裾。手招雲中君，嘯傲驚天衢。一别回塵寰，於今五載餘。緬懷城中朱紫客，朝臺暮省相催迫。東華騶使傳宣來，喜動諸公藹春色。偶遭禍亂居山中，衣冠面目塵土蒙。儒坑選冷難得調，兀兀且作經年窮。不知故人念我否，詩成遠寄南飛鴻。

過牛伏嶺

牛伏嶺高高且遠，崎嶇羊腸路百轉。仲冬跋涉汗流漿，每嘆時危歷艱險。陰厓慘慘生悲風，極目四顧山巃嵷。人生能着幾兩屐，踪跡不異無根蓬。我家居山南，别業寄山北。群凶勢縱横，往返苦行役。山中天氣温如春，絶壁遥見梅花新。梅花年年見春色，不見多少行路人。

列朝詩集甲集前編第七之上

鐵厓先生楊維楨一百二十四首

維楨字廉夫，會稽人。泰定丁卯，用《春秋》擢進士第，署天台尹，改錢清場鹽司令。狷直忤物，十年不調。久之，陞江西等處儒學提舉，未上，會兵亂，避地富春山，徙錢塘。張士誠累招之，不往。又忤達識丞相，自蘇徙松，築玄圃蓬臺於松江之上，海内薦紳大夫與東南才俊之士，造門納屨，殆無虚日。酒酣以往，筆墨横飛，鉛粉狼籍。或戴華陽巾，披鶴氅，坐船屋上，吹鐵笛作《梅花弄》。或呼侍兒歌《白雪》之辭，自倚鳳琶和之，賓客皆蹁躚起舞，以爲神仙中人也。洪武二年，召諸儒纂修禮樂書，上以前朝老文學，思一見之，遣翰林詹同文奉幣詣門。謝使者曰：「豈有八十歲老婦就木不遠，而再理嫁者耶？」明年，又遣松江别駕追趣，賦《老客婦》詞一首進御，曰：「皇帝竭吾之能，不强吾所不能則可，否則有蹈海死耳。」上允之，賜安車詣闕廷，留百有一十日。禮文畢，史統定，即以白衣乞骸骨。上成其志，仍給安車還山。史館胄監之士祖帳西門外。抵家而卒。疾亟，撰《歸全堂記》，頃刻而就，曰：「九華伯潘君迎我。」擲筆而逝，庚戌之五月也，年七十五。所著書凡數百卷，具在宋太史墓誌中。張伯雨序其樂府曰：「《三百篇》而下，不失比興之旨，惟古樂府爲近。今代善用吴才老韻書，以古語駕御之，李季和、楊廉夫遂稱作者。廉夫又縱横其間，上法漢、魏，而出入於少陵、二李之間。所作古樂府辭，隱然有曠世金石聲。又時出龍鬼蛇神，以眩蕩一世之耳目。斯亦奇矣。」余觀廉夫，問學淵博，才力横軼，掉鞅詞壇，牢籠當代。古樂府其所自負，以爲前無古人。徵諸勾曲，良非誇大。以其詩體言之，老蒼奡兀，取道少陵，未見脱换之工；窈眇娟麗，希風長吉，未免刻畫之誚。承學之徒，流傳沿襲，槎牙鈎棘，號爲「鐵體」，靡靡成風，久而未艾。學詩者稽其所敝而善爲持擇焉，斯可矣。

老客婦謡　臣會稽楊維楨上

老客婦，老客婦，行年七十又一九。少年嫁夫甚分明，夫死猶存舊箕帚。南山阿妹北山姨，勸我再嫁我力辭。涉江采蓮，上山采蘼。采蓮采蘼，可以療饑。夜來道過娼門首，娼門蕭然驚老醜。老醜自有能養身，萬兩黄金在纖手。上天織得雲錦章，繡成願補舜衣裳。舜衣裳，爲妾佩古意，揚清光，辨妾不是邯鄲娼。

翰林侍讀學士詹同文作《老客婦傳》。别本又作「針綫婦」。

不赴召有述

皇帝書徵老秀才，秀才懶下讀書臺。子房本爲韓仇出，諸葛應知漢祚開①。太守枉於堂下拜②，使臣空向日邊回③。老夫④一管春秋筆，留向胸中取次裁。

①原注：「一本云商山本爲儲君出，黄石終期孺子來。」

②原注：「一作殷勤承上命。」

③原注：「一作繾綣日邊回。」

④原注：「一作袖藏。」

上大明皇帝①

鍾山突兀楚天②西，玉柱曾經御筆題。日照金陵龍虎踞③，月明珠樹鳳凰棲。氣吞江海三山小，勢壓乾坤五嶽低。百世昇平人樂業，萬年帝壽與天齊④。

①原注：「一作鍾山。」

②原注：「一作江。」

③原注：「一作雲擁金陵龍虎障。」

④原注：「一作華祝聲中人仰祉，萬年帝業與天齊。」

寄宋景濂

一代春秋付託顓，龍門太史筆如椽。山河大統三分國，正朔中華一百年。麒麟閣上登雄將，龍虎榜中收大賢。試問阮公高隱傳，誰填四十滿中篇？

景濂《送楊廉夫還吴浙》詩云：「皓仙八十起商山，喜動天顔咫尺間。一代遼金歸宋史，百年禮樂上春官。歸心只憶鱸魚鱠，野性寧隨鴛鷺班。不受君王五色詔，白衣宣至白衣還。」此詩《潛溪集》不載。

上左丞相

玉帳牙牀坐運籌，雄師到處瘴煙收。名傳冀北三千里，威振山東四百州。鐵馬屯雲江渚曉，樓船泛月海天秋。殷勤整頓乾坤了，召入金鑾侍冕旒。

多景樓

極目心情獨倚樓，荻花楓葉滿江秋。地雄吴楚東南會，水接荆揚上下流。鐵甕百年春雨夢，銅駝萬里夕陽愁。西風歷歷來征雁，又帶邊聲過石頭。

舟次秦淮河

舟泊秦淮近晚晴，遥觀瑞氣在金陵。九天日月開洪武，萬國山河屬大明。禮樂再興龍虎地，衣冠重整鳳凰城。鶯花三月春如錦，兆姓歌謡賀太平。

上張太尉

上公柱國開藩府，露布朝馳拜冕旒。八陣風雲聞羽扇，百年江漢見輕裘。鯨吹海雨來京口，雁帶邊聲下石頭。珍重晉公經濟手，中興天子復神州。

回上張太尉 一云「謝賜玳瑁筆見徵楚國公碑文」。

昨夜文星照南極，今朝客省過東維。錦囊穎脱千年兔，斑管光摇九尾龜。墨捲風雲隨王氣，恩分雨露出天池。老夫來草平蠻策，先寫新封楚國碑。

寄淮南省參謀

皇帝萬年天統在，人臣八柱地輪迴。西戎虎旅初傳箭，南粤蠻王又築臺。斗上龍光紅似電，海中蜃氣黑成堆。白衣上客參謀議，畫盡爐中鐵箸灰。

新省呈右相及藩參諸公

大省新開方嶽重，人間第二紫微垣。丹池鳳浴江湖淺，温室花開雨露繁。天柱星辰高北極，海門日月遠東藩。相君大業憑誰賦，白髮詞臣詔立言。

贈王左丞二首

卧雲道人今左轄，當時出岫本無心。隆中豪傑徵初起，江左蒼生望正深。星斗一天環北極，山河萬里貢南金。已聞艮嶽無遺胤，況復淮淝有捷音。

共説淮南王左相，開門下士日忘飡。入幕許誰延鐵笛，備員尋客奉銅盤。長縧掣去饑鷹飽，故道歸來老馬寒。若問東維上書者，五湖今把釣魚竿。

至正廿三年四月淮南王左相微行淞江步謁草玄閣夜移酒船宴閣所

微行誰識王丞相，草履過門如野人。太史遥遥瞻紫氣，老夫急急裹烏巾。子陵故友終辭漢，張禄先生又入秦。休説五湖天樣闊，扁舟何處不容身。

寄蘇昌齡

東吴主者尊師相，師相匡君近若何。紫極正宜扶日月，鴻溝未許割山河。金臺百丈媒燕隗，葢禄千鍾客孟軻。亦有陽秋成鐵史，姓名不必到鑾坡。

送玉笥生往吴大府之聘兼柬國寶樞相賓卿客省

近報淮吴張柱國，樓船遣使聘嘉賓。漢家自有無雙士，趙客何勞十九人。天上瓊花回后土，江南杜宇到天津。若逢吕相煩相問，應有奇書痛絶秦。

王左轄席上夜宴 辛丑冬

銀燭光殘午夜過，鳳笙龍管雜鳴鼉。珮符新賜連珠虎，觴令嚴行捲白波。南國遺音誇壯士，西蠻小隊舞天魔。醉歸不怕金吾禁，門外一聲吹篳羅。

賦拱北樓呈相君 杭州作

伍子山頭宋舊宫，龍樓改觀倍蜚聲。天連高柱星辰北，地控窮荒島嶼東。鳳引短簫悲落日，鶴歸華表語秋風。玉龍一曲千宫曉，江漢朝宗萬國同。

寄蘇昌齡

雄文曾讀平徐頌，光射磨厓百尺長。秦府有時容魏徵，韓仇何日報張良。青草瘴深鳶跕海，碧梧春老鳳鳴陽。揚雄識字知何用，只合終身白髮郎。

送吕左轄還越 名珍

保障南藩第一功，未容若木掛雕弓。露書誓剪金牀兔，壯氣平吞黑槊公。萬里天威龍虎北，五雲佳氣鳳凰東。麥城又報捷書至，江上將軍是吕蒙。

投來使

讀書不負萬乘君，焉敢挾策干侯門。極目姑蘇暮雲暗，濯足洞庭秋水渾。千金不意市駿骨，一飯豈期哀王孫。我今拂袖且歸去，高卧桐江煙水村。

杵歌七首 有序

杭築長城，賴辦章仁令兩郡將美政洽於民心，以底不日之成。然役夫之謡，有不免凄苦者，東維子録其辭爲《杵歌》。

亟亟城城城亟城，小兒齊唱杵歌聲。杵歌傳作睢陽曲，中有哭聲能陷城。

自古衆心能作城，五方取土不須蒸。蒸土作城城可破，衆心作城城可憑。

叠叠石石石嶅嶅，立竿作表齊竿旄。阿誰造得雲梯子，剗地過城百尺高。

羅城一百廿里長，東藩將此作金湯。舊基更展三十里，莫剩西門一樹樟。

杭州刺史新令好，不用西山取石勞。拆得鳳山楊璉塔，南城不日似雲高。

南城不日似雲高，城脚愁侵八月濤。射得潮頭向來去，錢王鐵箭泰山牢。

攻城不怕齊神武，玉壁堪支百萬兵。不是南朝誇玉壁，關西南□是長城。

毗陵行

孟冬四將發勾吴，彎弓誓落雙髡顱。智謀無過史萬葉，嫖姚無加李金吾。前茅已作破竹刃，三覆乃裹含沙狙。常山長蛇一斷尾，即墨怒牯齊奔踊。玉蕊孤軍呼庚癸，皂鵰萬甲迷模糊。江南長技江北無，蒲牢一吼千鯨呼。赤杠卓入鐵甕户，鐵翅横截丹陽湖。搗虚之策不出此，赤手可縛生於菟。當時上將陷江都，至今莫贖千金軀。後來飛將慎勿疏，襄王城頭啼白烏。如何臨期易將犯兵忌，何必不讀孫吴書。烏乎！臨期易將犯兵忌，何必不讀孫吴書。

盲老公

刺拜住哥臺長。戊戌十月二十三日，黨海寇，用壯士椎殺之。邁里古思將黄中禽拜住，盡戮其家。

盲老公，侍御史，崇臺半面呼天子。白米紅鹽十萬家，鳳笙龍管三千指。門前養客皆天驕，一客解散千黄苗。太阿之柄忽倒擲，槌殺義鶻招群梟。一客死，百客辱。萬夫怒，一夫獨。生縛老盲來作俘，百口賤良一日戮。獨遣小娥年十五，腰金買身潛出户，馱作倡家馬。

銅將軍

刺僞相張士信。丁未六月六日，爲龍井炮擊死。

銅將軍，無目視有準，無耳聽有神。高紗紅帽鐵篙子，南來開府稱藩臣。兵强國富結四鄰，上稟正朔天王尊。阿弟住國秉國鈞，僭逼大兄稱孤君。案前火勢十妖孽，後宫春艷千花嬪。水犀萬弩填震澤，河丁萬鍾輸茅津，神愁鬼憤哭萬民。銅將軍，天假手，疾雷一擊粉碎千金身。斬妖蔓，拔禍根，烈火三日燒碧雲。鐵篙子，面縛西向爲吴賓。

周鐵星

張氏亡國，亡於其弟士信，趣亡於毒斂臣周仮。仮，山陽鐵冶子，以聚斂功至上卿，伏誅日，曰：「錢穀鹽鐵，籍皆在我。汝國欲富，當勿殺我。」主者怒曰：「亡國賊，不知死罪，尚敢言是耶！速殺之。」吴人快之，或手額謝天曰：「今日天開眼也。」

周鐵星，國上卿。談申韓，爲法經。釘棰杖，爲國刑。千倉萬庫内外盈，十有三賦争科名。周鐵星，鞭算箕斂無時停。開血河，築血城。血戰艦，血軍營。刮民膏，嘲民髓，六郡赤骨填芻靈。齊雲倚天一日傾，鐵星亡國法當烹。尚將六郡金谷數，丐死萬一充虞衡。嗚呼！周鐵星，十抽一椎百萬釘，誓刳爾髏作溺罌。鐵星碎，地啓瞶，天開懵①。

① 原注：「音盲。」

蔡葉行

刺佞幸臣蔡文、葉德。張氏亡國由大弟，致此實由二佞。丁未春，二佞伏誅於臺城，風乾其尸於秤刑者一月。

君不見僞吴兄弟四六七，十年强兵富金穀。大兄垂旒不下堂，小弟秉鈞獨當國。山陰蔡藥師，雲陽葉星卜，朝坐白玉堂，暮宿黄金屋。文不談周召，武不論頗牧。機務託腹心，邊策憑耳目。弄臣什什引膝前，骨鯁孤孤内囚牿。去年東臺殺普化，今年南垣殺鐵木。鳳陵剖棺取含珠，鯨海刮商劫沉玉。粥官隨地進妖艷，籠貨無時滿坑谷。西風捲地來六郡，下披竹朽索不御。六馬奔腐木，郁支五樓覆。大越先罪魁，餘殃盡孥戮。寄謝悠悠佞幸兒，福不盈眦禍連族。何如吴門市賣藥賣卜，餓死亦足。

金盤美人

刺僞駙馬潘某。潘娶美倡凡數十，内一蘇氏，才色兼美，醉後，尋其罪殺之，以金盤薦其首於客宴，絶類北齊主事。國亡，伏誅臺城，投其首於溷。

昨夜金牀喜，喜薦美人體。今日金盤愁，愁薦美人頭。明朝使君在何處，溷中人溺血髑髏。君不見東山宴上琵①琶骨，夜夜鬼語啼箜篌。

① 原注：「弼。」

北齊主納娼婦薛氏，清河王岳嘗因其姊迎之至第。主怒，殺其姊。薛甚寵於帝。久之，主忽思其與岳通，斬首藏於懷，出東山宴飲，探其首投於盤，支解其屍，弄其髀爲琵琶，復收髀，流涕曰：「佳人難再得。」載屍出葬，主被髮步哭送之。

韋骨鯁并序論

韋名清，江陵人。性强梗，好怒駡，人號爲韋骨鯁。省臺大臣有過，輒昌言之無忌。僞張氏太弟奪浙相位，相僚曰壽、曰的，拜其僞太妃。已而復奪臺印章，大夫普持印未決，清走普所屬語曰：「大夫尚不能殉印一死耶？」普死之。清時爲察胥，獨航海至京師上書，言壽、的喪節，普完節及陳便宜二十事，上不報，徒步回江陵故里。吴主欲仕之，清力乞骸骨侍親，遂落魄金陵市中，以詩酒爲事。母死後，服道士服，遊五嶽名山云。予以清非巨卿大吏，而嫉邪憤世，有禰正平之氣節，求之於妾婦世，豈不在可詠之列耶？爲作《韋骨鯁》詩。

韋骨鯁，性倄慅，語輒戕①。眼中有周公孔子，舌底有龍逢比干。見無義漢不律官，怒瘿突項髆，芒刺生肺肝。説敢向漢遮欄，駕策不向秦鑽②。世人不識之，峨獨角巾如豸冠。痛吟蕩陰里，悲歌清淚灘。左從右衡萬妾婦，朝梁暮晉千痴頑。弗弧弗刃劫白日，鈯郎模仿同虷③。走轂下，出臺端，力陳悖逆不赦金鷄竿。敗紅一陣逐風去，木䭾萬駕螺螄盤。劫來秣陵市，佯狂落魄酒澆舌本黄河乾。我有孤竹和君獨絲彈，神仙狡獪只在吾人間，倒騎一笑，與爾共訪西華山。

① 原注：「干。」

② 原注：「不仕僞。」

③ 原注：「奸同。」

虞丘孝子詞

顧亮，會稽上虞人也。父珪，倡義兵拒海寇，與虜邵仇。至正戊戌冬，邁里古思引兵東渡，珪爲虜所害。亮時年十五，每有推刃報仇之志，而未獲遂也。閲去十餘年，過余道其事，揮涕哽咽，髮盡竪。予悲其志，爲作《虞丘孝子詞》以繼古樂府云。

虞丘孝子，父仇未雪。長劍柱頤，蕺草在舌。夜誦《獨漉篇》，涕泗盡成血。嗚呼！頭上天，戴昏曉，千金去買零陵之匕刃，虞丘孝子心始了。

送貢尚書入閩

繡衣經略南來後，漕運尚書又入閩。萬里銅鹽開越嶠，千般升斗買蕃人。香熏茉莉春酲重，葉捲檳榔曉餜頻。海道東歸閑未得，法冠重戴髪如銀。

送貢侍郎和羅還朝兼柬李治書同年二首

南來使者急兵荒，令下吴儂出蓋藏。自是鄭侯能給餉，從知汲黯可開倉。王師刁斗晨連竈，神女旌旗夜直檣。我有干時書願上，草茅望闕九天長。

吏部論思冠六曹，采言還後采時髦。不才何用麒麟楦，奇略須收虎豹韜。無奈闗梁長擾擾，可堪州縣正嗷嗷。烏臺若見同袍李，爲説揚雄老賦《騷》。

挽達元師　辛卯八月，歿南洋。

黑風吹浪海冥冥，披甲船頭夜點兵。報國但知身有死，誓天不與賊俱生。神遊碧落青騾遠，怒挾秋濤白馬迎。廊廟正修忠義傳，詞臣執筆淚先傾。

聞定相死寇 丙申六月，京口。

三朝勳舊半雕零，京口雄藩孰老成。可是叔孫祈欲死①，喜聞先軫面如生。東園草暗銅駝陌，北固潮平鐵甕城。珍重子儀誰可繼，三軍氣色倍精明。

① 原注：「托吉柯。」

和盧養元書事 二首

中原煙火半丘墟，樓櫓相望白下孤。蕃廝夜歌銅鈷鏻，蠻酋春醉錦𢉖𢉖。北征解賦盧才子，西事時談劇霸都。莫上姓名丞相府，老夫著論學潛夫。

先生有《救時論》二首，曰《人心論》、《巨室論》，及丞相長書一通，皆不出名氏，投於政事堂。

年年苛吏傷王政，往往紅氓叛教條。漳水有時生小草，洞庭無地種餘苗。伏龍雛鳳應勞訪，綺季黄公底用招。聞道紫樞開錫燕，寶釘大銙賜天驕。

時哈相招東南三處士。

和楊參政完者題省府壁韻 二首 丙申歲

皇元正朔承千歲，天下車書共一家。一柱東南擎白日，五城西北護丹霞。寶刀雷煥蒼精傑，天馬郭家獅子花。收拾全吴還聖主，將軍須用李輕車。張籍《隴頭曲》云：「誰能更使李輕車，收拾凉州歸聖主。」將軍三軍共甘苦，將軍之度吞百川。樓蘭矯制嗤介子①，定遠破虜銘燕然。相君勸酒春如海，壯士吹笳秋滿天。謗書不解惑明主，將軍努力安三邊。

① 原注：「薛道衡《出塞曲》云：『還嗤傅介子，辛苦刺樓蘭。』」

書錢唐七月廿三日事 至正丙申

兒童十日報日鬬，前夜妖蟆生燧光①。瓠子勢方吞鲊甕②，蘄州血已到錢唐③。火鰍東掣千尋鎖，鐵馬西馳半段槍④。紫微老人迷醉眼，綵紅猶掛米鹽商⑤。麋鹿臺前春似海，鴛鴦湖上水如湯。凶人不有三危竄，義士能無六郡良。謾説子儀驚賊膽⑥，已聞□□在戎行⑦。東門猛虎窮投井，尚倚九城松檜長。

① 原注：「十五夜，月食如紅銅。」

② 原注：「瓠子，苗氏也人。鲊甕，地名。」

③ 原注：「宋謠云：『惟有蘄黄兩州血，至今流不到錢唐。』」

④ 原注：「老左老童。」

⑤ 原注：「自吴門被寇，鹽米不通。寇入杭先三日，運餉至，省臣喜，爲之掛紅。」

⑥ 原注：「召方不至。」

⑦ 原注：「李杜在寇。」

新春喜事

開春七日得喜報，便似沉疴一日痊。太子撫軍衣有續，相臣憂國食無膻。璽書褒重二千石，斗米價平三百錢。戴白老人稱萬壽，吾皇今是中興年。

聞詔有感

近報相臣親奉詔，吾皇今是中興年。江東鄴下無三日，嶺北湖南共一天。諸葛出師機未失，子儀見虜信應堅。老臣欲借食前箸，願與君王策萬全。

承樞札致祭羊公太傅廟有作率舜章同賦

峴山山頭一片石，可應文墨解沾襟。輕裘緩帶神長在，深谷高陵跡自陳。南夏山川非故國，睦州香火説遺民。惟君獨念平吴後，千載丹青憶老臣。

淵明撫松圖

孤松手自植，保此貞且固。微微歲寒心，孰樂我遲莫。留侯報韓仇，還尋赤松去。後生同一心，成敗顧隨遇。歸來撫孤松，猶是晉時樹。

題繆生佚寫林塘圖和倪元鎮韻

常熟繆貞，字仲素，爲江浙掾史。次子佚，字叔民，年幾冠，讀書能畫。

清流帶古郭，中有射鴨堂。苔衣畫壁潤，石臺花雨香。之子弄孤翰，相見竹梧蒼。思幽天機發，慮清塵夢忘。會須琴堂夜，共宿破山房。

蹋踘歌贈劉叔芳

蹋踘復蹋踘，佳人當好春。金刀剪芙蓉，紉作滿月輪。落花遊絲白日長，年年它宅媚流光。綺襦珠絡錦繡襠，草相漫地緑色凉。揭門縛綵觀如堵，恰呼三三喚五五。低過不墜蹴忽高，蛺蝶窺飛燕回舞。步矯且捷如凌波，輕塵不上紅錦靴，揚眉吐笑頰微渦。江南年少黄家多，劉娘劉娘奈爾何。只在當年舊城住，門前一株海棠樹。

蓮花㪷㪷在太湖之西薊氏村 「㪷」，或作「㪷」，山川峭絶處。音斗。

楝花風殘子規舌，蓮花㪷上春三月。㪷上女郎齊踏歌，輕衫白苧飄香雪。青山深鎖薊家村，使君艇子泊當門。門前滿樹櫻桃子，手摘櫻桃招使君。使君本是龍門客，身脱宫袍岸烏幘。何處江南最有情，新買蓮花㪷上宅。

甲申臘月廿五日初度

去年生旦吴山雪，我食無魚客彈鋏。今年生旦逢立春，座上簪花寫春帖。主人錦筵相爲開，烹羊炰羔作春杯。柳車昨夜送窮去，羯鼓今日迎春來。家人祝詞心轉急，富貴今年當五十。男兒富貴絶可憐，年少光陰胡可及。大姬白題作胡舞，小姬吴歈歌《白苧》。丹穴錦毛飛鳳凰，海樹紅芽語鸚鵡。兩家公子與玉觴，酒酣起把雙銀鐺。胸吞笠澤三萬頃，氣捲渴鯨千丈長。座中有客吾宗老，玉山不受春風倒。歌詞自作風格高，合樂鶯聲一時好。夜如何其且秉燭，主人奉歡爲不足。主人交誼晚誰似，四海弟兄同骨肉。我歌醉歌君擊缶，金撙琵琶勿停手。洞庭君獻橘雙頭，飲以洞庭春色酒，輪雲世事知何有。

二月十二日玉山人買百花船泊山塘橋下呼瓊花翠屏二姬招予與張渥叔厚于立彦成遊虎阜俄而雪霰交作未果此行先以此詩寫寄就要諸公各和

百華樓船高八柱，主人春遊約春渚。山塘橋下風兼雨，正值灌壇西海婦。桃花弄口小蠻娘，腰身楊柳隨風揚。翡翠屏深未肯出，蹋歌直待踏春陽。喜聞晴語聲谷谷，明朝豫作花遊曲。小蠻約伴合吹笙，解調江南有於鵠。

乙酉四月二日與蔣桂軒伯仲諸友同泛震澤大小雷望洞庭之峰吹笛飲酒乘月而歸蓋不異老杜坡仙遊渼陂赤壁也舟中各賦詩余賦二十韻爲首唱

江國春歸夏云孟，十日五日風雨横。具區擺闔浪如山，吴兒善泅并敢榜。今朝氣候昨不同，湖頭無雨兼無風。小施祠前棹謳發，樓船下水如游龍。大雷不動小雷伏，銀海空青光奪目。魚龍百怪暫祓除，平展經綃三百幅。牙檣五兩空中舉，陳濆村中過撾鼓。燒筍既憩彭城灣，采蓴復渡楊家浦。中流颶發占莫徭，須臾鯨浪吼蒲牢。長年捩柁稱好手，小腰失箸生寒毛。蔣家二仲素奇士，更有登高羊叔子。老崖鐵笛上青雲，玉龍穿空卷秋水。船頭可奈風水何，拔劍擬斫生蛟鼉。人生哀樂固相半，神靈涉意毋過多。鴟夷入海人不識，漁媪漁王配寒食。鄉里小兒舞竹枝，乞與神童舞銅狄。我聞洞庭之峰其橘大如斗，剖而食之見奕叟。弱水不隔天表流，獨我胡爲牛馬走？五湖掛席從此首。

謝吕敬夫紅牙管歌

吕云度廟老宫人所傳物也。滄江泰娘，蓋敬夫席上善倚歌以和余天忽雷者，故詩中及之。

鐵心道人吹鐵笛，大雷怒裂龍門石。滄江一夜風雨湍，水族千頭嘯悲激。樓頭阿泰聚雙蛾，手持紫檀不敢歌。吕家律吕慘不和，换以紅牙尺八之冰柯。五絲同心結龍首，曾把昭陽玉人手。只今流落已百年，不省愁中折楊柳。道人吹春哀北征，宫人斜上草青青。吴兒木石悍不驚，泰娘苦獨多春情，爲君清淚滴紅冰。

紅酒歌謝同年智同知作

揚子渴如馬文園，宰官特賜桃花源。桃花源頭釀春酒，滴滴真珠紅欲然。左官忽落東海邊，渴心鹽井生炎煙。相呼西子湖上船，蓮花博士飲中仙。如銀酒色不爲貴，令人長憶桃花泉。膠州判官玉牒賢，憶昔同醉瓊林筵。别來南北不通問，夜夢玉樹春風前。朝來五馬過陋廛，贈我胸中五色線，副以五鳳樓頭箋。何以澆我磊落抑塞之感慨，桃花美酒斗十千。垂虹橋下水拍天，虹光散作真珠涎。吴娃鬥色櫻在口，不放白雪盈人顛。我有文園渴，苦無曲奏鴛鴦絃。預恐沙頭雙玉盡，力醉未與長瓶眠。徑當垂虹去，此興吞百川。我歌君扣舷，一斗不惜詩百篇。

題伏生受書圖

爪丘崩，科斗藏。《典》《墳》孰求楚左相，金絲未壞孔子堂。濟南老生教齊魯，綿蕝禮官何足伍？挾書嚴禁禁未開，盤誥誰能禁齊語？百年禮樂當有興，天子好文開太平。百篇大義喜有託，十三女口傳嚶嚶。太常掌故親往受，百篇僅遺二十九。河内女兒還可疑，老人屋中有科斗。建元博士孔襄孫，五十九篇爲訓文。嘉唐悼桀空有詔，孔氏全經誰與論。倪家書生能受學，一篇薦上元非樸。賞官得列中大夫，帝軌皇塗未恢擴。漢家小康黄老餘，烏用司空城旦書。蓋①師言治在何處，後世徒走陳農車②。

① 原注：「音闔。」

② 原注：「陳農車，漢成帝時人。」

題王粲登樓圖

臨洮水涸銅人毁，西園青青草千里。秦川公子走亂離，瘦馬疲童面如鬼①。俊君威名跨海南，虎視走鹿何耽耽。可憐膝下盡豚犬，誰復大厦收楩楠。落日樓頭髀空撫，目斷神州隔風雨。平生不識大耳公，座上客歸丞相府。春深銅雀眼中蒿，攬涕尚復思登高。江山破碎非舊土，版圖何日還金刀。荆臺高樓已荆棘，丹青寫賦工何益。君不見袁家有客能駡賊，將軍頭風重草檄。

① 原注：「粲貌甚寢。」

題陶淵明漉酒圖

義熙老人羲上人，一生嗜酒見天真。山中今日新酒熟，漉酒不知頭上巾。酒醒亂髮吹騷屑，架上烏紗洗糟蘗。客來休怪頭不冠，巾冠豈爲我輩設。故人設具在道南，老人一笑猩猩貪。東林法師非酒社，攢眉入社吾何堪。家貧不食檀公肉，肯食劉家天子禄？頽然徑醉卧坦腹，笑爾阿弘來奉足。

題陶弘景移居圖

大奴擔簦挈壺餐，小奴籠鷄約孤豘。雪斑鹿前雙婉孌，水雲牯背三温磨。中有玉立而長身，幅巾野服爲何人？云是永明之隱君，身有黑子七星文。自從夜讀《葛洪傳》，便覺白日生青雲。解冠徑掛神武門，蜜蘁尚拜君王恩。句容洞天元第八，茅家弟兄遁秦臘。飛宫三接十二樓，下聽華陽海聲狹。三朝人物半凋零，水丑木中文已成。金牛脱絡誰得棰①，枯龜受灼寧生靈。金沙丹飯饑可餇，山中猶嫌呼宰相。從此移家金積東，滿谷桃花隔秦壤。畫工何處訪仙蹤，修眉明目射方瞳。可無鷄犬逐牛豕，栗橘葛榧皆家僮。鐵匡浮家妻子從，名山亦欲尋赤松。華陽禮郎或相逢，清風唤起十八公，乞以玉笙雙鳳吹雌雄。

①原注：「畫牛以金籠頭絡之。」

明皇按樂圖二首

大唐天子梨園師，金湯重付軋犖兒。何人端坐閱樂籍，三萬纏頭不足支。龜年檀板阿蠻舞，花奴手中花如雨。鈞天供奉真天人，上亦親撾汝陽鼓。玉奴檀槽倦無力，忽竊寧哥手中笛。邊風吹入新貢簫，銅池夜夢雙飛翼。閤門邊奏塞鼪聽，耳譜更訪明月宫。漁陽一震萬竅聾，梨園弟子散如雨，惟有舞馬傷春風。

沉香亭前花萼下①，天街一陣催花雨。海棠花妖睡初着②，唤醒一聲紅芍藥。金鑾供奉調《清平》，梨園舊曲换新聲。阿環自吹范陽笛，八姨獨操傷春情。君不見夜遊重到明月府，青鸞能歌兔能舞。五雲不障蚩尤旗，回首煙中萬鼙鼓。那知著底梧桐雨，雨聲已入淋鈴譜。

①原注：「葉户。」

②原注：「直略切。」

題楊妃春睡圖

沉香亭前燕來後，三郎鼓中放花柳。西宫困人春最先，華清溶溶暖如酒。雪肢欲透紅薔薇，錦襠卸盡流蘇幃。小蓮侍擁扶不起，翠被卷作梨雲飛。蟠龍髻重未勝綰，燕釵半落犀梳偃。晚漏壺中水聲遠，簾外日斜花影轉。琵琶未受宣唤促，睡重黎腰春正熟。不知小䙰思塞酥，夢中化作銜花鹿。

題並笛圖

北溟蒼蟠赤有只，何年飛入昭陽裏。玉母抱其首，至尊撫其尾，愛之不啻如己子。時復嬌嘶作宫徵，寧王竊弄至尊喜。一朝踴躍不可收，化作萬丈長黄虬。騰怒□觴崑崙丘，五城欲崩河倒流。老優方作《霓裳》舞，朔風忽動漁陽鼓。鼓聲殷殷來朝陽，六龍西狩劍閣長。歡樂極兮成悲傷，馬嵬坡下塵土香。玉奴絃索花奴鼓，閹奴節腔渾奴舞。阿環自品玉玲瓏，御手移遊親按譜。風生龍爪玉星香，露濕鞍唇金縷長。莫倚花深人不見，李謩壓笛傍宫墻。

冬青冢篇

老瓶夜射錢塘潮，天山兩乳王氣消。秃妖尚壓龍虎怪，浮圖千尺高岧嶢。文山老客智且勇，夜舟拔山山不動。江南石馬久不嘶，冢上冬青今已拱。百年父老憤填胸，不知巧手奪天工。青之木，鬱葱葱，六櫝更樹蒲門東。

題錢選畫長江萬里圖

神禹劃天塹，横分南北州。祇今天不限南北，一葦絶之如丈溝。洪源發從瞿塘口，險峽中擘争黄牛。

括漢甲湘會沅澧，二妃風浪兼天浮。青山何罪受秦赭，翠黛依然生遠愁。洞庭微波木葉脱，有客起登黄鶴樓。老瞞横槊處，釃酒澆江流。江東數豪傑，乃是孫與周。東風一信江上發，從此鼎國曹孫劉。吴南魏北後，倏忽開六朝①。江南龍虎地，山水清相繆。渡頭龍馬王氣歇，洲邊鸚鵡才名留。新亭風景豈有異，長江不洗諸公羞。宫中金蓮步方曉，後庭玉樹聲已秋。何如一杯酒，錦袍仙人月下舟。解道澄江靚如練，醉呼小謝開青眸。鐵厓散人萬里鷗，拙迹今似林中鳩。不如大賈舶，江山足勝遊。腰纏足跨揚州鶴，樓船不用蓬萊丘。平生此志苦未酬，眼明萬里移滄洲。烏乎！楚水尾，吴淞頭，山河一髮瞻神州，孰使我户不出兮囚山囚。

① 原注：「朝葉輌。」

題跋月山公九馬圖手卷爲任伯温賦

任公一生多馬癖，松雪畫馬稱同時。已知筆意有獨得，天育萬騎皆吾師。房精夜墮池水黑，龍山池中飛霹靂。圖中九馬氣俱王，都護青驄尤第一。一馬飲水水有聲，兩馬齕草風雨生。其餘五馬盡奇骨，蠻煙洗盡桃花明。君不見佛郎獻馬七度洋，朝發流沙夕明光。任公承旨寫神駿，妙筆不數江都王。任公一化那可復，後生畫馬空多肉。此圖此馬無人看，黄金臺高春草緑。

衮馬圖

唐家内厩三萬匹，畫史縑緗都熟識。緑蛇連卷骨初蜕，一團旋風五花色。濕雲乍洗烏龍池，金索掣斷愁欲飛。奚官獨立柳陰下，手把玉鞭將贈誰？

飲馬圖

佛郎新來雙象龍，鼻端生火耳生風。臨流飲水如飲虹，波光倒吸王良宫。吁嗟！清海頭，白旗尾，渴烏一失金井水，長城窟遠腥風起。

正面黄

鼎湖乘黄忽已仙，龍池霹靂飛青天。玉臺萬里在足下，青絲挽住春風前。嶷如長鶴静不騫，仗下肯受庸奴鞭！主恩一顧百金重，不辭正面當君憐。

背立驪

首昂渴烏胯山峙，拂階一把銀絲委。金羈脱兔勢無前，踣鐵盤攢忽如掎。淺髖大胵方争塗，忍使驪龍老垂耳。倚風背立非背恩，馱錦秋高爲君起。

送王知事遷臺架閣

河間王郎後王粲，文采風流發奇幹。十年挾策胄子學，博士先生此鄰縣。登樓作賦少追騷，六代同風掃靡爛。孰知王郎氣骨高，聲處箴官執□彈。大朝陳署統烏府，三語從容五行雁。案頭可但抱成書，簪筆□□曾坐旦。浙河以西風紀難，官寺狼殘民久散。定應敷奏一鳴湯，未數威棱三斗炭。且令風裁徒事幕，三尺持平金石貫。喜見清□出冰雪，又送文灘入秋漢。南端文法重檢詳，架閣名官資主辯。皂囊白簡不敢咨，如守遺珠劍空盼。九重閽内急群言，天子英明在東觀。寄語西來王子淵，早頌賢臣職臺諫。諫章前一及東南，且爲鹽租發長嘆。

題高郵何將軍老山圖

何家將軍多愛山，以小比老尤堅頑。青山面目元不老，將軍却笑鬚眉斑。崑崙何時鰲背裂，將軍氣高嵩華絶。小夫移山良自愚，將軍一怒天柱折。天山已定三飛髇，凱歌十二和歸鐃。殘山剩水在何處，第五橋北南塘坳。太平天子方講道，將軍六十便稱老。黄金雨外棄甲拋，白玉風前醉山倒。宣州畫生來作圖，圖中貌得詩人臞。銀瓶索酒豪尚在，腰間屢解雙珠符。門前好事復載酒，東山攜來散花手。戎王子花歌月支，落日平臺舞楊柳。玉堂醉草寫烏絲，時與盧老同襟期。將軍風韻有如此，何必酷似劉牢之。當時爾祖得鄭杜，尚帶儒酸走風雨。何如盧後更逢楊，亦復有客如此不？

嬉春體五首　錢塘湖上作。一云「賦俏唐體，遺錢塘詩人學杜者」。

今朝立春好天氣，况是太平朝野時。走向南鄰覓酒伴，還從西墅買花枝。陶令久辭彭澤縣，山公祇愛習家池。宜春帖子題贈爾，日日春遊日日宜。

西子湖頭春色濃，望湖樓下水連空。柳條千樹僧眼碧，桃花一株人面紅。天氣渾如曲江節，野客正是杜陵翁。得錢沽酒勿復較，如此好懷誰與同。

何處祓花惱不徹，嬉春最好是湖邊。不須東家借騎馬，自可西津買蹋船。燕子繞林紅雨亂，鳧雛銜岸浪花圓。段家橋頭猩色酒，重典春衣沽十千。

入山十里清涼國，三百樓臺迤邐開。岳王墳前弔東度，隱君寺裏話西來。接果黄猿呼一個，探花白鹿走千回。風流文采湖山主，坡白應須屬有才。

楊子休官日日閑，桐江新棹酒船還。叮嚀舊客兼新客，漫浪南山與北山。好懷急就一斗飲，佳人能作五絃彈。君看此地經遊輦，仿佛春風夢未殘。

顧瑛云：「先生所謂嬉春體，即老杜以『江上誰家桃柳枝，春寒細雨出疏籬』爲新體也。先生自謂代之詩人爲宋體所梏，故作此體變之云。」

又湖州作四首　書寄班恕齊。試温生筆，寫入前卷。

三月三日雨新晴，相邀春伴冶西城。即倩山妻紗帽辦，更煩小將犢車輕。好語啼春秦吉了，仙姿當酒董雙成。憑君多唱嬉春曲，老子江南最有情。
五十狂夫心尚孩，不受俗物相填豗。興來自控玉蹄馬，醉後不辭金當杯。海燕來時芹葉小，野鶯啼處菜花開。春衫已備紅油蓋，不怕城南小雨催。
長城小姬如小憐，紅絲新上琵琶絃。可人座上三株樹，美酒沙頭雙玉船。小洞桃花落香屑，大堤楊柳掃晴煙。明朝紗帽青藜杖，更訪東林十八仙。
湖州野客似玄真，水晶宫中烏角巾。得句時過張外史，學書不讓管夫人。棋尋東老林中橘，飯煮西施廟下蒓。無雨無風二三月，道人將客正嬉春。

無題效商隱體四首　與袁子英同賦。

當軒隊子立紅靴，龜甲屏風擁絳紗。公子銀瓶分汗酒，佳人金勝剪春花。曲調青鳳歌聲轉，觥進黄鵝舞勢斜。五十男兒頭未白，臨流洗馬走紅沙。
主家院落近連昌，燕子歸來舊杏梁。金埒近收青海駿，錦籠初教雪衣娘。卷衣甲帳春容曉，吹笛西樓月色凉。今夜阿鴻新進劇，黄金小帶荔枝裝。

二月皇都花滿城，美人多病苦多情。一雙孔雀銜青綬，十二飛鴻上錦筝。酒掬珍珠傳玉掌，羹分甘露倒銀罌。不堪容易少年事，争遣狂夫作後生①。

①原注：「一作不堪容易潘郎老，争遣施朱作後生。」

天街如水夜初凉，照室銅盤璧月光。别院三千紅芍藥，洞房七十紫鴛鴦。繡靴蹋踘句驪様，羅帕垂彎女直妝。願爾康强好眠食，百年歡樂未渠央。

次韻黄大癡艷體

千枝燭樹玉青葱，緑沙照人江霧空。銀甲辟絃斜雁柱，薰花撲被熱鴛籠。仙人掌重初承露，燕子腰輕欲受風。閑寫惱公詩已就，花房自搗守宫紅。

寄衛叔剛

二月春光如酒濃，好懷每與可人同。杏花城郭青旗雨，燕子樓臺玉笛風。錦帳將軍烽火外，鳳池仙客碧雲中。憑誰解釋春情重，只有江南盛小叢。

和楊孟載春愁曲之什

小樓日日聽雨卧，輕雲作團拂簾過。金黄楊柳葉初匀，雪色棠梨花半破。東家蝴蝶飛無數，西鄰燕子來兩箇。玉關萬里尺書稀，羞殺牡丹如斗大①。

① 原注：「一作春風不似春愁大。」

寄小蓬萊主者聞梅澗并簡沈元方宇文仲美賢主賓

羅浮主者是仙才，東老諸孫亦俊哉。風雨春城花落盡，江山故國燕歸來。酒盟自有烏巾在，笑口應隨皓齒開。十八仙人重會處，劫灰不到小蓬萊。

次韻奉答倪元鎮

坐斷深林事不聞，西窗風日愛餘曛。舊經高赤尋三傳，新詠山王削五君。翠篠侵牀落蒼雪，石池洗硯動玄雲。東鄰書屋最相憶，莫遣草堂移浪文。

訪倪元鎮不遇

霜滿船篷月滿天，飄零孤客不成眠。居山久慕陶弘景，蹈海深慚魯仲連。萬里乾坤秋似水，一窗燈火夜如年。白頭未遂終焉計，猶欠蘇門二頃田。

富春夜泊寄張伯雨

春江大汛潮水長，布帆一日上桐廬。客星門巷赤松底，野市江鄰净雪初。柱宿鷄籠山頂鶴，斗量紫綱鱰①頭魚。來青小閣在林表，故人張燈修夜書。

① 原注：「一作沙。」

懷家

揚雄有宅鄭里莊，某丘某水舊耕桑。碧山學士銀魚棄，錦里先生烏角藏。自是秦人齊指鹿，未能楚客廢屠羊。王侯蟻穴一夢覺，歸作槐陰審雨堂。

贈筆生楊君顯

楊君縛筆三十年，高藝豈止千人傳。梁園學士爲作傳，虎丘道人會乞錢。桐葉秋風來古寺，苔花春水放歸船。白頭懶草《長門賦》，自寫江南《踏踘》篇。

遊開元寺憩緑陰堂 爲開元寺長老秀石公賦。

韋郎句中尋畫寂，劫灰不盡緑層層。鴻文重記青城客，内典新傳瀑布僧。石佛浮江輕似葉，神珠照鉢隱如燈。杪欏樹子風前落，吹傍恩公舊氍毹①。

① 原注：「音榻登。西域毛席，大牀前小榻以上香者。」

四月四日偕蜀郡袁景文大梁程衡霄益都張翔遠雲間呂德厚會、稽胡時敏汝南殷大章同遊錢氏別墅飲於菊亭僧舍賦此書於壁

山公今日飲何處，爲愛東池似習池。喬木尚傳錢相宅，蒼苔已上岳公碑。井犢或從雙劍出，石人夜逐五丁移。中天艮嶽爲平地，可但平泉草木悲。

用顧松江復理齋貳守

仙客題來隘九州，身騎黄鶴記南遊。烏衣故國江山在，銅柱荒臺草樹秋。起舞劉琨空有志，登高王粲不勝愁。問君絶境今何在，祇憶當年顧虎頭。

和蔡彦文題虞伯生張伯雨倡和帖

髯駕已聞攀鼎水，劫灰又見話昆池。劍藏玉几山中記，筆記玄卿天上碑。舊譜紫霞吹鶴骨，新章白雪寫烏絲。逃身我未學仙去，何處還丹日月遲。

詠白塔

天山乳鳳飛來小，東渡衣冠又六朝。劫火不焚楊璉塔，箭鋒猶抵伍胥潮。磷光夜附山精出，龍氣春隨海霧消。獨有宫人斜畔月，多情猶自照吹簫。

送理問王叔明

金湯迴首是耶非，不用千年感令威。富貴向人談往夢，干戈當自息危機。雄風豪雨將春去，剩水殘山送客歸。聞説清溪黄鶴在，鶴邊仍有釣魚磯。

丹鳳樓

十二危樓百尺梯，飛飛丹鳳五雲齊。天垂翠蓋東皇近，地拂銀河北斗低。花曆秋空戎馬順，神燈夜燭海鷄啼。仙童與報麻姑會，應説蓬萊水又西。

贈王蒙

一夜西郊春草生，草堂吹笛夜挑燈。塞雁北飛千里雪，吴波緑泮五湖冰。杜陵詩句花無賴，張緒風流柳不勝。莫遣檢書並看劍，自將鵝帖寫溪藤。

和黄彦美元帥憂字韻詩賦思邈明府

龍飛鳳舞九山秋，不掩諸公富貴羞。三窟已營何足喜，一城自壞正堪憂。楚騷有恨窮天問，晉易何人識鬼幽。卧治未宜輕汲直，淮南聞已寢姦謀。

夜坐

雨過虚亭生夜凉，朦朧素月照芳塘。螢穿濕竹流星暗，魚動輕荷墜露香。起舞劉琨肝膽在，驚秋潘岳鬢毛蒼。候蟲先報砧聲近，不待蓴鱸憶故鄉。

西湖

西湖風景開圖畫，墨客騷人入詠嗟。扇底龍魚吹日影，鏡中鶯燕老年華。蘇堤物换前朝柳，葛嶺人耕故相家。今日消沉一杯水，兩峰長照夕陽斜。

贈饒白雪教諭攝懷安尹

幾年避地客天涯，呰水東邊曾卜家。樂與諸生談俎豆，閑從父老問桑麻。兵前坤軸延秦火，亂後天河斷漢槎。僅有藍田文學椽，攝官不忍剥瘡痂。

吴詠十章用韻復正宗架閣

館娃宫裏落花多，春色撩人可奈何。南省風流文架閣，宫才解賦館娃歌。

曾侍虚皇第二筵，鐵仙輕脱故依然。江州坐上初相見，還識人中孟萬年。

杜牧尋春苦未遲，水晶宫裏舊題詩。小鬟莫訝腰如束，善唱白家《楊柳枝》。

馬上郎君出帝城，瓊林宴裏記相迎。吴山吴水新迎送，學唱《陽關》第四聲。

淮南八月雁初過，奉使槎迴烏鵲河。十里楊州花底散，五陵年少已無多。

夏駕湖頭朱雀舟，湖光山色不勝秋。丘中不見金銀氣，臺上閑看麋鹿遊。

江上梅花鐵石心，江南腸斷越人吟。南垣閣老多情甚，才見梅花便抱琴。

鴟夷仙去五湖船，故國何人憶計然。昨夜洞庭秋水長，夢聞廣樂下鈞天。

黄菊初華客未歸，登高自試苧羅衣。真娘墓下好紅葉，伍相祠前多翠微。

地行仙子楊權家，曾降山中萼緑華。三十六橋明月夜，蘇州城裏有璚花①。

① 原注：「官妓名璚花，宴者新自維揚來蘇州。」

飛　絮

春風門巷欲無花，絮起晴風落又斜。飛入畫簾空惹恨，不知楊柳在誰家。

賦春夢婆

黄柳城邊風雨多，白頭宫女有遺歌。東坡哨遍無知己，賴有人間春夢婆。

書扇寄玉嵒在瑶芳所書是日食金桃 洪武庚戌夏五月。

昨日追隨阿母遊，錦袍人在紫雲樓。譜傳玉笛俄相許，果出金桃不外求。

先生以洪武庚戌夏五月辛丑卒，此詩其絶筆也。

張員外昱六十一首

昱字光弼，廬陵人。早遊湖海，爲虞集、張翥所知。楊左丞鎮江浙，用才略參謀軍府事，遷杭省左、右司員外郎，行樞密院判官。天下用兵，藩府官多侵官怙勢，光弼詩酒自娱，超然物表。左丞死，棄官不出。張氏禮致，不屈，策其必敗，題蕉葉以寓志。居西湖壽安坊，今之花市也。貧無以葺廬，凌彦翀爲疏募焉。酒間，爲瞿宗吉誦《歌風臺》詩，以界尺擊案，淵淵作金石聲，笑曰：「我死埋骨湖上，題曰『詩人張員外墓』，足矣。」太祖徵至京，深見温接，閔其老，曰：「可閒矣。」厚賜遣還。因自號可閒老人，徜徉浙西湖山間〔一〕，年八十三而終。

〔一〕「浙」原誤作「至」，今據小傳本改。按顧嗣立《元詩選·可閒老人張昱傳》作「徜徉西湖山水間」，可參。

織錦詞

行家織錦成染別，牡丹花紅杏花白。作雙紫燕對銜春，一疋錦成過半月。持來畫堂捲復開，佳人細意爲剪裁。銀燈連夜照針指，平明設宴章華臺。爲君著衣舞《垂手》，看得風光滿楊柳。蝶使蜂媒無定棲，萬蕊千花動衣袖。回回舞罷換新衣，新衣未縫錦下機。憐新棄舊人所悲，百年歡樂惟片時。

白鴿雀歌

烏桓城下白鴿雀，雄鳴雌隨求飲啄。有時决起天上飛，告訴生來毛羽弱。西河伶人火倪赤，能以絲聲代禽臆。象牙指撥十三絃，宛轉繁音哀且急。女真處子舞進觴，團衫鞶帶分兩傍。玉纖羅袖柘枝體，要與雀聲相頡頏。朝彈暮彈《白鴿雀》，貴人聽之以爲樂。變化春光指顧間，萬蕊千花動弦索。只今蕭條河水邊，宫庭毁盡沙依然。傷哉不聞《白鴿雀》，但見落日生寒煙。

歌風臺

世間快意寧有此，亭長還鄉作天子。沛宫不樂復何爲，諸母父兄知舊事。酒酣起舞和兒歌，眼中盡是漢山河。韓彭受誅黥布戮，且喜壯士今無多。縱酒極歡留十日，慷慨傷懷淚沾臆。萬乘旌旗不自尊，魂魄猶爲故鄉惜。由來極樂易生哀，泗水東流不再回。萬歲千秋誰不念，古之帝王安在哉？莓苔石刻今如許，幾度西風灞陵雨。漢家社稷四百年，荒臺猶是開基處。

瞿宗吉云：「豪邁跌宕，雅與題稱。」

陪宴相府得芍藥花有感

醉吐車茵愧不才，馬前蝴蝶趁花回。玉瓶盛露扶春起，錦帳圍燈照夜開。垂白敢思溱洧贈，皺紅還是廟廊裁。楊州何遜空才思，惟對高寒詠閤梅。

惆悵五首

三山夢斷綵雲空，幾把長箋賦惱公。畫閣小杯鸚鵡緑，玉盤纖手荔枝紅。春衫汗裛薔薇露，夜帳香回茉莉風。惆悵近來江海上，却將鞍馬學從戎。

畫船湖上載春行，日日花香扇底生。蘇小樓前看洗馬，水仙祠畔坐聞鶯。碧桃紅杏渾相識，紫燕黄蜂俱有情。惆悵繁華成逝水，盡歸江海作潮聲。

惆悵當年使酒來，娼樓紅粉夜相催。可憐明月二分在，不見瓊花半朵開。誰復醉翁堂下柳，更堪從事閤中梅。楊州一片青青草，誰信春來無雁回。

惆悵雄藩海上遊，武昌佳氣接神州。東風歸思王孫草，北渚愁生帝子洲。楚國江山真可惜，劉家豚犬亦何羞。不須更問中原事，官柳新栽過戟樓。

至今惆悵在東城，結伴看花取次行。輦道駐車招飲妓，宮墻回馬聽流鶯。星河織女從離別，海水蓬萊見淺清。不有酒船三萬斛，此生懷抱向誰傾？

過楊忠愍公軍府留題

總是田家門下客，誰於軍府若爲情。林花滿樹鶯都散，雨水平池草自生。街上相逢驚故吏，馬前迎拜泣殘兵。能言樓上題詩處，猶有將軍舊姓名。

睡覺

滿院楊花風力輕，牧丹時月好晴明。簾垂不知白日晚，睡覺忽聞黄鳥鳴。萬斛春光金盞酒，百年心事玉人筝。劉伶未到忘形處，枉自閑將畚鍤行。

别春次揚州成廷圭韻

燕語鶯啼盡可哀，更無馬迹到青苔。自從玉樹成歌後，曾見銅仙下淚來。爲晉爲秦花幾度，行雲行雨日千回。若教蝴蝶知春夢，盡把黄金付酒杯。

湖上漫興二首

百鎰黄金一笑輕，少年買得是狂名。尊中酒釀湖波緑，席上人歌鳳語清。蛺蝶畫羅宫様扇，珊瑚小柱教坊筝。南朝舊俗憐輕薄，每到花時别有情。

湖上新泥雪漸融，門前溝水暗相通。裙欺萱草輕盈緑，粉學櫻桃淺淡紅。暮雨欲來銀燭上，春寒猶在酒尊空。青綾被薄不成夢，又是一番花信風。

繡球花次兀顔廉使韻

繡球春晚欲生寒，滿樹玲瓏雪未乾。落遍楊花渾不覺，飛來蝴蝶忽成團。釵頭懶戴應嫌重，手裏閑抛却好看。天女夜凉乘月到，羽車偷駐碧闌干。

丞相委入姑蘇索各官俸米留别幕府諸公

不比常年載酒遊，杏花時節出杭州。粉闈未覺爲郎貴，萱草難忘此日憂。沙漠帛書空見雁，江湖春水莫容鷗。何須折盡垂楊柳，留取他年繫别愁。

至姑蘇呈太尉

相君求米若求雨，員外得船如得仙。職忝下僚班可耻，情通鄰好亦堪憐。山中棋局迷樵客，溪上桃花誤釣船。醉把玉杯無所記，不勝惆悵晚春前。

辭答張太尉見招

中年晚覺壯心去，涉世頗知前事非。若使范增能少用，肯教劉表失相依。風雲天上渾無定，麟鳳人間不受羈。殘夢已隨舟楫遠，五湖春水一鷗飛。

秋　興

一夜涼風便覺秋，楚人多感易生愁。金盤露水何曾見，紈扇恩情未肯休。零落梧桐宫井上，稀疏楊柳御街頭。近來收得麻姑信，説道蓬萊更可憂。

次林叔大都事韻三首

春來長是誤佳期，鴆鳥雄鳩不可私。錯認櫻桃懸蟢子，悔將衫袖染鵝兒。燒殘蠟燭渾成淚，折斷蓮莖却是絲。辜負緑窗閒歲月，只教楊柳妒腰肢。

何處銀鞍白鼻騧，忘將錦瑟數年華。渡頭水急憐桃葉，陌上春狂信柳花。那得芳心到鸚䳇，泣將殘淚付琵琶。一身已自成惆悵，況似平陽十萬家。

莫謾題情在粉墻，藕絲終日繫柔腸。不知漢主黄金屋，何似盧家白玉堂。好夢自抛桃葉後，閑愁過似柳條長。無端收得番羅帕，徹夜薔薇露水香。

侍御周伯温以行臺羈留姑蘇柬寄之

白頭歲月付流波，何物虚名在諫坡。屬國莫嫌持節久，子陽猶謂見天多。强梁不見圖銷印，跛鼈如聞欲倒戈。一樹紅梨春事晚，宣文閣下欲如何。

鄰園海棠

自家池館久荒凉，却過鄰園看海棠。日色未嫣紅錦被，露華猶濕紫絲囊。掌中飛燕還能舞，夢裏朝雲自有香。銀燭莫辭深夜照，幾多佳麗負春光。

得編修朱桓海道之音

命酒徵歌記往年，玉堂遂有夢相牽。魚緘尺素雖云密，事載空言始可憐。季世人材思管樂，盛時戎馬説幽燕。張騫慣識天河路，俯仰乾坤一慨然。

感事

雨過湖樓作晚寒，此心時暫酒邊寬。杞人唯恐青天墜，精衛難期碧海乾。鴻雁信從天上過，山河影在月中看。洛陽橋上聞鵑處，誰識當時獨倚闌。

醉題

二月鶯聲最好聽，風光終日在湖亭。清宵酒壓楊花夢，細雨燈深孔雀屏。情在綢繆歌《白苧》，心同慷慨贈青萍。方平自得麻姑信，從此人間見客星。

虎丘寺留題

莓苔欲遍盤陀石，知是梁朝古道場。陳迹謾驚成俯仰，空門元不預興亡。白漫天上俱兵氣，赤伏池中是劍光。如會五公重說法，勸教東海莫栽桑。

寄松江楊維楨儒司

畫蛇飲酒合誰先，塵土東華四十年。海上豈無詩可和，雲間還有事相牽。牡丹開後春無力，燕子歸來事可憐。欲倩鐵龍吹一曲，滿湖風浪又迴船。

碧筒飲次胡丞韻

小刺攢攢緑滿莖，看揎羅袖護輕盈。分司御史心先醉，多病相如渴又生。銀浦流雲雖有態，銅盤清露寂無聲。當年欲博千金笑，故作風荷帶雨傾。

送丁道士還澧陵

丁令還家骨已仙，更無城郭有山川。未添白髮三千丈，又見銅駝五百年。荒草茫茫連故國，孤雲冉冉下寥天。澧蘭歌送潺湲水，望極涔陽思惘然。

寄孟昉郎中

孟子論文自老成，蚤於《國語》亦留情。省中醉墨題猶在，闕下新知誰與行。紈扇晚涼詩自寫，翠鬟情重酒同傾。接輿莫更閑歌鳳，只可佯狂了此生。

贈沈生還江州

鄉心正爾怯高樓，況復樓中賦遠遊。客裏登臨俱是感，人間送别不宜秋。風前落葉隨車滿，日下浮雲共水流。知汝琵琶亭畔去，白頭司馬憶江州。

贈寓客還瓜洲

把酒臨風聽棹聲，河邊官柳緑相迎。幾潮路到瓜洲渡，隔岸山連鐵甕城。月色夜留江叟笛，花枝春覆市樓箏。贈行不用歌楊柳，此日還家足太平。

無　題

灼灼庭花露未收，欒然雙燕語綢繆。新妝滿面猶看鏡，殘夢關心懶下樓。春到自憐人似玉，困來誰問酒扶頭。狂蹤已作風絲斷，敢怨流年似水流。

長安鎮市次趙文伯韻

淹遍衣衫猶未乾，何如李白醉長安。牡丹庭院溥新露，燕子簾櫳過薄寒。春晚絶無情可託，日長惟有睡相干。舊題猶在輕羅扇，小字斜行不厭看。

謝僧惠蒲履

大夫此日可徒行，蒲履深煩遠寄情。除是高僧求易得，自非巧手織難成。春來見客身差健，老去看花步覺輕。他日袈裟如過我，定須著此出門迎。

金山寺

六鰲捧出法王宫，樓閣居然積浪中。門外鷗眠春水碧，堂前僧散夕陽紅。楊州城郭高低樹，瓜步帆檣上下風。人世幾回江上夢，不堪垂老送飛鴻。

演法師惠紙帳

銀燈夜照白紛紛，四面光摇白縠文。隔枕不聞巫峽雨，繞床唯走剡溪雲。風和柳絮何因到，月與梅花竟莫分。塞北江南風景别，却思氈帳舊從軍。

峽川

石與青天近，溪雲向客低。自然堪下淚，不是有猿啼。

水殿納凉圖

别殿紅綃女，無風亦自凉。欄邊是湖水，夜夜宿鴛鴦。

七夕

乞與人間巧，全憑此夜秋。如何針綫月，容易下西樓。

别劉博士

祇爲情如雨，從教醉似泥。免看楊柳色，相送出城西。

過泖湖

泖湖有路接天津，萬頃銀花小浪匀。安得滿船都是酒，船中更載浣紗人。

柳花詞二首

欄馬墻西欲暮春，花飛不復過中旬。倚天樓閣晴光裏，争撲珠簾不避人。

滿院長條散緑陰，誰家門户碧沉沉。地衣不許重簾隔，雪白花鋪一寸深。

訪舊天竺次泐禪師雜興韻

酒館湖船舊有名，玉杯時得肆閑情。至今人説張員外，不是看花不出城。

鸜鵒士女圖

美人應自惜年華，庭院沈沈鎖暮霞①。只有舊時鸜鵒見，春衫曾似石榴花。

① 原注：「集本云『長門幾日斷羊車，閑得工大坐日斜』。」

臨安訪古九首

石鏡

臨安山中古石鏡，曾照錢王冕服來。天遣紫苔封裹後，等閑不許別人來。

婆留井 錢王初生時，將棄井中，婆奮留之，故乳名婆留。既貴，以「鏐」代「留」字。

舊日婆留井未堙，石闌苔蘚上龍文。而今率土俱臣妾，莫願皇天産異人。

功臣塔

峰頭石塔表功臣，五百年前是佛身。莫問蓬萊水清淺，野藤猶蔓劫餘春。

錦　溪

錢王功業與天齊，百里旌旗照此溪。從自波中鋪錦後，至今光景浄無泥。

化成寺

錢王第十九子出家爲僧，賜號普照大師。

王子能以身施佛，何異生居浄梵宫。敝屣視他閑富貴，男兒到此是英雄。

衣錦山

今縣治主山，是王故居，即九龍堂。

還鄉滿山都覆錦，富貴應須白晝歸。設宴九龍堂上日，沛中歌後似王稀。

將軍樹

王平時率群隊狂戲此樹，還鄉以錦幪之，號錦樹將軍。

將軍官重執金吾，不比秦朝列大夫。王爲錦衣歸故里，遂令老樹有稱呼。

環翠閣

今爲寺，謝安游處。

東山尚存環翠閣，謝傅遊來經幾年。可是舊曾攜妓到，粉香猶在畫闌邊。

净土寺　東坡作杭倅，行部過於潛回。

祥符額賜海會寺，四百年來彈指過。試問竹林橋下路，往還曾見幾東坡。

題吴彩鸞寫韻圖

小點紅鸞欲下遲，遠山渾似畫來眉。如何一念人間事，上界仙曹便得知。

集外詩三首

寄王梧溪

仙舟曾記過南堂，鳴鳥高梧日正長。胡蝶重來春夢覺，牡丹欲盡燕泥忙。當時賓客知何往，此日音書或漫忘。猶有白頭王粲在，獨將詞賦動江鄉。

春　日

一陣東風一陣寒，芭蕉長過石闌干。只消幾箇懵騰醉，看得春光到牡丹。

瞿宗吉云：「此詩刺淮張用事諸人也。」

白頭翁

疏蔓短於蓬，卑栖怯晚風。祇緣頭白早，無處入芳叢。

【補詩】

張員外昱 二首

題青山白雲

一個茅廬何處，小橋古木溪灣。但見山青雲白，不知天上人間。

題揚州史左丞扇

后土祠前路，金鞍憶舊遊。春風雙燕子，渾似在揚州。

列朝詩集甲集前編第七之下

鐵厓先生楊維楨一百七十首

鐵厓之詩，多作于有元之季，而其人則入本朝矣。辭召應制之作，略見前篇，而他作則以此編盡之。若其文章，則兩屬焉。劉文成、宋文憲亦同此例。

鴻門會

天迷關，地迷户，東龍白日西龍雨。撞鐘飲酒愁海翻，碧火吹巢雙猰貐①。照天萬古無二烏，殘星破月開天餘。座中有客天子氣，左肱七十二子連明珠。軍聲十萬振屋瓦，拔劍當人面如赭。將軍下馬力排山，氣卷黄河酒中瀉。劍光上天寒彗殘，明朝畫地分河山。將軍呼龍將客走，石破青天撞玉斗。

① 原注：「暗言范增、項莊。」

富春吴復曰：「先生酒酣時，常自歌是詩。此詩本用賀體，而氣則過之。」

虞美人行

拔山將軍氣如虎，神騅如龍蹋天下①。將軍戰敗歌楚歌，美人一死能自許。倉皇伏劍答危主，不爲野雉隨仇虜。江邊碧血吹青雨，化作春芳悲漢土。

① 原注：「叶户。」

梁父吟

步出齊城門，上陟獨樂峰。梁父昂雉堞，蕩陰夷纍封。齊國殺三士，杵臼不能雄。所以《梁父吟》，感嘆長笑翁。吁嗟長笑翁，相漢起伏龍。鬬張比强冶，將相俱和同。上帝棄炎祚，將星墮營中。抱膝和《梁父》，《梁父》生悲風。

孔巢父

孔巢父，竹溪流。竹溪之水可飲牛，胡爲去干肉食謀？孔巢父，盍歸來①？河北虎幸斃，河中虎方威。孔巢父，不歸去。十年東海迷煙霧，釣竿空負珊瑚樹。

① 原注：「叶。」

警枕辭

吴越王錢鏐，自少在軍中，夜未嘗寐，倦極則就圓木小枕，或枕大鈴，寐熟輒欹而寤，名曰警枕。置粉盤於卧内，有所記則書盤中，比老不倦。或寢方酣，外有白事者，令侍女振鈴即寤。時彈銅丸於樓墻之外，以警直更者。嘗微行，夜叩北門，吏不肯啓關，曰：「雖大王來，亦不啟。」乃自他門入。明日，召北門吏，厚賜之。

不睡龍，醒復醒，珊瑚圓木摇金鈴。五花寶簟芙蓉屏，銅盤雪粉香淺清。樓墻銅彈飛霹靂，夜半更奴起辟易。圓木功，無與敵。吴越封疆平地闢，四世三王安衽席。

三閣圖

金陵新閣空中起，虎踞龍蟠鳳雙掎。沉檀雕柱鬬玉螭，麗華吹笙綵雲裏。水晶簾空濾明月，三十六宫白於水。紅塵巴馬四百秋①，五城步障五花球。綵繪山頭蓋宫殿，山前十二銀潢流。健娥五百曳錦纜，金蓮吐影上下金銀州。二三狎客混歌舞，中有酒悲淚如雨。嘉州諷諫三閣圖，秦州別幸千花株。回鶻隊，鴉群呼。夜半捲土昌瀘渝，黄茅縛髻口銜璧。草降表，王中書。嗚呼！《玉樹》聲中作唐虜，門外崇韜是擒虎。

① 原注：「梁末童謡。」

澶淵行

陽城淀，高陽關，邊書告急夕五至，皇帝親至岢嵐山。殿前寇相一斗膽，楚蜀謀臣謀可斬。陽光抱珥已開光①，牀機一發中撻攬。雄謀獨斷衆勿摇，孤注一鄭先成梟。跋河不渡勢不止，賈勇况有高嫖姚。千羊萬犬鋭若隼，望見龍光氣俱盡。萬歲聲呼天可汗，擎天一柱惟付準。飛龍使，修載書，鬼母尚執關南圖。君不見漢家玉帛賜單于，何嘗割地分邊隅。却憐藝祖歲帛二十萬，不博黑子一萬蕃枯顱②。

① 原注：「駕起，司天奏日抱珥，黄氣光塞，宜不戰而勝。」

② 原注：「太祖嘗曰：『我二十匹博一胡兒首，其精兵不過有十萬，止廢我數百萬絹耳。』」

冬青冢　重見。

老羝夜射錢塘潮，天山兩乳王氣消。禿妖尚厭龍虎怪，浮圖千尺高岧嶢。文山老客智且勇，夜舟拔山山不動。江南石馬久不嘶，冢上冬青今已拱。百年父老憤填胸，不知巧手奪化工。冬青之木鬱葱葱，六櫝樹更蒲門東。

李鐵槍歌

古鐵槍，五代烈。今鐵槍，萬人傑。紅蠻昨夜斬關來，防關老將泣如孩。鐵槍手持丈二材，鐵馬突出擒紅魁。磔紅頭，鑿紅骨。誓紅不同生，滅紅倒紅窟。君不見錢塘城中十萬家，十萬甲兵赭如血，一夜南風吹作雪。

鐵槍封萬户至正壬辰七月二十日破賊于杭余嘗歌以美之是年九月不幸死於昱關復爲此歌之

李鐵槍，人之傑。將之强，手持鐵槍丈二長。鐵槍入手烏龍驤，龍精射之落攙槍。皇帝十有二載秋七月，紅凶西來寇西浙。防關健兒走惶惶，鐵槍一怒目眦裂。十萬赭衣暗城闕，鐵槍烏龍去明滅。須臾化作風雨來，净洗銅城滿城血。嗚呼！殪猰貐，屠封狼，鐵槍之鋒無與當。胡爲將星昨夜墜昱關，鐵槍一折天無光。天無光，人倀倀，雲臺倚天雲潛傷。天子贈忠良，祠以血食冬青鄉。嗚呼！歸來乎？鐵槍。

鐵城謡

張司業有《築城詞》，嫌其嘽緩，無沉痛迫切之警，今補之。

蒸土築城城上鐵，北風一夜吹作雪。君不見銅駝關外鐵甕堆，中填白骨外塗血。髑髏作聲穿鬼穴，銅駝崩，鐵甕裂。

南婦還并序

南婦有轉徙北州者，越二十年復還，訪死問生，人非境換，有足悲者，爲賦之。

今日是何日，慟返南州歧。汩汩東逝水，一日有西歸。長别二十年，休戚不相知。去時蕫髮青，歸來面目黧。昔人今則是，故家今則非。脱胎有父母，結髮有夫妻。驚呼問鄰里，共指冢累累。訪死欲穿隧，泣血還復疑。白骨滿丘山，我逝其從誰。

飲馬窟

長城飲馬窟，飲馬馬還驚。寧知嗚咽水，猶作寶刀鳴。

焦仲卿妻

生爲仲卿婦，死與仲卿齊。廬江同樹鳥，不過别枝啼。

胭脂井

昨夜韓擒虎，金陵奏凱迴。井中人不死，重帶美人來。

商婦詞

蕩子發航船，千里復萬里。願持金剪刀，去剪西江水。

楊柳詞

楊柳董家橋，鵝黄幾萬條。行人莫到此，春色易相撩。

採蓮曲二首

東湖採蓮葉，南湖採蓮花。一花與一葉，持寄阿侯家。

同生願同死，死葬清泠窪。下作鎖子藕，上作雙頭花。

賭春曲

鬬草歸來後，開筵又賭春。階前撒珠戲，誰是得雙人？

《妝樓記》：「洛陽有樂姓者，撒真珠爲戲，厚盈數寸，以班螺令妓女酌之，仍各具數，以得雙者爲勝。得雙妓乃作雙珠宴以勞主人。」

春波曲

家住春波上，春深未得歸。桃花新水長，應没浣花磯。

買妾言

買妾千黄金，許身不許心。使君聞有婦，夜夜《白頭吟》。

玉蹄騧

銀腦玉蹄騧，金鞭問妾家。窗開桃葉渡，小艇在荷花。

自君之出矣二首

自君之出矣，燕去復燕歸。思君如荔帶，日日抱君衣。

自君之出矣，草青復草黄。思君如魚鑰，日日守空房。

吴子夜四時歌録一首

睡起珊瑚枕，微風度屧廊。芙蓉最高葉，翻水洗鴛鴦。

小臨海曲十首　一名《洞庭曲》。

日落洞庭波，吴娃蕩槳過。道人吹鐵笛，風浪夜來多。

道人鐵笛響，半入洞庭山。天風將一半，吹度白銀灣。

仙橘大如斗，浮之過洞庭。江妃渾未識，唤作楚王萍。

海客報奇事，青天火甕飛。明朝雷澤底，新有落星磯。

網得珊瑚樹，移栽瑪瑙盆。夜來風雨横，龍氣上珠根。

海上雙雷島，渾如灩澦堆。乖龍拔山脚，飛渡海門來。

潮來神樹没，潮歸神樹青。雲裏天妃過，龍旗帶雨腥。

客入毛公洞，洞深人不還。明年探禹穴，相見會稽山。

太液象圓海，金蓮夜夜開。水中萬年月，照見昆明灰。

秦峰望東海，雲氣常飄飄。桑田明日事，奚用石爲橋。

附見　張簡一十首

和鐵厓小臨海

海静不揚波，仙人鞚鶴過。靈峰七十二，何處月明多。

扁舟下彭蠡，望見古君山。只道支機石，移來天漢灣。

歌罷《霓裳曲》，分行舞廣庭。天壇看星斗，散亂若浮萍。

海門棹馭出，鯨吼浪花飛。孔翠排旍蓋，雲昏黄鶴磯。

龍子丹砂鬣，金芒耀水盆。真人忽騎去，霹靂破天根。

夜過洞庭曲，青山玉作堆。仙人吹鐵笛，白鶴自飛來。

雨過積金頂，芙蓉萬朵青。神魚不飛去，風伏翠濤腥。

憶坐松根石，相見説大還。崑崙雲一朵，唤作九華山。

仙花雲萬叠，浩劫與春開。却笑珊瑚樹，焦枯作死灰。

海上三神嶠，嘗看羽蓋飄。玉虹三百丈，嘘氣結成橋。

宫詞十二首

宫詞，詩家之大香奩也，不許村學究語。本朝宫詞者多矣，或拘於用典故，又或拘於用國語，皆損詩體。天曆間，余同年薩天錫善爲宫詞，且索余和什。通和二十章，今存十二章。

雞人報曉五門開，鹵簿千官泊帝臺。天上駕鵝先有信，九重鸞駕上都回。

每歲此禽先駕往返。

開國遺音樂府傳，《白翎》飛上十三弦。大金優諫關卿在，伊尹扶湯進劇編。

海内車書混一時，奎章御筆寫烏絲。朝來中貴傳宣急，南國宫娥拱鳳池。

薰風殿閣日初長，南貢新來荔子香。西邸阿環方病齒，金籠分賜雪衣娘。

宫錦裁衣錫聖恩，朝來金榜揭天門。老娥元是南州女，私喜南人擢殿元。

北幸和林幄殿寬，鈎麗女侍婕妤官。君王自賦昭君曲，敕賜琵琶馬上彈。

后土瓊仙屬内家，揚州從此絶名花。君王題品容誰並，萼緑宫中萼緑華。

十二瓊樓浸月華，桐花移影上窗紗。檐前不插鹽枝竹，卧聽金羊引小車。

金屋秋深露氣凉，宫監久不到西厢。丁寧莫竊寧歌笛，鸚姆無情説短長。

露氣夜生鳷鵲樓，井梧葉葉已知秋。君王只禁宫中蠱，不禁流紅出御溝。

十三宫女善詞章，長立君王玉几傍。阿婉有才還有累，宫中鸚鵡啄條桑。

蛾眉顰處不勝秋，長帶芙蓉小苑秋。肯爲君王通一笑，羽書烽火誤諸侯。

盼盼

冢上白楊今十年，樓頭燕子尚留連。銅臺多少丁寧恨，誰向西陵望墓田？

西湖竹枝歌九首　一作「小臨海曲」。

蘇小門前花滿株，蘇公堤上女當壚。南官北使須到此，江南西湖天下無。

鹿頭湖船唱郝郎，船頭不宿野鴛鴦。爲郎歌舞爲郎死，不怕真珠成斗量。

家住城西新婦磯，勸君不唱《金縷衣》。琵琶原是韓朋木，彈得鴛鴦一處飛。

勸君莫上南高峰，勸我莫上北高峰。南高峰雲北高雨，雲雨相催愁殺儂。

湖口樓船湖日陰，湖中斷橋湖水深。樓船無柁是郎意，斷橋有柱是儂心。

病春日日可如何，起向西窗理琵琶。見説枯槽能小命，柳州弄口問來婆。

小小渡船如缺瓜，船中少婦《竹枝歌》。歌聲唱入箜篌調，不遣狂夫横渡河。

石新婦下水連空，飛來峰前山萬重。妾死甘爲石新婦，望郎忽似飛來蜂①。

①原注：「石新婦，秦王纜石是也。」

望郎一朝又一朝，信郎信似浙江潮。牀脚支龜有時爛，臂上守宫無日銷。

附見 和詩

和者數百家，載於《西湖竹枝》者一百三十四人。

潘純 一首

純字子素，淮南人。風度高遠，歌詩遒麗清鬱。詩餘喜爲今樂府，與冷齋、疏齋相爲左右。

雲髻高梳鬢不分，掃除虚室事元君。新糊白紙屏風上，盡畫蓬萊五色雲。

黄公望 一首

公望字子久，自號大癡哥，常熟人，徙富春。天姿孤高，少有大志，試吏弗遂，歸西湖筲箕泉。歸富春，年八十六而終。子久博書史，尤通音律圖緯之學。詩工晚唐，畫獨追關仝。

水仙祠前湖水深，岳王墳上有猿吟。湖船女子唱歌去，月落滄波無處尋。

曹睿 一首

睿字新民，永嘉人。壯年遊浙西。詩文皆清新。

昨夜西湖月色多，照見郎君金叵羅。明朝江頭放船去，江亭風雨奈君何。

陳裴一首

裴字敬德，天台人。敬初之兄。兄弟從學於黄晉卿，刻志讀書。詩尤工律體。

茜紅裙子柳黄衣，花間採蓮人不知。唱歌蕩槳過湖去，荷葉荷花風亂吹。

楊椿一首

椿字子壽，蜀人。博學能詩文，以舉子業爲大師。淮張兵入平江，巷戰而死。吳興張文蔚作《楊參謀誄》。

郎去天涯妾在樓，西湖楊柳又三秋。郎情莫似湖頭水，城北城南隨處流。

顧晋

晋字進道，玉山仲子。

顧元臣

元臣字國衡，仲瑛之子。詩並見《玉山集》後。

顧佐一首

佐字翼之，仲瑛兄仁之子也。好吟，時有驚人句，亦薰染玉山之習。

阿儂心似湖水清，願郎心似湖月明。南山雲起北山雨，雲雨朝朝何處晴。

宋元禧三首

元禧字無逸，姚江人。少穎悟好學，父欲奪其志於市井胥吏之事，輒哭而辭。母爲資之，負笈從師，迄明經史古文之學。後單名禧。召修《元史》。

十三女兒不出門，父娘墳在葛嶺根。同攜女伴踏青去，不上道傍蘇小墳。

湖上採薪春復春，養蠶長見繭絲新。老蠶不識人間事，猶趁東風了此身。

湖光照儂雙畫眉，鬢邊照見一莖絲。東家女伴多年別，昨日攜來十歲兒。

馬琬一首

琬字文璧，秦淮人。少有志節。工古歌行，尤工諸書。學《春秋》於鐵厓。國朝仕爲撫州府知府。

湖頭女兒二十多，春山兩點明秋波。自從湖上送郎去，至今不唱江南歌。

張田一首

田字藴己，吴郡人。工歌詩，不矜苟作，有《擬九體詩》。

潮去潮來春復秋，錢塘江水通湖頭。願郎也似江潮水，暮去朝來不斷流。

張希賢一首

希賢字希顔，崑山人。讀書儒雅，酷志作詩。好古物圖畫，羅列左右，人欲之，即便持去。

孤山脚下三叉路，孤山墓上好梅花。不似馬塍桃李樹，隨春供送到人家。

葉廣居一首

廣居字居仲，嘉禾人。天資機悟，才力絶人。與其鄉人張翼、劉堪爲文字友。

水長西湖一尺過，湖頭狂客奈愁何。鯉魚吹浪楊花落，聽得櫓聲歸思多。

周南老〔一〕二首

南老字正道，吴郡人。

蘇公堤上草離離，春盡王孫尚未歸。風度珊瑚簾影直，一雙紫燕近人飛。

采菱女兒新樣妝，瓜皮船小水中央。郎心只如菱刺短，妾情謾比藕絲長。

〔一〕「周南老」原誤作「周南」，今據本書甲集十九補。下小傳同。

沈性 一首

性字自誠，吴興人。少孤，養母以孝聞。善吟唐人詩。工八分、小篆。

儂住西湖日日愁，郎船只在東江頭。憑誰移得吴山去，湖水江波一處流。

嚴恭 一首

恭字景安，吴之練川人。累世仕宦。才性雅淡，築室海上，號惜寸陰齋，日以琴書自適。

湖中女兒不解愁，二三蕩槳百花洲。貪看花間雙蛺蝶，蜻蜓飛上玉搔頭。

張珇 一首

珇字彦栗，嘉定人。輕財重義，工爲詩章。早游京國，值兵變歸。至正間，辟常熟州判官，不就。

湖上女兒學琵琶，滿頭都插鬧妝花。自從彈得《陽關曲》，只在湖船不在家。

士女曹妙清一首

妙清字比玉，自號雲齋，錢塘人。善鼓琴，工詩，行書點畫皆有法度。三十不嫁，風操可尚。嘗寫詩寄鐵厓，鐵答之云：「紅牙管蒂紫狸毫，雪水初融玉帶袍。寫得薛濤萱草帖，西湖紙價可能高。」其事母孝謹，故云。玉帶袍，其家硯名。

美人絶似董嬌饒，家住南山第一橋。不肯隨人過湖去，月明夜夜自吹簫。

士女張妙浄一首

妙浄字惠蓮，錢塘人。善詩章，曉音律。晚居姑蘇之春夢樓，號自然道士。

憶把明珠買妾時，妾起梳頭郎畫眉。郎今何處妾獨在，怕見花間雙蝶飛。

蘇臺竹枝詞一十首

薛氏蘭英、蕙英，吴郡人，皆聰明秀麗，能賦詩。建一樓以處，曰蘭蕙聯芳。二女日夕吟詠不輟，有詩數百首，顔曰《聯芳集》。楊鐵厓製《西湖竹枝曲》，和者百餘家，見之笑曰：「西湖有《竹枝曲》，東吴獨無《竹枝曲》乎？」乃效其體作《蘇臺竹枝》十章。楊見其稿，手題二詩於後云：「錦江只見薛濤箋，吴郡今傳蘭蕙篇。文采風流知有日，連珠合璧照華筵。」「難弟難兄並有名，英英端不讓瓊瓊。好將筆底春風句，譜作瑶箏絃上聲。」自是名播遠邇，咸以爲班姬、蔡女復出也。

姑蘇臺上月團團，姑蘇臺下水潺潺。月落西邊有時出，水流東去幾時還。
館娃宫中麋鹿遊，西施去泛五湖舟。香魂玉骨歸何處，不及貞娘葬虎丘。
虎丘山上塔層層，静夜分明見佛燈。約伴燒香寺中去，自將釵釧施山僧。
門泊東吴萬里船，烏啼月落水如煙。寒山寺裏鐘聲早，漁水江風惱客眠。
洞庭餘柑三寸黄，笠澤銀魚一尺長。東南佳味人知少，玉食無由進上方。
荻芽抽筍楝花開，不見河豚石首來。早起腥風滿城市，郎從海口販鮮回。
楊柳青青楊柳黄，青黄變色過年光。妾似柳絲易憔悴，郎如柳絮太顛狂。
翡翠雙飛不待呼，鴛鴦並宿幾曾孤。生憎寶帶橋頭水，半入吴江半入湖。
一緺鳳髻緑如雲，八字牙梳白似銀。斜倚朱門翹首立，往來多少斷腸人。
百尺樓臺倚碧天，欄干曲曲畫屏連。儂家自有蘇臺曲，不去西湖唱《採蓮》。

吴下竹枝歌七首　率郭義仲同賦。

三箬春深草色齊，花間蕩漾勝耶溪。採菱三五唱歌去，五馬行春駐大堤。
家住越來溪上頭，胭脂塘裏木蘭舟。木蘭風起飛花急，只逐越來溪上流。
寶帶橋西江水重，寄郎書去未回儂。莫令錯送回文錦，不答鴛鴦字半封。

馬上郎君雙結椎，百花洲下買花枝。罟罛冠子高一尺，能唱黄鶯舞雁兒。

《白翎鵲操》手雙彈，舞罷胡笳十八般。銀馬杓中勸郎酒，看郎色似赤瑛盤。

騎馬當軒鵠觜靴，西風馬上鼓琵琶。内家隊裏新通籍，不是南州百姓家。

小娃十歲唱桑中，盡道吴風似鄭風。不信柳娘身不嫁，真珠長絡守宫紅。

義仲以吴之柳枝詞答爲賦詩

吴中《柳枝》傷春瘦，湖中《竹枝》湘水愁。説與錢塘蘇小小，《柳枝》愁是《竹枝》愁？

春情二首

惜春正是上春時，何處春情可賦詩。吴王臺下鬬芳草，蘇小門前歌《柳枝》。

灼灼桃花朱户低，青青梅子粉墻頭。蹋歌起自春來日，直至春歸唱不休。

漫興七首

學杜者必先得其情性語言而後可，得其情性語言必自其漫興始。錢塘諸子喜誦予唐風，取其去杜不遠也。故今漫興之作，將與學杜者言也。

髗畫溪頭翠水家，水邊短竹夾桃花。春風嗾人狂無那，走覓南鄰羯鼓撾。

丈人接䍦白氈裁，花邊下馬不驚猜。環沉溪頭買酒去，高堂寺裏看碑來。

長城女兒雙結丫，陳皇宅前第一家。生來不識古井怨，唱得後主《後庭花》。

楊花白白綿初迸，梅子青青核未生。大婦當壚冠似瓢，小姑吃酒口如櫻。

今朝天氣清明好，江上亂花無數開。野老殷勤送花至，一雙蝴蝶趁人來。

南鄰酒伴辱相呼，共訪城東舊酒壚。柳下鞦韆閒絡索，花間喚起勸胡盧。

我愛東湖舊廣文，更過水口覓將軍。醉歸嘗騎廣文馬，不怕打鼓噤黃昏。

冶春口號七首　寄崑山袁、吕、郭三才子。

今年臘底無殘雪，却是年前十日春。騎馬行春橋上路，密梅花發便撩人。

吴下逢春春思濃，不堪花發館娃宫。吴山青青吴水白，愁殺江南盛小叢。

見説崑田生玉子，海西還有小崑崙。明朝去拔珊瑚樹，龍氣隨飛過海門。

鮫卵兼金傳海上，海人一尺立階前。婁江馬頭天下少，春水如天即放船。

南朝宫體袁才子，更説西崑郭孝廉。自是《玉臺》新句好，風流無復數《香奩》。

湖上女兒柳葉眉，春來能唱黄鶯兒。不知却是青娘子，飛傍枇杷索荔枝。

西樓美人不受呼，清箏一曲似羅敷。可無東厩五花馬，去博西樓一斛珠。

春俠雜詞一十二首

金丸脱手彈鸜鵒，玉鞭嬉笑擊珊瑚。侍兒無賴有如此，知是霍家馮子都。
花袍白面呼郎神，當階奪花不避人。天馬乘龍金絡腦，賈家貴婿正嬌春。
柘林縱獵金毛鷹，花街行春銀面馬。夜宿倡樓酒未醒，飄風吹落鴛鴦瓦。
朱提注酒酒如池，大白淋灕吃不辭。上樓更衣玉山倒，腰間帶脱金犀毗。
蜀琴初奏雙鴛鴦，嶰竹和鳴雙鳳凰。夜闌酒散不上馬，紫荆月墮西家墻。
石上葉生青鳳尾，階前花開黄鵠觜。美人弄水百花池，水灑花枝雙蝶飛。
宜男草生小院西，階前錦石與人齊。錢塘潮生當午信，丹鷄飛上上頭啼。
鳳凰城外横門道，小妓軍裝金綫襖。春暉無賴苦撩人，自下雕鞍蹋芳草。
西江織人久不見，手把新題合歡扇。鯉魚憑送相思書，灞王門前水如箭。
美人遺我昆溪竹，未寫雌雄雙鳳曲。愛惜長竿繫釣緡，釣得江西雙比目。
昨日布衣行九州，今日繡衣拜冕旒。馬前清道一千步，當街不敢闞高樓。
闞右新來豪傑客，姓字不通人不識。夜半酒醒呼阿吉①，碧眼胡兒吹筆笛。

① 原注：「平聲。」

燕子辭

燕子來時春雨香，燕子去時秋雨凉。鴛鴦一生不作客，夜夜不離雙井塘。

小遊仙八首

天上莨常宫又成，文章只數老玄卿。五雲閣吏亦謫世，牛鬼少年專盛名。

日落海門吹鳳匏，須臾海水沸如炮。船頭處女來相唤，知是洞庭千歲蛟。

曾與毛劉共學丹，丹成猶未了情緣。玉皇敕賜西湖水，長作西湖月水仙。

當時笑我去學仙，汝但求金與求田。不知昨夜城頭鶴，問汝無人識墓阡。

青旄節衛翠雲軒，按部東行過赤城。龍女遺珠鷄卵大，結爲雙佩賜方平。

若木西來赤岸東，白金城闕碧珠宫。天家令急不敢住，折得五花歸飯龍。

東逾弱水赤流深，夜得桃都息羽旌。地底日回天上去，金鷄如鳳自交鳴。

金鵜蕊生瑶水陰，錦駝鳥鳴珠樹林。上皇敕賜龍色酒，天樂五雲流玉音。

海鄉竹枝歌四首

潮來潮去白洋沙，白沙女兒把鋤耙。苦海熬乾是何日，免得儂來爬雪沙。

門前海坍到竹籬，階頭腥臊蟛子肥。啞子三歲未識父，郎在海東何日歸。

海頭風吹楊白花，海頭女兒楊白歌。楊白滿頭作鹽舞，不與斤兩添銅駝。

顔面似墨雙脚赬，當官脱褌受黄荆。生女寧當嫁盤瓠，誓莫近嫁宋家亭。

《海鄉竹枝》非敢以繼風人之鼓吹，于以達亭民之疾苦也。觀民風者或有取焉。

覽古四十二首録三十四首

晉師納天王，大義白日拔。尹固附孽子，奉籍奔蠻夷。道逢秋郊婦，三歲爾爲期。三言尹固死，婦言如蓍龜。

出姜哭過市，呼天天實聞。市人皆涕下，魯賊當誰兮。出姜不歸魯，麟筆誅其君。

秦穆飲盗馬，楚莊忘絶纓。齊景恩一木，觸槐有淫刑。婧女告齊相，稱説辯且正。明朝拔槐令，婧婦脱囚名。

單父七絃琴，爲治務感興。十金南門木，立令務必行。單父有成言，夜漁若嚴刑。南門能徙木，不能徙民情。以此知巧信，不如拙而誠。

韓厥戮趙僕，不以私害公。後人援此義，往往爲逢蒙。曲逆不背本，事主可移忠。偉哉劉公論，吕布真難容。

應侯刻薄人，須賈得無死。飛將殺霸陵，狼狠不足齒。如何畫眉郎，五日殺掾史。

齊相善求治，議論人人殊。蓋翁本黄老，一語蓋有餘。諸儒不足聽，醉吏自足呼。醉吏獄不擾，諸儒多詐狙。

恭儉漢天子，取士忌少年。未應絳灌徒，庭中肯妨賢。徒爲宣室召，復有長沙遷。不見馮都尉①，龐眉竟誰憐。

① 原注：「唐。」

田叔作魯相，王不敢遊田。痛愧取民物，償以中府錢。漢人重長者，長者豈非賢。

任安與田仁，同仕將軍門。厮養惡齒馬，實坐貧失身。發忿騎奴席，拔刃徒自分。不會趙少府，何日别奴群。乃知聖賢仕，端不與賤貧。

郭解本大俠，睚眦殺人威。當其出邑屋，獨不殺倨夷。屬吏脱踐更，卒感肉袒來。此事實近道，可以俠少之。

漢廷古遺直，免官歸田園。已聞御史奏，嚴李有飛言①。矯制獨無罪，加冠禮終存。誰謂淮陽召，淮陽爲寡恩。

① 原注：「嚴助、李文。」

出關棄繻子，南征笑狂生。左右無黄髮，淫夫挾之行。戮殺漢使者，君臣起大兵。尉佗羈漢綬，何曾請長纓。

成都賣卜士，大易先天心。弟子一區宅，桑榆有餘陰。何爲天禄閣，忘身幾陸沉。門前載酒者，奇字時相尋。爲謝門前客，從今傳酒箴。

子陵江海客，本非沮溺倫。仁義立奇論，豈果忘吾民。狂奴作故態，飄然過富春。客星犯帝座，太史奏天文。故人信符讖，三公等浮雲。

武丁夢良弼，審象極冥搜。光武思故人，物色在羊裘。彭城有處士，君恩賁林丘。股肱不爲用，顔色徒相求。

董卓劫慈明①，次以及伯喈②。子龍獨何人③，啖笑却啀啀。高視粱碭上，片雲卷而懷。古來高世士，塵埃豈能埋。

① 原注：「荀爽。」

② 原注：「蔡邕。」

③ 原注：「申屠蟠。」

襄陽有高士，生産不曾治。何以遺妻子，鹿門有深期。籍籍齒牙論，龍鳳名諸兒。諸葛拜牀下，可是圯橋師。

孔公薦一鶚，義烈争秋霜。天心報知己，討賊尊天王。漁陽操英憤，夫豈病悖狂。營門三尺棁①，殺氣披攙槍。

① 原注：「音脱。」

會稽嵇叔夜，才氣浩不群。平生癖於鍛，餘好在琴尊。不如一長嘯，携琴學蘇門。可憐《廣陵散》，奇弄今無聞。

汝南許文休，喪亂一駑士。敢當諸葛拜，合受玄德鄙。士論推指南，無乃失臧否。乃知郡公曹，排擯有公是。

洛陽輕薄子，挾彈走春嬉。結交金谷友，諂事賈午兒。蔑棄慈母訓，乾没不知幾。感己賦閑居，猶以拙自悲。

彈琴戴安道，焦桐破奇聲。蔚宗與文季，俱以琴自鳴。天子不得屈，王公不能聆。獨憐褚司徒，銀柱老齊伶。

我愛王懷祖，面壁受人罵。不比少掾時，瞋目答米價。褊中頓有容，坦之詎能過。桓桓大將軍，漢業在出跨。

青青五柳宅，貧無三徑資。去參建威幕，爲貧良亦非。彭澤八十日，胡爲遽來歸。乃知决然逝，非爲鄉里兒。首惡王休元，酒亦無所辭。華軒欲載我，我心詎能違。

韓信卜母地，旁置萬人廬。郭公卜鄰水，長洲偶成墟。千秋揚子窆，投棄同江魚。裸髮何爲者，厭魅開群愚。孰借神丁火，焚却青囊書。

郭麐精術數，知晉必亡秦。逃秦遠歸晉，追兵殺亡臣。洛陽牛背叟，讀書孝其親。凉州未經破，先歸忽如神。術人不靈己，哲士固全身。

騷雅去已久，宫體争哇淫。洛陽風一變，枳性隨人心。鄉關思蕭瑟，作賦哀江南①。調入金釵臂，亡國有餘音。

①原注：「葉任。」

鄭州跛男子①，識者惟客師②。深沉有容量，不爲同列知。唾而戒其弟，俯世一何卑。君看白水澗，沫額宣鴑資。

①原注：「婁師德。」

②原注：「袁客師。」

姚家有裨將，腰佩雙青萍。青萍夜脱匣，忽殺程務盈。爲書報殺牀，伏劍隨自刑。吁嗟古義士，豈復數荆卿。

厚施而薄望，郭解愧朱家。大唐郭氏子①，手劍寒姦邪。賻金四十萬，主名不知誇。結交豪俠場，此客實無加。

①原注：「元振。」

昨日滿頭花，堂上争春妍。今朝大風起，花落玉津園。舊地易淮陝，取鹹諧戍門。可憐於期首，不謝永州魂。

東入送降款，西人納降城。長沙李太守，誓死城下盟。高樓一舉火，老稚同焦冥。要離爇妻子，大盗空沽名。峨峨南文山，光焰日月青。婦義終一醮，臣道無改要。寧戴一天死，不載二地生。尚憐廣西地，有愧顔家兄。

遊虎丘與勾曲張貞居遂昌鄭明德毗陵倪元鎮各追和東坡留題石壁詩韻

漾舟海涌西，坡陀緣素嶺。陟彼闔閭丘，俯瞰千尺井。至今井中龍，上應星耿耿。居然辟歷飛，殘腥洗蛙黽。已知湛盧精，古憤裂幽礦。肯隨魚腸逆，寒鋒助殘猛。後來入郢功，勇志亦馳騁。丹臺納嬞娟，金錘碎骨鯁。坐令金精氣，龍虎散俄頃。花凝鐵壁堅，木根①山骨冷。何哉幽獨魂，白日歌夜永。我從陶朱來，青山異風景。豈無西家兒，池頭弄風影。五湖尚浮桴，煙波不須請。

① 原注：「去聲。」

元夕與婦飲

問夜夜何其，眷兹燈火夕。月出屋東頭，照見琴與册。老婦紀節序，清夜羅酒席。右蠻舞㚟㚟，左瓊歌昔昔。婦起勸我酒，壽我歲千百。仰唾天上蜍，誓作酒中魄。勸君飲此酒，呼月爲酒客。婦言自可聽，爲之浮大白①。

① 原注：「老婦曰：『人言天孫思妃，不如月娥守孤，不知羿婦相棄以奔，曷若織女相望以久之也。』」

玉蓮曲爲金陵張氏妓賦

芙蓉出五沃，蕩漾水中央。託根遍七澤，濯影照滄浪。亭亭立淤泥，靜試岳井妝。使君青雀舫，夜夜宿花傍。爲結明璫蓋，覆此並頭芳。洛妃解瑶珮，王子薦瓊觴。饑餐玲瓏玉，渴飲醍醐漿。白日忽成晚，粉面落秋霜。窟窊不結子，柔絲斷藕腸。波寒沉獺傘，愁殺野鴛鴦。

素雲引爲玄霜公子賦

玄霜，璜溪吕氏月臺名也。

清河美人姑射神，夢中認得梨花雲。朝朝暮暮不肯雨，瓊枝玉葉光輪囷。豔妝不染胭脂水，輕歌欲遏鸞笙起。五花細馬馱春風，羅帶飄飖白鷴尾。柔情易逐綵霞空，半掩春衣嘶玉龍。九點峰前指歸路，家住松陵東復東。桃葉桃根春已暮，又逐飛花度江去。梨園昨夜春雨多，回首孤飛在何處。何處孤飛去復來，直是玄霞百尺臺。

四景宫詞

漏痕新長蓮花斗，龍池草色連溝柳。憶春還又怯春來，日日春情殢如酒。小牀偷製錦回文，落地針聲暗驚手。夢繞粱三白蝶飛，西園鼓子花開後。

金刀落雪瓜如斗，小殿風來水楊柳。鳳窠長簟不成眠，竊飲君王千日酒。傳宣今夜吹玉笙，十指紅蠶撚輕手。三十六竿調未齊，小倚琉璃御屏後。露下金盤濕星斗，池上烏啼千尺柳。秋題未寫桐葉箋，春妝尚帶桃花酒。十二簾開乞巧樓，小隊金針穿好手。長生殿裏記恩弘，夜半牽衣掛樓後。黛螺新賜量成斗，畫眉日畫青青柳。長得君王一笑看，眠文不敢朝欣酒。盤珠夜製衮龍衣，紅冰笄軟呵纖手。坐聽燈人報曉籌，二十五聲寒點後。

古井怨

井無水，荒龍死，水底嘍嘍話紅鬼。仰天夜見黄姑星，長繩捲起天河水。

城西美人歌并引

丙戌花朝後一日，與客遊長城之靈山，宴於城東老人所。時偕遊者，城中美人靈山秀也。酒酣，作《城西美人歌》。

長城嬉春春半强，杏花滿城散餘香。城西美人戀春陽，引客五馬青絲繮。美人有似真珠漿，和氣解消冰炭腸。前朝丞相靈山堂，雙雙石郎立道傍。當時門前走犬馬，今日丘壟登牛羊。美人兮美人，舞燕燕，歌鶯鶯，蜻蜓蛺蝶争飛揚。城東老人爲我開錦障，金盤薦我生檳榔。美人兮美人，吹玉笛，彈紅琴，爲我再進黄金觴。舊時美人已黄土，莫惜秉燭添紅妝。

崔小燕嫁辭

閶閭城中三月春，流鶯水邊啼向人。崔家姊妹雙燕子，踏青小靴紅鶴觜。飛花和雨著衣裳，早裝小娣嫁文央。離歌苦惜春光好，去去輕舟隔江島。東人西人相合離，爲君歡樂爲君悲。

金谷步障歌

金谷水派銀河流，金谷峙據三神丘。太僕卿君十二樓，花草不識人間秋。蜀江染絲紅五色，紫鳳銜絲終夜織。剪斷鯨濤三萬匹，天女江妃不敢惜。明珠量斛買娥眉，時時玉笛障中吹。紅鸞翠鵲飛在地，香塵蹋蹋凝流脂。野鷹西來歌吹歇，踏錦未收風雨裂。樓前甲士屯如雲，樓上佳人墜如雪。嗚呼！董家郿塢金成泥，鬼燈一點燃空臍。齊州奴，何用爾，只須豆粥與萍齏。不見秖今金谷底，野花作障山禽啼。

鳴箏曲

斷虹落屏山，斜雁著行安。釘鈴雙啄木，錯落千珠柈。愁龍①啼玉海，夜燕語雕闌。只應桓叔夏，重起爲君彈。

① 原注：「一本作秋龍。」

長洲曲

長洲水引東江潮，潮生暮暮還朝朝。只見潮頭起郎柁，不見潮尾回郎橈。昨夜西溪買雙鯉，恐有郎椷寄連理。金刀剖腹不忍食，尺素無憑膾還妾。西水之水到長洲，明日啼紅臨上頭。

龍王嫁女辭

海濱有大小龍拔水而飛，雷車挾之以行者，海老謂之龍王嫁女，故賦此辭。率匡山人同賦。

小龍啼春大龍惱，海田雨落成沙炮。天吴擘山成海道，鱗車魚馬紛來到。鳴鞘聲隱佩鏘琅，瓊姬玉女桃花妝。貝宫美人笄十八，新嫁南山白石郎。西來態盈慶春婿，結子蟠桃不論歲。秋深寄字湖龍姑，蘭香廟下一雙魚。

附見

匡山人于立和篇

東方龍君嫁龍女，雷車彭彭載風雨。神姦夜邀髑髏語，碧草無光愁露渚。鮫宫綃寒珠淚泣，鸞裙行煙翠痕濕。阿環嬌小不成妝，帝子霜田作湯邑。胭脂蒙土吹海腥，陽侯擊浪玻璃聲。湖邊地皮薄如紙，長堤捲作長江水。

湖龍姑曲

湖風起，浪如山，銀城雪屋相飛翻。白鼉豎尾月中泣，倒卷君山輕一粒。浪中拍碎岳陽樓，萬斛龍驤半空立。雨工騎羊鞭迅雷，紅旗白蓋蚩尤開。青娥鬢髮紅藍腮，紫絲絡頭雙黄能，神絃歌急龍姑來①。

① 原注：「神弦十一中之一。」

修月匠歌

按《酉陽雜俎》：「太和初，有王秀才遊嵩山，迷道，見一人枕幞而坐，曰：『君知月乃七寶合成乎？月勢如丸，其影則日爍其凹處也。常有八萬三千户修之。予即一數。』」因作《修月匠歌》。

天公弄丸七寶鈿，脆如琉璃拆如綫。月中斤人八萬户，敕賜仙厨瓊屑飯。什什伍伍入杳冥，妙手持天輕欲旋。斤斤寶斧運化鈞，混沌皮開精魄見。羿家奔娥太輕脱，須臾蹋破蓮花瓣。十二山河影碎中，輪郭重完冰一片。縹緲長懸玉臼飛，堅牢永結妖蟆患。封辭何用蟣虱臣，功成萬古蒙天眷。一歸蘭路①不知年，兔子花開三萬遍。

① 原注：「一作蘭詔。」

夢遊滄海歌

東海之東，去國十萬里，其洲名滄洲。地方五百里，上有瓊濤玉浪，出没九岫如羅浮。風光長如二三月，琪花玉樹不識人間秋。人鳥戲天鹿，昆吾鳴天球。橘子如斗，蓮葉如舟。白鳳如鷄，紅鱗如牛。青瞳緑髪紫綺裘，日夕洲上相嬉遊。鐵厓道人隘九州，凌風一舸來東漚。始青天開月如雪，錦袍著以黄金樓。樓中仙人睨物表，瑶笙引鶴緱山頭。戲弄玉如意，擊碎珊瑚鉤。相招元處士，浩歌海西流。長梯上摘七十二朵之青菡萏，玉龍呼耕三萬六千頃之崑崙丘。黄河青淺眼中見，海屋老人爲我添新籌。

五湖遊

鴟夷湖上水仙舟，舟中仙人十二樓。桃花春水連天浮，七十二黛吹落天外如青漚。道人謫世三千秋，手把一枝青玉虬。東扶海日紅桑樛，海風約住吴王洲。吴王洲前校水戰，水犀十萬如浮鷗。水聲一夜入臺沼，麋鹿已無臺上遊。歌吴歈，舞吴鉤①，招鴟夷兮狎陽侯。樓船不須到蓬丘，西施鄭旦坐兩頭。道人卧舟吹鐵笛，仰看青天天倒流。商老人，橘幾弈？東方生，桃幾偷？精衛塞海成甌窶。海蕩邙山漂髑髏，胡爲不飲成春愁？

① 原注：「一作吴劍。」

茗山水歌　一作火耕陳帝墳。

茗山如畫雲，茗水如篆文。使君畫船山水裏，蕩漾朝暉與夕曛。中流棹歌驚水鴨，捷如競渡千人軍。渡頭劉阮郎，清唱煙中聞。爲設胡麻飯，招手越羅紛。既到車山口，還過藴水濆。東盛抖前折楊柳，西莊漾下紉香芹。東村擊鼓送將醉，西村吹笛迎餘醺。三日新婦拜使君，野花山葉斑斕裙。使君本是龍門客，宫衫脱錦披黄斤。願住吴儂山水國，不入中朝鸞鵠群。酒酣更呼酒，挽衣勸使君。游絲蜻蜓日款款，野花蛺蝶春紛紛。君不見城南風起寒食近，老農火耕陳帝墳。

張公洞

正月八日記遊仙，三十六天洞靈洞。洞中窗户夜不扃，地底風雷日相哄。巉巉靈骨誰手鑿，納納虚谺曷時澒。龍巔虎卧絡薜蘿，委蓋垂旃掛鸞鳳。莖高玉屑陳金拌，窪陷瓊漿流碼甕。元田鴉色白於鷗，丹室蛇光紅似蝀。石函緑字紫泥封，玄圃瓊華青子種。白騾有迹蹋石田，金虎無聲飲銀汞。樵柯已爛商四朋，蕊輦初過茅二仲。牛車望氣待著書，螺女行厨時進供。胡麻流飯阮郎來，林屋刺船毛父通①。王生石髓隨手堅，吴客求珠空耳縫。九靈太妙苞氣母，五嶽真圖特兒弄。書傳丹篆亦何須，石化黄金本無用。玉盆濯髮天鷄鳴，鐵笛穿空神馬鞚。符行律令鬼承呵，聲出腦宫龍聽頌。未應片石隔仙凡，溪上桃花自迎送。

①原注：「『毛父通』或作『毛父迵』，音同，過也。」

花遊曲

至正戊子三月十日，偕茅山貞居老仙、玉山才子煙雨中遊石湖，諸山老仙爲妓者瓊英賦《點絳唇》詞。已而午霽，登湖上山，歇寶積寺行禪師西軒，老仙題名軒之壁。瓊英折碧桃花下山，予爲瓊英賦《花遊曲》，而玉山和之。

三月十日春蒙蒙，滿江花雨濕東風。美人盈盈煙雨裏，唱徹湖煙與湖水。水天虹女忽當門，午光穿漏海霞裙。美人凌空躡飛步，步上山頭小真墓。華陽老仙海上來，五湖吐納掌中杯。寶山枯禪開茗碗，木鯨吼罷催花板。老仙醉筆石闌西，一片飛花落粉題。蓬萊宮中花報使，花信明朝二十四。老仙更試蜀麻箋，寫盡春愁《子夜》篇。

玉山才子者，顧瑛仲瑛也。其詞云見本集。時崑丘郭翼、袁華、陸仁、馬麐、秦約、匡廬於立屬和此詞，皆爲先生所取。

翼曰：

石池天地花溟濛，芙蓉暖紅旗颯風。錦艚兩帆出雲裏，玉艷搖溶養龍水。寶坊壁堂山入門，瓊琚雜佩飄輕裙。館娃愁絶行春步，青狐泣冷鴛鴦墓。鐵蛟噴壑風雨來，花宮香送瓊英杯。玉粒松膏粉雲碗，小扇桃歌紫牙板。苧蘿煙斷東海西，雙璫緘札近新題。青鳥不來如信使，玉雁銜絲啼十四。真朱字密愁滿箋，爲君重賦《花遊篇》。

華曰：

煙雲撲霧摇空濛，遊絲弱絮縈柔風。木蘭載春石湖裏，手弄瓊英搊秋水。鐵笛仙人招羡門，鸞旌小隊青霓裙。凌波雙飛動塵步，冶情謾憶鴛鴦墓。踏青撾鼓能幾來，便須一飲三千杯。血色葡萄凝水碗，鬱輪袍催紫檀板。雲旗縹緲青鳥西，口銜紅巾緘舊題。瓊林宴中採春使，骰子逡巡賜緋四。醉携翠袖寫銀箋，不數公子《花遊篇》。

仁曰：

金烏流春春氣濛，花雲蒸紅爛承風。星船蕩向銀河裏，手浣銀波天在水。水光花色照湖門，美人門倩芙蓉裙。松陰冶遊馳小步，踏遍湖頭青草墓。泉臺蒿目那起來，長生且進麟蒲杯。仰天笑擊玉唾碗，美人按度□胡板。鸝黄東來燕子西，喃喃交語如雕題。不是神仙西母使，漢殿雙回青翼四。仙人手把五雲箋，美人奪得瓊花篇。

麔曰：

綺樓十二浮空濛，空衣翠絡熏麝風。宫裝窈窕銀屏裏，鸚鵡呼名隔江水。荔枝木瓜花覆門，珠佩丁東摇曲裙。館娃宫裏潘妃步，贏得一丘紅粉墓。探花仙子何處來，乳酒百罰行深杯。夜闌酒倒揮玉碗，遮莫城頭催漏板。人生一身東復西，花遊日日須留題。尚憶題詩動宫使，字落驪珠三十四。金花重賜五雲箋，製作清平樂府篇。

約曰：

館娃宫殿春迷濛，雜花芳菲嬌亞風。油壁香車度花裏，笑解珠纓祓春水。水邊小艇忽到門，粼粼緑濺金鵝裙。游雲膩雨踏歌步，青春喚愁花下墓。流光去去不復來，縹酒且進芙蓉杯。驪珠串落碧瑛碗，鳳槽聲催紅玉板。宴遊未終山日西，柔纖奉硯索新題。風流文彩瓊林使，肯數玉人裴十四。宮中分膽衍波箋，再試一曲曉山篇。

立曰：

暖雲著柳春濛濛，綿航兩旗楊柳風。美人娟娟錦船裏，約爍瞳人剪秋水。阿鬟養花花滿門，洗花染作真朱裙。窈窕行煙踏煙步，野棠亂落麒麟墓。東風撲天驅馬來，露香翠泣鴛鴦杯。玉箸丁東鳴碧碗，鸞篇二尺腥紅板。瓊花起舞歌竹西，鐵厓酣春寫春題。幽緒不憑蜂蝶使，怨絶冰絲絃第四。便裁雌霓作雲箋，寫入花遊第幾篇？

嬉春體四絶

燕子衝簾過，胡蜂採蜜歸。折花香露濕，不惜繡羅衣。

水暖鴛鴦渡，風寒燕燕樓。桃根與桃葉，都在曲江頭。

月過薔薇架，雕鞍未到家。小娃猶殢酒，攔路奪人花。

花氣不成雨，鶯聲都是春。戎裝飛上馬，疑是漢宮人。

湖上感事漫成四小句

湖水碧于天，湖雲薄似煙。鴛鴦不經亂，飛過岳墳前。
湖水明于鏡，湖泥濁似涇。衹應萇血在，染得水華青。
海嶠浮西日，關梁轉北風。蘇卿書未返，愁殺雁來紅。
將石星空墮，靈山鳳不飛。惟餘霸頭水，東去復西歸。

與客登望海樓二首

蜒子雨開江上臺，江頭野老不勝哀。蜃將樓閣宫中落，鱃引旌旗月下來。保障許誰爲尹鐸，事諧無復問文開。可憐歌舞舊城闕，又是昆明幾劫灰。

梟梟秋風起洞庭，銀洲宫闕渺空青。客星石落江龍動，神馬潮來海雨腥。弱水無時通漢使，赭峰何事受秦刑。遠人新到三韓國，中土文明聚五星。

席上賦

蘿洞蘭煙繞燭徽，三更三點妓成圍。魚吹緑酒常雙躍，雁列瑶箏不獨飛。隔座送鬮喧中射，當筵呼摻促更衣。鷄鳴樂極翻凄斷，闕月纖纖照影歸。

悼李忠襄王

羅山進士著戎衣，淚落神州事已非。百二山河驚易改，三千君子誓同歸。天戈已付唐裴度，客匕那知蜀費禕。賴有佳兒功業在，東人重望捷淮淝。

列朝詩集甲集前編第八之上

顧錢塘德輝二十六首

德輝字仲瑛，别名阿瑛，崑山人。四姓之後。輕財結客，年三十始折節讀書，師友名碩，購古書名畫、三代以來彝器秘玩，集録鑒賞。舉茂才，署會稽教諭，力辭不就。年四十，以家産付其子元臣，卜築玉山草堂，園池亭榭、餼館聲妓之盛甲於天下。日夜與高人俊流置酒賦詩，觴詠倡和，都爲一集，曰《玉山名勝》。又會萃其所得歌詩，曰《草堂雅集》。淮張據吴，避隱嘉興之合溪。母喪，歸綽溪。張氏再辟之，斷髮廬墓，誦大乘經以報母，自稱金粟道人。至正之季，元臣爲水軍副都萬户，仲瑛封武略將軍、飛騎尉、錢塘縣男。洪武元年，以元臣爲元故官，例徙臨濠。二年三月卒，年六十。自爲壙志，戒其子以紵衣、桐帽、棕鞋、布襪纏裹入土。其歸葬綽墩也，華亭殷奎爲之誌。仲瑛自畫小像，浴馬、摘阮、補釋典、寫道經，最後則方牀曲几，與一老翁對語，而題詩其上，世所傳「儒衣僧帽道人鞋」絶句是也。五像，有石刻傳吴中，後一像真本，余得之檇李項氏，亂後失去。

金粟冢中秋日燕集

綽山古佳城，左股接崑丘。水作青龍來，九派盤遭周。道人金粟冢，在彼山之幽。團團青桂樹，枝葉相蜷樛。石削華表立，碑刻金窠鏤。人身無百年，胡乃三彭仇。四大偶一失，九丹不能瘳。肉血潰臭腐，不朽唯髑髏。棄之道路傍，行者得溺溲。狐狸與蠅蚋，食嘬紛相仇。欲貽後之人，以掩面目羞。烏兔互出没，急行不入郵。繼有萬丈繩，誰能繫之留。暖穴競螻蟻，凉風滅蜉蝣。榮名乃何物，汲汲將奚求。金谷珊瑚樹，天捆一夕收。美人化黄壤，燕子巢空樓。大印佩六國，散金馳八騶。一朝不得志，車裂徇九州。秦皇與漢武，靈藥採仙洲。玉棺葬地底，金凫出海陬。梨花自寒食，夜雨鬼啾啾。飛錢化蝴蝶，走磷驚鵂鶹。混沌鑿不死，倏忽何能休。丈夫不解事，老大傷白頭。何如種秫米，壓酒日日篘。今夕三五夕，我已爲君謀。長瓶置十斛，百結青絲兜。截江取紫蟹，攀樹摘紅榴。周垣設茵席，矮几陳脯修。步登白雲屏，待月豁醉眸。劃然白蝦蟆，抱出黄金球。又若摩尼珠，躍出驪龍湫。吐吞大地影，晃漾東南浮。老兔玉杵臼，搗作人間秋。寶城三千里，縮景歸遐搜。宫殿魚鱗騫，林木秋雲稠。素娥騎彩鸞，舞雪翻霓裘。手折瓊樹花，競拂金精流。化爲五素芒，落我白瑶甌。持滿向君語，借箸請爲籌。十載苦國難，豪傑紛戈矛。鴻門碎玉斗，桃園宰烏牛。戰血濺野草，餓莩填荒溝。我時挈妻孥，夜泛苕霅舟。有兒握兵符，承乏萬户侯。三年效忠歸，身作抱官囚。平生萬卷書，怒焚遭鬱攸。廬墓讀内典，守節事清修。親友散如雪，雲樹空悠悠。獨爾數君子，艱棘見何由。今聞王師出，卒伍皆兜鍪。

弄刀走官馬，千里風颼颼。桓桓李將軍，大旗畫蚩尤。去秋奪汴城，今復追大酋。屯兵泗水上，添竈扼賊喉。東南貢米粟，連綱起歌謳。我曹幸無恙，坐見恢皇猷。酒旗指南斗，今兹會綢繆。請起各稱壽，我亦相勸酹。群才盡敏捷，用作釣詩鈎。青山忽大笑，此意君知否？呼童酌大白，酹此土一抔。他時蓋棺了，神隨和氣遊。中插空中華，撒手鞭蒼虬。東海招若士，西池訪阿緱。共看麻姑爪，當座劈箜篌。不必兒女淚，暗灑窀穸愁。達哉司空圖，吾今乃其儔。大書勒崖壁，永絶生前遊。

花遊曲同張貞居遊石湖和楊廉夫韻

真娘墓下花溟濛，碧梢小鳥啼春風。蘭舟摇摇落花裏，唱徹吴歌弄吴水。十三女子楊柳門，青絲盤髻鬱金裙。折花賣眼一迴步，蛺蝶雙飛上春墓。老仙醉弄鐵笛來，瓊花起作迴風杯。興酣鯨吸瑪瑙碗，立按鳴筝促象板。午光小落行春西，碧桃花下題新題。西家忽遣青鳥使，致書殷勤招再四。當筵奪得鳳頭箋，大寫仙人蹋蹋篇。

白雲海辭

鄭元祐記曰：「丙申春，界溪顧君仲瑛，奉其母陶夫人，辟地於吴興東南之商溪。居無何，母病，氣決而卒。君奉亟骨歸葬綽墩，結樓於堂後，名曰白雲海，以寄其念母之思。新朝聞君才名，將授以爵秩，堅辭弗獲，乃祝髮家居，日誦大乘經以薦母。」

虞山幾千疊，千疊白雲飛。出山變蒼狗，入山爲白衣。不如化作雙白鶴，飛向白雲深處落。向予能解説前身，不是當初舊城郭。

白雲樓歌三疊

歌一

白雲深，白雲深，白雲飛來知我心。笑看觸石起膚寸，斯須變作漫天陰。山人驅雲飛出牖，一道龍光射南斗。大星落落小星明，萬物區區等芻狗。舉手招歸懷抱裏，三日顛風吹不起。怒排雨脚走空來，捲入銀河一泓水。四野紛紛未倒戈，其奈山人不出何。有時乘雲釣東海，世上空尋張志和。萬松嶺上雲如絮，天賜山人作□注。明朝説與雲中君，白雲之樓是常住。

歌二

白雲深，白雲深，高樓結在雲中心。樓中之人白雲友，日日醉卧梨花陰。大笑白衣對户牖，肘後黄金大於斗。草間逐兔縱得之，九鼎熱油烹走狗。争如高卧高樓裏，未聽催歸聽唤起。釣竿不釣北溟魚，酒杯倒吸西江水。何須逐日怒揮戈，其若花開雪落何。空將朽索馭快馬，籥雲放轡追羲和。樓外晴云擘飛絮，手拍闌干目如注。青山排闥四海來，面面青山白雲住。

玉山盤盤窈且深，中有樓兮居山心。白雲不斷護巖壑，下與梧竹連秋陰。天風吹雲夜開牖，城下烏啼擊刁斗。芒碭長途斷白蛇，上蔡東門嘆黄狗。主人醉坐闌干裏，雲影時看酒中起。賞春不折背巖花，烹茶自汲當門水。戰國紛紛競挽戈，縱横辯口誇隋何。黄鍾不化大雅調，五絃謾爾張雲和。君不見水上浮萍元柳絮，也趁桃花流水注。不似白雲日日閑，只伴幽人在山住。

天寶宫詞十二首寓感　《草堂雅集》題云「唐宫次鐵雅先生無題韻十首」。

天寶鷄坊寵賈昌，宫中蝴蝶上釵梁。錦綳晝浴天驕子，絳節朝看玉大娘①。芍藥金欄開内苑，蒲萄玉盞酌西凉。月支十萬資胭粉，獨有三姨素面妝。

① 原注：「王母也。」

蓮花池畔暑風凉，玉竹①迴文寶簟光。貪倚畫屏調②翡翠，誤開金鎖放鴛鴦。輕綃披霧誇新浴，墮髻攲雲銜晚妝。笑語女牛私語處，長生殿下月中央。

① 原注：「一作燭，誤。」

② 原注：「一作看。」

五色卿雲護帝城，春風無處不關情。小花静院偷吹笛，淡月閒房背合箏。鳳爪擘柑封鈿合，龍頭瀉酒下瑶罌。後宫學做金錢會，香水蘭盆浴化生。

龍旂翠①蓋擁鸞幢，步輦追隨幸曲江。鳥道正通天上路，羊車直到竹閑窗。桃花柳葉元無匹②，燕子鶯兒各有雙。中貴向人言近事，風流陣裏帝先降。

①原注：「一作孔。」

②原注：「一作限。」

秘閣香殘日影移，燈分青玉刻盤螭。琵琶鳳結紅文木，絃索蠶繅緑水絲。金屋有花頻賭酒，玉枰無子不彈棋。傳宣趣發明駝使，南海今年進荔支。

近臣諧謔似枚皋，侍宴承恩得錦袍。扇賜方空描蛺蝶，局看雙陸賭櫻桃。翰林醉進《清平調》，光禄新呈玉①色醪。密奏君王好將息，昨朝馬上打圍勞。

①原注：「一作五。」

虢國來朝不動塵，障泥一色綉麒麟。朱衣小隊高呵道，粉筆新圖遍寫真。寶雀玉蟬簪翠髻，銀鵝金鳳踏文茵。一從羯鼓催春後，不信司花別有神。

五王馬上打球歸，贏得宫花獻貴妃。樂起閣門邊奏少，禍因臺寺諫書稀。侍兒隨幸皆頒紫，骰子蒙恩亦賜緋。姊妹相從習歌舞，何人能製柘黄衣。

新製霓裳按舞腰，笑他飛燕怕風飄。玉簪倒卧蟠條脱，金鳳斜飛上步摇。雲母屏開①齊奏樂，沉香火底並②吹簫。只因野鹿銜花去，從此君王罷早朝。

①原注：「一作殿前。」

②原注：「一作坐。」

宮衣窄窄小黄門，躑躅初開賜縹盆。夜月不窺鸚鵡冢，春風每憶鳳皇園。愛收花露消心渴，怕解金訶見爪痕。只有椒房老宫監，白頭一一話開元①。

①原注：「鐵厓評曰：『十詩綿聯褥麗，消得錦半臂也。』」

五家第宅近天家，侍女都封繫臂紗。池上桃開銷恨樹，閤中香進助情花。風回輦道鸞鈴遠，日射龍顔雉扇斜。韓號並騎官厩馬，醉攙丞相踏堤沙①。

①原注：「以下二首，集本有之，《草堂大雅》並不載。」

十三女子擘箜篌，選作梨園第一流。却道荷花真解語，豈知萱草本忘憂。紅鸞不照深宫命，翠鳳常看破鏡羞。舞得太平并萬歲，五年誰賜錦纏頭。

堯文文學過訪賦别兼簡鶴齋薛真人名毅夫

草堂五月少人過，門巷春泥奈雨何。滿樹枇杷鶯竊盡，一階芳草蟻行多。因思諸葛吟《梁甫》，却笑蘇秦謾揣摩。老我衰年無白髮，從今也合號涪皤。

憶昨相過寂寞濱，白頭傾蓋豈如新。驚回赤壁三更夢，開遍桃花一樹春。顧我老爲思櫪馬，憐君遠作倚樓人。黄公壚畔三株樹，留待來時醉掛巾。

題宋徽宗仙山樓觀圖

宣和天子昔神遊，鳳駕行空過玉樓。此去有人言赤馬，歸來無處逐青牛。分明艮嶽通玄圃，想像方壺接祖洲。莫把仙山作圖畫，瓊花琪樹不勝秋。

夜宿三塔次陳元朗韻

水落南湖不露沙，又牽舫子到僧家。春浮大斗娟娟酒，寒隔虚櫺薄薄紗。半夜檐鈴傳梵語，一林江月照梅花。坐來詩句生枯吻，指點銀瓶索煮茶。

次韻觀帖之什

水如燕尾出湖分，合入長溪且到門。韋杜桑麻元兩曲，朱陳鷄犬却通村。换羊賣馬囊中帖，刳瓠懸匏竹裹樽。昨日煩君來閲賞，扁舟短纜繫籬根。

自　贊

儒衣僧帽道人鞋，到處青山骨可埋。還憶少年豪俠興，五陵裘馬洛陽街。

往鳳陽次虎丘

柳條折盡尚東風，杼軸人家户户空。衹有虎丘山色好，不堪又在客愁中。

湖光山色樓避暑口占

天風吹雨過湖去，溪水流雲出樹間。樓上幽人不知暑，鈎簾把酒看虞山。

附見　顧元臣三首

元臣字國衡，仲瑛之子。初名衡。至正乙未，官寧海所正千户。十九年，以功升水軍都府副都萬户。國初，以元官徙濠。

和鐵厓竹枝詞

牡丹開時花滿闌，芍藥開時春已殘。等過三春今半夏，重樓日日倚闌干。

玉山佳處分韻得堂字

玉山有佳趣，張筵竹梧堂。翠氣動空碧，緑陰生暗芳。
蔗漿銀碗涷，蓴縷翠絲涼。最愛纖歌罷，虚庭月似霜。

又得凰字

梧竹繞高堂，清陰滿坐涼。春風人似玉，芳草句生香。
緑酒傾鸚鵡，瑶笙引鳳凰。詩成歡未撤，月色轉回廊。

附見　顧晉四首

晉字進道，玉山仲子。後名元禮。

和鐵厓竹枝詞

楊白花開風滿天，花開成絮不成綿。不如落向西湖水，化作浮萍箇箇圓。
郎子别時秋月明，説道歸時春水生。曉起門前聽過馬，馬嘶都是别人行。

玉山佳處雅集得草字

客從桃源遊，愛此玉山好。清文引佳酌，玄覽窮幽討。流鶯答新歌，飛花落纖縞。分坐有雜英，醉眠無芳草。

芝雲堂得生字

石根雲氣暖，坐看紫芝生。詩酒共爲樂，竹梧相與清。仙人同跨鶴，玉女對吹笙。過雨添涼思，停杯待月明。

附見　顧佐一首

佐字翼之，仲瑛兄仁之子。

和鐵厓竹枝詞

阿儂心似湖水清，願郎心似湖月明。南山雲起北山雨，雲雨明朝何處晴。

黄鶴山樵王蒙一十八首

蒙字叔明，吴興人。趙文敏公之甥。畫山水師巨然，得外氏法，然不求妍於時。爲文章不尚矩度，頃刻數千言可就。隱於黄鶴山，自號黄鶴山樵，人以此稱之。元末，官理問。洪武初，爲泰安州知州。陶九成吊王黄鶴詩序云：「洪武乙丑九月初十日，卒於秋官獄。」考《清教録》，僧知聰招云「十二年正月，往胡丞相府，見王叔明、郭傅、華克勤在彼吃茶看畫」云云，則知叔明坐罪亦以胡黨也。

玉山主人書畫舫

亂後重登舊草堂，主人延客晚樽凉。風摇竹影書籤亂，花落池波硯水香。離别頓驚年歲改，夢魂愁殺路途長。欲知阮籍何由哭，四海兵戈兩鬢霜。

客中感懷

十年踪跡厭紅塵，功業無成白髮新。夢裏不知身是客，覺來惟有影隨身。夕陽衰草梁園暮，細雨閑花楚水春。馬足經行今幾度，溪山應笑未歸人。

閒適二首

緑楊堪繫五湖舟，袖拂東風上小樓。晴樹遠浮青嶂出，春江曉帶白雲流。古今我愛陶元亮，鄉里人稱馬少游。不負平生一杯酒，相逢花下醉時休。

自笑愚公住翠微，長年無事掩荆扉。苔深緑綺閑棋局，花落嚴陵舊釣磯。紫木旋舂明日飯，白雲堪製暮春衣。溪南千樹碧桃下，醉倒東風夜不歸。

宫詞

南風吹斷採蓮歌，夜雨新添太液波。水殿雲廊三十六，不知何處月明多。

仁和俞友仁見此詩，嘆賞曰：「此唐人得意句也。」遂以其妹妻之。

過姑蘇

山圍平野緑煙中，江葦蕭蕭兩岸風。誰種闔閭門外柳，年年飛絮入吴宫①。

① 原注：「門，一作城。」

茌平縣西門郵亭廢圃中有花名玉瓏璁枝葉與瓊花無異但花蕊層生與葉相間遠望如翠煙籠玉幽香撲人遂呼濁醪痛飲花下陳令取紙筆索詩乘醉走筆賦二律

誰司后土作花王，忍置瑤華官道傍。衣袂不經塵世染，夢魂猶帶廣寒香。孤蟾照破瓊林雪，飛蝶棲殘珠樹香。天上人間惟有此，好將闌檻護荒涼。

何年碧海會瓊仙，雲製衣裳雪作鈿。醉鎖素虬纏寶樹，閑騎白鳳下瑤天。鶴林寺廢空流水，后土祠荒起暮煙。慚愧郵亭一株雪，春風猶得路人憐。

題畫

虎鬬龍爭萬事休，五湖明月一扁舟。緑蓑衣上雪颼颼，雪月光中垂釣鉤。釣得鱸魚春酒熟，仙娃酒酣嬌睡足。雕胡炊飯斫鱸羹，一縷青煙燃楚竹。篷窗曉對洞庭山，七十二峰青似玉。

陳維允荆溪圖

太湖西畔樹離離，故國溪山入夢思。遼鶴未歸人世換，歲時誰祭斬蛟祠。

海子橋

暮登海子橋，西繞紅門歸。霜風著宮樹，葉葉帶紅飛。據鞍吹短笛，乘月擣征衣。江南冰雪裏，音信寄來稀。

有感

馴龍若御馬，下上何足奇。飄摇海東鶻，司晨不如鷄。白雲本無心，每與仙人期。悠然巖壑姿，卷舒豈無時。偶來還自賞，倏去令人思。燕臺十二月，雪没黄金基。正月河冰泮，二月下流澌。江南三月暮，落花舞晴絲。歸帆天際來，煙雨渡江遲。渌波映吴樹，雙飛錦鷫鷞。相思極春水，一夕到天涯。

留别

調古世寡和，材高自無群。種玉秘奇術，還丹隱玄文。披裘負薪士，拾金非所聞。雖無箕潁節，亦不慕高勳。石田長芝草，暮春自耕耘。曲肱枕耒耜，長歌至日曛。所樂良在兹，没齒傷何云。

姑蘇懷古 和陳惟寅韻

崔嵬靈巖山，突兀姑蘇臺。具區若明鏡，曾照西子來。玉容今寂寞，蒼海飛塵埃。

金精發奇氣，劍去虎亦無。鴟夷已浮江，滕王不可呼。沉沉數千載，一鳥下平蕪。英雄千歲後，春草没古墓。王氣霄間電，富貴薤上露。百戰争山河，埋骨只數步。

錢塘懷古

青山俯碧海，南狩建行都。衛人悲鶴乘，楚國賞羊屠。雌雄不可辨，千載嘆城烏。煙草埋鴻鐘，劫灰隱金鋪。玉殿空明月，春潮去不還。十二白玉闌，當年有誰攀。閣道流華月，環佩空中行。吹笙露臺夜，桂殿待潮生。千秋塵世换，惟有大江横。

至正辛丑十月三日，與惟寅徵君同宿愚隱老師丈室，明燭烹茶，作懷古詩。老禪方兀坐在大覺清浄海中，包涵虚空，生在心内，千古萬古，皆屬前塵，何暇乃作蒼蠅聲悲嘅之耶？顧我局蹐彈丸之地，不暇自悲，復悲往世，我不爲愚，乃令老禪反號爲愚，可笑也矣。因寫所和詩，爲塵中之塵耳。

雲林先生倪瓚七十九首

瓚字元鎮，無錫人。其先以貲雄一郡。元鎮不事生産，强學好修。所居有閣名「清閟」，藏書數千卷，手自勘定。鼎彝名琴，陳列左右。松篁蘭菊，敷紆繚繞。性好潔，盥頮易水，冠服振拂，日以數十計。齋居前後樹石，頻煩洗拭。見俗士，避去如恐浼。至正初，天下無事，忽盡鬻其家産，得錢盡推與知舊，人皆竊笑。及兵興，富家盡被剽掠，元鎮扁舟箬笠，往來湖、泖間，人始服其前識也。洪武七年，元鎮年七十有四，始還鄉里，寓其姻鄒惟高家，遂死鄒氏。楊鐵厓云：「元鎮詩才力似腐，而風致近古。」句曲張天雨、錢塘俞和爲繕寫其稿，藏於家。長樂王賓志其旅葬，吴人周南老誌其墓，皆曰「元處士雲林先生」云。

春日雲林齋居

池泉春漲深，徑苔夕陰滿。諷詠紫霞篇，馳情華陽館。晴嵐拂書幌，飛花浮茗碗。階下松粉黄，窗間雲氣暖。石梁蘿蔦垂，翳翳行踪斷。非與世相違，冥棲久忘返。

雨中寄孟集

英英西山雲，翳翳終日雨。清池散圓文，空林絶行屨。野性夙所賦，好懷誰共語。燒香對長松，相與成賓主。

贈天寧福上人

荆溪霜落後，銅官日出初。自櫛頭上髮，更理篋中書。上人從定起，詠言方繞除。邂逅發微笑，幻身同太虚。

聽袁子方彈琴

蕙帳凝夕清，高堂流月明。芳琴發綺席，列坐散煩纓。回翔别鵠意，縹緲孤鸞鳴。一寫冰霜操，掩抑寄餘情。

雙蛾精舍新秋追和戎昱長安秋夕

秋暑晚差凉，茗餘眠獨早。清風振庭柯，寒蛩吟露草。晨興面流水，西望吴門道。不知人事劇，但見青山好。

送高太守之秦郵

秦漢置牧守，猶古之侯伯。封建而郡縣，仁政固不易。漢宣知所本，留意二千石。慎哉高侯車，願循古轍迹。

爲方厓畫山就題

摩詰畫山時，見山不見畫。松雪自纏絡，飛鳥亦閒暇。我初學揮染，見物皆畫似。郊行及城遊，物物歸畫笥。爲問方厓師，孰假孰爲真？墨池挹涓滴，寓我無邊春。

奉謝張天民先生

鳴雁將北歸，裴回舊栖處。江湖春水多，欲去仍回顧。稻粱豈余謀，繒繳非所慮。猶爲氣機使，暄冷逐來去。寥寥天宇寬，彼此同一寓。風萍無定踪，易散聊爲聚。君看網中魚，在疚猶相呴。

夜泊芙蓉洲走筆寄煉師

芙蓉猶滿渚，疏桐已殞霜。泊舟菰蒲中，吴山隱微陽。因懷静默士，竹林閟玄房。煮茗汲寒澗，燒丹生夜光。憶與鄭郯輩，閑詠步修廊。時子有所適，顧瞻重尚羊。庭下生苔蘚，牖間翻詩章。弈勢鄭老勝，酒榼郯生將。雅歌雜詼諧，列坐飛羽觴。子歸日已晚，棗栗亦傾筐。

述懷

讀書衡茅下，秋深黄葉多。原上見遠山，被褐起行歌。依依墟里間，農叟荷篠過。華林散清月，寒水澹無波。遐哉棲遁情，身外豈有它。人生行樂耳，富貴將如何。

丙子歲十月八日夜泊閶門將還溪上有懷友仁陸徵君

明發辭吴會，移舟夜淹泊。空宇垂繁星，微雲暝前郭。沉沉抱冲素，悄悄傷離索。歸掃松徑苔，遲君践幽約。

聽袁員外彈琴一首　有引

至正四年十一月，袁員外來林下，爲留兼旬。臘月十七日，快雪初霽，庭無來迹，與僕静坐，因取琴鼓之，古音蕭寥，如茂松之勁風，春壑之流冰。員外時年八十有二，顔貌筋力未如四五十許人。爲言甫弱冠，遭逢盛明，初宰當塗，過九華山，道逢神人與棗食之，後數數見夢寐間，若冥感玄遇者。員外韞耀藴真，仕禄以自給，不爲人所知，豈郭恕先之流歟？爲賦五言一首。

郎官調緑綺，谷雪賞初晴。兩忘絃與手，流泉松吹聲。問言逾八十，云嘗見河清。掛帆望九華，神人倏相迎。啖以海上棗，歡愛若平生。玄遇寧復得，惜哉遺姓名。

己卯正月十八日與申屠彦德遊虎丘得客字

余適偶入城，本是山中客。舟經二王宅，吊古覽陳迹。松陰始亭午，風氣忽斂夕。欲去仍裴徊，題詩滿苔石。

古詩一首奉送友仁賢良之京師

吴山朝靄外，閶門春雨餘。超忽孤帆遠，天末浮雲舒。君今北闕遊，我棲南山廬。荷鋤事耕作，閉户詠詩書。高林鳴禽曙，青苔行迹疏。還期茅檐下，一枉故人車。

懷寄强行之常州學官

君在西溪上，年年楊柳春。提壺坐柳下，邀我見情真。青葉已垂帶，白花還覆蘋。别來今見柳，思爾採芳芹。

贈陳惟寅

隱几方熟睡，故人來扣扉。一笑無言説，清坐澹忘機。衣上松蘿雨，袖中南澗薇。知爾山中來，山中無是非。三十不娶妻，四十不出仕。消揺巖岫間，翳名以自肆。何曾問理亂，豈復陳美刺。高懷如漢陰，終老無機事。

對春樹

端憂對春樹，影落身上衣。美人手所成，紉縫願無違。步庭悲往躅，瞻景惜餘暉。芳襟沾露濕，蘭珮委風微。凝思自的的，染澤尚依依。晨鷄催夢短，夜鵲逐魂飛。歡愛自兹畢，憔悴損容輝。

送馬生

送子淮南行，繫舟江岸柳。翠影舞晴煙，落我杯中酒。舉杯向落日，春水浮天碧。時見白鷗飛，雪光翻綺席。應笑披羊裘，獨釣江邊石。

寄楊廉夫

吴松江水春，汀洲多緑蘋。彈琴吹鐵笛，中有古衣巾。我欲載美酒，長歌東問津。漁舟狎鷗鳥，花下訪秦人。

次韻陳維允姑蘇錢塘懷古

釃酒劍池水，玉壺清若無。揮杯送落月，山鬼共歌呼。松間燈如漆，白骨漫寒蕪。
耕鑿古隧穿，乃吴桓王墓。金雁隨泠風，黄腸畢呈露。悲歌異今昔，蜘蹰緩歸步。
仙人悲世换，宴景在清都。寒暑自來往，英雄生釣屠。錢塘江畔柳，風雨夜啼烏。
江山國破後，弔古一經行。輦路苔花碧，御溝菰葉生。古迹今寧有，新城江上横。

送吕養浩之紹興

賀監宅前路，荷花今亦無。空餘湖上月，照見水中蒲。送爾作官幽絶處，錢塘江頭飛柳絮。聽事臨堤滿夕嵐，時有沙鷗自來去。

徐氏南園對雨

櫻桃花欲落，風雨暮凄迷。忽憶郊園日，竹林通澗西。弱蔓滋野援，蘭葉長芳畦。念我當時友，蒿萊没舊蹊。

題畫贈九成

故人郟掾史，邀我宿溪船。把酒風雨至，論詩煙渚前。晨興就清盥，思逸愛春天。復遇武陵守，共尋花滿川。

送徐君玉

閩江之水清漣漪，隔江名園多荔枝。閩中女兒天下白，越波飛槳逐鳧鷖。棹歌清絶洲渚闊，蕩槳落日令人悲。蠻煙怪雨忽冥密，蔣芽蒲葉相參差。此中勝事不爲少，徐郎遠遊牽我思。

對梓樹花

去年梓樹開花時，美人明璫坐羅帷。今年梓樹花如雪，美人死别已七月。梓花如雪不忍看，沉吟懷思淚闌干。鳴鳩乳燕共悲咽，柳綿風急煙漫漫。

題元樸上人壁

蕭條江上寺，迢遞白雲横。坐待高僧久，時聞落葉聲。鴟夷懷往躅，張翰有餘情。獨棹扁舟去，門前潮未生。

貽文舉

波光浮翠閣，苔色上春衣。楊柳鶯啼笛，櫻桃鳥啄稀。榮名非所慕，登覽意忘歸。泖水宜修禊，重來坐釣磯。

賦得機徵君荆南精舍圖

結廬溪水南，勝處足幽探。夏果落山雨，春衣染夕嵐。石鼓招鶴磴，門俯射蛟潭。日日縈歸夢，蕭條雪滿簪。

北里

舍北舍南來往少，自無人覓野夫家。鳩鳴桑上還催種，人語煙中始焙茶。池水雲籠芳草氣，井牀露净碧桐花。練衣掛石生幽夢，睡起行吟到日斜。

山園

春水梟鷺野外堂，山園細路橘花香。栖栖身世畫盈篋，漠漠風煙酒一觴。豈爲任真無禮法，也須從俗着冠裳。不營産業人應笑，竹本桃栽已就行。

林下遣興

眼見藤梢已過墻，手拈書卷復堆牀。閑臨水檻親魚鳥，欲出柴門畏虎狼。冠製不嫌龜殼小，衣裾新剪鶴翎長。從來任拙唯疏懶，一月秋陰不下堂。

春日

閉門積雨生幽草，嘆息櫻桃爛熳開。春淺不知寒食近，水深唯有白鷗來。即看垂柳侵磯石，已有飛花拂酒杯。今日新晴見山色，還須拄杖踏青苔。

二月十日玄文館聽雨

臥聽夜雨鳴高屋，忽憶陂塘春水生。何意遠林饑獨鶴，若爲幽谷滯流鶯。成叢枸杞還堪採，滿樹櫻桃空復情。二月江頭風浪急，無機鷗鳥亦頻驚。

雪後過陳子貞隱居

陶公卜宅南村里，快雪初晴思一遊。樹辨微茫來獨鶴，櫓摇攲側散輕鷗。墨池繞溜春冰滿，塵榻翻書夕照收。相見惘然如有失，掉頭吟詠出林丘。

贈别益以道書記

一笑相逢豈有期，因懷西崦話移時。李公祠畔空餘月，陸子泉頭舊有詩。旅思悽悽非中酒，人情落落似殘棋。雲濤眼底三生夢，鷗影秋汀又遠離。

寄張貞居

不但入城踪迹少，南鄰野老見猶稀。狂歌衰鳳聊自慰，舊學屠龍良已非。蒼蘚渾封麋鹿徑，白雲新補薜蘿衣。羊君筆札誰能繼，欲讀靈文一扣扉。

春日試筆

喜看新酒似鵝黄，已有春風拂草堂。二月江南初變柳，扁舟晚下獨鳴榔。苔生不礙山人屐，花發應連野老墻。美酒已拚千日醉，莫將時事攪離腸。

寄天民張先生

清溪演漾緑生蘋，溪上軒楹發興新。只欠竹陰垂北牖，盡多山色近南津。湖魚入饌長留客，沙鳥緣階不避人。愧我萍踪此淹泊，片雲回首一傷神。

居竹軒

翠竹如雲江水春，結茅依竹住江濱。階前迸笋從侵徑，雨後垂陰欲覆鄰。映葉黄鸝還自語，傍人白鶴亦能馴。遥知静者忘聲色，滿屋清風未覺貧。

寄張德常

身世蕭蕭一羽輕，白螺杯裏酌滄溟。逍遥自足忘鵬鷃，漫浪何須寄姓名。石鼎煮雲聽夜雨，玉笙吹月和松聲。憑君爲問張公子，曾到良常夢亦清。

題張以中野亭

人境曠無車馬雜，軒楹只在第三橋。開門草色侵書幌，隔水松聲和玉簫。一榻雲山供夏簟，滿江煙雨看春潮。君能擷取飛霞珮，天際真人近可招。

次韻奉答德常别駕初夏見懷一首

隔浦鼉鳴似打衙，雲濤城郭夕陽斜。汀前露冷魚鱗屋，窗裏煙輕蟬翼紗。沛澤風雷時繞几，談空衣裓不沾花。欲分香飯能來否，菩薩如今只在家。

送張煉師遊七閩

高士不羈如野鶴，忽思閩海重經過。舟前春水它鄉遠，雪後晴山何處多。觳觫卧雲芳草細，鉤輈啼樹野煙和。武陵九曲最清絶，落日採蘋聞棹歌。

杭人有傳余死者貞居聞之愴然因賦此以寄

果園橘熟誰分餉，茅屋詩成懶寄將。衰謝皆傳余已死，迂疏真與世相忘。夜分風雨鷄鳴急，天闊江湖雁影長。寥落百年能幾面，論文猶及重銜觴。

題孫氏雪林小隱圖

天地飄摇一短篷，小窗虚白地爐紅。翛然忽起梨雲夢，不定仍因柳絮風。鶴影褵褷檐上下，鹿迒散漫屋西東。杜門我自無干請，閑寫芭蕉入畫中。

送杭州謝總管

南省迢遥阻北京，張公開府任豪英。守臣視爵等侯伯，僕射親民如父兄。錢廟有碑刓夜雨，岳墳無樹着秋聲。好將飲食濡饑渴，何待三年報政成。

上巳日感懷

石梁破屋路欹斜，僻似華陽道士家。漠漠春雲飛别鶴，潺潺夜雨雜鳴蛙。閑看稚子翻書葉，時有鄰翁汲井花。日莫傷心江水緑，共舟人已躡飛霞。

贈張玄度時方喪内

吴松江水似荆溪，九點烟嵐落日西。寂寂郊園寒食過，蕭蕭風雨竹鷄啼。蕙花委砌心應折，芳草歸途意轉迷。曾得魯連消息否，春潮隨雨到長堤。

寄熙本明

在山無事入城中，每問歸樵得信通。松室夜燈禪影瘦，石潭秋水道心空。幽扉獨掩林間雨，疏磬遥傳谷口風。幾度行吟欲相覓，亂流深澗隔西東。

白首遥知得道餘，不聞詩思近何如。高齋夜雪同誰話，古木寒山獨自居。夢裏只尋行去路，愁時聊讀寄來書。夕陽溪上多飛鳥，若個能看影是虚。

三月一日自松陵過華亭

竹西鶯語太丁寧，斜日山光澹翠屏。春與繁花俱欲謝，愁如中酒不能醒。鷗明野水孤帆影，鶻没長天遠樹青。舟楫何堪更留滯，更窮幽賞過華亭。

寄盧士行

闔閭浦口路依微，笠澤汀邊白板扉。照夜風燈人獨宿，打窗江雨鶴相依。畏途豈有新知樂，老景空思故里歸。擬問桃花泛春水，船頭浪暖鱖魚肥。

送徐子素

山館留君才一月，梅花無數倚霜晴。垂簾幽閣圖雲影，貯火茶爐作雨聲。深竹每容馴鹿卧，青山時與道人行。歸舟載得粱溪雪，惆悵鄰鷄月四更。

別章煉師

方舟共濟春江闊，訪我寒煙菰葦中。鼓枻斜衝蒼葉雨，鈎簾半怯杏花風。仙人壇上芝應碧，玉女窗中桃未紅。擬趁輕帆數來往，缥壺不惜酒如空。

寄養正

得君佳句清如玉，秋色驚人换物華。老境侵尋真有感，故園隔絶更興嗟。女蘿緑遍牽茅屋，烏椿紅明映落霞。欲酌一尊澆磊塊，幾時邀子過田家。

喜謝仲野見過

階下櫻桃已着花，窗前野客獨思家。故人攜手踏江路，拄杖敲門驚夢華。藉草悲歌聲激烈，停杯寫竹字攲斜。新蒲細柳依依緑，西北浮雲望眼遮。

送僧遊天台次張外史韻

四明山水名天下，師去那知客路遥。雪霽驚麏騰宿莽，月明寒鵲集疏條。坐尋雲頂千峰石，歸趁江頭八月潮。説與住山光老子，送賓也合過溪橋。

過許生茅屋看竹

舟過山西已夕曛，許生茅屋遠人群。鑿池數尺通野水，開牖一規留白雲。煮藥煙輕衝竈出，碓茶聲遠隔溪聞。可憐也有王猷興，階下新移少此君。

寄顧仲瑛

江海秋風日夜凉，蟲鳴絡緯尚練裳。民生惴惴瘡痍甚，旅泛依依道路長。衰柳半攲湖水碧，濁醪猶趁菊花黄。知君習静觀諸妄，林下清齋理藥囊。

思　歸

久客懷歸思惘然，松間茅屋女蘿牽。三杯桃李春風酒，一榻菰蒲夜雨船。鴻迹偶曾留雪渚，鶴情原只在芝田。他鄉未若還家樂，緑樹年年叫杜鵑。

中秋脾疾不飲有感

經旬卧病掩山扉，巖穴潛神似伏龜。身世浮雲度流水，生涯煮豆爨枯萁。紅螺捲碧應無分，白髮悲秋不自支。莫負尊前今夜月，長吟桂影一伸眉。

竹枝詞二首

春愁如雪不能消，又見清明賣柳條。傷心玉照堂前月，空照錢塘夜夜潮。

嚯嚯歸雁度春江，明月清波雁影雙。化作斜行箏上字，長彈幽恨隔紗窗。

三月廿日題所寓屋壁

梓樹花開破屋東，鄰墻花信幾番風。閉門睡過兼旬雨，春事依依是夢中。

聞竹枝歌因效其聲二首

鈿山湖影接松江，橘葉青青柿葉黄。要寫新愁寄音信，西風斷雁不成行。

江流不住楚山青，船到潯陽幾日程。不忍寄將雙淚去，門前潮落又潮生。

題畫贈僧

笠澤依稀雪意寒，澄懷軒裏酒杯乾。篝燈染筆三更後，遠岫疏林亦耐看。

自題小畫

逸筆縱橫意到成，燒香弄翰了餘生。窗前竹樹依苔石，寒雨蕭條待晚晴。

吴中

望中煙草古長洲，不見當時麋鹿遊。滿目越來溪上水，流將春夢過杭州。

題畫

僦得城東三畝居，水光竹色照琴書。晨起開門驚宿鳥，詩成洗硯没游魚。

題畫

罨畫溪頭唤渡，銅棺山下尋僧。水榭汀橋曲曲，風林雲磴層層。

集外詩六首

碧雲林壑圖奉贈南琛長老住碧雲禪寺

碧雲林壑杳重重，此去風流似簡公。春藥碓閑湍激下，吟秋蛩響月明中。結茅擬候芝三秀，眠鹿應遺地一弓。聞道重居開竹牖，待余艇子過溪東。

疏林遠岫圖寫贈子素徵君

已從漚鳥狎雲深，老我無機似漢陰。采采菊花猶滿地，蕭蕭霜髮不勝簪。南遊阻絶傷多壘，北望艱危折寸心。家在吴淞江水上，清猿啼處有楓林。

煙雨中過石湖三首

煙雨山前度石湖，一奩秋影玉平鋪。何須更剪松江水，好染空青作畫圖。

姑蘇城外短長橋，煙雨空濛又晚潮。載酒曾經此行樂，醉乘江月卧吹簫。

愁不能醒已白頭，滄江波上狎輕鷗。鷗情與老初無染，一葉輕軀總是愁。

自題設色山水贈孟膚徵君

秋潮夜落空江渚，曉樹離離含宿雨。伊軋中流聞櫓聲，卧聽漁人隔煙語。

虞廣文堪二十五首

堪字克用，一字勝伯，宋丞相雍公諸孫也。後家長洲，隱居不仕。家藏書甚富，手自編緝，尤重雍公遺文，雖千里外必購得之乃已。好爲詩，兼能寫山水。洪武中，爲雲南府學教授，卒於官。子鏞，教授里中。孫湜，始去儒。湜之子權，家益貧，盡斥賣先世故物，以供衣食。權死時，勝伯所藏詞翰無慮數篋，妻子以一魚罾裹置屋梁。久之，併其罾亡矣。吴中故世儒家，虞氏與南園俞氏爲最。兩家入本朝，至永樂中而微，至弘治初而絶，徵文獻者爲三嘆焉。

看帆二首

襄陽丘彦童僑居笠澤數年，闢小軒，與揺成江直，風帆沙鳥如在几席間。余嘗爲扁曰「看帆」，而爲之記。今從海上還，重過軒中，留住屢日，乃相與徘徊，間闢而鄉情客思，共有感焉，故復賦之以詩。

蚤覺浮生類轉蓬，江湖元不恨西東。十年斂迹居林下，萬里遊情付夢中。開闔豈嫌梅子雨，往來難信石尤風。青山坐老堆黄發，奈爾滔滔泣路窮。一日幾番雲作陣，百年都若蟻旋堆。南金逐翠登燕埒，北罽隨貂到楚臺。採藥已將童女去，浣紗曾送美人來。名奔利役何休歇，日落長天數去回。

自畫萬壑松風圖歌贈天台朱秉中梅花巢

天台萬八千丈山，桃花久不流人間。上當牛斗開天關，仙人幾度招我窮幽攀。瓊臺玉闕迥寂寞，石橋且滑空潺湲。曾識高人姓朱者，讀書縛屋蓮峰下。一從畫得龍馬神龜文，走獻天子登天閣。天子莫可官，歸來老田野。最喜兩兒郎，緑髮更瀟灑。大者賦遠遊，不肯卑微休。仲也誰與儔，愛我畫滄洲。聊將水墨趣，寫此空巖秋。雁蕩雲連赤城暮，瀟湘雨裏蒼梧愁。我愛仲也琴，傾耳大賞音。南風散五絃，爲我開煩襟。棲烏夜啼秋月墮，黄鸝曉轉春花深。君不見畫中絶是琴中趣，萬壑秋風滿松樹。應有梅花可結巢，隨意青山看雲去。

自畫山居圖歌贈宜春朱隱君地理專門

朱侯有隱居，乃在宜春間。東遊久未已，浩蕩忘其還。山川神氣具在眼，窮幽賾隱知何限。黄河之源出崑崙，千里萬里盤旋屈折支天根。自從開辟分九州，大噫嘘噏生氣浮。綿延直接無盡頭，奔澎不息入海流。海門限水回蛟蜃，碣石排風駐馬牛。從此山川極甌粤，秦王之石禹王穴。朱侯朝覽赤城霞，暮看山陰雪。山陰溪中釣魚者，舊廬亦在青城下。胸中丘壑渾天成，手把風雲目揮灑。窅靄外，鴻濛前，來龍起伏頃刻真宛然。長松古檜亦偃蹇，不似草草生風煙。朱侯長相見，談笑共刮目。脱屨白石上，滄浪歌濯足。愛山之癖奈侯酷，聊以尋幽畫茅屋。青山隔溪轉，白雲就簷宿。不短掛猿藤，頗長棲鳳竹。畫成送侯當早歸，越來溪傍花正飛。春山蕨長薺菜肥，何待滿樹風雨鈎輈啼。朱侯，朱侯，此别勿嘆惜，一飯勸君當努力。但將鷄犬深入雲，莫管桃花盡狼藉。此畫掛向草屋壁，讀書萬卷守勿失。從教門前泥潦三尺深，深掩柴門莫輕出。

朱叔仲山水引爲鄒生作

看山朝不飯，畫山夜不眠。西蜀書生有此過傳癖，呼鐙索酒忘青年。東吴朱家叔仲子，愛畫更覺入骨髓。清晨起來頭不梳，快展溪藤潑秋水。長年買船上會稽，耶溪雲門隨所之。越人煮海競取富，孰肯相逐探幽奇。歸來自喜胸腹飽，磊磈峥嶸揮不了。東家禎子高丈尋，落筆唯嗔煙嶂小。鄒生拜揖長衣裾，得畫一紙七尺餘。就中貌得戴安道，一丘一壑松兩株。前年我亦畫匡廬，還有松巢安讀書。昔年李太白，最愛雲端蕖。焦桐不著童子抱，先生自是乘籃輿。仙人自在第九疊，牧豎樵夫皆可居。朱叔子，鄒陽生，世俗那辨關與荆。齊君不好瑟，王子自吹笙。何當與子坐待海晏風塵清，更作崑崙頂上行。

瓢隱畫歌

溪山昨日風雨來，溪上船子衝潮回。白鷗微茫度島嶼，緑樹恍惚迷塵埃。煙昏氣黑夜滂渤，石梁茅屋多傾頽。壺公畫裏何悠哉，寫此世外之蓬萊，弱水不渡良可哀。

朱澤民山水歌

江山青青江水緑，市上何人吹紫竹。避暑宫前不見春，落花滿地遊麋鹿。千古江山列畫圖，朱侯解寫咫尺煙模糊。扁舟依然在洲渚，應可自此歸五湖。昔人去者今有無，昔人去者今有無？

旅　懷

野閣篝燈獨夜時，苦愁風雨失歸期。夢回蜀道關山險，行盡江南草木衰。縱酒爲憐花落去，懶眠重恨月來遲。不知鳴鳳飛何處，老却梧桐第一枝。

春　興

十日寒風剪落梅，東西撩亂雪盈堆。王孫何處尋芳草，野老多情踏舊苔。須覺繁華隨水去，斷無行迹過橋來。黄昏寂寞徘徊久，安得清樽爲爾開。

十月十七夜舟中作

江漢月輝輝，孤舟一夜歸。白沙漁聚火，清露客霑衣。櫓約寒潮響，鷗聯宿雁飛。人間成底夢，吾獨轉忘機。

春　興

原頭芳草緑如茵，寒食江南已過春。飛絮漫天兼繞路，落花如海倍愁人。

夜雨水竹居聽彈箏

繁溜響簷牙，深堂静不嘩。坐來聽夜雨，歌起酌春霞。燭小銀花墜，箏低玉柱斜。俄聞關塞曲，飄忽思如麻。

南城祚真精舍寓宿呈熙哲二公

塵世竟忘情，還來訪惠明。一燈懸夜榻，萬竹起秋聲。虎嘯風連屋，烏啼月滿城。坐忘渾不寐，相對話無生。

寄馬民立在越上并簡孟季成

半生書劍各飄零，千里相思望窅冥。春水鷗邊吴樹緑，夕陽馬上越山青。依劉已是同王粲，適度何由似管寧。故舊見君還問我，釣船只説寄煙汀。

題盛子昭臨吴興公溪山釣船圖

著我春江聽雨眠，漚波亭下水如天。當時度得參差玉，吹起春風滿釣船。

午日訪沈元圭席上次黄舜臣韻

一簾葵錦爛晴霞，五色絲虹映臂紗。玄藥自消頭上雪，絳榴誰插鬢邊花。茶烹石鼎從施禁，詩寫蠻箋學破邪。不是西山黄石叟，難逢東老地仙家。

次韻答公權見貽之句

一日風塵澒洞時，百年身世轉堪悲。豈無懷抱同千古，誰共登臨望八垂。爲客謾投鸚鵡賦，傷春多在杜鵑詩。窮途覆轍遲徊久，莫道爲輪不用規。

題趙松雪畫四首

江上晴天錦綉紋，丹崖紅樹思紛紜。毫端染得秋無際，猶是蒼梧幾片雲。

王孫今代玉堂仙，自畫苕溪似輞川。如此青山紅樹底，那無十畝種瓜田。

玉簫吹斷幾黄昏，南國風流竟莫論。帝子不悲秋色晚，墨痕何以著啼痕。

竹色蕭蕭木葉齊，石邊芳草迥凄迷。斷猿月落愁人去，正在黄陵廟裏啼。

成都使君王季野席上次韻奉呈檜巢初庵雲林玄素子素諸公

隱者分湖住，高士雲林栖。蒹葭散汀看鷗去，桃花隔屋聞鷄啼。每同杖屨踏春堤，詩筒酒榼前後提。公子風流乃相愛，縷引嬋娟生靉靆。纖歌細舞交歡從，翠璫玉佩花蘢葱。蘭亭之下暮春會，飛觴列坐千載同。莫訝眉山長帽翁，高譚雄辨顔酡紅。頹然自謂謫仙侣，欲舉石象超鴻濛。丹丘子，陶朱公，人間歲月駒過隙，不飲莫待兩鬢成衰蓬。君不見東風曉作梨花夢，白雪飛來已半空。

贈筆生施廷用

苕人藝者多藝筆，馮陸當年稱第一。馮陸之前謾有人，良工若個當儔匹。吴興遺老舊王孫，憶昔被詔遊帝閽。白玉堂中留補衮，馮也陸也此日其藝皆其掄。玉堂仙去馮陸死，遂有時名落人耳。後來温生楊生皆擅場，鄉里而今有孫子。幾家有藝如有田，侯門曳裾筆滿船。先生兄弟懶歸去，更有施生爭後先。施生施生良獨苦，一棹江湖正風雨。雪滿頭顱塵滿鬚，過我煙江闔廬浦。吾儕自顧非華陽，奚足爲爾分强良。聊復臨池掃硬黃，雲煙脱手生光芒。快馬追風忽當陳，銛戈利劍森交張。跳龍卧虎畏顛素，便欲掇出參鍾王。甫知老髯絶藝得精法，差可辟易數輩又于陸也相翱翔。宣州兔，越州竹，愼勿貪書瘞筠籠。竹已廢萌茁，兔亦飽狼腹。春管秋毫取次生，應待山中氣清肅。作歌贈君歸計促，不足傳人喻珠玉。重來過我煙江曲，爲君展破鷗波緑。

讀饒介之遺徐允中書

介之善張旭、懷素書，妙一時，人往往爭得之，以爲奇玩。而徐所蓄尤多，裝輯成卷，視若名言世寶。然皆務誇張矜滿之辭，略無一語能及國及民。如云：「當年僕過吴陵時，知有諸豪傑，今日乃得爲刎頸交。」又云：「允中人傑，肯與僕領此夙志矣。」噫！觀夫此得不爲果亡必敗之讖耶？今此卷散落民間，使人一展覽便殊不滿。

揮毫草草入狂顛，歲月猶題破國前。郭隗不言才漫爾，田單失計事徒然。穴中虎子終探物，夢裏麟兒底詫賢。總爲有生鍾禍讖，絶憐無處託樓船。

爲王允同題陳惟允畫荆溪圖

好山都在太湖西，滿路風煙棘刺迷。華屋燕飛今在否，市橋官柳不勝題。

白羊山樵張簡二十五首

簡字仲簡，吴人。初師張伯雨爲黄冠，隱居鴻山。元季兵亂，以母老歸養，遂返巾服。洪武二年〔一〕，召修《元史》。顧仲瑛曰：「簡於詩淡雅，有陶、韋風，翰墨無俗氣，而暗合書法。」王子充序仲簡詩亦曰：「温麗清深，有類韋、柳。」王元美曰：「勝國時，法網寬大，人不必仕宦，浙中每歲有詩社，聘一二名宿如楊廉夫輩主之，宴賞最厚。饒介之分守吴中，自號醉樵，延諸文士作歌。仲簡詩擅場，居首坐，贈黄金一餅。高季迪白金三斤，楊孟載一鎰。後承平久，張洪修撰爲人作一文，得五百錢。」

〔一〕「二年」，《明史》本傳作「三年」，可參。

醉樵歌

東吴市中逢醉樵，鐵冠欹側髮飄蕭。兩肩矻矻何所負，青松一枝懸酒瓢。自言華蓋峰頭住，足迹踏遍人間路。學書學劍總不成，惟有飲酒得真趣。管樂本是王霸才，松喬自有煙霞具。手持崑崗白玉斧，曾向月裏砍桂樹。月裏仙人不我嗔，特令下飲洞庭春。興來一吸海水盡，却把珊瑚樵作薪。醒時邂逅逢王質，石上看棋黄鵠立。斧柯爛盡不成仙，不如一醉三千日。于今老去名空在，處處題詩償酒債。淋漓醉墨落人間，夜夜風雷起光怪。

春日齋居即事

垂簾覺春靜，水檻幽情多。蘭香舞雙蝶，渌漲浮群鵝。激激晴雲度，輝輝野氣和。新柳帶長阪，飛花泛輕波。閑居違佳景，芳事俱凋訛。忽忽已初夏，緑暗青山阿。

初夏偶成

清風度虚閣，飛花集羅幃。方欣晝晷永，不覺春光歸。鳴琴發逸響，嘉樹含清輝。幽情多默悟，淡景寧相違。覽書感澄寂，獨閉南齋扉。

次韻落日墟上晚眺

荒墟屬晚眺，日暮煙華消。落花散芳渚，孤雲度晴霄。感物微情切，懷人幽思遥。辛夷花未發，難寄最長條。

題趙彦徵畫

吴興佳山水，遠近蓄清光。岧嶢金蓋峰，秀色獨蒼蒼。煙雲互出没，草木生風香。長橋接迴溪，積石倚崇岡。樵漁識徑幽，於以樂深藏。擊鮮列魴鯉，啓翳理松篁。晨雨况可鋤，春泉亦堪湘。既已長孫子，所願安是鄉。嗟哉風塵中，何由得尚羊。趙君鍾祁秀，揮灑發奇章。捲圖思舊遊，掩抑不能忘。

送王子充歸金華

春入長洲苑，東風已及時。苑中垂楊樹，吹作黄金絲。送君出春城，艤舟折柔枝。以此聊贈遠，相別仍相期。君歸金華山，當逢牧羊兒。毋因入山去，遂爾來遲遲。楊柳飛花日，待君同賦詩。

送徐教授曉山歸武林

三年言子邑，寂寞鼓鳴琴。官舍冷如水，杏花春滿林。化風敦薄俗，清氣集虚襟。歸去吴山下，青青草正深。

次韻答强仲端

花落紅雲島，風生白玉題。真人不出户，芳樹自成蹊。掃地雨初歇，開簾鶯正啼。此時不一見，春思轉萋迷。

閲真誥

長史昔好道，煉真三秀峰。夜感紫微仙，降集華房中。鸞鳥鳴素月，翠旌揚琅風。摛辭託諷寓，贊揚皆真宗。中有滄霞人，可以回嬰童。刻之白玉檢，藏之華陽宫。真人有仙氣，乃得探其蹤。我生慕玄素，無由啓愚蒙。嘯詠金玉章，靈音朗九空。懷仙起冥想，颯然精靈通。焉能出囂滓，倏忽驂雲龍。

次韻慶雲衲二首

數竿修竹便爲鄰，有力任春未是貧。世事空隨流水駛，閑心自與白鷗馴。更招遼海傳書鶴，爲問玄洲種玉人。還有佳期同晚歲，白頭相對豈無因。

東來孤鶴下林梢，破屋蕭條不剪茅。洗玉池頭雲氣合，繙經臺上樹陰交。閑心詎遣神爲馬，辟世方慚祝代庖。忽寄新詩到玄圃，清歌復藉玉壺敲。

次韻范德原與倪元鎮城南倡酬之作

高士叩門方倚馬，先生與客正爭棋。也知溪上多佳集，亦到山中傳好詩。滿地緑陰敷坐處，隔林黄鳥把杯時。城南我欲相尋去，買下扁舟恐後期。

次韻范景逸立春日病中之作

歲莫西岑雪未晴，范公祠下少人行。探梅踏凍煩丹使，扶病迎春問曲生。石竈茯苓和雪煮，雲根流水似冰清。瓜田數畝春泥暖，好課巖中子弟耕。

送吕惟清歸耕蕪湖

蕪湖郭裏野田花，曾見南朝舊將家。九月荒茨飛社燕，千年喬木噪寒鴉。江山風雨殊今昔，文武衣冠起嘆嗟。扶策歸耕有孫子，寧辭辛苦答春華。

次韻張田秀才見寄

樹杪青蟲晴揚絲，春城風物似年時。貧餘許邁飡金法，閑有陶潛《飲酒》詩。芳草青青連野闊，征鴻歷歷度江遲。長洲故苑煙花外，千里懷人入夢思。

長句寄叔方先生

盧橘花開梓樹疏，故人安穩在樓居。翠眉狎坐春行酒，絳帳懸燈夜讀書。未必醉來忘簡寂，祇緣老去尚高虚。離群應念任春者，道遠天寒欲命車。

破山澗上聽水

破山龍去雨初歇，坐聽飛泉濺石崗。萬壑風雷喧地軸，九秋雲露瀉天潢。好從細草陳瑶席，更趁飛花送羽觴。飲犢上流奔軼者，何年來此結茅堂。

寄阿山

最憶鳳雛年十四，臨池愛學漢中郎。西齋舊種櫻桃樹，今歲還應共汝長。

遊石湖治平寺用唐人許渾所題詩韻

湖上春雲挾雨來，楞枷山木盡低摧。吴王廢冢花如雪，猶自吹香上舞臺。

和楊鐵厓小臨海四首重見七卷下

歌罷《霓裳曲》，分行舞廣庭。天壇看星斗，散亂若浮萍。

雨過積金頂，夫容萬朵青。神魚不飛去，風伏翠濤腥。

憶坐松根石，相看説大還。崑崙雲一朵，唤作九華山。

仙花雲萬叠，浩劫與春開。却笑珊瑚樹，焦枯作死灰。

題雲林竹

笠澤莊頭道士家，書窗風竹翠交加。新梢便有凌雲勢，高出墻檐掃落花。

周玄初來鶴詩 洪武己巳

手把芙蓉攝羽裙，飛書南啓魏元君。祝融峰頂雲初起，借與長風送鶴群。

陳處士汝秩 一首

汝秩字惟寅，本廬山人，家五老峰下。父徵，字明善，是爲天倪先生，始卜居于吴。天倪卒，惟寅與其弟惟允，力貧養母，有聞於時。惟允爲淮張所辟，親信用事，聲勢甚盛〔一〕。惟寅兵後不能卜一廛，饒介之謀僦屋以居，倪元鎮爲作疏。安貧静退，視其弟之赫奕，若弗聞也。國初以人才徵至京，以母老辭歸。洪武乙丑，以疾考終於家。

〔一〕「盛」，小傳本作「重」。

題王叔明溪山圖

前身定是王摩詰，黄鵠溪山似輞川。薜荔十尋懸緑樹，芙蓉千仞倚青天。長歌不用來招隱，閉户當應疏草《玄》。怪底西風波浪惡，披圖莫上五湖船。

周山人砥二十八首

砥字履道，吴人，寓居無錫。博學工文詞。兵亂避地，與義興馬治孝常善，往舍荆溪山中。治爲治具，巾車泛舟，窮陽羡溪山之勝，有《荆南倡和集》。義興多富人，與治厚善者咸治酒爲具，召履道，履道心惡之。一日，貽書别治，夜半遁去。歸吴，與高、楊諸人遊，書畫益工。已又去之會稽，殁於兵。

山西澗過龍巖途中瞻眺

適意窮山水，覽物春時候。蘭薄迷煙孕，桐林仰雲逗。却立駐幽躅，前臨縱遐覯。谷鳴振嚶嚶，川響復瀏瀏。衝飈激高竹，晴曦艷寒溜。崖複翠羽戢，石觸金鱗皺。妙合理無遺，心怡興難究。逼仄緣石磴，岧嶢陟雲構。豈惟廬霍期，攬此巖崿秀。素履非行險，逸想仍冒詬。遥遥此中情，庶以謝紛揉。

登西岡望龍池諸峰贈馬二山人

登臨不陟險，緩步情始暢。振衣西岡頭，矯首一長望。朝陽匿光彩，宿霧猶隱嶂。山靈忽不斷，連峰洶波浪。何許芙蓉青，龍池半天上。銅官從中起，磅礴氣愈壯。迴風過林莽，草木皆振蕩。青錦十萬繒，鈿車五千兩。山人地志熟，指顧名所向。窮歷吾豈能，高情倚疏放。平生煙霞志，配此丘壑尚。思欲逃喧卑，結茅計非曠。緣知兵革後，已恐淳朴喪。蕭條採芝意，臨流重惆悵。

桃溪泛舟尋士玄

放舟千山里，嵐氣滿晴川。歌辭理《白雪》，水禽栖緑煙。蒼蒼野陰變，蕭蕭風景妍。尋僧轉回塘，望雲極遥天。萬事寧有素，一行欣偶然。

官軍後還西澗草堂

丈夫志四海，立身自有餘。安能事一室，遂欲逃空虚。嘉遁蓋貞吉，聖人不予愚。况當艱難際，行止豈欲迂。若爲動干戈，爰及此林閭。風氣混六合，理難静一隅。奔走固不恤，鄰里誰安居。所恤罔悔吝，類爲時所驅。出門已憂勞，入門復歡娱。一欣朋徒合，再喜景物殊。緑竹灑秋色，疏花耀前除。開軒坐林杪，更取琴與書。西山澮相對，落日號鷩烏。忍聞濮陽血，草木漬模糊。殺戮本群盜，哀矜爲無辜。三嘆觀化初，人生亦須臾。

遊龍巖三洞之間

商顔紫芝久不採，淮南丹書竟安在。仙人勸我三洞遊，身如騎龍到東海。海氣茫茫雲霧迴，白波捲雪連山來。雙童手弄海底日，紅光一道金蓮開。瑶草緑可折，瓊樹花冥冥。昔人煉丹丹竈在，錦苔繡石光清熒。雷行半空中，逢逢擊天鼓。玉女鸞笙時下來，前頭四足神魚舞。醉拂珊瑚鞭玉虎，我欲因之窮洞府。聞訪八公五雲裏，爲説蒼生受辛苦。不然飛出西華巔，太極總仙之洞天。安得周迴更二千，直與龍巖之洞相鉤連。蓮花峰上重攜手，笑攬霞觴窺八埏。

張公洞

倏忽鑿混沌，兹事豈其餘。不知幾何年，云古仙人居。嗟我至此爲躊躇，洞天諸宫窅兮黑。試命烈火燭空虚，森森怪石相對立，如口欲語手欲抾。前有紫翠房，白雲閟丹書。鷹揚燕舞化爲石，芝田久矣不復鋤。可憐仙人常恍惚，雖欲相從已超越。崑崙閬風吁太高，時亦幽潛到巖窟。青泥爛爛浮土潤，緑髓涓涓映山骨。吾聞仙人不食而長生，何得有此鹽米之空名。豈伊往來真戲耳，簸弄物化令人驚。頗疑壺公壺，樓閣中峥嶸。摩尼珠色常青色，千奇百怪誰所營。須臾眼暗燭欲盡，惟以拄杖相敲鏗。松中漻漻呼我出，耳中微吟白玉笙。竦身欲上不可登，綆引魚貫相支撐。歸來此景若夢寐，俯仰宇宙惟清明。

過任昉釣臺

雪樹參差短，寒山迢遞明。深春釣臺没，殘照夕嵐輕。萬化同斯盡，孤名如水清。誰悲范僕射，千載見交情。

過西澗

放鷴白石上，曳屧青林間。近竹門自掩，採樵人未還。草生西澗雨，雲斂南湖山。遊詠以終日，相依道者閑。

望頤山

曾着頤山屐，穿雲古洞歸。松浮仙嶠日，花落女蘿衣。翠壑晴蜺飲，丹房玉燕飛。煙塵此時路，長望一歔欷。

春日西澗獨立

澗房松竹静煙霏，徑里蒼苔行迹稀。相與尋君遂初賦，江花欲落换春衣。

擬古

迢迢遠別離，相去幾萬里。月照魯陽關，風吹漢江水。宵夢不可託，路迷復中止。登山還有屐，涉水亦有舟。我心如縣旌，摇摇獨亡休。常恐瑶華落，春風不能留。豈君弗識察，故此長悠悠。安得白鷚鷫，銜書東海頭。翡翠栖蘭苕，鴛鴦上錦機。物固各有類，寸心獨何依。春色來幾日，海燕忽雙飛。迎風不須入，塵滿青樓扉。

經杜樊川水榭故基

落花風裏酒旗摇，水榭無人春寂寥。何許長亭七十五，野鶯煙樹緑迢迢。

放歌行贈宋君仲温。辛丑

今日非昨日，今年非去年。天地不同老，日月豈停旋。寸心遥遥顔色改，只似秋蓬與夏蓮。柏梁賦詩不早上，長楸走馬未得前。閶闔九重虎豹守，我欲上訴無因緣。荆山泣玉徒自苦，夷門抱關誰復賢。寶劍夫容拂秋月，高歌對酒聲哽咽。當時輕意千古事，幽憤于今向誰雪。蘭臺公子天下奇，心膽豈足他人知。荆卿不答魯句踐，項羽豈顧齊安期。東吴市上花漠漠，相逢意氣傾山嶽。笑説秦關百二重，舒捲風雲不盈握。一生不識平陽奴，況是霍家馮子都。明珠白璧等糞壤，玉環翠袖皆蟲蛆。甘心廓落事屠釣，矯如游龍不可拘。宋公子，爾彈琴，我放歌，白晝苦短夜何多。黄金臺，幾千尺，翳日浮雲奈若何。

題畫

水闊天低欲盡頭，柳花如雪暗歸舟。平生解識滄洲趣，何處飛來雙白鷗。

對春雪一首

瓊葉綴玄圃，玉羽翔伊川。翻霙九霄下，呈芳二月前。低佪隔簾翠，玲瓏入綺錢。欲消不自駐，已斷復成連。珠幃凝華潔，花池舞影妍。相思梁園暮，曾賞雒城年。

尚朴齋

言甘知有吝，味旨閑其多。居恒屬念慮，抱朴心靡他。淳風返元化，至體適平和。意勝惟自然，道存諒不磨。營營彼澆俗，機巧滋煩苛。身偕百憂長，奄忽其奈何。

風雨一首用高季迪韻

貧富不相值，衰榮固有時。行哉徒自速，止尼未爲遲。崎嶇千萬塗，辛苦豈要辭。風雨群鷄鳴，壞屋起晨炊。一日不解醉，千古有遺悲。如何屠釣人，敢爲帝者師。

贈葉秀才

日莫登高臺，浮雲結遠陰。樹木何蒙蘢，野雀噪繁林。驅車涉關塞，歧路鬱且深。借問子何之，故鄉阻崎嶔。曷不暫棲息，蓬藋非所任。隱憫□不發，威遲既前臨。脆管促飛觴，鵾絃奮逸音。仗劍從此別，秋風滿懷襟。寡立步非窘，薄遊志不沉。策馬欲俱去，我無當世心。

送趙一陽真士歸霅上

渺渺晴湖白鷺飛，青山迢遞夕嵐微。閑操桂楫雲生腋，欲採芙蓉露滿衣。紫翠房深丹竈暖，松杉秋靜鶴巢稀。明年去覓封君達，應駕青牛説息機。

次韻介之夢山中

松花金粉落春晴，白鶴看棋如客行。疏雨竹窗緣是夢，隔林茶臼只聞聲。繁華久困心何得，澹泊相遭思亦清。不有鹿門高世志，山中幾日道能成。

送李用和之常熟知州 至正二十年。

落日孤城近海邊，川流七道直如弦。朱幡到邑歌來莫，玉帳論兵思去年。楚水南回多賈舶，虞山北去少人煙。從來惠化同甘雨，還使殘民得灑然。

惟寅徵君踏雨過林館爲留終日因誦近賦絶句三首輒走筆奉和

野花疏竹媚幽姿，翡翠簾前雨散絲。最愛陳琳詩句好，玉盤春露捧金芝。

秋來長掩竹間扉，過客誰能識道機。慚愧廬山陳處士，時來共葺薜蘿衣。

晚風吹雨過林廬，柿葉飄紅手自書。無限蕭條江海意，一尊相對憶鱸魚。

讀故友徐幼文詩集有懷

欲與評詩恨久違，楚雲吴樹兩依微。讀闌北郭平生稿，秋晚空齋掩落暉。

玉山草堂

憶女草堂何許在，辟疆園裏玉山陲。方牀石鼎高情遠，細雨茶煙清晝遲。鴻雁來時曾會面，枇杷開後更題詩。山中容易年華暮，書史娱人總不知。

顧仲瑛芝雲堂

芝雲主人絶蕭散，燕坐草堂門不扃。古鼎隔簾香裊裊，新篁拂几玉亭亭。十年苦思耽書卷，三日清齋寫道經。邀我醉眠書畫舫，月明吹笛看雲汀。

題宫人行樂圖

金宫遊素女，玉笛弄清暉。月殿龍香度，風簾翠影飛。雲開移綵仗，花落捲春衣。莫買相如賦，長門事已非。

馬建昌治〔一〕二十四首

治字孝常，義興人。初爲僧。周履道避地義興，與孝常遊荆溪諸山，極山水之勝，作《荆南倡和集》，鄭明德爲之序。洪武初，知内丘縣，終建昌知府〔二〕。

〔一〕「建昌」，原刻卷首目録作「馬同知」。

〔二〕「建昌知府」，小傳本作「建昌府同知」。

罨畫溪

積雨洗崖嶂，奔泉會空曲。流爲千丈溪，泓停深似玉。霞吟發彩翠，花艷分紅緑。浦雲自點綴，岸峰相映燭。旁穿震澤口，直瀉頤山腹。日暮扁舟來，漁歌出湖洑。

張公洞

張公古仙伯，不樂雲間遊。騎驟穴山腹，洞天開清秋。空青凝丹室，積翠結石樓。玉女跪而化，銀漿冷不流。芝田水精鹽，華屋珊瑚鈎。神界杳莫測，鬼工信難侔。勢輕壺公壺，量狹禹九州。繞出具區底，仰出崑崙丘。煙然一束緼，吾欲窮其幽。

任公釣臺

伊人不可見，古臺臨野水。惟應公事閑，意釣還來此。城門日色暮，郡舍秋風起。鳥飛緑蕪上，猿啼碧山裏。宦情方淡如，野性或偶爾。巉巉雲溪石，其下亦清泚。

牧之水榭

牧之信奇士，縱橫見當時。著書亦有兵，豈惟工賦詩。畫船張水嬉，禪榻悲鬢絲。廣陵罷走馬，陽羨亦解韁。芳樹竟寂寞，清淡自淪漪。斯人向千載，陳迹宛如兹。

出西澗過龍巖途中瞻眺

山澤春明麗，林樹鬱峭蒨。遊步何從起，涉澗行屢轉。幽泉響層曲，蔓草綿芳甸。在岸心已遂，經丘始回面。巖崖驟誰創，嵐嶺遥自薦。蒼梧凝陰吹，彤霞散晴電。庵藹蒙籠間，一水光練練。沉沉潭洞古，潛龍不復見。觀頤委物育，解作凝神變。臨深備戒慎，登高欲瞑眩。遊目信虚無，探已有常戀。靈芝事曖昧，採薇庶游衍。行已東郊歸，祈年急視膳。

登西崗望龍池諸峰贈周履道

遠遊虞風波，託好常在邇。朝來遇君出，興與西岡起。日薄川野陰，徐行杳然喜。登身坡陀上，瞻望入百里。浮雲忽避眼，十嶂來填委。巉巖龍池頭，宛轉鵝山趾。銅官大居正，顧盼雄彼此。夏緑紛以勞，林巒粲成綺。回頭指明鏡，近見洴練水。一州信崢嶸，東北才演迤。自多巖洞勝，衡廬可肩比。危危松間石，跪立馴虎兕。前瞻忽長嘯，幽響久乃已。桃源果何以，兹景清且美。窮探非予樂，所樂有偶爾。周子宜數來，逍遥自今始。

桃谿泛舟尋方崖士玄

身行沙岸曲，隱見遠人村。初罷桃溪雨，寒山響翠繁。薄雲凝遐思，微風吹古原。登稼已云樂，欣欣田父言。予心亦何事，訪舊試尋源。

官軍後還西澗草堂

干戈一爲用，十室九不完。東西南北人，壞屋敢求安。昨聞府兵下，徒跣入荆菅。一市人盡虚，衡門駐旌竿。還家動盈月，瓶粟久已殫。幸兹西澗西，草堂適平寬。竹林最無恙，秀色雨始乾。石梁不可援，更造醲風湍。掃地山氣潤，開軒水聲寒。留榻依故處，援琴較初彈。賓客稍稍來，畦蔬亦朝飡。坐中談時事，廢食各永嘆。西峰數里外，草竊除豈難。盛夏兵既集，翱翔彼河干。乃知荆揚交，蝶血原野丹。頻年勞人馬，未得賊肺肝。憧憧往來地，供億困百端。我生固其時，飄飖愧飛翰。

過任彦昇釣臺

寂寂山水郡，依依今古名。斯人同化盡，繫纜舊臺傾。汀樹煙中没，寒禽沙際鳴。無人坐垂釣，永念彼平生。

過西澗

虚舟信所往，行止若無端。適此清秋日，皤然悲路難。竹林夜來雨，茅棟已驚寒。一幸朋儔接，空山予少安。

望頤山

斜日水南行，蒼然雲景清。遠山時在望，仙洞故知名。楓葉凝秋色，藤花落晚晴。西陽亭不見，惆悵翳榛荆。

經杜樊川山水榭故基

風煙淡淡水冥冥，杜榭橋西傷我情。閑倚溪樓望山色，鶺鴒飛處晚鐘聲。

春夜懷重居字

寺中虚閣每曾登，忽欲看花往未能。夜色蕭條門半掩，獨依寒燭憶高僧。

五月廿日雨中飲南樓

共愛風泉淙玉澗，故人雖雨亦能來。琴牀昨暮移高閣，茶竈經旬生緑苔。性懶邊韶唯有睡，憂深王粲自多才。酒酣競起思歸興，世難飄零心欲摧。

與華景彰遊惠山

華陂春水緑漪漪，二月西山雪後時。舊宅重尋孝子傳，新年又赴故人期。鶴鳴竹日當窗澹，僧定茶煙出閣遲。我欲同修清浄業，泉頭來記四賢祠。

追和柯丹丘所藏坡翁詩帖五首　洪武辛酉九月。

東閣小詩書夢破，後堂殘醉燭花明。春風客散茶香在，寂寞人間萬古情。

紅入兩顴春意滿，翠籠雙袖曉寒尖。雖知别後情難識，也覺愁中醉易添。

彩筆詩成舉座驚，素衣新剪鳳毛翎。多情應是蓮花女，留得銀箏金字經。

透海丹砂一粒紅，前身宜與後身同。就中只换神仙骨，塵業何由到素風。

滄海桑田復幾塵，東風惟見落花春。須知剩水殘山後，冰雪肌膚别有人。

又追和虞奎章韻四首

蜀人文采相先後，多在西湖載酒船。腸斷至今湖上柳，空殘眉翠鎖連娟。

三百年來此兩翁，詩人情性道人風。醉中還似毗耶老，花雨紛紛一笑中。

梅花香冷返冰魂，往事茫茫迹未論。寶劍已隨龍化去，誰憐水上刻舟痕。

賦罷仙人蕚緑華，金聲玉色衆中誇。歸來世上空塵土，雲白江清月滿沙。

張布衣田一首

田字芸己。其先浚儀人，宋南渡徙吴。父雯，字子昭，博學無所不通，尤精於律吕，憫宋之亡，著《繼潛録》若干卷。芸己讀書苦學，能紹父志，裒輯其遺書，謁鄭明德志其墓。

題陳惟允荆溪圖

人家緑樹繞孤城，溪上風波落日明。三害祠存人已去，只今豺虎却縱横。

【補詩】

黄鶴山人王蒙二首

登泰山有引

余過奉高，謁嶽祠，見郝伯常山三詩刻于廡下。明日，登日觀峰，下瞰滄海，塵世蒼茫，青、徐在衽席間耳。因成此詩，以補郝公之所未道者云。

飛仙挾我遊天門，足躡萬壑雲雷奔。凌虛直上數千尺，適見混沌兮乾坤。巨鰲左折蓬萊股，鯨波東注榑桑根。地高俯瞰滄海日，天近仰叩清都閽。古帝何年闢下土，九點青烟散寰宇。翠葢孔葢此登封，盛德神功照今古。人間瞬息三萬年，七十二君何茫然。秦皇漢武踵遺躅，鏤玉坎瘞山之巔。金宫翠陛苦不樂，遣使碧海求神仙。羲和龍轡不稍貸，豈料海水成桑田。試向封巾一回首，六合坱莽空雲烟。千秋誰識當時事，五松大夫知此意。巖前長揖大夫松，數子胡乃干秦封。高標直下魯連節，避世不及商山翁。雪髯雪榦如屈鐵，濤聲瑟瑟吟悲風。松本無心偶然耳，人情好惡多彌縫。欲傾箕潁一瓢水，爲汝浄洗羞慚容。爲君解嘲君勿怒，萬事轉首成虛空。帝子絳節朝丹穹，神靈婀娜群仙從。嘘呵紫焰開芙蓉，光景上屬超鴻濛。玉女夜降騎青龍，鸞匏鳳笙聲噰噰。霓裳舞袖飄長虹，瓊音間作鳴絲桐。《白雲》清謡曲未終，泠風命駕歸崆峒。千峰萬峰浸明月，恍惚身在瑶池宫。明朝稽首下山去，翠嶂突兀青霞中。

晚　思

薫風向晚急，吹動一身愁。意合情終美，心離事只休。鳥銜殘日度，雲逐暮天流。今古無窮恨，令人早白頭。

【補人】

王都司昣 五首

昣字季野，福清人。參政王都中之子。與其弟畦字季耕流寓吴中。與陳叔方、鄭明德並以文行著於時。

早春詠二首

東風生庭隅，拂拂翻衣浪。仁及紅綻柯，德布緑回望。芳情達金閨，誦聲遞書幌。池塘溢波瀾，柔條欣駘蕩。

蹁躚先春雀，風暖喧晴檐。驚人鮮得食，闞階無停瞻。不趨太倉中，小腹恣屬厭。高秋寒露下，大水須深潛。

自遣

江湖肆鮫鱣，溝瀆難容身。人情不千日，世事有兩心。朝暮有顯晦，日月常升沉。天道我欲問，其理幽且深。

放慵

愁到心常結，事過心自凉。幽憂漫成疾，慵放且何妨。籠鶴聲難出，牀龜忽穩藏。浮生付天地，澄慮博山香。

天竺日章法師得旨還山畫泉石閒齋圖贈行并題此詩

冲懷澹如水，萬境猶虚空。忽聞還山詔，喜入衰顔紅。山中何所有，手種石上松。茅屋闃無人，恒有雲氣封。青燈照佛龕，爐烟裊松風。硃崖噴飛泉，赴壑如撞鐘。群響自起滅，聞心本無窮。塵銷諸念寂，夢覺非有蹤。九旬談一妙，政爾開盲聾。孰持去來影，觀作真實同。去隨流水遠，歸與雲相從。無心任玄化，泊然齊始終。秋風動江漢，波浪皆朝宗。雲帆挂海月，渺渺五湖東。

列朝詩集甲集前編第八之下

玉山草堂餞别寄贈詩

送鄭同夫歸豫章分題詩

陳基序曰：「同夫，豫章人，嘗登清江范公、蜀郡虞公、豐城揭公之門，而余故人危君太僕、揭君伯坊、楊君季子、鄒君魯望、張君宣仲皆其友也。余與同夫遇於吴之隱君子顧仲瑛所，行且歸矣，余與仲瑛賓客，以吴中山水分題爲同夫贈，余辱爲之序，至正十一年八月五日也。」

張田字芸己，吴人。見前編。

分題滄浪池

滄浪池上水，無日不東流。披竹尋幽徑，携壺趁小舟。雜花分兩岸，叢樹掩雙丘。旭日金波亂，微風碧霧收。登臨增慷慨，笑語漫夷猶。野老閑相過，漁人自對謳。芙容晴彩落，菡萏晚香浮。樂事連長句，忘機狎衆鷗。時逢採芹士，爲説故園秋。翠影侵棋局，晴光漾酒甌。醉深偏繾綣，義合愈綢繆。席故儒官冷，堂升弟子優。年華欺短髮，霜落暗征裘。晝鷁行將去，驪駒唱未休。柳疏縈馬首，帆飽出江頭。别思隨烟浪，懸懷倚柁樓。山昏雲盡宿，林暮鳥相投。今夜中吴月，分光照薄愁。

劉西村

分題楓橋

涼風起蘋末，送子過楓橋。落日聞征雁，空江生暮潮。星沈吴渚闊，雲入楚山遥。歸去秋堪把，芙容葉未凋。

郯　韶　字九成，吴興人。見甲集。

分題虎丘

青山闔閭墓，荒草起秋風。古隧蒼精化，陰房玉雁空。夕陽明野寺，遠渚落霜楓。送子難爲别，無情楚水東。

張簡 字仲簡，吴人。見前編。

分題姑蘇臺

崇臺去千載，風日麗飛甍。漠漠春洲草，寧知歌舞輕。香泥污鹿迹，嬋娟若爲情。登覽猶悒怏，况乃送君行。

沈明遠 字自誠，吴興人。一云沈性，字自誠。

分題龍門

峭拔終同禹鑿存，折盤雙磴竦雲根。青天鳥没仙人掌，黑骨龍歸箭栝門。寒落雲泉摇暝影，晴開石鏡見秋痕。詩成待刻嶙峋上，遲子重來與細論。

俞明德 字在明，錢塘人。

分題館娃宫

吴王歌舞地，千載一登臨。猶有頽基在，空餘秋草深。香銷珠珮化，土蝕玉釵沈。楚客今朝别，仍多感慨心。

周砥　字履道，吴人。見前編。

分題百花洲

洲上百花明，春流日夜生。秖看維客棹，無復渡霓旌。落日山如舊，東風鳥自鳴。蕭條千古意，離别暗傷情。

分題送周仕宣南臺典吏

顧瑛　本名德輝，字仲瑛，崑山人。見前編。

分得芙蓉堂

芙蓉並開開滿堂，堂中美人傾玉觴。畫船鼓吹弄白日，回風驚起雙鴛鴦。
鴛鴦雙飛出城去，池上花開知幾度。不聞嬌燕語雕梁，惟有棲烏啼碧樹。
空城夜夜明月光，照見烏臺臺上霜。翠幕芙容大如斗，盈盈緑水明新妝。
鍾山蜿蜒若龍走，送子春江一壺酒。他時戴花歸故鄉，莫忘江頭折楊柳。

瞿榮智字睿夫，嘉定人。見甲集。

賦得姑蘇臺

高臺嵬嵬插天起，勢壓雄城三百里。雲窗霧閣迷絳烟，日日吴王醉西子。桂膏蘭燼燒春雲，錦絲瑶管空中聞。甲兵重來破歌舞，粲齒修眉散如雨。雙鈎帶血不敢飛，城荒草碧春風吹。秪今惟有臺前月，曾照吴宫花發時。慷慨悲歌嘆陳迹，霜烏怨啼霜葉赤。明朝送客過鍾陵，西望茫茫五湖白。

殷奎字孝章，崑山人。見甲集。

賦季子祠

讓王開國江之左，尚父周王十三世。僭王一變變于夷，至德巍巍誰復繼。有美季子才且賢，歷聘上國何翩翩。東遊縱觀太師樂，王風帝德皆能言。周旋齊魯説諸子，無愧古人相警意。紵衣酬獻著交情，佩劍終縣見高誼。使車焞焞尚未還，魚中之刀機已先。去之寧附子臧節，不忍父子兄弟戕其天。世人鼃言何足數，類云辭國兆亡土。不知自古皆有亡，曾有遺風振千古。春秋大義昭日星，特筆表墓幽光明。故國遺祠神戾止，吴民世世豐粢盛。周之孫子烏臺彦，烈日秋霜映顔面。闔閭城邊春水波，蕩漾蘭舟過淮甸。高臺鳳舞大江東，孰作烏臺氣勢雄。明年臺前霜葉紅，歸陪驄馬觀吴風。觀吴風，歌至德，季子祠前照秋色。

盧昭　字伯融，崑山人。見甲集。

賦采香徑

遥憐采香徑，還憶種香時。緑水縈蘭棹，青娥駐彩旗。盈盈春滿把，冉冉碧含滋。持贈鍾陵去，芬芳慰所思。

金翼　字敬德，赤城人。

賦響屧廊

深宫風日静，鳴屧憶當時。花襯珠嬪步，春隨彩仗移。錦梟雲窈窕，香佩玉葳蕤。我正慚趨步，臺郎赴遠期。

柯九思　字敬仲，天臺人。《元史》有傳。

姚婁東往玉山因書以寄

相逢何事且徘徊，澤國桃花岸岸開。見説衡陽南去路，秋深無雁寄書來。

索陽莊瓜寄玉山

谷雨初乾可自由，荷鋤原上倦還休。醉迷芳草生春夢，誰識東陵是故侯。

于立

字彦成，南康之匡廬人。學道會稽山中，得石室藏書。放浪江湖間，與仲瑛友善，於玉山草堂有行窩焉。

觀玉山中牡丹有感

摇摇紅霧一枝斜，看舞東風兩髻娃。堪笑年年未歸客，借人池館賞春花。

白鶴觀寫寄

我住城中五十日，念子終日不相忘。驛回隴首梅未發，雁過沙頭書幾行。田間鷄黍酒正熟，霜後園林橘半黄。後日東歸同一醉，酣歌不減少年狂。

張天英

字楠渠，温州人。徵爲國子助教，再調皆不就。遊西湖，多居吴下。

夏日寄玉山

赤日行天氣欲焚，樹根群蟻正紛紛。道人心在羲皇上，睡殺青松一枕雲。

武陵春曉曲

武陵春曉花冥冥，漁歌蘭枻摇殘星。溪涵山氣緑如酒，幽禽啼破松烟青。天上時聞鳳凰曲，金門飛夢人初醒。長嘯銀臺月將落，空翠著衣香霧薄。忽見安期蓬海東，劍佩從風降玄鶴。陽烏銜火懸扶桑，袖卷紅雲朝帝旁。手攬龍車睹天光，下視蟻國空千霜。

黄公望字子久，常熟人。時年八十三。

次所和竹所詩奉柬四首

片玉山前人最良，文章體物寫謀長。古來望族推吴郡，直到雲仍姓字香。

花檻香來風入座，雕籠影轉月穿櫺。鉤軒平野連天碧，排闥遥山隔水青。

竹里行厨常準備，濁醪不用惱比鄰。文章尊俎朝朝醉，花果園林處處春。

人生無奈老來何，日薄崦嵫已不多。大抵年華當樂事，好懷開處莫空過。

楊維楨見甲集前編。

奉謝僦屋

玉山長者有高義，乞與山人僦屋金。駟馬一時皆上客，青娥三日有遺音。西山涌海當秋後，南斗流江入夜深。更報大茆張外史，興來須抱小雷琴。

懷玉山一首書珠簾氏便面

五月江聲入閣寒，故人西望倚闌干。珠簾新捲西山雨，第一峰前獨自看。

玉山以詩見招用韻奉答二首

君泛脂江我泛婁，沙棠小槳木蘭舟。醉吹鐵笛珠簾底，端爲風流刺史留。

滄樓詩招簫史鳳，蓮艇或踏琴高魚。卷盡芙容秋萬頃，瀛洲信有玉人居。

熊夢祥　字自得，江西人。以茂才舉教官，輒棄去。以詩酒放浪淮浙間，卜居婁江上，號松雲道人。

客懷奉柬玉山

我昔離家七月强，只今十月隕清霜。可慚濁酒黄花興，應悔青鐙白髮長。翠褒天寒修竹暗，綺窗日暖唾茸香。夜長枕上揚州夢，江北江南是故鄉。

玉山

戲答

秋水藍橋一尺强，愁聞玉杵搗玄霜。東籬老子烏紗薄，西郭佳人翠袖長。古寺竹深禪榻静，晴窗花落硯池香。西風鶴背三更夢，笑看璚花作醉鄉。

倪瓚　字元鎮，無錫人。見前編。

八月廿三日芙蓉花下留南宫岳山人飲明日岳山人過玉山南宫老矣不知復幾聚首觀花聽琴情不能堪因賦長句并柬玉山

芙容著花已爛熳，濁酒彈琴聊少停。數聲别鵠隔江渚，一醉秋天空玉瓶。况當賓客欲行邁，忍使風雨即飄零。攀條掇英重惆悵，但願花開長不醒。

陳基　字敬初，天臺人。見前編。

寄玉山人兼柬匡廬外史

美人不見已三月，日日相思賦角弓。興發頗疑詩有助，憂來翻訝酒無功。未須結客遊樊上，却擬移家住瀼東。與報匡廬于外史，新醅宜壓荔枝紅。

笠澤有懷

碧梧翠竹鬱參差，艾納流薰繡幕垂。瓊管隔花聞度曲，畫屏燒燭看圍棋。坐延太乙青藜杖，倒著山公白接䍦。何日彩舟還蕩槳，爲判同飲習家池。

别後聞入杭賦寄

柳洲寺下絲竹繁，蘇小墓邊風日暄。天開十里水如鏡，雨過六橋花欲言。畫船夜聽孤山鶴，鐵笛曉驚西竺猿。歸來相遲桃源上，爲唱《竹枝》傾緑尊。

有懷梧竹主人山陰道士雲臺外史兼柬龍門開士

碧梧翠竹日扶疏，長夏高堂可宴居。霅上故人時載酒，山陰道士近無書。蒼頭拂石安棋局，釋子穿花奉版輿。若見惠休煩問訊，碧雲詩句定何如。

張師賢 字希顔，崑山人。

次郭羲仲韻柬玉山人

故人一隔紅雲島，相見銀屏七夕前。花近小山當鶴廣，溪深嘉樹覆書船。參差清吹流銀漢，飱殄文彝散玉烟。更擬此君亭子上，醉欹紗帽會群賢。

顧敬 字思恭，吴人。見前編。

寄芝雲亭主人

雲暖幽亭長紫芝，昔年曾許鶴來期。短筇空倚清江上，滿目春愁兩鬢絲。

次廉夫韻寄玉山

玉山幽深草堂好，翠竹森森映白沙。栗里歸來陶令宅，桃花開處杜陵家。風來野樹留歌鳥，雨入溪流送落花。我欲問津從此去，天涯何處有星槎。

郯韶

聞夜來醉過春夢樓贈小芙蓉樂府恨不得從遊戲成廿八字以寄

金鵲香銷月上遲，玉人扶醉寫新詞。勝遊不記歸來夜，春夢樓前倚馬時。

秋夜獨坐有懷玉山徵君

庭樹葉初落，鵲飛驚早秋。玉繩猶未轉，星漢忽同流。楊柳離亭思，芙容別浦愁。美人隔烟渚，滄海信悠悠。

次玉山分題韻二首

頻年種豆繞幽居，深巷蕭條意自如。日宴炊烟分井臼，春前草色上階除。清時自分耽詩癖，白日首嫌生事疏。秖憶桃源種桃者，秋江多致鯉魚書。

玉山樹色倚青冥，灑閣風微酒易醒。移席絶憐江柳碧，鈎簾更愛竹書青。白雲盡日春團蓋，靈石何年夜隕星。却笑虎頭痴絶甚，盡將詩句寫秋屏。

律詩二首奉寄玉山

仙人愛向桃源住，曲曲雲林勝輞川。秋水到門船似屋，青山當檻樹如烟。常時待月溪邊立，最愛梳頭竹裏眠。我有好懷清夢遠，題詩還到草堂前。

徵君一月不出屋，客來喜值清秋時。會稽録事應當别，笠澤高僧定賦詩。新月忽從溪上出，清尊還向竹間移。殷勤持寄於高士，切莫愁吟兩鬢絲。

虞山道中有懷

言偃宅前湖水東，千門楊柳緑摇風。一篷山色斜陽外，半夜雨聲春夢中。獨客年年如旅雁，行人草草似驚鴻。芳洲杜若憑誰採，心逐寒潮處處同。

郭翼

字義仲，崑山人。見甲集。

過綽墩舟中奉寄

綽墩樹色青如薺，蕩裏張帆曉鏡開。烏目峰高雲北下，沙湖波闊水西來。菰蒲打雨鳴還止，鸂鶒迎船舞却迴。好入桃源張渥畫，秪慚楊馬是仙才。

春日有懷

客裏看春愁不禁，月頭月尾雨陰陰。海棠結巢花匼匝，楊柳滿門紅淺深。竟日笙囊寒未解，臨池盤盞晚才斟。諸郎怕有乘舟興，怪殺喧喧雀報音。

南湖有懷

玉山之詩尚清省，草堂緗帙動星光。兒郎個個荀文若，賓客人人馬季良。月裏吹簫眠複閣，花間移艇過漁莊。酒酣側近江頭別，獨坐南湖意不忘。

漫興一首

前月海寇入郡郭，病裏移家愁殺人。桃花野屋苦多雨，楊柳清江無好春。誰似龐公居隴畝，自慚杜老在風塵。草堂夢寐驚相見，把酒論詩月色新。

沈明遠

漫興用郭羲仲韻

近知消息苦難真，一日千回憶故人。極目風烟迷黑海，驚心花鳥惜青春。清談王衍休揮塵，多事元規已污塵。重上高堂見君面，碧梧翠竹喜青新。

秦約

字文仲，崇明人。見甲集。

婁上紀興奉柬

放船曉發婁之濆，梟梟挐音何處聞。巴王廟下樹如戟，黃姑堂前花似雲。河流虹影向江去，日落王氣隔林分。憑高登遠應有思，自數秋風鴻雁群。

修城口號

春城連海亘虹霓，雉堞桓桓補甑泥。總謂軍儲仰吴下，只憐邊釁起淮西。千旗影逐流雲動，萬杵聲高落日低。安得韓彭爲上將，載光大業撫黔黎。

陸仁 字良貴，崑山人。見甲集。

柬玉山徵君兼五老貞士

玉子岡頭雪未消，玉山池館鬱岧嶢。美人詞賦宗枚乘，仙客風流似子喬。竹裏行厨通一徑，柳邊飛閣度雙橋。澧蘭沅芷思無那，心與車旌日在揺。

奉懷玉山

馬鞍山色兩峰尖，時送飛雲落畫簷。金鵲焚蘭烟娜娜，銀鵝舞隊月纖纖。語調鸚鵡花連屋，影拂鵁鶄水動簾。緣想清遊共于鵠，定多賦詠照牙籤。

漫興一首奉呈玉山

萱草葵花五月繁，清遊頻過辟疆園。艱危避賊愁仍絶，感激逢君思欲騫。信有讒人如巷伯，豈無佳士報平原。坐深池閣偏幽寂，更浣寒泉爲滌煩。

王　巽

正月八日詣草堂不遇舟中録記

鼓枻溪頭動曉行，衣裳潤浥露華清。東風移帆浪花起，幽鳥避人霜羽輕。片玉峰寒松倚秀，草堂春早柳含情。山人領鶴之何處，惆悵歸來雨滿城。

衛仁近　字叔剛，華亭人。從楊鐵崖遊，常以才子稱之。

承遺竹枝輒賦近體以寄

草堂只在玉山西，未識風流顧愷之。鴛冷綉衾春病酒，蠟銷銀燭夜敲棋。每懷鳳鳥棲梧樹，輒倚烏幾唱《竹枝》。昨夜闌干明月上，惱人簫管不勝吹。

吕　恒　字德常，璜溪人。

東玉山人

玉山佳處玉人居，聞道方壺一事無。萬個琅玕巢翡翠，千年琪樹倍珊瑚。瑶臺酒醉金莖露，珠閣香燒鵲尾爐。何日來看金粟景，月明花影倩人扶。

瞿榮智

和羲仲晞顔

莫怪清狂似謫仙，乘凉遠過玉山前。劍簫夜動黄姑渚，翠被風生越鄂船。雲樹亭臺全却暑，菡花簾幕半浮烟。賦詩刻燭良宵飲，知是衣冠不乏賢。

吴克恭

字寅夫，毗陵人。詩格古淡，多游雲林及玉山間。

元璞過江郊言歸賦七言一首通問

玉山長夏草堂幽，老愛從君十日留。醉語歡呼亂不記，歸來爛熳憶相求。風回柳□摇歌扇，月出荷花映綵舟。可念江湖搔白首，還將衰朽問湯休。

文質

字學古，甬東人，居婁江。詩好爲長吉體。

和韻奉寄二首

我愛虎頭公子賢，高懷歷歷瀉長川。酒尊花底分秋露，茶竈竹間生白烟。日落漁莊聽雨坐，風微草閣看雲眠。西凉進士曾留别，應説相逢十日前。

玉山之堂風日好，高居共喜值清時。紫簫度曲頻行酒，彩扇分題即賦詩。溪樹積陰疑雨過，水花流影若雲移。白頭有約漁莊上，我亦歸來理釣絲。

聶鏞

字茂宣，蒙古氏。幼警悟，從南州儒生問學，通經術。善歌詩，尤工小樂章，其音節慕薩天錫。以宮詞稱於時。

前題

美人昔別動經年，幾見婁江夕月圓。怪底清塵成此隔，每懷詩句向誰傳。桃溪日暝垂絲坐，草閣秋深聽雨眠。安得百壺春釀緑，尋君還上木蘭船。

虎頭公子最風流，只看仙人紫綺裘。築室愛臨溪側畔，鉤簾坐見水西頭。當時把筆題江竹，最憶看山立釣舟。愛有高才于逸士，清秋不厭與君留。

張渥

字叔厚，淮南人。明經，善屬文。能用李龍眠法爲白描，前無古人。

欲過草堂未果奉寄

片玉山中結草堂，門前流水似滄浪。竹陰覆幾琴書净，花氣薰窗筆硯香。四海詩名唐李杜，一時文彩漢班揚。近聞高士增新傳，好紀淮南老更狂。

琦元璞

吴人。見聞集。

七月十五夜醉卧三賢閣夢玉山隱君會稽外史與迂生來山中觴詠松石間樂甚予擬太白寫長句一章及寤山月在牀林聲蕭瑟惘然若有所失因足成夢中語以記神交云耳

龍門與天通，鳥道當絶壁。青天挂石鏡，倒影太湖碧。飛亭壓清湍，幽谷時遊觀。千崖古雪積，六月松風寒。仙人揮玉麈，扣門避秋暑。不意麋鹿群，忽識鸞鳳侣。脱巾長松陰，展席風滿林。青苔委玉珮，白石鳴素琴。凄清草樹色，照映璚瑶質。山靈獻神異，鹿女將花入。斑棘促詩成，玉手飛金罌。巖花與澗草，鮮新□才情。會稽足風流，支遁非謔浪。因逢許詢輩，氣宇稍跌宕。浮生百年期，緑髮易成絲。生當聖明世，不樂復奚爲。古人皆黄土，感慨心欲折。何如杯中物，醉倒石上月。月出山霧開，天香下空來。酒罷上馬去，木末清猿哀。

正月四日夜宿溪上有懷

白日西没江東注，客子舟航暮城住。自緣舊好數經過，頗爲微名早馳騖。風前野碓響初夜，雨外漁燈映深樹。美人不歸烟水寒，耿耿何由寫心素。

夏五月過玉山見婁江諸故人漫興之作

梅風發時海寇去，相見要令懷抱開。乍喜豈論生理事，空言獨嘆濟時才。桐花金井鶯聲過，月色涼臺鳳吹迴。不得清吟會諸老，屐痕猶在竹間苔。

李廷臣　字仲虞，寧海人。幼從丁仲容遊。有聲江湖間。

奉同鐵厓賦寄玉山

玉山溪路接仙源，漁郎繫舟老樹根。望海樓臺浮遠市，開門湖水落清尊。珠光弄月寒丹室，石氣酣雲暖藥園。聞說鐵仙曾此宿，吹簫清夜洞庭翻。

陳　聚　字敬德，天台人。

玉山中即景

楊柳絲絲一逕斜，碧溪循繞野人家。東風二月春如海，開遍一山桃杏花。

戲簡草堂主人

嘉樹蕭森六月涼，上有淩霄百尺長。秋風莫剪青青葉，留取清陰覆草堂。

玉山紀遊汝陽袁華子英編

顧瑛

遊天池

縈紆白雲路，窈窕青山聯。秋風吹客衣，逸興良翩翩。捫蘿度絶壁，躡蹬窮層巔。崖傾石欲落，樹斷雲復連。兩峰齦牙門，中谷何廓然。大山屹堂堂，直欲摩青天。小山亦磊落，飛來墮其前。陰陰積古鐵，粲粲開青蓮。神斧削翠骨，天沼涵靈泉。玉龍抱寒鏡，倒影清秋縣。憶昔張貞居，寄我琳琅篇。逝者不可作，新詩徒爲傳。舉酒酹白日，萬壑生凄烟。幽歡苦未足，落景忽已遷。美人胡不來，山水空清妍。

于立

響屧廊

山中老禪寂，同坐説吴王。時有風前葉，錚然下屧廊。

顧瑛

和

日日深宫醉不醒，美人嬌步踏花行。鐲鏤賜與忠臣後，葉落君王夢亦驚。

西湖口占三首

湖山堂上看荷花，亂舞紅妝萬髻丫。細雨霑衣凉似水，畫船五月客思家。

右觀荷值雨

薄薄紅綃映雪膚，玉纖時把髻鬟梳。風流得似貞期子，添個芭蕉畫作圖。

右題叔厚畫素雲小像

十九韋娘著絳紗，金杯玉手載春霞。清歌未了船頭去，笑買新妝茉莉花。

右戲贈杜姬

袁華

字子英，崑山人。見甲集。

次韻二首

乳燕初飛藕作花，秋娘二八髻雙丫。臂韝紅露珍珠絡，疑是錢塘舊内家。

細雨微風透碧紗，酒痕横面上朝霞。君行不唱陽關曲，聽取尊前陌上花。

張渥

次韻四首

清曉移舟及暫晴，水花明媚照娉婷。銀箏玉柱纖纖手，翻得新聲醉裏聽。

水光承雨亂銀花，柳外雙峰出碧丫。我便欲尋蓑笠去，斷橋灣裏是漁家。

淺絳籠紗白玉膚，鬢雲雙舞映犀梳。尊前自有丹青手，描取崔徽入畫圖。

舞衫歌袖奏紅紗，一朵春雲帶晚霞。盡日無人見纖手，小屏斜倚笑簪花。

顧瑛

泊垂虹橋口占二首

三江之水太湖東，激浪輕舟疾若風。白鳥群飛烟樹末，青山都在雪花中。

江風吹帆倏數里，野花笑人應獨行。更須對雪開金盞，要聽鄰船掐玉箏。

鄭 韶

次韻二首

洞庭之西湖水東，客行三日上江風。行行塞雁青天外，個個輕鷗白浪中。

鸕鷀鸂鶒總多情，蕩漾春江取次行。日日沙頭候歸雁，爲郎掐得小秦箏。

顧 瑛

發齊門

東方晨星如月明，舟人捩舵聽鷄鳴。自憐不合輕爲客，莫厭秋風攪樹聲。

泊閶門

楓葉蘆花暗畫船，銀箏斷絶十三絃。西風只在寒山寺，長送鐘聲攪客眠。

發閶門

閶門西去是陽關，疊疊秋風疊疊山。便是早春相别處，如今楊柳不堪攀。

今春送于外史歸越上。

周砥

次韻發齊門

西風洲上荻花明，秋水船頭落雁鳴。誰抱琵琶凉月裏，爲君彈作斷腸聲。

于立

次韻泊閶門

渌水秋風蕩槳船，白蘋洲上月初弦。清光半入紅窗裏，照見羈人夜不眠。

顧瑛

晚泊新安有懷九成

夜泊新安驛，西風八月天。人家溪樹裏，晚飯柁樓前。水落星移石，雲開月墮船。遥思佩韋者，痴坐不成眠。

于立

次韻

過雨收殘暑，西來水似天。秋風生柁尾，明月落尊前。慘澹依山寺，欹斜下瀨船。清歌不成調，思爾枕書眠。

鄭韶

次韻

長林夕露下，一雁過秋天。月照風燈外，星沉夜水前。美人隔烟渚，清夢落江船。孤坐聞城漏，迢迢夜不眠。

沈明遠

次韻

溪行仍水宿，夜坐散秋天。月出青楓裏，烏啼古驛前。間關懷枉路，泙漫問鄰船。想憶同心者，裁詩不待眠。

顧瑛

舟中作

自愛玉山書畫船，西風百丈大江牽。出門已是三十日，到家恰過重九天。青山白水與君賞，翠竹碧梧惟我憐。近聞海上鯨波浄，爛醉草堂松菊前。

于立

次韻

落日清江好放船，西風滿棹未須牽。鯨鯢已静波澄海，鴻雁初來水接天。過眼風光如隔夢，近人風月也堪憐。歸來尚有黄花在，暫醉佳人錦瑟前。

周砥

觀音岩

白鸜鵒小穿雲幕，碧海波澄浸石扉。一片岩前秋月影，凉風吹上藕絲衣。

石湖

烟中白鶴獨飛還，相伴孤雲盡日閑。落日放船湖水上，一簾秋色看青山。

新郭

泛舟越來溪水旁，溪邊暮色何蒼蒼。主人張筵揮羽觴，吴姬唱歌聲抑揚。船尾挑燈大魚出，船頭洗盞秋波凉。夜如何其夜未央，萬壑不起星煌煌。酒闌客過别船去，木葉蕭蕭下如雨。船中醉卧忘西東，睡覺猶聞夢中語。此時月落大將曙，隔屋鷄啼欲起舞。西風滿天鴻雁聲，瑟瑟菰蒲響秋渚。

陳基

新郭

扁舟夜泊新郭市，石湖水深清且泚。長嘯一聲天地秋，萬壑驚風泣山鬼。匡廬生，玉山子，意氣相傾誓終始。呼童沽酒烹錦鯉，醉入蘆花月如水。周郎放歌踏船尾，我亦和之聲亹亹。明月照我心，秋水洗我耳。富貴亦何爲，人生行樂爾。城中黄塵眼爲眯，安得置我丘壑裏。

顧瑛

次周履道韻

夜泊石湖湖水傍，芙蓉露白蒹葭蒼。畫舡酒行飛急觴，美人羅袖隨風揚。長檠翠幕高高張，浩歌起坐秋夜凉。明月已在天中央，大星小星光熚煌。酒酣不記過舡去，但聽秋聲響疏雨。夢中化作蝴蝶飛，飛入花間聽春語。鄰鷄喔喔東方曙，船尾浪花風起舞。方君起和夢中詩，水氣如烟度秋渚。

舟中聯句

行春橋下看山回，（瑛）翠幕紅簾面面開。（基）一夜水風吹不斷，（立）蜻蜓飛入畫船來。（瑛）

次龍門琦公見寄韻二首

扁舟遠適越溪濱，雙槳驚飛白鷺群。要趁秋江三尺水，去看山寺九峰雲。西風網罟沿村集，落日鐘聲隔水聞。好對黄花同一醉，故園晴色晚如熏。

秋花楓葉暗江濆，萬里西風雁叫群。謾是羈情濃似酒，獨憐世事薄於雲。九龍山色船頭看，半夜鐘聲枕上聞。料得高僧禪定處，松窗柏子起濃熏。

三月廿日陳浩然招遊觀音山宴張氏樓徐楚蘭佐酒以琵琶度曲鄧雲臺爲之心醉口占蝶戀花一闋

春江暖漲桃花水，畫舫珠簾，載酒東風裏。四面青山青似洗，白雲不斷山中起。過眼韶華渾有幾，玉手佳人，笑把琵琶理。狂殺雲臺標外史，斷腸只合江州死。

九月七日復遊寒泉登南峰有懷龍門雲臺二首

春遊憶得到寒泉，正值鶯花過禁烟。楊柳樓中金錯落，琵琶船裏玉嬋娟。潘郎別去渾多病，道士重來是有緣。今日登高能作賦，雲臺不見使人憐。

又向江頭載夕暉，好懷每與世相違。客中重九明朝是，眼底故人今日稀。過雨黄花千蕊發，經霜紫蟹兩螯肥。秋江更待澄如練，擊楫中流緩緩歸。

陸仁

次韻二首

支硎山中濯寒泉，洗馬池頭草若烟。石拔兩闕開岞㟧，雲迷萬竹秀聯娟。下方鐘鼓長時發，絶頂藤蘿且自緣。東去三江流不盡，浮生如此也須憐。

飛龍開口日暉暉，放鶴亭前路不迷。謾説支郎林下少，未緣神駿眼中稀。繁霜著樹榴房坼，危石懸藤瓠子肥。看遍吴中好山色，太湖明月櫂船歸。

周砥

次韻二首

美人開宴酒如泉，滿目風光碧似烟。半嶺暮雲猶掩冉，一林秋竹自嬋娟。新詩每荷邀同賦，短棹相將恨未緣。會面幾時還别去，百年人事總堪憐。

秋波漠漠静朝暉，畫舫開筵興不違。濁酒清歌香縹緲，青山黄葉路依稀。夜凉金雁箏聲細，雪滑銀盤鱸鱠肥。顧我慚爲塵俗累，不能同載月中歸。

玉山名勝集詩

太湖西南下繞陽山海虞山麓東流，匯爲陽城湖。湖之上有大林樾神秀融結者，是爲界溪。顧仲瑛家界溪之上，爲園池别墅，治屋廬其中。名其前之軒曰鈎月，室曰芝雲。東有齋曰可詩，西有舍曰讀書。後累石爲山，而亭其前，曰種玉。山之上曰蓬萊。山偏之樓曰小遊仙。後有堂曰碧梧翠竹，樓曰湖光山色之樓。過浣花溪，曰玉山草堂，以茅茨雜瓦蓋之，櫛比數百楹，繚四檐遍植梅竹及珍異之石。仲瑛讀書誦經之所也。又其東爲漁莊柳塘春，傍池之軒曰金粟影。又有書畫舫以藏書畫，春暉樓以奉母。亭曰秋華、澹香、君子、絳雪、緑波，池曰春草，齋曰聽雪，軒曰來龜。見於題詠者，凡二十四，合而名之曰玉山佳處。仲瑛遂裒集一時高人勝流分題宴集之作，名之曰《草堂名勝集》。又第其篋笥所藏，都爲一集，曰《草堂雅集》。又有《玉山草堂餞别寄贈詩》及《玉山紀遊詩》，則汝陽袁華所編也。《名勝》之集久已流傳人間，《草堂雅集》得之於文起閣學，蓋徵仲太史舊本也。今年新安汪權奇，用錢數十文易《玉山》諸集於買糕家，余取閲之，則《寄贈》、《紀游》二編，實吴下所未睹者。余以此深嘆昔人之遺文故跡放失良多，而風流儒雅不應使其泯滅也，庸并録而存之，俾後之好事君子得有考焉。

寄題玉山詩一百韵

晋寧張翥仲舉

治理逢熙運，欽明仰聖皇。至仁侔覆載，上備配軒唐。大業勤弘濟，元臣協贊襄。賢科收俊造，庭實粲珪璋。入貢徠符拔，儀韶下鳳凰。普天均雨露，絶域總梯航。每念京師食，遥需漕府糧。神妃所庇護，颶母敢飛揚。前隊貔貅發，先驅魍象藏。泠飆鼓萬柂，朱火耀連檣。帝敕申嘉惠，祠官按典常。賞勞兼湛濊①，旌烈特巍煌。僕本中林士，入陪東觀郎。遂叨乘驛傳，遍與禮靈場。簜節雕龍飾，華旗畫隼翔。衝流度鄞越，陟險過泉漳。緬彼湄洲嶼，嶄然巨海洋。蛟穿崖破碎，鯨蹴浪撞搪。震鼓轟空闊，奔帆截渺茫。島衣迎使舸，瘴霧避天香。嘉薦歆芬苾，陰功助翕張。精誠致工祝，景貺答禎祥。賈舶傾諸國，輿圖奄八荒。身雖距閩嶠，志已略扶桑。裴洞三生夢，温陵十月凉。兹遊平昔冠，夙願一朝償。女髻皆殊製，蠻音各異鄉。地偏宜荔子，人最貴檳榔。釀鹿肥漂酒，蟯蠔液滿房。招賢簇車騎，揮掃積縑緗。窮臘才竣事，暄春始趣裝。劍津傳警急，汀賊起狓猖。獠寨旋戡定，藩垣慎捍防。思親彌切切，行役更遑遑。狐死嗟奚首，龜占喜允藏。封崇宴塢内，木栱計峰旁②。薄宦秖牽率，孤踪易感傷。暫爲江左客，誰灑墓頭漿。逝矣川塗阻，凄其涕淚滂。南轅恰啼鴂，北路復鳴蛩。粤若婁東邑，由來漢太倉。機雲存故宅，吴會畫雄疆。遁迹晞高士③，遺風挹讓王。厥田尤沃衍，比歲適豐穰。老我張承吉，新知顧辟疆。聞君占形勝，築室恣徜徉。鐵笛留嚴客，青錢乞泰娘。杏韉紅叱撥，蘭柱綉鴛鴦。闢徑通佳處，栽桃帶柳塘。修梧羽葆蓋，美竹碧琳瑯。列岫濃螺色，澄湖净鏡光。鳥邊嵐漠漠，魚外水泱泱。鶴駐遊仙館，鸞鳴種玉岡。投竿釣月檻，隱几讀書牀。雲結芝英秀，花團桂樹蒼。舫齋青篠箔，漁舍緑苔墻。棟宇環相屬，園池鬱在望。直疑金谷墅，還似輞川莊。未獲窺詩境，相邀到草堂。開樽羅綺饌，侑席出紅妝。婉態隨歌板，齊容綴舞行。新聲《緑水》曲，穠艷《大堤》倡。宛轉纏頭錦，淋灕醮甲觴。絃松調寶柱，笙咽炙銀簧。倚策驂聯轡，鈎簾燭繞廊。爽僮供紫蟹，庖吏進黄麞。卜晝寧辭醉，留歡正未央。分司莫驚坐，刺史欲無腸。是集俱才彦，虚懷共頡頏。珠璣散咳唾，律吕應宫商。鄭老經術富，于仙詞翰長。琦初燈並照，郯華驥同驤。壁也箋毫健，吟篇彩繪彰。拈題争點筆，得句倏盈箱。

勁敵千鈞彀，精逾百煉鋼。語奇淩鮑謝，體變失盧楊。瑛甫蚤有譽，亨衢那可量。摶扶看怒翼，騰踏待蜚黄。既篤朋情重，仍持雅道昌。披襟視肝膽，刻琰播文章。永契欣依託，衰踪頓激昂。盍簪承偉餞，授簡藉餘芳。自鄙冥搜拙，徒令對屬忙。端如享弊帚，何異貯奚囊。談笑聊堪接，賡酬曷足當。吾猶鄶以下，公等楚之良。瓠落渾無用，艱難實備嘗。擬爲乭駕馬，竟作觸藩羊。筋力頻馳騖，功名幾慨慷。不嫌成晚合，深幸際時康。邂逅因斯會，睽違又一方。匆匆把别袂，眷眷賦河梁。鴻雁清秋日，蒹葭昨夜霜。關山凝朔氣，星斗麗寒芒。疾病家多難，歸休歲亦陽。苦心甘寂寞，短髮任蒼浪。漏屋愁荷蓋，塵衣惜蕙纕。杜陵非固懶，賀監豈真狂。回首長追憶，緘詩遠寄將。乾坤浩今古，此意詎能忘。

①原注：「時賜省臣、漕臣酒幣。」

②原注：「仲春至杭，卜山于武康，克襄先藏塢在計籌山，下郎子新墳。」

③原注：「謂有梁鴻山。」

玉山草堂　蜀郡虞集隸顔，遂昌鄭元祐爲記。

會稽楊維楨廉夫

愛汝玉山草堂好，草堂最好是西枝。浣花杜陵錦官裏，載酒山簡高陽池。花間語燕春常在，竹裏清樽晚更移。無奈道人狂太甚，時□紅袖寫烏絲。

華亭朱熙

國朝廣西省郎中袁海叟有懷朱郎中詩。

玉山主人清且妍，標格嗷嗷人中仙。對花時復得詩句，愛客每能揮酒錢。寒鐙巢雪歌暖響，春水桃源放畫船。我將載酒即相覓，與爾醉倒薰風前。

顧瑛

口占

臨池醉吸杯中月，隔屋香傳蕊上花。狂殺會稽于外史，秋風吹墮小烏紗。

玉山佳處

馬九霄篆顏，楊廉夫、陳敬初記。

匡廬于立彦成

春風昨夜起，吹蕩滄江水。幽人渺何處，乃在玉山裏。玉山秀色何崔嵬，滄江之水長縈迴。縈迴不盡繞山去，但見滿谷桃花開。草肥青野鹿呦呦，花下殘棋暮不收。鄰家野老長携酒，溪上漁郎或艤舟。幽人讀書忘世慮，結屋山中最佳處。世上紅塵空白頭，携書我亦山中去。

清河張天英楠渠

玉山有佳處，乃在崑崙西。蓬萊數峰小，上與浮雲齊。雲中飄飄五色鳳，只愛碧梧枝上棲。芝草琅玕滿玄圃，群仙共躡青雲梯。太湖三萬六千頃，水水流入桃花溪。溪頭浣花如濯錦，百花潭邊浮紫泥。紫皇拜爾山中相，閑把絲綸草堂上。漁莊一釣得龍梭，龍女吹簫書畫舫。西風玉樹金粟飛，東風柳浪金波漾。歲歲年年樂事多，緑野平泉何足尚。十二樓前看明月，太乙明星夜相訪。酌霞觴，瑶臺露濕芙蓉裳。我亦桃源隱居者，握手一笑三千霜。

雅集志

會稽楊維楨廉夫

右《玉山雅集圖》一卷，淮海張渥用李龍眠白描體之所作也。玉山主者爲崑丘顧瑛氏，其人青年好學，通文史及音律、鐘鼎、古器、法書、名畫品格之辨。性尤輕財喜客，海内文士未嘗不造玉山，所以風俗文彩出乎輩流者，尤爲傾倒。故至正戊子二月十又九日之會，爲諸集之雅。冠鹿皮，衣紫綺，坐客而伸卷者，鐵笛道人會稽楊維楨也。執笛而侍者，姬爲翡翠屏也。岸香几而雄辯者，野航道人姚文奂也。沉吟而癡坐，搜句於景象之外者，苕溪漁者郯韶也。琴書左右，捉玉麈從容而色笑者，即玉山主者也。姬之侍，爲天香秀也。展卷而作畫者，爲吴門李立。傍侍而指畫，即張渥也。席皋比，曲肱而枕石者，玉山之仲晋也。冠黄冠，坐蟠根之上者，匡廬山人于立也。美衣巾束帶而立，頣指僕從冶酒者，玉山之子元臣也。奉肴核者，丁香秀也。持觴而聽令者，小瓊英也。一時人品疏通俊朗，侍姝執伎皆妍整，奔走僮隸亦皆馴雅，安於矩矱之内。觴政流行，樂部皆暢。碧梧翠竹與清揚争秀，落花芳草與才情俱飛。矢口成句，落豪成文。花月不妖，湖山有發。是宜斯圖一出，爲一時名流所慕用也。時期而不至者，名曲外史張雨、永嘉征君李孝光、東海倪瓚、天臺陳基也。夫主客交并，文酒賞會，代有之矣，而稱美於世者，僅山陰之蘭亭、洛陽之西園耳，金谷、龍山而次弗論也。然而蘭亭過於清則隘，西園過於華則靡，清而不隘也，華而不靡也，若今玉山之集者非歟？故予爲撰述，綴圖尾，使覽者有考焉。是歲三月初吉，客維楨記。

吴龍門山釋良琦元璞

至正戊子二月十九日，楊侯鐵厓宴於顧君玉山，賦詠疊筆，淮海張渥爲圖，傳者無不嘆美。余後半月，與吴興郯九成復至玉山，顧君張樂置酒，清歌雅論，人言不減楊侯雅集。時既醉，顧君徵余詩，然予於聲樂詩詠何有哉。適其所寓而不違者，烏乎寓，烏乎非寓，故作詩以道其事，卒反乎正云耳。

玉山窈窕集瓊筵，手撥《鵾鷄》十二絃。巢樹老僧狂破戒，散華天女醉談禪。鵝兒色重酴醾酒，桂葉香深翡翠烟。最愛碧桃歌扇静，長瓶自煮白雲泉。

以愛汝玉山草堂静七字分韻詩成者五人

婁江姚文奐子章得汝字

崑山人。辟浙東帥閫掾。自號婁東生。

仲春會桃源，青年映霞舉。道人吹鐵笛，主者捉玉麈。野航晨不渡，溪漁來何許。欹坐蟠根陰，匡廬故仙侶。衆賓各雅興，辭適忘爾汝。懷哉張李輩，明月在空渚。復念東海迂，雲林夜來雨。

顧晉得草字

客從桃源遊，愛此玉山好。清文引佳酌，玄覽窮幽討。流鶯答新歌，飛花落纖縞。分坐有雜英，醉眠無芳草。

金華王子、充夜飲芝雲臺上以丹桂五枝芳分韻

顧瑛得五字

南州孟秋月，維日二十五。回風吹層霄，飛雲過疏雨。客從金華來，款曲置樽俎。況有匡廬仙，貌古心亦古。襟期事蕭散，笑傲忘賓主。哀絃發秦聲，長眉善胡舞。秋輝能娱人，夜色滿庭户。翛翛風葉鳴，泫泫露花吐。眷彼杯中月，不照墳上土。緬懷琦龍門，扁舟下南浦。

鈎月軒 京兆杜本隸顔。

蜀郡虞集伯生

方池積雨收，新水三四尺。風定文已消，雲行影無迹。淵魚既深潛，水華晚還出。幽人無所爲，持竿坐盤石。

丹丘柯九思敬仲

談笑從吾樂，相過罷送迎。憑欄看月出，倚鈎待雲生。蝶化人間夢，鷗尋海上盟。軒車穩適意，何物更關情。

匡廬于立彦成

夕息西軒陰，頗愜濠上景。持此月明鈎，投竿鈎清影。流螢飛暗度，幽鳥棲還警。游鱗亦復來，露下芙蓉冷。

于立得雨字

七月凉颸初破暑，秋聲蕭蕭在庭户。清新故人忽見過，契闊有懷何足數。西夏郎官好詞翰，中州美人妙歌舞。懸知野衲解談天，况有仙人能噀雨。金刀削翠藕絲長，緑房破繭蓮心苦。詩成脱穎或有神，酒令分曹聊可賭。慇懃素手累行觴，瀟灑清談藉揮塵。紛紛市上聚蚊貌，昌黎先生噀如土。

芝雲堂　吴興趙子昂篆顔。

遂昌鄭元祐明德

仙家芝草燁五色，海日一照蒸成雲。結爲樓觀霄漢上，千門萬户春氤氲。斑龍誤騎有謫籍，雲旂夜下星宫君。忽焉墮地變爲石，昆吾有刀切不得。巖壑高深翠濤積，卿雲輪囷瑶草碧，永鎮金粟仙人宅。

芝雲堂分韻

顧衡得玉字

今日新雨霽，山光净如沐。晚香浮水花，秋聲在庭竹。高堂張綺席，談笑皆雍穆。興酣雜觥籌，詩成粲珠玉。清時多遺才，白駒在空谷。今者不爲樂，逝者良不復。嗚嗚咽洞簫，裊裊度清曲。更待月明生，金尊照醽醁。

顧進得生字

石根雲氣暖，坐看紫芝生。詩酒共爲樂，竹梧相與清。仙人同跨鶴，玉女對吹笙。過雨添凉思，停杯待月明。

顧瑛紀事一首

是日秦淮海泛舟過綽湖，向夕未歸，予與桂天香坐芝雲堂以佇之。堂陰枇杷始華，爛炯如雪，乃攜席樹底，據盤石相與弈棋，遂勝其紫絲囊而罷。於是小蟠桃執文犀盞起賀，金縷衣軋鳳頭琴，予亦擘古阮，唯①酒甚歡，而天香鬱鬱有潸然之態。俄而淮海歸，且示以舟中所詠，予用韻以紀乃事云。

玉子岡頭秋杳冥，石床摘阮素琴停。枇杷花開如雪白，楊柳葉落帶烟青。每聞投壺笑玉女，不堪鼓瑟怨湘靈。酒闌秉燭坐深夜，細雨小寒生翠屏。

①原注：「子雖切，撮口也。」

小蓬萊 趙子昂篆顔。

會稽楊維楨廉夫

仲瑛所藏《步虚詞》四章，青城虞翰林所作。仙風道氣，可厠之楊許間洞玄隱文也。仲瑛藏於玉山小樓，余遂扁之曰小蓬萊，爲書《小遊仙》四章於後云。

東華塵又起瀛洲，十屋今添第幾籌。阿母西來騎白鳳，蛾眉相見不勝秋。

麻姑今夜過青丘，玉醴催斟白玉舟。莫向外人矜指爪，酒酣爲我擘箜篌。

會與毛劉共學丹，丹成猶未了塵緣。玉皇敕賜西湖水，長作西湖水月仙。西湖仙人蓮葉舟，又見石山移海流。老龍捲水青天去，小朵蓮峰共上游。

碧梧翠竹堂　吴興趙子昂篆顔，楊廉夫記，高明則誠後記。

釋良琦題碧梧翠竹堂

碧梧翠竹之高堂，乃在玉山西石岡。濃陰晝護白日静，翠氣夜含清秋凉。堂中美人雙鳴璫，不獨痴絶能文章。北海李生共放曠，東林惠遠同徜徉。張騫乘槎下銀潢，奉詔遠降天妃香。帷中靈風神欲語，壇上五色星垂光。舟迴鯨濤溯長江，故人宛在江中央。入門相見各青眼，花間促席飛霞觴。清歌遏雲錦瑟張，亦有衆賓相頡頏。禰衡賦就驚滿座，寬饒酒深真醉狂。黄河東流雁南翔，軺車明朝歸帝鄉。玉堂掖垣梧竹長，題詩寄遠毋相忘。

太拙生聶鏞茂宣

青山高不極，中有仙人宅。仙人築堂向蹊路，鶯啼花落迷行迹。翠竹羅堂前，碧梧置堂側。窗户墮疏陰，簾帷卷秋色。仙人紅顔鶴髮垂，脱巾坐受凉風吹。天青露葉净如洗，月出照見新題詩。仙人援琴鼓月下，枝上棲烏絃上語。空階無地著清商，一夜琅玕響飛雨。

湖光山色樓　吴興趙奕仲光篆顔。

豫章熊夢祥

移舟界溪上，忽見海虞山。山接空青外，湖當慘淡間。松聲聽欲近，帆影坐看還。何處西風起，漁歌下别灣。

樓之主人顧瑛仲瑛

至正十年五月十八日，余與延陵吴水西、龍門僧元璞、匡山于外史避暑於樓中，時輕雲過雨，霽光如秋，各占四絶句云。

晴山遠樹青如薺，野水新秧緑似苔。落日湖光三萬頃，盡隨飛鳥帶將迴。

雨隨牛迹坡坡緑，雲轉山腰樹樹齊。江閣晚添凉似洗，隔林時有野鶯啼。

紫茸香浮蒼蔔樹，金莖露滴芭蕉花。幽人倚樓看過雨，山童隔竹煮新茶。

釋良琦元璞　避暑湖光山色樓二首

回溪斷岸柳陰疏，酒舍漁家竹徑迂。一片湖光暮雲隔，荷花荷葉帶平蕪。

重重樓户燕穿風，曲曲紅橋緑水通。薄暮鈎簾對凉雨，一時秋思在梧桐。

秋華亭檇李鮮于伯幾篆顔。

釋良琦元璞

片玉山西境絶偏，秋華亭子最清妍。三峰秀割崑崙石，一沼深通渤澥淵。鸚鵡隔窗留客語，芙容映水使人憐。桂叢舊賦淮南隱，雪夜嘗回剡曲船。北海樽中常瀲灧，東山席上有嬋娟。紫薇花照銀瓶酒，玉樹人調錦瑟絃。醉過竹間風乍起，吟行梧下月初懸。一聲白鶴隨歸珮，何處重尋小有天。

浣花館聯句 吴興趙雍仲穆篆顔，館之主人顧仲瑛記。

至正戊子六月廿四日，維楨與衛輝高智、匡廬于立、清河張思賢、汝南袁華、河南陸仁燕於浣花館，酒闌，主客聯句，凡廿四韵。主爲玉山顧瑛也。

大厦千萬餘，小第亦云甲。馬山分玉崑，（楨）鯢津類清霅。湖呑傀儡深，（立）江瀉吴淞狹。地形九曲轉，（賢）峰影千丈插。斜川萬桃蒸，（華）小徑五柳夾。仙仗撞石檢，（仁）靈洞開玉匣。雲停清蔭初，（瑛）凉過小雨霎。鶴舞竹褵褷，（楨）鷺亂萍喋唼。風顛帽屢欹，（立）暑薄衣猶夾。花從嬴女獻，（賢）酒倩吴姬壓。簾捲蒼龍鬚，（華）盤薦紫駝胛。戎葵粲巧笑，（仁）文瓜印纖掐。白鬣魚乍刲，（瑛）紅蓮米新臿。急觴行葡萄，（楨）清厨扇箑箑。火珠梅燁燁，（立）冰絲蓴浹渫。雲雷摩乳彝，（賢）珌琫玩腰押。伶班鼓解穢，（華）軍令酒行法。弓彎舞百盤，（仁）鯨量杯千呷。腔悲牙板擎，（瑛）調促冰絃壓。

客歡語噂遝，（楨）童酣鼻齁鮐。酒徹給泓穎，（立）詩成繕書札。嘔句投錦囊，（賢）披圖出緗笈。驪駒歌已終，（華）青蛾情尚狎。永矢交友盟，（仁）銅盤不須歃。（瑛）

柳塘春馬九霄篆顔。

崑山郭翼羲仲

陰陰覆地十餘畝，裊裊迴塘二月風。雨過鷗眠沙色裏，花飛鶯亂水聲中。

河南陸仁良貴

晴雪散河堤，春雲晚復迷。鯉魚跳藻葉，燕子拂蘭荑。

汝南袁華子英

鴨緑波摇艦，鵝黄柳覆堤。飛花如白雪，流出武陵溪。

臨海陳基敬初

扁舟二月傍溪行，愛此林塘照眼明。芳草日長飛燕燕，緑陰人静語鶯鶯。臨風忽聽歌《金縷》，隔水時聞度玉笙。更待清明寒食後，買魚沽酒答春晴。

西夏昂吉起文

春塘水生揺緑漪，塘上垂楊長短絲。美人蕩槳唱流水，飛花如雪啼黄鸝。

玉山盧昭伯庸

黄柳華香水上衣，褰簾亭上挹春暉。蘭橈一道微風入，却逐金塘燕燕歸。

淮海秦約文仲

弱柳金塘上，春濃岸岸連。樹深停野騎，花送渡江船。燕蹴初晴雨，烏棲欲暝烟。沿洄正延佇，落日棹歌還。

四明黄玠伯成

江南二月柳條青，柳下陂堂取次行。蘭杜吹香魚隊樂，草莎成罽馬蹄輕。小蠻多恨身今老，張緒少年春有情。得似東吴顧文學，風前雨後聽鶯聲。

義興岳榆季堅

二月風柔雨霽初，芳塘流水碧珊瑚。欲維畫舫絲猶弱，稍撲湘簾絮已無。微影揚波驚鯉隊，新陰分色映鵝雛。調筝莫按《陽關》曲，時到藏鴉興未孤。

吴郡顧達

垂絲拂波迴，沉影帶雲流。鶯啼渚烟净，燕飛簾雨收。萍開雙槳蕩，花浮群鯉游。東風約朝暖，晞發面輕鷗。

范陽盧熊公武

千步垂楊柳，陰連喜水生。華深吹落絮，葉密坐流鶯。

口占詩序

匡廬于立彦成

至正十二年正月下澣，春雪方霽，飲酒柳塘上，水光與春色相動蕩，因詠王臨川「鴨緑」、「鵝黄」之句，各口占四絶，以紀時叙。嗟乎！世故之艱難，人事之不齊，得一適之樂如此者，可不載之翰墨，以識當時之所寓。况東西南北，理無定止，後之會者誰歟？賦詩者三人，主則玉山主顧君，客子英袁君，予匡廬于立彦成也。

江浦雪消楊柳春，檻下新水碧粼粼。嫁得東風最輕薄，吹蕩柔條拂著人。

正月已盡寒未收，柳塘曲曲帶平流。青絲銀瓶送美酒，赤欄畫橋橫釣舟。

日落大堤楊柳明，棲烏也復可憐生。若待清明花似雪，風光多屬上林鶯。

嫩緑新生楊柳枝，輕風故故向人吹。春波不畫東流意，折得柔條欲遺誰。

顧瑛

二月看看已過半，春雨尚爾不放晴。楊柳長堤飛鳥過，鸕鷀新水没灘平。

溪上草亭絶低小，春來有客日相過。便須對柳開春酒，坐看晴色上新鵝。

鳥啼殘雨適平皋，魚逐輕波趁小舠。獨愛大堤楊柳樹，又牽春色上柔條。

小亭結在瀼西頭，況復春半雨初收。柳垂新緑枝枝弱，水轉回塘漫漫流。

袁華

横雨狂風二月餘，柳塘猶未動春鋤。花明蘭渚宜垂釣，月暗芸窗好讀書。

細雨初晴暖尚微，小亭簾幕護春暉。曲塵波動魚初上，金縷條長燕未歸。

漠漠輕風雨乍收，方塘水生不膠舟。慈烏將子避人去，返照正在柳梢頭。

春塘楊柳未飛綿，已有清陰覆畫船。好倩吴姬歌《水調》，不辭有罰酒杯傳。

欸歌序

河南陸仁良貴

至正辛卯秋九月十四日，玉山燕客於漁莊之上。芙蓉如城，水禽交飛，臨流展席，俯見游鯉。日既夕，天宇微肅，月色與水光蕩摇檻楹間，遐情逸思，使人浩然有凌雲之想。玉山俾侍姬小瓊英調鳴箏，飛觴傳令，歡飲盡酣。玉山口占二絶，命坐客屬賦之。賦成，令漁童樵青乘小榜倚歌於蒼茫烟浦中，韵度清暢，音節婉麗，則知三湘五湖，蕭條寂寥，那得有此樂也。賦得二十章，名之曰《漁莊款歌》云。河南陸仁序。

詩成者十人。

陸仁

灣灣流水曲欄干，鸂鶒芙蓉不耐寒。玉手爲開銀屈膝，擧頭却見月團團。

日暮休憑鬬鴨闌，落霞飛去水漫漫。秋光都在重屏裹，東面青山是馬鞍。

袁暠

秋水芙蓉面面開，錦雲低護小蓬萊。夜深莫把珠簾下，恐有青鸞月底來。

玉人花下按凉州，白雁低飛個個秋。彈撒驪珠三萬斛，當筵博得錦纏頭。

周砥

傍水芙蓉未著霜，看花酌酒坐漁莊。花邊折得芭蕉葉，醉寫新詞一兩行。

秋月團團照藥闌，水邊簾幕晚多寒。素娥不上青鸞去，借得銀箏花裏彈。

秦約

公子漁莊秋氣高，灣灣野水曲塘坳。隔林月出車輪大，照見華間翡翠巢。

金菊粉蕖秋水濱，恰如生色畫屏新。蕩舟直過紅橋去，小隊游魚不避人。

顧瑛

金杯素手玉嬋娟，照見青天月子圓。錦箏彈盡鴛鴦曲，都在秋風十四絃。

袁睪 江陰人。見前編。

紅白芙蓉照畫屏，秋波如鏡照娉婷。并頭花似雙蛾臉，一朵濃酣一朵醒。

于立

芙蓉千樹齊臨水，橘柚滿林都是霜。飲罷玉人歸别院，只留明月照漁莊。
對酒清歌窈窕娘，持杯勸客手生香。袖中藏得雙頭橘，一半青青一半黄。

超珍

綉户芸窗八面開，漁莊酒色净如苔。鯉魚三尺丹砂尾，聽得清歌出水來。
雨後芙蓉霜後楓，漁莊只在畫橋東。不知前面花多少，映水殘霞爛熳紅。

漁莊　白野達兼善隸顔，柯九思記。

袁華

公子不好獵，小莊濠上居。長船載大炬，清夜看叉魚。

于立

二月春水生，三月春波闊。東風楊柳花，江上魚吹沫。放船直入雲水鄉，蘆荻努芽如指長。船頭濯足歌滄浪，蘭杜吹作春風香。得魚歸來三尺强，有酒在壺琴在牀。長安市上人如蟻，十丈紅塵埋馬耳。

漁莊之人百不理，醉歌長在漁莊底。

釋自恢見聞集**題顧仲瑛漁莊**

君家漁莊在何處，江波迢迢隔烟霧。清秋獨釣蘆花風，明月長歌白蘋渡。高堂絲管延嘉賓，舉網得魚皆錦鱗。小奴鸞刀出素手，金盤斫鱠如飛銀。走也山林老釋子，拄杖行吟嗟未已。平生雅有濠上遊，相思瀰瀰東流水。

姑蘇李瓚子粲 幼從余元明學，資性曠達多才，能讀書。

芙蓉開遍錦雲低，夜飲漁莊月滿池。按得新詞倚紅袖，桃花便面寫烏絲。纖纖新月上簾鈎，楓葉蘋花隔水秋。一曲清歌來送酒，雙鬟小妓木蘭舟。

義興岳榆季堅

文竿比目出清波，翠袖香醪金叵羅。凉月團團當檻白，秋花冉冉隔簾多。黄華丹樹繞漁莊，錦瑟秋風子夜長。驚起水禽棲不定，背人飛去不成行。

金粟影　白野達兼善隸顔。

釋良琦元璞

幽香欄檻絶低小，渾似毗耶丈室空。金粟花浮雙樹月，白蓮香散一池風。每聞天鶴乘雲下，莫遣仙姝入座中。却愧袈裟留住久，釣船猶繫柳橋東。

顧瑛

飛軒下瞰芙蓉渚，檻外幽花月中吐。天風寂寂吹古香，清露泠泠濕秋圃。金梯萬丈手可攀，居然夢落清虚府。庭中搗藥玉兔愁，樹下乘鸞素娥舞。瓊樓玉宇千娉婷，中有臞仙淡眉宇。問我西湖舊風月，何似東華軟塵土。寒光倒落影娥池，的皪明珠承翠羽。但見山河影動摇，獨有清輝照今古。覺來作詩思茫然，金粟霏霏下如雨。

書畫舫　濮陽吴孟思篆顔，楊廉夫爲記。

仲瑛引婁水其居之西墅爲桃花溪，厠水之亭四楹，上篷下板，傍櫺翼然似艦窗，其沉影與波動，若有纜而走者。楊廉夫嘗吹鐵笛其中，客和小海之歌，不異扣舷者之爲。中無他長物，唯琴瑟、筆硯，多者書與畫耳。遂以米芾氏所名書畫舫命之云。

聯句詩

三月三日楊鐵厓顧仲瑛飲於書畫舫侍姬素雲行椰子酒遂成聯句如左

龍門上客下驄馬，（瑛）洛浦佳人上水簾。瑪瑙瓶中椰蜜酒，（厓）赤瑛盤内水晶鹽。晴雲帶雨沾香炧，（瑛）凉吹飛花脱帽檐。寶帶圍腰星萬點，（厓）黄柑傳指玉雙尖。平分好句才無劣，（瑛）百罰深杯令不厭。書出撥鐙侵繭帖，（厓）詩成奪錦門香奩。臂韝絲脱初擎硯，（瑛）袍袖弓彎屢拂髯。期似梭星秋易隔，（厓）愁如錦水夜重添。勸君更覆金蓮掌，（瑛）莫放春情似漆粘。（厓）

鄭元祐

雪舫夜寒虹貫日，溪亭臘盡柳含春。將軍祝髮聞全武，隱者逃名愧子真。醉裏都忘詩格峻，燈前但愛酒杯頻。毛羹青點沿墻薺，斫鱠冰飛出網鱗。稽古尚能窺草聖，送窮端欲致錢神。周南老去文章在，《同谷歌》終手脚皴。戳鱉歸來還自笑，聞鷄起舞意誰嗔。盍簪豈料有今夕，明日桃源又問津。

四明黄玠伯成

扣舷擊節起歌鳴，一榻横舟小結廬。篆籀古文三代上，丹青妙手六朝初。
虹光貫月夜將半，江影涵秋涼有餘。零落宣和舊時譜，無情汴水正愁予。

淡香亭 秦約嘗得趙文敏公所篆「淡香」二字，以遺仲瑛，仲瑛遂作亭以顔之。

崑山郭翼羲仲

别館間將擲果車，淡香亭下賞春華。東闌恰好清明節，千樹都開爛熳花。
綺席霏霏吹雪暖，霓裳疊疊舞風斜。魏公翰墨秦家得，一字千金未足誇。

三山盧昭伯庸

玉山佳處野亭分，千樹梨花白似雲。仙袂倚風林下得，淡香和月夜深聞。
生憎蛺蝶迷春色，不待狻猊换夕熏。西郭東闌已陳迹，總傳芳扃重鵝群。

春草池 周雪坡篆顔。緑波亭 吴興沈明遠隸顔。

汝陽袁華子英

爲愛玉山好，放舟玉山去。緑波亭邊春入池，况據玉山最佳處。時當二月春正美，曲塵摇波草如綺。雨驚殘夢未鳴蛙，風漾飛花見游鯉。大謝文章迥絶塵，江淹詞賦亦清新。得句池塘懷别遠，傷情南浦送行人。何如此亭樂賞適，石脚插入魚龍宅。臨流行酒水浮階，俯檻鳴琴光照席。君不見山川極目楚囚悲，北望神州淚滿衣。又不見昆明一夜飛劫灰，漢代衣冠委草萊。但願無事長相見，春草池頭日日來。

吴郡顧達

浮飆偃蘭薄，飛烟生水漣。紅沾雨花濕，翠侵衣裄鮮。翡翠晚迷徑，蜻蜓酣倚船。援筆擄藻思，臨流懷惠連。

右賦春草池。

碧色漲春雲，圓文生暮雨。稍平楊柳岸，已没鵁鶄渚。錦鱗唼萍游，蘭棹隔烟語。曲欄倚東風，懷人渺南浦。

右賦緑波亭。

天台陳基敬初

眼明忽見此亭新，公子詩成思入神。坐愛秋波十頃緑，夢回芳草一池春。每傾鸚鵡留佳客，欲采芙蓉寄遠人。燕子不來秋已算，倚欄無語獨逡巡。

白雲海 范陽盧熊公武篆顔。

鄭元祐記云：丙申春，界溪顧仲瑛奉其母陶夫人避兵于商溪。商溪在吴興東南僻絶處，人以君平昔尊賢下士，裹糧具舟，相從于溪上者不絶。夫人甘脆之味，温凊之奉，一切如家庭。居無何，病氣决而卒。奉函骨歸葬綽墩之先隴。仲瑛念母不見結樓于碧梧翠竹之堂，後名之曰白雲海。新朝聞君才名，將授以禄秩，君以衰絰固辭，祝髪家居，日誦大乘經以薦母。

玉山顧瑛仲瑛 有白雲海歌四叠，見本集。

虞山幾千叠，千叠白雲飛。出山變蒼狗，入山爲白衣。不如化作雙白鶴，飛向白雲深處落。向予能解説前身，不是當初舊城郭。

雁門文質和

白雲深，白雲深，白雲深處元無心。眼空瑶海一萬里，山光不動秋陰陰。虚白盈盈啓扃牖，袖拂天開落星斗。盡隨玉氣化爲龍，不逐西風變蒼狗。道人高居白雲裏，九重丹書徵不起。三生石上話因緣，春夢梨花隔秋水。風塵瞜日横干戈，龍吞虎噬奈爾何。斷蛇神器未出匣，海宇無復春光和。世事紛紛如落絮，百歲流光水東注。白雲與我有深期，我亦相依白雲住。

瞿榮智和

白雲深，白雲深，白雲深護山之心。有時隨龍去東海，倏焉永宇團秋陰。英英不來入我牖，直上璇霄掩箕斗。或貫日色流玉虹，或漏雷聲墮天狗。山人學禪草庵里，静看白雲朝暮起。此心欲與雲俱閑，又逐溪風過溪水。紛紛武士尚操戈，格鬬東南未决何。安得此雲化霖雨，洗兵甲，散爲玉燭，四海皆陽和。雲兮雲兮如擘絮，奈爾東流復如注。山人秖在玉山中，長繞山人草庵住。

范陽盧熊公武和

山中山中白雲深，丈人看雲悟雲心。挂冠笑傲白雲外，結樓面勢西山陰。瓊户璇題玉爲牖，朝暮白雲棲拱斗。下視醯鷄甕裏天，車如鷄棲馬如狗。崑崙方壺圖畫裏，長風吹雲海波起。青鸞白鹿滿芝田，目送歸雲心似水。慚予執筆此操戈，暮下馳驅將奈何。雨雪沾衣去家遠，寒谷正待噓春和。此身如雲等飄絮，日夜歸心水東注。負郭能分二頃田，我亦還依白雲住。

拜石壇詩

仲瑛嘗於東城庵假山廢基得一石，上有蘇子瞻題識。石理瑩潤類璧，雖左旁缺損，然尚奇甚。博士柯敬仲見而奇之，再拜題名而去，字曰拜石御史，白野達兼善爲作古篆書之。後仲瑛偶得子瞻答維揚王忠玉提刑飲快哉亭帖，與石上題識相合，仲瑛謂此石即忠玉家快哉亭物也，特不知何以至此。仲瑛遂爲記其事，倩朱伯盛刻之他石，而與河南陸仁、汝南袁華各爲詩詠之。

壇之主人顧瑛仲瑛

好事久傷無米顛，清泉白石亦凄然。快哉亭下坡仙友，拜到丹丘三百年。

袁　華

眉山三蘇宋儒宗，長公矯矯人中龍。南遷儋耳西赤壁，文章光焰超洪濛。快哉之亭雪初霽，領客登覽山川雄。自云平生不解飲，胡乃一舉觥船空。和詩寬限見真率，鑿崖題石摩蒼穹。功名富貴一丘土，斷碑殘素傳無窮。吁嗟異物神所衛，玉山合璧俄相逢。奎章博士丹丘翁，江南放逐驚秋風。見之即下米芾拜，二顛痴絶將無同。築壇山中加愛護，樹以松桂連椅桐。雨窗雲户濕寒翠，朝闌暮檻開青紅。白野御史龍頭客，青年獻賦蓬萊宫。戲將秃穎寫螺匾，斷釵折股流星虹。只今風塵暗河嶽，王侯第宅皆蒿蓬。牙籤玉軸映竹素，好事獨傳吴顧雍。婁東朱珪鐵作畫，字字玉屈蟠蝌蟲。嗟哉昔人今已矣，慘澹故國風烟中。如何二子復嗜古，策勛儒墨收奇功。我來再拜重太息，蒼蒼古雪吹長松。登壇絶叫浮大白，酒酣目送孤飛鴻。

周山人砥馬建昌治荆南唱和詩集五十三首

南澗聽水聲送别太古禪師　治

汩汩石上語，瀏瀏風中琴。清晨南澗流，似是太古音。出谷乍喧亢，入林杳深沉。後來自相續，前者既難尋。問客何緣起，悠悠傷别心。

賦得晚晴送禪師　砥

浮雲暮褰霽，空宇湛然清。復念還山客，遲遲南澗行。新禽響叢木，殘照入孤城。即此閑來往，方紆塵外情。

過任彥昇釣臺　治　詩見本集

同　前　砥詩見本集

對新柳　砥

才弄新春色，已有縈愁意。欲倚不成眠，待扶還似醉。疏雨飄枝濕，草雀銜花墜。脈脈獨含情，故園那得至。

同　前　治

縈縈初月柳，撩亂愁邊見。陰憶武昌門，高想靈和殿。金塘承日映，綺陌迎風轉。學舞未能休，纓情欲誰眷。

春寒慰瓶中杏花　治

玉瓶春水曉猶添，紅萼無言對捲簾。莫爲桃花翻自恨，梅花時節更清嚴。

同　前　砥

銀瓶春靜竹風來，愁向花前把一杯。不得幽人相伴住，西園雨裏亦須開。

聞笛聲送任掾

柳條拂水已堪折，梅花照人如欲言。翻向溪橋成久立，春風吹笛黯銷魂。

同前 砥

春水綠波生柳塘，横吹掩抑復悠揚。今朝送別已惆悵，前時渡江猶斷腸。

經杜樊川水榭故基 砥 詩見本集

同前 治 詩見本集

晏起一首 砥

晏起望南郭，依微見遠岑。疏花消夜雨，啼鶯罷秋林。偶有適道意，本無遺世心。不能勤四體，聊用寫瑶琴。

同前 治

樵牧久已出，驚禽噪初陽。寢扉南澗伴，疏竹曉風凉。夜永道機熟，秋清人意强。居山幸一載，晏起適徜徉。

夜坐懷孝常　砥

待月下石壁，罷琴竹間亭。坐絶百蟲響，旅懷才夜寧。天高玉露瀉，草木流晶熒。四山湛秋色，萬物無隱形。風蟬抱葉落，雪鵠迎雲停。此時西澗人，柴門久已扃。誰同展清會，念此風泠泠。世難避空谷，憂思同醉醒。偶適不爲貴，人生易漂零。茫茫河漢流，熒惑光衆星。干戈未衰息，前途杳冥冥。歲晏有結託，東去浮滄溟。

酬前　治

東齋見微月，露坐稀華星。感物增惋傷，懷人在巖扃。高情沐垂照，寤寐不遑寧。中夜夢良覿，君歌謂予聽。清商隨風起，虚箔轉琴泠。款密松下室，踟蹰水邊亭。常時往來處，目擊心已冥。覺聞西澗流，離合方悟形。鷄鳴空山曙，開户竹林青。忽枉蓬蓽信，芳緘耀雲屏。凄凄貧賤交，惻惻秋露零。昔如雙飛鵠，于今兩枯萍。詩中語再四，年運不暫停。道術尚迂邈，焉能事仙靈。騎鯨倘可望，同日戲滄溟。

寳粹二上人值兩留宿西澗草堂明日賦此以贈　治

相訪竹林茅屋下，不因風雨豈留連。棲遲尚辱諸公問，來往深慚二子賢。落葉下山逢虎迹，疏鐘隔水見人烟。舊遊空憶錢塘去，聞道如今異昔年。

同　前　砥

蕭條黄葉山中寺，回首松蘿滿夕曛。丈錫遠行三十里，一風相送兩孤雲。竹堂聽雨驚秋晚，木榻留燈語夜分。在昔山林憂患等，應修白業益精勤。

過西澗　砥　詩見本集

酬　前　治　詩見本集

雨中一首　砥

凄凉懷故舊，寂寞卧丘園。溪冷風蒲折，林高雨竹喧。漁人留野渡，田犬吠衡門。無限清秋意，何從製一言。

次韻酬前　治

蟬鳴秋雨裏，山舍竹林園。政爾無來迹，非關久避喧。坐看《高士傳》，夢往故人門。生意唯蕭索，心知自不言。

桃溪泛舟尋方厓士玄　砥詩見本集

同前　治　詩見本集

讀書　砥

讀書易爲感，時節已徂秋。行遊固可適，歲月愳不留。高齋曠而寂，人務罕相酬。千載事了了，寧不慕前修。道在無今古，天運每周流。萬理由我具，消摇極冥搜。爲樂不在兹，况復儲怨尤。予本楚狂士，意氣邁九州。偶然似有契，持身寓林丘。萬鍾非所辭，一毫非所求。

同前　治

竄身丹厓下，滅迹浮雲端。餘事既不閑，冥心以游觀。讀書南山日，秋氣浩漫漫。悲商扣庭柯，四座鳴風湍。已與清景晤，樂哉此盤桓。餐和遺糟粕，飲勝入肺肝。隱幾俄萬古，其人夢交歡。攜手逍遥墟，乾坤欻高寒。顧謂塵世子，斯道自平寬。胡爲在荆棘，方寸生波瀾。向無問津者，悲爾後來難。

孝常西齋守歲讀王臨川除夜寄舍弟詩愛其詞致清遠因用其韻各賦一首　砥

殘雪半窗春意動，餘香一榻夜忘眠。燈前對酒須今夕，客裏題詩尚舊年。風竹蕭蕭還自語，寒梅的的竟誰憐。知君剩有滄浪趣，待約秋風上釣船。

同賦 治

歲云暮矣天涯客，今夕能來慰不眠。坐久依依思遠道，氣酣往往説當年。春遊吴苑君常慣，雪詠鍾山我自憐。惆悵情悰那再得，荆溪漫有酒盈船。

元日試墨二首 治

竹雪寒聲瀉，山禽好語來。空餘臘月酒，擬訪石亭梅。野水宜舟楫，春雲費剪裁。從前江海上，今日意悠哉。

白髮形歸夢，青燈照隔年。遠惟諸弟憶，貧幸老人憐。四海孤飛鶴，東湖二頃田。誰能論心迹，出處事皆天。

同前 砥

金鴨香猶吐，風簾影自飄。輕冰生墨沼，餘雪綴寒條。茅屋行堪賦，山雲坐可招。且無軒冕意，隨分樂漁樵。

萼緑花開未，春醪已滿缸。不須嗟往事，且復醉幽窗。采筆雲千朵，青霄鶴一雙。平生江海興，漸覺片心降。

因泉公歸簡王二秀才 治

泉公相見即言歸，因憶王生住翠微。詩卷或留禪榻畔，酒船還傍釣魚磯。春來物色偏愁思，老去人情願息機。欲折芳馨遺遠者，勞心東逐片雲飛。

次韻同前 砥

千岩春静一僧歸，相送空林夕景微。茶具等閑抛石閣，釣竿行已卧苔磯。草生南浦牽詩夢，漚下輕波識道機。若見王喬因借問，雙舄何日向南飛。

絶句五首 治

秋至衣裳薄，思歸未有涯。得如江巨孝，處處自將車。

一從薔薇緑，經秋憶故廬。鄉書夜來到，只是更愁予。

有弟天涯隔，無人消息稀。何時比鴻雁，一道向南飛。

蚤學屠龍技，三年望有成。朝來鑒海水，華髮已先明。

得志有偶爾，居貧方晏然。君觀紙上墨，一日是千年。

同前 砥

朝朝感霜露，昔昔夢鄉關。何以慰親念，空悲行路難。東城三百里，南雁一封書。整待今晨發，秋風吹弊廬。失身紅塵裏，世路轉愁深。不汲寒泉井，何由清我心。朝露塗野草，顏色暫輝光。不知秋節去，朝露變爲霜。操弧力不任，彈琴知者稀。白駒空谷裏，吾道此焉依。

官軍後還西澗草堂 治詩見本集

同前 砥 詩見本集

雨後偶題 砥

詩酒尚堪忘世慮，陶然且復詠閑居。園林幾日清秋好，風雨一番黄落初。翳翳荒村烟景寂，迢迢虛閣暮鐘疏。經時不得故鄉信，誰道雁來能寄書。

次韻酬前 治

竹裏新泉繞屋除，長年吾得樂閑居。道心澹泊諸塵外，山意微茫邃古初。風雨滿檐松子落，夕陽穿樹橘樹疏。可憐原憲閒來往，猶自生涯不廢書。

食茯苓粥 砥

荷钁穿雲得茯苓，作糜從此謝膻腥。齊厨自啓添松火，香韻初浮滿竹庭。時憶紫芝歌舊曲，尚尋黄獨制頹齡。今晨暫輟青精飯，與潔方壇味玉經。

同前 洽

頗聞學士防風粥，曾吃詩人錦帶羹。豈謂茯苓宜歲晚，已收粳稻得霜晴。腥膻習漫從教洗，禽鳥形殘不忌烹。飽食未須論月給，石杉偕坐聽松聲。

縱筆一首 砥

數卷《楞伽》一縷香，門前塵土浩茫茫。何人尚覓安心法，此處真堪選佛場。寒月流爲千嶂雪，晚風驚散一林黄。可憐結習消除盡，筆舌紛紛故未忘。

次前韻 洽

多羅樹下昔徜徉，塵世歸來已渺茫。猶有狂吟三百首，逢人大笑億千場。西風雪氣紛紛白，夜雨河流混混黄。忽對青山嗟歲晚，知君縱筆興難忘。

暫違老親陪履道泛湖歸省無錫 治

湖口倉忙別老親，東行且就雨吟身。烟波渺似鴻荒世，舟楫輕宜澹蕩人。幾處青山牛馬飲，一行白雪鷺鷗馴。沙頭擊鼓瞳瞳日，知有閑官尚守津。